Secret meurtrier

DU MÊME AUTEUR CHEZ MIRA

Neige de sang
Le lien du mal

RACHEL LEE

Secret meurtrier

Roman

MIRA

Titre original :
WITH MALICE
publié par MIRA®

Traduction de l'américain par JEAN-CHRISTOPHE NAPIAS

83/85 boulevard Vincent Auriol 75646 PARIS CEDEX 13.
ISBN 978-2-2808-3380-6— ISSN 1765-7792

Prologue

Abigail Reese était plongée dans un rêve érotique dont elle n'était pas l'héroïne ; elle rêvait d'une autre femme, qu'il lui semblait connaître sans qu'elle pût mettre un nom sur son visage. Cette femme gémissait, faisait mine de résister, tout en s'agitant contre quelque chose de dur et de fort.

Puis le rêve glissa vers autre chose, et il ne fut plus du tout question de sexe. A présent, la femme se débattait, donnait des coups de pied, criait d'une voix faible et étranglée. Dans son rêve, Abigail était paralysée, incapable de lui venir en aide ni même d'ouvrir les yeux pour voir son visage. Les mouvements de la malheureuse se firent de plus en plus frénétiques à mesure qu'elle était submergée par la panique et la terreur. Soudain, un hurlement jaillit de ses lèvres :

— Abby !

Abigail se réveilla, tremblante. Elle lutta pour ne pas se rendormir, sachant que le cauchemar reviendrait. Sa fine chemise de nuit en coton épousait comme un linceul sa peau trempée de sueur. Elle repoussait ses draps et couvertures quand la femme essaya de nouveau de l'appeler.

— Ab…

Le reste se perdit dans un cri.

Bon sang, ce n'était pas un rêve !

Abigail se rappela brusquement que les enfants étaient chez leur père, ce week-end. La sagesse lui commandait de s'enfermer et d'appeler la police. Mais cette femme de soixante-quinze ans, qui s'était toujours occupée d'enfants, n'avait guère l'habitude de penser à elle. Sans réfléchir davantage, elle jaillit de son lit avec cette énergie dont elle était coutumière.

Les cris n'avaient pas cessé. Ils semblaient exprimer une terreur absolue. Abigail se saisit du premier objet qu'elle trouva, un lourd cendrier de verre, ultime témoin d'une habitude depuis longtemps oubliée. Puis elle ouvrit la porte de sa chambre et descendit au rez-de-chaussée. Les cris commençaient à faiblir…

Elle sentit son cœur battre à tout rompre quand elle arriva au pied des marches et découvrit la scène… Le bas de Nylon qui enserrait le cou de la femme était profondément enfoncé dans sa chair, et il étouffait ses cris. Mais ses yeux…

Abigail en avait vu, en soixante-quinze ans. Elle avait vu un jeune garçon qui voulait devenir footballeur pleurer sur ses rêves envolés, tandis que les médecins tentaient de réparer sa jambe brisée. Elle avait vu ce même garçon, à l'âge adulte, venir la consulter, tout pâle, pour savoir s'il devait demander en mariage la femme qu'il aimait. Elle l'avait vu pratiquement s'évanouir quand on lui avait annoncé que sa jeune épouse était enceinte, puis rayonner de bonheur à la naissance de leur premier enfant. Elle avait vu son visage se décomposer lorsqu'il avait appris la mort de sa femme. Elle avait vu aussi des enfants trembler parce qu'ils craignaient d'être punis… Mais jamais, non jamais, elle n'avait vu des yeux pareils.

Ils étaient exorbités, sillonnés de vaisseaux sanguins rouges qui avaient éclaté, et leur regard vide était comme perdu dans l'éternité. Plus bas, les lèvres sanguinolentes semblaient ouvertes sur un prénom : « Abby ».

Abigail remarqua alors que la femme était nue. Sa chemise de nuit déchiquetée dépassait, dans son dos, apparemment nouée autour de ses poignets. Ses jambes s'agitaient vainement, bloquées sans trop de peine par l'homme qui était penché sur sa poitrine. Ce dernier releva la tête, et son mouvement s'accompagna d'un horrible bruit de déchirure, pareil à celui d'un tissu humide. Il cracha, et un morceau de chair s'écrasa sur le visage de la femme. Comme s'il pouvait voir à travers ses yeux à elle, il se retourna brusquement.

Un monstre.

Son visage était couvert de sang ; ses dents blanches et ses yeux étincelaient dans un masque de rage et de furie.

Abigail tremblait, à présent. Elle aurait dû fuir. Au lieu de cela, elle se précipita sur lui, le cendrier dans la main. Telle une lionne protégeant ses petits. En quatre pas, elle couvrit la distance qui les séparait, et elle frappa l'homme de toutes ses forces, avec son arme de fortune. Mais la lionne était âgée, et ses réflexes n'étaient plus ceux de la jeune femme qui, des années durant, avait protégé les enfants des dangers qui les menaçaient.

L'homme s'était tourné, si bien qu'il prit le coup non sur la tête, mais sur l'épaule. Il grogna de douleur, puis son bras partit. C'est alors seulement, au tout dernier moment, qu'Abigail vit la lame luisante dans sa main gantée. Juste avant que l'acier ne lui transperce la gorge, sauvagement.

Un instant, elle crut s'être trompée, car elle ne ressentait aucune douleur. Puis un jet de sang lui aspergea le visage et, alors que tout devenait sombre autour d'elle, elle comprit qu'il s'agissait de son propre sang.

Très loin, elle entendit une voix :

— Je l'aurai, *lui* aussi !

Abigail Reese était de nouveau en train de rêver. Elle courait dans une espèce de tunnel, tentant d'échapper au gargouillement humide qui la poussait. La lumière parut diminuer, dans le tunnel, avant d'exploser dans une clarté intense et de l'engloutir.

1.

Le sénateur Grant Lawrence marmonnait d'un air agacé, tout en feuilletant les amendements proposés à la résolution sénatoriale cinquante-deux. Et, comme chaque fois qu'il songeait au projet de loi qu'il avait présenté, il s'obligeait à penser : *les clams ont des lèvres.*

Par ces mots, il évoquait la première fois qu'il avait plongé dans les Keys de la Floride, du temps de son adolescence. Il avait vu alors de magnifiques coraux dans une eau cristalline, un spectacle dont il lui semblait impossible de se lasser.

En cette journée éclatante d'avril, en pleines vacances de Pâques, il glissait avec délices dans l'eau quand il avait aperçu dans le sable une ligne d'un rouge flamboyant, comme ondulée. Il s'en était approché, avait tendu la main, et la ligne s'était fendue en son milieu, le clam ouvrant sa coquille lorsqu'on venait troubler sa tranquillité. Décidant que le doigt de Grant n'avait rien d'appétissant, le coquillage s'était refermé, ne laissant de visible que cette ligne sinueuse rutilante.

Les clams ont des lèvres. Et ils mettent du rouge à lèvres, avait décidé Grant.

S'il faisait en sorte de ne pas oublier cette journée, c'était parce qu'elle ne se répéterait pas.

L'eau des Keys septentrionales était maintenant trouble, envahie par une algue qui étouffait le corail et cachait — ou chassait — les clams. Cette algue, on la devait à la présence d'azote dans l'eau, résultat du trop-plein d'engrais utilisés par les exploitants sucriers des Everglades. Et le problème ne se limitait évidemment pas à la région natale de Grant. Tout le long du littoral oriental et de la côte du golfe de Floride, les trop-pleins chargés d'azote alimentaient les algues marines qui avaient remplacé la flore originelle et déplacé l'industrie de la pêche.

La résolution sénatoriale cinquante-deux, la « RS 52 », était une tentative — trop timide, selon certaines critiques — pour limiter les dégâts. Certes, le projet était loin d'être parfait, mais il reposait sur des données scientifiques, recueillies par son équipe auprès de nombreux spécialistes. En outre, le coût de sa mise en œuvre resterait relativement raisonnable. Beaucoup de ses collègues sénateurs approuvaient le projet, et ses assistants avaient œuvré efficacement auprès des autres pour que sa résolution ait de bonnes chances d'être votée.

Toutefois, il n'était pas surpris de découvrir tous les amendements qui avaient été déposés, et dont la plupart n'avaient qu'un vague rapport avec le projet de résolution lui-même. Leurs auteurs cherchaient, avant tout, à faire entrer de l'argent dans les caisses de leurs Etats respectifs. Grant avait promis d'apporter son soutien à certains de ces amendements, en échange du vote de l'un de ses collègues en première lecture. Aussi détestable que puisse paraître ce genre de pratique, c'était le lot commun de la politique, et il l'acceptait comme un mal nécessaire.

Certains autres amendements étaient beaucoup plus dérangeants.

Le onzième amendement, par exemple, concernait l'affectation de fonds additionnels à l'EPA (Agence de protection de l'environnement) pour le suivi et la mise en application de la RS 52. La création de lois inapplicables était un vieux ressort politique. L'idée était de permettre aux législateurs de servir à leurs sympathisants toute une littérature électoraliste, de laquelle il ressortait qu'ils avaient voté sur des questions d'intérêt général sans pour autant nuire à ceux qui finançaient leurs campagnes, et dont les intérêts étaient ailleurs. Aux électeurs : « J'ai voté ainsi pour protéger votre environnement. » Aux financiers : « Mais je savais que ce projet de loi n'allait pas vous mettre sur la paille. »

Grant savait qui était derrière *cet* amendement. Randall Youngblood, qui dirigeait l'Association des producteurs de canne à sucre, et qui faisait maintenant du lobbying afin de créer une coalition de toutes les confédérations agricoles du pays. Randall Youngblood était un vieil ami de Grant, en même temps qu'un adversaire de toujours.

Les clams ont des lèvres.

Grant avait recours à cette image pour pouvoir se concentrer, tandis qu'il pataugeait dans un marais de motivations cyniques et de formulations opaques. Il gribouilla un grand « NON !!! » en travers du dix-neuvième amendement puis laissa le dossier de côté. Il travaillerait sur le reste plus tard.

Il s'accorda une minute de plus pour parcourir la revue de presse qu'on envoyait quotidiennement à tous les membres du Congrès. Compilée à partir des dépêches des agences de presse et des journaux du monde entier, elle offrait un court résumé des événements du jour. Un convoi d'aide humanitaire était tombé dans une embuscade en Colombie : la deuxième opération du genre en une semaine. Deux Américains figuraient parmi les victimes.

Grant jeta un rapide coup d'œil au reste de ses mails. Le seul à revêtir une quelconque importance lui notifiait une réunion du sous-comité aux affaires d'Amérique centrale et d'Amérique du Sud de la commission des services armés du Sénat. La réunion était programmée pour 10 heures. Le premier ordre du jour concernerait la Colombie, cela allait de soi. Mais la Colombie devrait attendre, songea Grant en éteignant son ordinateur. Il était 2 heures du matin, et il avait promis à ses filles de prendre le petit déjeuner avec elles.

Il éteignit sa lampe de bureau, et prit quelques secondes pour se masser les tempes, dans l'obscurité.

Une obscurité à la faveur de laquelle il pouvait oublier que ses cheveux commençaient à grisonner. Ses conseillers avaient consulté un spécialiste en image, lequel avait affirmé que ce gris lui conférait la dignité et la stature d'un homme politique. Grant, lui, estimait plus prosaïquement que ça le vieillissait. Mais, en l'espace d'une semaine, son équipe l'avait détrompé, grâce au travail d'un *focus group*. Son jogging quotidien, ses séances de musculation dans la salle de sport du Congrès et un régime alimentaire équilibré lui avaient, jusque-là, permis de rester mince. Le *focus group* avait le sentiment que ses cheveux gris de plus en plus nombreux adoucissaient agréablement son visage à la fois buriné et juvénile.

« L'énergie de la jeunesse, tempérée par la sagesse de l'expérience. »

Grant laissa échapper un soupir, puis se leva. A cet instant, le téléphone se mit à sonner. Sa ligne privée. Le nom de son correspondant s'était affiché sur le petit écran à cristaux liquides.

— Que se passe-t-il, Jerry ?

La voix de Jerry Connally était incroyablement tendue.

— Je... Merde, Grant, je ne sais pas comment dire ça. C'est Abby. Elle... elle est morte.

— Hein ?

Grant se laissa tomber dans son fauteuil.

— Non, fit-il dans un souffle.

— Elle a été... assassinée.

Abby ? Assassinée ? Grant sentit un froid intense l'envelopper. Il savait qu'un jour ou l'autre Abby serait trahie par son propre corps, mais ça... Ça dépassait l'entendement.

— Ce n'est pas possible, Jerry.

La voix de Jerry s'adoucit.

— Je suis désolé, Grant.

Abby était sa nounou, la femme qui avait élevé Grant, tandis que ses parents frayaient avec les riches et les puissants de ce monde. C'était Abby qui lui avait appris la différence entre le clinquant et l'or véritable, qui lui avait expliqué que les riches ne méritaient pas toujours les privilèges dont ils jouissaient. Et, quand il avait perdu sa femme, c'était encore Abby qui lui avait proposé d'élever ses filles. Sa mort était tout bonnement abominable.

La main crispée sur le combiné, il se pencha en avant. Le monde, autour de lui, semblait s'écrouler. Un léger bourdonnement lui emplissait les oreilles.

— Où ça ? Comment ?

— Elle était chez elle. Elle a été poignardée.

Non. C'était impossible. L'esprit de Grant se rebellait contre la réalité.

— Un cambrioleur ? demanda-t-il machinalement, sans réfléchir.

— Je ne sais pas. Mais… il y a pire.

— Pire ? répéta Grant.

Ses doigts se contractèrent encore plus sur le combiné, jusqu'à lui faire mal. Mais cette douleur était lointaine, submergée par l'horreur de l'instant.

Jerry marqua une pause.

— Stacy a été tuée, aussi. Un crime… épouvantable.

La pièce se mit à tournoyer ; des images fantomatiques tourbillonnèrent dans l'obscurité, se rapprochant de lui. Grant se pencha et alluma la lampe pour les tenir à distance. Quand il se redressa, la pièce se remit aussitôt à tournoyer. La lumière lui transperçait les yeux.

— Stacy ? Qu'est-ce qu'elle faisait là-bas ?

— Ne t'inquiète pas. Je… je m'occupe de ça.

— De quoi ? Que s'est-il passé ?

Il pensait avoir atteint le comble de l'effroi, mais il comprit qu'il n'en était rien lorsqu'il entendit Jerry lui répondre d'une voix glaçante :

— Je ne suis pas certain que tu aies envie de le savoir, sénateur.

Karen Sweeney regarda de nouveau le corps, dans l'impasse, puis détourna les yeux.

— Quelle horreur, bon sang !

Le visage livide, le sergent Terry Ewing hocha la tête.

— Quelqu'un était vraiment en colère contre elle.

— On dirait, oui.

Karen s'obligea à détourner la tête, et se réfugia dans la routine.

— Bien, sergent, faites-moi un relevé des lieux avec identification de toutes les personnes qui se trouvaient dans les alentours, en commençant par celle qui a trouvé le corps. Vous me fermez l'allée, aussi. Je ne veux voir que le légiste.

— Je dois appeler l'officier chargé des relations avec la presse ?

— Essayez toujours, mais il a déjà son compte de boulot avec College Hill.

Karen aurait préféré, en effet, que l'officier de presse se charge des médias. Mais elle ne se faisait guère d'illusions : il devait avoir fort à faire, cette nuit, avec cette femme noire et ses deux enfants abattus au cours d'une fusillade. Le projet College Hill avait été mis à mal par une soudaine escalade de la violence des gangs, conséquence tragique et ironique d'un gros coup de filet qui avait décimé et privé de chef l'ancien gang dominant : les Dark Angels. Trois autres gangs s'étaient engouffrés dans la brèche, et s'affrontaient pour le contrôle d'un territoire lucratif où l'ecstasy, le crystal meth, le smack et autres dérivés de l'amphétamine se déversaient dans des quartiers privés d'espoir, où la vie humaine n'avait pas beaucoup de valeur. L'officier de presse serait donc présent là-bas, plein de sang-froid et d'autorité, pour essayer de convaincre les journalistes qu'il ne fallait pas accorder trop de signification aux désordres qui agitaient College Hill. L'inspectrice Karen Sweeney était donc seule.

Elle soupira et s'adressa de nouveau au policier.

— Qui est votre équipier, et où se trouve-t-il ?

De la tête, il indiqua le bout de l'impasse.

— C'est l'agent Stan Barnes. Il sort tout juste de l'école… Il est dans la voiture.

Toujours de la tête, Ewing désigna une petite mare jaune pâle, au pied du mur qui faisait face au cadavre.

— Il a dégueulé tout ce qu'il avait dans le ventre.

Karen regarda les taches sur le poignet d'Ewing, et comprit qu'il devait se trouver avec son jeune collègue, quand ça s'était passé. Elle voyait assez bien la scène… alors qu'elle avait le plus grand mal à visualiser le déferlement d'horreur qui s'était abattu sur la jeune femme à ses pieds. Elle imaginait donc Ewing en train de tapoter l'épaule du jeune policier, lui offrant le soutien qu'il pouvait avec quelques mots choisis, tandis que l'autre se voyait privé de toute fierté.

— Dites-lui que ça n'est pas grave, qu'on en passe tous par là, au début.

— C'est déjà fait, dit simplement Ewing.

— Très bien. Occupez-vous du repérage des lieux, maintenant. Et dites à… Barnes, c'est ça ? Dites-lui qu'on va utiliser sa voiture de patrouille comme poste de commandement, jusqu'à ce qu'on nous envoie une camionnette « scène de crime ». Je ferai une déclaration à la presse dès que j'en saurai un peu plus. En attendant, tout ce qu'il sait, c'est qu'on a trouvé le cadavre d'une femme blanche et que l'enquête est en cours.

— Le baratin habituel, dit Ewing. Ça lui donnera quelque chose à faire. Bonne idée, inspecteur.

— Merci.

Il hocha la tête, inscrivit son nom et son numéro de badge sur un clipboard, avant de rejoindre le bout de l'impasse.

Karen posa son sac sur une benne à ordures, et en sortit une dizaine de cartons, tous marqués d'un numéro inscrit au feutre noir. Elle se baissa, posa la carte « 1 » à côté de la flaque de vomi, et enregistra sa voix sur son Dictaphone.

— Elément un : tache jaune-marron au pied du mur nord, face à la victime : vomi du policier Stan Barnes.

Elle poursuivit ainsi, de façon méthodique, remontant d'abord l'impasse le long du côté nord jusqu'à son extrémité, marquant et notant une tache d'huile, deux mégots de cigarettes éteints et détrempés, et une demi-douzaine de débris, probablement sans intérêt. Une fois au bout de l'allée, elle sortit un gros morceau de craie jaune, et traça une flèche dont la pointe était dirigée vers l'intérieur de l'impasse. Accroupie, elle la prolongea jusqu'à son sac, en une longue ligne irrégulière mais bien visible. Il s'agissait de délimiter une zone de passage que le légiste et les policiers pourraient utiliser pour emporter le corps sans détruire les indices.

Quand elle eut bouclé cette étape, Karen avait réussi à repousser l'horreur de son esprit — du moins, pour un temps. Elle pouvait s'intéresser au cadavre et à son environnement immédiat, avec tout le détachement et le professionnalisme qui s'imposaient. Elle approcha de ses lèvres le micro de son Dictaphone, et parla :

— La victime est une femme blanche de vingt, vingt-cinq ans. Des marques de contusions et des traces sur les poignets indiquent que les mains ont été attachées, même si le lien utilisé n'est pas visible, pour l'instant. Le bas en Nylon serré autour du cou de la victime ainsi que les capillaires éclatés au niveau des yeux et des gencives laissent penser que la strangulation est la cause du décès. On remarque des tissus manquants au niveau des seins, de la partie inférieure de l'abdomen et du haut des cuisses, avec des bords déchirés. Comme si la peau avait été arrachée avec les dents. D'importantes taches de sang sur la peau, en partie coagulées, indiquent que tout cela a été fait pre-mortem.

S'obligeant à prendre du recul mentalement, elle se fit une impression générale de la victime. Pas une prostituée, décida-t-elle. Cela pouvait aider, car il y avait des chances pour qu'on signale assez rapidement sa disparition.

Karen se détourna de nouveau parce que l'émotion menaçait son objectivité. Elle inspira profondément, puis se força à poursuivre, reportant un regard clinique sur la victime. Quelque chose clochait, songea-t-elle soudain.

— La lividité n'est pas régulière. Plus importante sur la gauche, l'épaule, le bras, la hanche, la partie supérieure de la cuisse et le mollet, alors que la victime a été trouvée sur le dos. Il se peut donc qu'elle ait été…

Karen coupa le Dictaphone, et se tourna vers le bout de l'impasse.

— Ewing ! Venez une minute, s'il vous plaît !

Le policier la rejoignit en suivant l'itinéraire qu'elle avait délimité à la craie.

— Qu'est-ce qui se passe, inspecteur ?

— Je pense que le corps a été déplacé. Demandez à Barnes de dégager la rue tout autour de l'entrée de l'impasse, et de photographier les traces de pneu. Qu'il prenne une photo de ma voiture, de la sienne et de la vôtre, pour les éliminer au moment des examens.

Elle leva les yeux vers le ciel couvert. L'air de Floride était lourd d'humidité.

— Et dites-lui de se grouiller. J'ai l'impression qu'il ne va pas tarder à pleuvoir.

— Entendu, madame.

Karen revint vers son sac, en sortit un rouleau de papier paraffiné, déchira une longue bande qu'elle déposa sur le côté gauche du cadavre, et la lesta à chaque extrémité avec des boîtes de pellicule photo. Avec soin, elle souleva un peu le papier et examina la peau rougeâtre au niveau de la hanche et de l'épaule. Les petites rides étaient légères mais bien visibles ; elles s'estompaient le long des bras et des cuisses. En haut des cuisses, Karen vit de légères traces de sang qui rappelaient celles de l'abdomen. Elle pressa le bouton d'enregistrement de son Dictaphone.

— Rappeler au légiste de rechercher sur le corps des fibres de tapis. La victime a probablement été transportée depuis la scène du crime dans une position fœtale, couchée sur le côté gauche. Sans doute dans le coffre d'une voiture.

Deux heures plus tard, l'inspectrice Karen Sweeney regardait les assistants du légiste tirer la fermeture Eclair du sac mortuaire noir et le soulever sur un brancard. Les techniciens spécialisés dans les scènes de crime étaient arrivés une demi-heure plus tôt, et elle avait compris, depuis longtemps, que la sans-abri qui était tombée sur le cadavre était bien trop déconnectée de la réalité pour offrir la moindre information utile. Comme il ne lui restait plus grand-chose à faire, elle rejoignit sa jeep Wrangler, but une longue gorgée d'eau tiède à sa bouteille, et entreprit de jeter un coup d'œil aux rapports préliminaires d'Ewing et de Barnes, au cas où ils auraient remarqué quelque chose qui lui aurait échappé.

Elle était plongée dans sa lecture quand son téléphone cellulaire sonna. Elle reconnut la voix familière du sergent Laura Aranchez, la standardiste de nuit de la division homicide.

— Vous allez me détester, Karen.

— Surtout, n'allez pas plus loin, Aranchez !

Karen entendit un soupir, à l'autre bout de la ligne, et elle sut ce qui l'attendait avant même qu'Aranchez ait parlé.

— Désolée, inspecteur. Une femme, noire, à Tampa Palms.

Suivit l'adresse.

Karen réprima sa colère. D'accord, College Hill était important, mais la femme d'une vingtaine d'années qu'on venait de retrouver dans une impasse, le corps affreusement mutilé, l'était tout autant.

— J'ai encore dû travail, ici, Aranchez. Ils ne peuvent pas libérer quelqu'un ?

— Le lieutenant a dit que c'était vous. Il veut que vous soyez là-bas dans moins de vingt minutes.

Aranchez marqua une pause.

— L'adresse est celle du sénateur Lawrence, précisa-t-elle.

« Merde ! » pensa Karen. Ça expliquait tout.

— Je pars.

La nuit s'annonçait beaucoup plus longue que prévu.

Il fallut une dizaine de minutes à Karen pour atteindre l'adresse de Tampa Palms. Les techniciens spécialisés dans les scènes de crime étaient déjà en train de sortir le matériel de leur camionnette quand elle s'arrêta devant la maison.

Un homme d'environ quarante-cinq ans, vêtu d'un pantalon de costume bleu et d'une chemise blanche, l'intercepta alors qu'elle se dirigeait vers la porte. Il lui tendit la main.

— Jerry Connally, dit-il, comme si son nom était censé signifier quelque chose pour Karen.

Les sourcils froncés, elle fit un pas de côté.

— Inspecteur Sweeney, de la police de Tampa. Qu'est-ce que je peux faire pour vous, monsieur Connally ?

— Je suis le conseiller spécial du sénateur Lawrence.

D'un mouvement de la tête, il désigna la maison, et ajouta :

— Vous avez compris que c'était chez lui, ici ?

« Seigneur ! pensa Karen. Ça commence déjà ! »

— Je l'ai compris, oui. C'est aussi le lieu d'un crime, et je suis l'inspecteur chargé de l'enquête. J'ai dû abandonner une autre affaire pour venir ici au plus vite. Par conséquent, si vous voulez bien m'excuser…

Il se déplaça sur le côté pour la laisser entrer, mais son attitude laissait penser qu'il voulait la dominer, dominer tout et tout le monde afin de protéger ce dont il avait la charge. Karen se demanda si le sénateur Lawrence appréciait cela… ou s'il en avait même seulement conscience.

Puis elle écarta le gêneur d'un coup d'œil, et pénétra dans la maison.

Celle-ci était conforme au quartier résidentiel dans lequel elle se trouvait. L'entrée était vaste, avec un sol en marbre vert et un imposant escalier. Une intense activité régnait dans la pièce qui se trouvait juste sur la droite de Karen. Elle apercevait les techniciens, qui s'affairaient comme une armée de fourmis sur un cadavre frais. Et le cadavre en question se trouvait par terre, caché sous une couverture. La quantité de sang répandu sur le mur, sur le canapé, et tout autour du corps en disait long sur ce qui avait dû se passer.

La pièce elle-même n'était pas typique de la Floride. Elle ressemblait plutôt aux intérieurs bourgeois du XIIIe ou du XIXe siècle, à ceci près qu'elle était dominée par des couleurs crème et écru. Il y avait du crème partout. Ainsi que du sang. Beaucoup de sang.

Avec tous ces techniciens à l'ouvrage un peu partout, Karen ne savait trop quoi faire, sinon demander à voir le corps et tâcher de découvrir ce qu'on avait appris, jusque-là. Elle haussa un sourcil en croisant le regard de Millie Freidman, qui dirigeait l'équipe de spécialistes. Millie hocha la tête, échangea quelques mots avec l'un de ses hommes, et rejoignit Karen en prenant soin de rester à l'intérieur du territoire délimité au sol avec du ruban adhésif.

— Alors ? interrogea Karen.

— C'est pas joli-joli. On a tranché la gorge à la nounou du sénateur. Elle avait soixante-quinze ans.

Karen grimaça. La violence à l'encontre des personnes âgées semblait toujours inexcusable. Comme les enfants, ils étaient sans défense.

— Ouais, fit Millie en réagissant à la grimace de Karen.

— Un cambriolage ?

— Il semble qu'on n'ait rien dérangé dans la maison. Des hommes sont en train de la passer au peigne fin.

— D'autres traces de blessure sur le corps ?

— Je n'en ai pas trouvé.

Karen hocha la tête. En cet instant, elle avait vraiment l'impression d'être la cinquième roue du carrosse.

— Qui a trouvé le corps ?

Millie eut un sourire de dérision.

— Le chien de garde du sénateur.

— Connally ?

— C'est ça, oui.

Karen jeta un coup d'œil à sa montre.

— A une heure pareille ?

Aussi désagréable que lui apparaisse cette perspective, elle allait devoir s'entretenir avec Jerry Connally.

Une raison, parmi beaucoup d'autres, qui lui rendait pénible ce fichu boulot.

Bien qu'il fît de son mieux pour le cacher, Jerry Connally était extrêmement nerveux. Lui qui exerçait, d'ordinaire, un contrôle total sur lui-même et sur les autres, il se sentait presque… démuni.

Durant ses études de droit, la remarque d'un de ses professeurs était restée gravée dans son esprit : « Les criminels ne se font pas prendre parce que les policiers sont brillants ; les criminels se font prendre parce qu'ils sont stupides. Pour un détail auquel ils pensent, avait ajouté le professeur, ils en oublient cinq. Et ce sont ces cinq-là qui les perdent. »

Jerry s'était efforcé de penser à un maximum de choses, tandis qu'il déplaçait le corps de Stacy. Et il se considérait comme un type assez intelligent. Autant dire que, pour chaque détail auquel il avait pensé, il en avait probablement laissé passer deux ou trois.

L'essentiel, dans l'histoire, c'est que Grant Lawrence en valait la peine. Et si jamais Jerry se retrouvait sur la chaise électrique pour sauver Grant… ce serait parce que son destin en avait décidé ainsi. Grant méritait ce sacrifice.

Il s'arrêta quelques instants dans l'entrée, le temps de s'observer dans le grand miroir richement orné, et de s'assurer qu'il n'avait pas l'air d'un criminel soucieux de cacher quelque horrible secret.

Son visage ouvert, indéniablement irlandais, était plus sombre que d'ordinaire, mais rien de plus. Pour se rassurer, il songea qu'une certaine nervosité était naturelle dans un moment pareil. Après tout, il avait découvert le corps d'une femme : une femme âgée, tuée dans des conditions dramatiques. Peu importait, alors, que le nœud de sa cravate soit légèrement défait ou que les cheveux qui lui restaient soient en désordre. Au contraire, c'était de circonstance.

Plongeant les mains dans ses poches pour cacher leur tremblement, il ressortit. Il ne voulait pas entendre ce que les techniciens racontaient à cet inspecteur. Quel était son nom, déjà ? Swanson… ou Swenson. Non, Sweeney. Oui, c'était ça. Il sentait qu'il aurait du mal à la contrôler, celle-là. Il allait devoir faire quelque chose à ce sujet.

Au même moment, elle apparut à côté de lui. Bon sang, il ne l'avait même pas vue sortir de la maison ! Il lui adressa aussitôt son sourire le plus affable.

— Je peux faire quelque chose pour vous, inspecteur ?

Elle le regardait avec ses singuliers yeux gris, qui donnaient l'impression d'être dépourvus de toute couleur, à l'exception de minuscules éclats verts autour des pupilles. Des yeux de prédateur — de prédatrice, en l'occurrence.

— J'ai cru comprendre que c'était vous qui aviez trouvé le corps ?

Il se contenta de hocher la tête.

— Il devait être… 3 heures, environ. Qu'est-ce que vous faisiez ici ?

Cette partie ne posait aucune difficulté. C'était la vérité.

— Le sénateur m'a laissé un message, hier soir, expliqua Jerry. J'étais sorti avec ma femme. Il avait besoin de documents qui avaient été faxés à son bureau, au sujet du projet de loi qui doit prochainement passer au vote. Nous sommes rentrés vers 1 heure, mon épouse et moi. J'ai trouvé le message et je suis reparti aussitôt.

— Ça ne pouvait pas attendre jusqu'à ce matin ?

— Si. Mais j'avais l'intention d'emmener mes enfants pêcher, aujourd'hui. Je préférais tout régler cette nuit pour avoir la journée entièrement libre.

Il soupira.

— C'était bien la peine de faire des projets !

Karen Sweeney lui donna l'impression de le transpercer du regard.

— Je suis persuadée qu'Abigail Reese n'avait pas projeté d'être assassinée.

C'était, au mieux, une remarque sarcastique, et il aurait pu relever, afin de marquer un point. Mais, dans l'immédiat, c'était elle qui était en position de force. Il était préférable de laisser passer, d'attendre qu'elle se rende compte qu'elle était allée trop loin, et reprendre l'avantage au moment où elle lui présenterait ses excuses.

— C'est juste, inspecteur.

Les excuses ne vinrent pas. Elle ne semblait même pas s'être rendu compte qu'elle avait dépassé certaines limites. Une femme dangereuse.

Le transperçant toujours du regard, elle demanda :

— Vous ne craigniez pas de réveiller la vieille dame en venant aussi tard ?

Il secoua la tête, et serra les poings dans ses poches.

— Abby était un peu dure d'oreille. Il m'est déjà arrivé de venir pendant qu'elle dormait.

— Vous avez une clé, et vous connaissez le code du système d'alarme, j'imagine ?

— En effet. Pour des situations de ce genre. Le bureau du sénateur se trouve à l'arrière de la maison.

Sans un mot, elle se tourna pour jeter un coup d'œil au verrou de la porte. Bon sang ! Il n'avait pas pensé à ça. Rien n'indiquait qu'il avait été forcé. Merde !

Elle se tourna de nouveau vers lui.

— L'alarme était activée, quand vous êtes arrivé ?

Il réfléchit rapidement, et décida que la vérité était encore préférable, sur ce point.

— Non.

— Vous n'avez pas trouvé ça étrange ?

— Pas trop. Il arrive qu'Abby oublie de la mettre.

Ça aussi, c'était vrai. Grant s'en était, d'ailleurs, plaint, une fois. L'idée qu'elle oublie de brancher l'alarme alors que les enfants étaient à la maison l'angoissait.

— Comment le savez-vous ?

— Parce que le sénateur m'a confié son inquiétude, un jour. Il n'aimait pas du tout ça.

La jeune femme opina du chef, comme si elle acceptait cette explication.

— Comment êtes-vous entré ?

— Par la porte de devant. Comme je le fais toujours.

— Et ensuite ?

— J'ai allumé dans l'entrée, et je me suis dirigé vers le bureau. Mais, quand je suis passé dans le salon…

Il s'interrompit. Il ne simulait plus rien, en cet instant. Sa gorge se serra, son visage se figea.

— Je… j'ai senti.

Elle hocha encore une fois la tête. Apparemment, elle comprenait ce qu'il voulait dire.

— Et alors ?

— J'ai allumé et… Mon Dieu !

Impossible de poursuivre, alors qu'il se remémorait ces quelques minutes durant lesquelles il avait eu l'impression de se retrouver dans un abattoir. Cela ne ressemblait à rien de ce qu'il avait pu voir jusque-là. Et puis…

Il se détourna brusquement, et s'obligea à respirer de façon posée, contrôlée. Il ne voulait pas craquer devant Karen Sweeney. Ni devant personne d'autre, d'ailleurs… Il se rappelait ce spectacle hideux. Horrible. Il n'y avait pas de mots.

— Monsieur Connally, reprit la jeune femme, derrière lui, après combien de temps nous avez-vous appelés ?

2.

Grant regarda l'eau dégouliner de son visage et tomber dans l'évier. Malgré deux bains de bouche, le goût était toujours aussi fort. Quant au visage qu'il contemplait dans le miroir, il ne reflétait ni l'énergie de la jeunesse ni la sagesse de l'âge. Il avait le teint pâle, les traits tirés et les yeux cernés.

Il inspira profondément, et se dit qu'il devait réagir.

Qu'allait-il dire aux filles ? La veille au soir, avant d'aller se coucher, elles avaient appelé Abby. Juste pour lui dire bonsoir, avaient-elles affirmé. En fait, il ne se rappelait pas un seul soir où elles n'avaient pas appelé la vieille dame quand elle se trouvait loin d'eux. Cela faisait partie du rituel du coucher, au même titre que les câlins, le brossage des dents ou encore le moment où il les bordait dans leur lit.

Qu'allait-il leur dire ?

Il devait rentrer à Tampa. De cela, au moins, il était certain. Mais, d'abord, il devait appeler ses parents. Leur expliquer ce qui venait d'arriver et leur demander de prendre les filles… Une seule chose à la fois, se dit-il.

La voix de son père était lourde de sommeil.

— Papa…

Prononcer ce simple mot eut raison des derniers remparts

derrière lesquels il se cachait encore. Des sanglots le secouèrent.

— Grant ? Qu'y a-t-il ?

— Abby... Abby...

Son père comprit. Comme toujours.

— Mon Dieu...

Grant entendit sa mère s'agiter derrière lui, demander ce qui se passait.

— Est-ce que je peux vous amener les filles, papa ?

La réponse fut immédiate.

— Evidemment. Ta mère et moi, on se prépare.

— Je l'aimais, bredouilla Grant, la voix brisée.

— Nous l'aimions tous, mon fils. Amène-nous les petites. Ne perds pas de temps.

Jerry Connally secoua la tête.

— Honnêtement, je ne sais pas, inspecteur. J'ai bien conscience que ce n'était pas la chose à faire, mais j'ai d'abord jeté un coup d'œil dans toute la maison, pour savoir si l'assassin était toujours là. J'ai bien vu qu'Abby était morte.

— Vous vous en êtes rendu compte avant ou après avoir inspecté la maison ?

— Avant, je dirais. Je ne suis pas sûr.

Il marqua une pause.

— C'est curieux. J'ai dû voir à la télé une centaine de feuilletons dans lesquels quelqu'un trouve un cadavre, panique et fait quelque chose de stupide. Chaque fois, j'ai dû me dire que c'était un procédé grossier dans le scénario. Pourtant, je crois bien que c'est exactement ce que j'ai fait.

— Vous vous êtes approché du corps ?

— Oui. Pour tâter le pouls.

Connally baissa les yeux sur ses mains et frémit de façon perceptible. Puis il releva les yeux.

— C'est au niveau du cou qu'il est le plus fort. Le plus facile à trouver, aussi. Je…

Karen l'observait. Il avait le teint couleur cendre. Il n'était pas trop difficile de deviner ce qui s'était passé. Regarder la scène constituait déjà une épreuve. Toucher le corps avait de quoi retourner l'estomac le plus endurci. Elle se contenta de hocher la tête, et attendit qu'il poursuive.

— En fait, je crois que je me suis d'abord occupé d'elle, avant de fouiller la maison, reprit-il au bout d'un moment. Ces empreintes de pied doivent être les miennes. Certaines, du moins. Il y a peut-être aussi les siennes. Je ne sais vraiment pas, inspecteur. Dieu sait si j'aimerais, pourtant.

Karen se demanda si cet homme était un excellent acteur, ou bien s'il avait été réellement traumatisé. En tout cas, l'expression de ses émotions sonnait juste.

— Vous avez donc inspecté la maison. Et, ensuite, vous avez téléphoné ?

Il frémit. Cachait-il quelque chose ? Un fait qu'il n'était pas certain de vouloir révéler ?

— Je crois que j'ai d'abord essayé de contacter le sénateur Lawrence. J'ignore quelle heure il était, mais on devrait pouvoir trouver ça sur le journal de mon téléphone portable.

— Vous avez appelé le sénateur Lawrence avant de nous contacter ?

Il leva une main en même temps qu'il expirait nerveusement. Aux yeux de Karen, cela ne faisait plus aucun doute : cet homme était bouleversé.

— Il me semble. J'ai du mal à me remémorer l'ordre exact dans lequel se sont déroulés les événements. Je n'étais pas réellement en mesure de comprendre ce que je voyais. Je me rappelle avoir inspecté la maison. Avoir vérifié si Abby était morte. Et, quand j'en ai eu la confirmation… j'ai tout de suite pensé à Grant et à ses enfants. Ils adoraient cette femme. Elle faisait partie de leur vie depuis toujours. Et, quand j'ai su qu'elle était décédée, je… Oui, il est bien possible que ce soit lui que j'aie appelé en premier.

Il regarda Karen intensément, avec une profonde émotion.

— Quelle différence cela fait-il, inspecteur ? demanda-t-il. Elle était morte. Abby était morte.

Karen refusa de lui donner ne fût-ce qu'un instant pour se reprendre. Au contraire, elle accentua la pression.

— Ça pouvait faire une différence si le crime était tout récent. Dans ce cas, nous aurions eu une chance de trouver l'assassin dans le voisinage.

Il secoua la tête.

— Comment vouliez-vous que je pense à une chose pareille ? Alors que cette femme, que je connaissais depuis des années, venait de se faire tuer sauvagement. Alors que des gens que j'aime allaient être déchirés par ce drame.

Il se détourna et s'éloigna, sans un mot de plus.

Karen s'accorda un moment de réflexion, puis elle décida de le laisser partir. Son instinct lui soufflait que Jerry Connally n'était pas le tueur. Elle gardait, néanmoins, la certitude qu'il lui cachait quelque chose.

Elle retrouva Millie en train de relever les empreintes sur un gros cendrier de verre.

— J'ai trouvé ça par terre, à ses pieds, dit-elle en levant les yeux. Il y a des empreintes. Probablement celles de la victime.

Elle le retourna.

— Il y a aussi du sang, en dessous. Ça doit venir des fibres du tapis.

— Résumons-nous. Elle porte une chemise de nuit et un peignoir de bain. Le cendrier ne présente pas d'empreintes digitales ensanglantées. Seulement du sang récolté sur le tapis. Pour moi, ça nous donne à peu près ceci : elle dort — ou elle est en train de s'endormir —, elle entend quelque chose, elle prend un cendrier au passage, puis elle descend et elle surprend l'assassin.

Millie hocha la tête, tout en balayant la pièce du regard.

— Ça pourrait coller, oui.

— Mais qu'est-ce qu'il fabriquait, l'assassin, quand elle est arrivée ? Il cambriolait la maison ? D'après Connally, il ne manque rien.

Karen désigna d'un hochement de tête une table basse laquée sur laquelle se trouvaient des coupes remplies de confiseries.

— C'est de l'argent, dit-elle. Il y a d'autres objets du même genre, ici et là. Même si notre homme a paniqué après avoir tué la vieille dame, il aurait pu récupérer deux ou trois bricoles dans la pièce, non ?

— Je ne suis pas profileuse, Karen. Alors, ne me demande pas de t'expliquer le cheminement intérieur des criminels. Moi, je m'intéresse à ce qu'ils laissent derrière eux.

— Vous avez pris des photos des éclaboussures de sang ?

Millie hocha la tête.

— Oui. Et toutes les empreintes de pied ont été répertoriées.

Karen consulta sa montre. Il était presque 5 h 30.

— Je vais faire un petit tour dans le voisinage, annonça-t-elle. Un voisin a peut-être vu ou entendu quelque chose. Cette affaire est délicate, ajouta-t-elle en secouant la tête.

Millie eut un sourire un peu triste.

— Comme toutes les autres, Karen. Comme toutes les autres.

Dehors, bien qu'il fît nuit et que la plupart des gens fussent toujours dans leur lit, une petite foule avait commencé à se rassembler dans la rue. Une toute petite foule, en vérité. On était dans un quartier aisé où les gens se montraient plutôt discrets. Une poignée de badauds avait quand même trouvé le moyen de s'attrouper. Des gens qui donnaient l'impression d'être tombés de leur lit et de s'être habillés en quatrième vitesse. Il devait s'agir des plus proches voisins, vraisemblablement inquiets du danger auquel leur propre famille était exposée. Ça, c'était l'explication rationnelle.

Sauf qu'un souvenir venait de s'imposer à Karen : celui d'une nouvelle de Ray Bradbury intitulée *La Foule.* Dans cette histoire, le même groupe de personnes se rassemblait après chaque accident mortel de la circulation. Et, dans l'immobilité précédant l'aube, Karen avait le sentiment que c'était un peu la même histoire qui se déroulait. Les visages qu'elle avait devant elle, soucieux, curieux, avec ces yeux scrutateurs qui donnaient l'impression de vouloir percer l'obscurité, le cordon de sécurité, et même les murs de la maison Lawrence, auraient pu être les mêmes visages qu'elle avait déjà vus à l'occasion de dizaines d'autres enquêtes pour meurtre. Le visage d'une société marquée par un sentiment de culpabilité collective, mais aussi une fascination morbide pour les abîmes du mal.

Elle avait vu trop de personnes de ce genre. Autour d'une maison où un ivrogne avait battu sa femme à mort. Autour d'un terrain de jeux où une transaction de drogue avait mal tourné. Autour d'un bar où les poings avaient pris le relais des mots… Toujours les mêmes visages. Toujours les mêmes questions.

Karen secoua la tête pour s'éclaircir les idées. Il était tard et elle était fatiguée, d'accord, mais le moment était vraiment mal choisi pour ce genre d'élucubrations. Ces gens-là étaient juste des voisins curieux et inquiets.

Elle se dirigea vers eux. Les maisons du quartier s'élevaient sur de vastes terrains conçus de façon à donner à chaque résident l'illusion qu'il était seul au monde. Ces gens ne s'étaient peut-être jamais adressé la parole, mais la tragédie qui venait de se produire les réunissait, en cet instant.

— Bonjour, dit-elle en arrivant à leur hauteur.

Ils s'étaient rassemblés derrière le ruban de sécurité, veillant bien à ne pas déranger.

— Je suis l'inspecteur Sweeney.

— Que s'est-il passé ? demanda un homme d'environ quarante-cinq ans.

— Je peux vous demander qui vous êtes ?

— Wes Marlin. J'habite de l'autre côté de la rue. Et j'aimerais savoir ce qui se passe.

— Je n'en doute pas, répondit Karen avec un sourire poli, tout en sortant son carnet et son stylo. Numéro de téléphone ?

— Pourquoi ? Je n'ai rien vu ni entendu. Je suis inquiet, c'est tout. J'ai une femme et des enfants.

— Oui, bien sûr. Puis-je avoir votre numéro de téléphone, je vous prie ?

Il le lui donna, avec son adresse. Puis Karen se tourna vers les autres.

— Quelqu'un a-t-il vu ou entendu quoi que ce soit ?

La plupart secouèrent la tête, presque à l'unisson, comme si la petite foule était devenue une entité. Des « que s'est-il passé ? » étouffés s'élevèrent ici et là, indiscernables les uns des autres.

Puis un autre homme prit la parole.

— J'ai entendu une voiture, dit-il.

Aussitôt, Karen s'intéressa à lui.

— Vous êtes ?

— Art Wallace. J'habite à côté.

Il désigna une maison sur la droite.

— Les Lawrence sont un peu une seconde famille, pour moi. Nous sommes amis depuis plus de dix ans. Nos enfants jouent ensemble. Alors, je vous en prie, est-ce que vous pourriez juste me dire si Abby va bien ?

— Abby ?

— La nounou… même si elle est bien plus que cela. Grant a pris les filles avec lui, à DC, et elle est donc toute seule à la maison. Est-ce que tout va bien ?

Lui aussi devait avoir dans les quarante-cinq ans. Un

visage affable, la raie sur le côté, plutôt séduisant, il portait des lunettes qu'il avait dû payer une fortune.

— Vous connaissez bien Abby ? lui demanda-t-elle.

— Bien sûr ! Elle fait pour ainsi dire partie de la famille Lawrence.

— Vous avez parlé d'une voiture. Quand l'avez-vous entendue ?

— Je ne suis pas absolument sûr. Je me suis réveillé un instant. La voiture avait un de ces pots d'échappement bruyants que certains semblent beaucoup apprécier. Je me suis dit que si jamais son propriétaire habitait dans le coin, on aurait une conversation, tous les deux. Ensuite, je me suis rendormi, jusqu'à ce que j'entende une grande agitation... Et pour Abby ? Vous ne m'avez toujours pas dit.

— Je suis désolée, monsieur Wallace...

Il la regarda un instant, puis son visage parut se décomposer.

— Mon Dieu..., fit-il d'une voix à peine audible.

Il se détourna et s'éloigna dans l'obscurité.

Karen décida de le laisser, pour l'instant.

— L'un de vous aurait-il entendu un bruit de pot d'échappement ? demanda-t-elle alors aux autres.

Elle n'obtint que des réponses négatives. Mais elle se rendait bien compte que tout ce petit monde ne faisait plus vraiment attention à elle. Ils pensaient tous au fait qu'un voisin avait été assassiné. L'un après l'autre, ils se dispersèrent et se fondirent dans l'aube naissante.

Grant déposa Belle, sa fille de six ans, dans les bras de son père. Derrière lui, Catherine Suzanne, neuf ans, titubait. Elle transportait l'ours en peluche de Belle, et une couverture duveteuse qui datait du temps où elle était bébé, et qu'elle avait toujours gardée. Tirées de leur lit à 3 heures du matin, embarquées ensuite dans un vol de nuit, les deux fillettes étaient épuisées.

Tout excitée par l'étrangeté de la situation, Belle ne s'était endormie qu'une quinzaine de minutes avant l'atterrissage. Cathy était restée éveillée. Plus âgée et un peu plus mûre, elle avait compris que quelque chose n'allait pas. Jusque-là, pourtant, elle n'avait posé aucune question. Cathy était ainsi. Elle gardait tout en elle.

Bryce pressa l'épaule de son fils.

— Qu'est-ce que tu leur as dit ? demanda-t-il.

— Rien. On verra plus tard. Elles ont besoin de dormir, papa.

Bryce hocha la tête, tout en serrant Belle dans ses bras et en souriant à Cathy.

— Comment va ma citrouille ?

— Bien, grand-père.

La réponse était conforme à l'habituelle réserve de Cathy.

— Tant mieux ! dit Bryce avec entrain. Bon, vous allez venir chez papy et mamie, maintenant, et faire un bon gros dodo. Pour plus tard, mamie a prévu des pancakes.

Melinda Lawrence entraîna son fils à part, tandis que Bryce installait les filles dans la voiture. Elle aussi avait les yeux rougis par les larmes. Abby occupait une place aussi importante dans leurs vies que dans celle de Grant.

— Maman…

Elle attira son fils dans ses bras. Une étreinte chaleureuse, malgré toutes les histoires colportées par les médias, cette légende qui faisait de lui un enfant ayant grandi en marge du monde scintillant de ses parents producteurs de cinéma. Oui, Abby l'avait élevé. Oui, ses parents avaient travaillé dur, sans compter les heures. Et, s'ils étaient souvent contraints de se déplacer, pour se rendre sur tel ou tel tournage, ils avaient veillé à lui donner un environnement stable : même établissement scolaire, même maison, même chambre où les châteaux en Lego avaient été remplacés par des posters de sportifs, puis par les trophées que Grant avait lui-même récoltés à la fac. Ils lui avaient donné un foyer, en somme. Avec Abby pour port d'attache.

— Tu aurais bien besoin de dormir, toi aussi, Grant !

— Je sais, maman. Mais j'ai d'autres priorités, pour le moment.

— Viens au moins prendre le petit déjeuner à la maison.

Grant fit de son mieux pour sourire.

— Non, maman, répondit-il. Je dois d'abord parler à la police. Ensuite, je reviendrai et j'expliquerai tout aux filles. En attendant, j'aimerais que tu t'assures qu'elles n'entendront rien à la télé ou à la radio.

Melinda hocha la tête, lui laissant toute latitude pour prendre ses propres décisions, ce qui, parfois, n'avait rien d'évident.

Grant regarda la voiture de ses parents s'éloigner, avant de retourner dans le terminal et de se diriger vers la station de taxi.

Il avait besoin d'action, à présent, plus que de nourriture ou de sommeil.

*
* *

Karen reconnut Grant Lawrence à la seconde où il descendit du taxi. Elle réprima un soupir. Elle s'apprêtait à quitter les lieux pour rentrer chez elle et s'accorder quelques heures de sommeil. Au lieu de cela, elle allait devoir mener un autre interrogatoire et sans doute répondre à des questions, de son côté — des questions pour lesquelles elle n'avait encore aucune réponse.

Les médias faisaient souvent référence à Grant Lawrence comme à un nouveau John Kennedy et, de fait, il y avait chez les deux hommes une magie comparable. Républicaine depuis qu'elle était en âge de voter, Karen s'était parfois surprise à donner ses voix au démocrate Grant Lawrence. C'était un homme sensé. Mais, plus que cela, l'impossible semblait possible, avec lui ; il parvenait à vous communiquer l'espoir que le monde pouvait être meilleur. Comme Kennedy, il n'affirmait jamais que la tâche serait facile. Il reconnaissait tous les obstacles, pour mieux convaincre ensuite que toute la question consistait à les surmonter.

Elle aimait son attitude. Quant à sa ressemblance avec Robert Redford, elle n'était pas non plus pour lui déplaire. Il avait des cheveux très bruns striés de gris, des traits parfaitement ciselés, une mâchoire déterminée, et une façon de marcher qui disait : « Tapez-moi dessus autant que vous voulez, vous ne me mettrez pas au tapis de sitôt. »

Cet homme était précisément en train de se diriger vers elle, après avoir franchi le cordon de sécurité comme aurait pu le faire un souverain. Personne ne lui avait même demandé d'attendre.

On était en territoire Lawrence.

Karen prit soudain conscience que tout ce qu'elle croyait savoir au sujet de cet homme n'était que le reflet d'une image publique. Elle s'avisa aussi que l'admiration qu'il lui inspirait n'allait pas lui rendre le travail facile. Du coup, elle se prit à regretter qu'on n'ait pas appelé quelqu'un d'autre pour cette affaire.

Un des policiers tendit le bras pour la désigner à Lawrence. Sinon, il ne l'aurait probablement pas remarquée. Il la regardait, à présent, avec ses yeux bleu électrique, plus bleus encore qu'à la télévision ou sur les photos des journaux. Il était également plus mince qu'elle ne l'aurait cru, et moins grand que le laissait penser le petit écran. Il semblait… comment dire ? peut-être pas tout à fait aussi imposant, mais plus puissant, d'une certaine manière. C'était étrange. Toujours est-il que Karen devait vite réactiver son cerveau engourdi avant que cet habile politicien lui extorque des informations qu'elle n'était pas censée lui révéler. Avant qu'elle oublie que c'était elle qui était censée contrôler la situation.

— Sénateur, dit-elle simplement.

— Inspecteur, répondit-il.

Il ne dit rien de plus, comme s'il attendait qu'elle lui fournisse tous les éléments qui lui manquaient.

Elle était si près de lui qu'elle pouvait voir le poids de la fatigue et du chagrin sur son visage. En cet instant, il n'était plus Grant Lawrence, sénateur et leader politique.

Il n'était plus qu'un homme brisé.

— Jerry Connally m'a prévenue qu'il vous avait appelé. Je suis désolée.

— Merci. Je peux la voir ?

Karen secoua la tête.

— On l'a déjà emmenée. Ça ne me plaît pas de vous demander ça en un tel moment, monsieur, mais j'aurais besoin de faire le tour de la maison avec vous. Tout nous laisse penser qu'elle a surpris un cambrioleur. M. Connally n'a remarqué aucune disparition parmi les objets, mais… c'est votre maison.

Il se contenta de hocher la tête, et elle poursuivit :

— Il est possible de reporter cet examen à plus tard. Néanmoins, cela servirait l'enquête si nous avions cette réponse aussi tôt que possible. Savoir si quelque chose a été volé peut nous aider à trouver le coupable. Et, dans ce genre d'affaire, chaque minute compte.

— Je comprends, inspecteur.

Grant Lawrence regarda autour de lui.

— Jerry est ici ?

Il recherchait probablement le réconfort d'un visage familier, songea Karen. Ce qu'elle ne pouvait pas lui offrir.

— Je suis désolé. Il est parti en ville pour faire une déposition. Question de procédure.

— Oui, la procédure.

Il se passa une main dans les cheveux, l'air complètement perdu. Puis il se redressa.

— Très bien, inspecteur. Faites-moi donc visiter ma maison.

3.

Grant Lawrence marqua une pause avant de franchir le seuil, et il s'avisa alors que sa propre maison était devenue une terre étrangère. Pas simplement à cause de tous les inconnus qu'il apercevait un peu partout, mais parce que la maison avait changé de façon irréversible. Ce n'était plus chez lui. C'était devenu l'endroit où Abby avait été tuée. Un endroit qui n'avait plus la même odeur qu'auparavant, et qui lui inspirait des sentiments différents.

Il y rentra comme s'il pénétrait dans un mausolée.

Il avait été si secoué par la mort d'Abby et de Stacy qu'il n'avait pas vraiment eu le loisir de penser aux circonstances de ce double drame. Il allait bien falloir qu'il sache, maintenant. Il se tourna vers le salon, cette grande pièce trop décorée — reflet des goûts somptuaires de sa défunte femme — où il avait passé tant de moments agréables.

Ce qu'il vit lui coupa le souffle, à la manière d'un coup de poing, et il fit volte-face. Il avait déjà été confronté à des spectacles sanglants. Le souvenir de ce bout d'os tout blanc qui dépassait de son tibia brisé, de ce sang qui giclait entre ses doigts, alors qu'il avait plaqué la main sur la blessure, tout cela restait extrêmement vivace. Il savait exactement ce qu'il voyait, alors. Mais là, il s'agissait d'Abby, sa seconde mère. Et de Stacy, une femme dont il avait cru être amoureux.

Seigneur ! Il appuya son front contre le mur frais, ferma les yeux, et tenta de chasser l'image qu'il venait de voir.

Une main lui toucha le bras, une petite main qu'il sentit étonnamment forte.

— Sénateur ? dit Karen. Désirez-vous vous asseoir ?

— Ça va aller, merci.

Il fallait que ça aille. Il n'avait pas le choix, comme presque toujours.

Il inspira profondément, et reprit le contrôle de ses émotions. Deux vers d'un des poèmes préférés de son père s'imposèrent à lui. *Si tu peux rencontrer le triomphe après la défaite, et recevoir ces deux menteurs d'un même front…* L'« homme » idéalisé dont il était question dans ce poème de Rudyard Kipling aurait su comment affronter cette situation.

— Je suis désolée, lui dit l'inspectrice Sweeney. J'aurais dû vous prévenir.

Il leva la tête, s'écarta du mur et la regarda.

— Si vous l'aviez fait, vous n'auriez pas eu la chance d'assister à mon désarroi.

Elle rougit légèrement, lui sembla-t-il. De façon à peine perceptible.

— Vous étiez à Washington, sénateur. Vous n'êtes donc pas suspect.

Ça n'était pas si simple. Quand Jerry avait découvert Abby et Stacy, c'était lui qu'il avait aussitôt appelé, avant de contacter la police.

Il devait prendre garde à ne faire aucune allusion à Stacy, du moins tant qu'il ignorait ce que Jerry avait fait, exactement.

Il n'allait pas trahir son ami sur un point insignifiant — en espérant qu'il soit vraiment insignifiant.

Il s'arrangerait plus tard avec Jerry.

— Comment est-ce arrivé ?

— On lui a tranché la gorge.

— Mon Dieu !

Il referma les yeux un instant, absorbant l'énormité de cette révélation, tout en s'efforçant de ne pas penser à ce qu'avaient pu être les derniers instants d'Abby. Abby. Elle était bien plus importante à ses yeux que Stacy, et à plus d'un titre. Mais elles étaient mortes toutes les deux.

— Ecoutez, lui dit l'inspecteur Sweeney, vous n'êtes pas obligé d'entrer dans cette pièce. Aucun objet de valeur n'a été volé, c'est évident. En revanche, j'aimerais que vous jetiez un coup d'œil au reste de la maison.

Il hocha la tête, bâillonnant le sentiment d'horreur qui l'habitait.

— Très bien, allons-y.

Les sentiments, ce serait pour plus tard. Il avait appris cela voilà longtemps. Il était préférable de mettre certaines choses en attente, jusqu'au moment où il pourrait s'isoler pour y réfléchir et se permettre de les *ressentir*. Sinon, c'était comme sa mère l'avait dit un jour : « Qu'il y ait une personne pour te voir, et c'est comme si tu te trouvais devant une caméra. »

Pourquoi Jerry ne l'avait-il pas averti du spectacle qui l'attendait ?

Apparemment, rien n'avait bougé au reste du rez-de-chaussée. Plus il s'éloignait du salon, et plus il parvenait à se persuader que tout était normal.

Jusqu'à ce qu'il arrive dans son bureau. L'un des meubles-classeurs était légèrement entrouvert : un détail qui attira aussitôt son attention.

— Ce meuble était fermé, dit-il à l'inspectrice Sweeney.

— M. Connally m'a expliqué qu'il était venu récupérer des documents.

Il se tourna vers elle et remarqua l'intense concentration de ses yeux presque incolores. Comme si elle avait trouvé quelque chose.

— En effet. Je l'ai appelé, hier soir, pour qu'il vienne prendre quelques papiers et qu'il me les fasse parvenir au plus vite à Washington. Mais il n'aurait pas laissé les classeurs ouverts...

La jeune femme hocha la tête et s'avança jusqu'aux classeurs en question.

— On dirait que cette serrure a été forcée, dit-elle.

Puis elle se tourna vers lui.

— Qu'y a-t-il dedans ?

— Des informations essentielles sur un projet de loi dont je suis l'auteur. Des rapports scientifiques, pour la plupart, des documents que j'ai rapportés de Washington afin de les étudier ici. Certains proviennent d'agences de recherche indépendantes, d'autres de l'Agence de protection de l'environnement.

Karen regarda de nouveau la serrure, avant de passer en revue la rangée de meubles-classeurs.

— Ils ont tous été forcés. Et par quelqu'un de pressé. Qui pourrait convoiter ces documents ? Des producteurs de canne à sucre ?

Grant fut favorablement impressionné par la connaissance des problèmes écologiques que sous-entendait sa question.

— Ils sont opposés au projet de loi, oui. Et ils ne sont pas les seuls dans le monde de l'agriculture. Mais j'ai tout de même du mal à croire qu'ils iraient jusqu'à tuer pour jeter un coup d'œil sur cette paperasse.

— Peut-être que oui, peut-être que non. Vous voyez quelqu'un d'autre à rajouter sur la liste ?

— Je ne sais pas.

Il soupira et se frotta les yeux, tâchant de se concentrer. Désormais, c'était tout ce qu'il pouvait faire pour Abby et Stacy.

— J'ai beaucoup d'ennemis dans le monde de la politique. Etant donné ma position, c'est inévitable. Mais, là encore, il est difficile d'imaginer que mes adversaires puissent commettre un meurtre.

— Je vous l'accorde. Mais un accident est toujours possible.

— Il n'y a rien d'accidentel dans ce qui s'est passé ici, inspecteur, répliqua Grant d'un ton implacable.

Elle demeura impassible.

— J'ai mal choisi mes mots, sénateur. Je voulais simplement dire que le meurtre n'était probablement pas l'intention de départ, mais plutôt la conséquence d'un moment de panique de la part de la personne qui s'est introduite ici. Même si…

Laissant sa phrase en suspens, elle commença à marcher dans la pièce et à étudier les rayonnages de livres, le plateau du bureau parfaitement net, la vue sur le jardin bien entretenu, à l'arrière, envahi par le déferlement de couleurs printanières du mois d'avril. Quelle triste fin pour les vacances de Pâques de ses filles !

— Même si ? répéta Grant.

— Même s'il est plutôt surprenant que Mlle Reese lui soit tombée dessus dans le salon.

— Je ne pense pas que ce soit très important.

— Je n'en suis pas si sûre. Il est possible que ça se soit passé de cette façon : il a entendu Abby arriver et il a filé se cacher là-bas.

— Peut-être, oui.

Grant sentit un léger frisson lui courir sur la nuque. Il pressentait que le plus terrible restait à découvrir. Stacy se trouvait dans la maison. Mais ça, il ne pouvait pas le révéler à l'inspecteur Sweeney. Et si Stacy avait quelque chose à voir avec le cambriolage ? Et si elle avait amené quelqu'un qui souhaitait accéder aux documents ? Si ce quelqu'un l'avait tuée, ensuite, pour des raisons de… sécurité ? Et si Abby était arrivée juste à ce moment-là ?

Soudain, il eut l'impression de se trouver au bord d'un précipice. Les explications aussi laconiques que sibyllines que Jerry lui avait données, par téléphone, lui avaient permis de comprendre que ce dernier avait fait disparaître Stacy de la maison. Jusque-là, la police avait seulement mentionné Abby, ce qui tendait à prouver qu'ils ne savaient rien de Stacy.

Il préférait ne pas réfléchir à la situation de Jerry. D'autant que lui aussi se retrouvait dans une position délicate. Il détenait des informations qui pourraient être utiles à l'enquête, des informations qu'il lui était, toutefois, impossible de livrer sans mettre son plus proche conseiller en difficulté et sans exposer ses enfants au genre de scandale dont il avait, jusque-là, réussi à les protéger. Or, protéger ses filles passait en premier — cela passait avant tout, y compris avant ses propres aspirations aux plus hautes fonctions.

— Je vais faire examiner tous les classeurs pour chercher d'éventuelles empreintes, sénateur. Ensuite, j'aimerais que vous me disiez s'il manque des documents.

— Très bien.

— Qu'y a-t-il dans les tiroirs du bureau ?

— Des crayons, des stylos, des carnets, ce genre de choses. Tous mes documents sont dans les meubles-classeurs.

Elle hocha la tête et esquissa ce qui était probablement un sourire d'encouragement.

— Est-ce qu'on a pu mettre le nez dans votre ordinateur ?

— Ça m'étonnerait. L'accès est protégé par un code. Et, même si quelqu'un était parvenu à forcer ce barrage… il n'y a pas grand-chose sur le disque dur. Des brouillons de discours, par exemple. Voyez-vous, quand je suis en ville, j'ai sans arrêt rendez-vous avec des électeurs, des collègues. Et quand je dispose d'un peu de temps à moi, je le consacre à la réflexion, plus qu'à l'action. Cet ordinateur contient une multitude de notes, pas grand-chose d'autre. Le serveur de mon bureau de Washington est une cible bien plus intéressante. Tout se passe là-bas.

Elle avait les yeux fixés sur l'écran.

— Dans ce cas, je doute que quelqu'un soit rentré dedans. Je chargerai quand même un technicien de s'en assurer. Etant donné que notre assassin était visiblement pressé, c'est peu probable.

Levant les yeux vers lui, elle ajouta :

— Montons, maintenant, voulez-vous ?

Il la suivit jusqu'au majestueux escalier, l'un des éléments que Georgina, sa femme, avait toujours préféré dans la maison. Lui le jugeait prétentieux, plus approprié à une grande et vieille demeure d'avant la guerre de Sécession qu'à une construction moderne. Mais Georgina pensait encore plus que lui à la présidence. Parfois, Grant se disait que cette maison avait été pour elle une façon de se préparer à la Maison-Blanche.

Il redoutait ce qu'il allait trouver là-haut. Des signes de la présence de Stacy ? Mais qu'est-ce qu'elle fichait ici, au juste ? Ils avaient rompu des mois plus tôt, après avoir bien mesuré la gravité de la situation.

Il l'avait rencontrée alors qu'il était toujours sous le coup du décès de Georgina. Assez curieusement, ça ne s'était pas passé dans le club où elle travaillait, mais dans le bureau local de Grant, lors de sa dernière campagne, alors qu'elle était venue aider à remplir des enveloppes bénévolement. Quant à leur rupture, elle s'était faite en douceur. Dans une compréhension mutuelle. Il s'était ensuite arrangé pour que la jeune femme puisse ouvrir le studio de danse dont elle avait toujours rêvé, plutôt que de continuer à se dévêtir devant des inconnus dans un bar sombre, bruyant et impersonnel.

Il pensait que leur liaison était restée un secret bien gardé puisque Jerry était le seul à être au courant. Et s'il s'était trompé ? Et si quelqu'un avait mis en scène ce meurtre pour ruiner sa carrière, tout simplement ? D'une certaine manière, cela semblait plus crédible que l'hypothèse selon laquelle le double meurtre serait lié à la RS 52.

Il brûlait d'expliquer tout cela à l'inspectrice Sweeney, pour soulager sa conscience, pour ne plus se trouver dans cet état d'inconfort. Dieu, qu'il en voulait à Jerry de l'avoir mis dans une telle situation !

Et puis il songeait à ses filles. Il ne pouvait pas les exposer au scandale. Il avait déjà eu l'occasion de voir ce dont étaient capables les médias. Il s'en était fallu d'un rien pour qu'on découvre la vérité sur l'accident qui avait coûté la vie à sa femme. Sur l'endroit dont elle revenait. La diffusion d'une telle information n'aurait fait qu'accroître la détresse de chacun.

Cette fois, il avait réussi à protéger les filles. Le souvenir qu'elles gardaient de leur mère était celui d'un ange qui leur avait été prématurément enlevé. Elles avaient le droit de conserver ce souvenir — même s'il était fabriqué de toutes pièces —, et il ferait tout ce qui était en son pouvoir pour le leur permettre.

Mais, bon sang, comme il détestait ça !

Il y avait d'abord sa chambre, sur la droite. Une pièce qu'il avait débarrassée de tout ce qui pouvait faire penser à Georgina. La décoration était assez sobre, à présent, avec des murs blancs, de lourds rideaux en velours marron et beaucoup de bois foncé. Une chambre masculine, un rien monastique. Son repaire. Aucune femme ne mettait les pieds ici, hormis ses filles et la femme de ménage. Une vague de soulagement lui coupa presque le souffle quand il constata que le lit était fait. Il craignait de trouver la couette en désordre, preuve de la présence de Stacy.

Rien n'avait été dérangé non plus dans les chambres des filles. Pas plus que dans la grande salle de jeux aménagée entre les deux pièces. Quant à la chambre d'amis, elle n'était pas occupée depuis des années.

Et puis il y avait la chambre d'Abby, tout au fond. Sa propre retraite, pleine de dentelle et de broderies, de motifs fleuris, sur les coussins, les rideaux et les draps. Le rocking-chair, dans lequel Grant reverrait toujours Abby, était vide et immobile.

Le drap et la couverture étaient repoussés, signe qu'elle avait quitté son lit pour descendre au rez-de-chaussée. Il n'y avait pas de lumière, hormis la veilleuse qu'Abby laissait allumée afin que les filles puissent facilement trouver le chemin de sa chambre si elles avaient besoin d'elle pendant la nuit. Sa salle de bains, comme toujours, était impeccable.

Les photos posées sur la commode le représentaient presque toutes, à différentes étapes de sa vie, depuis son enfance jusqu'à maintenant. Quelques autres étaient des clichés des filles.

Quand il les vit, Grant fut incapable de contenir plus longtemps ses émotions. Il s'assit dans le rocking-chair où Abby l'avait consolé tant de fois, et il se mit à sangloter.

Karen fut complètement décontenancée quand Grant Lawrence craqua. Elle avait déjà eu l'occasion d'assister à un tel spectacle, durant sa carrière, d'autant qu'elle se chargeait souvent d'annoncer les mauvaises nouvelles.

Avec Lawrence, c'était différent. Il lui était toujours plus ou moins apparu comme un être magique, laissant comme un sillage doré derrière lui à mesure qu'il avançait dans la vie. Elle savait tout de la mort tragique de sa femme, bien sûr, et se rappelait comment il avait émergé de cette période avec ses premiers cheveux blancs. L'histoire de cette horrible blessure, durant sa jeunesse, qui le faisait aujourd'hui boiter de façon presque imperceptible, faisait également partie de sa légende. Mais ces soubresauts dans une existence apparemment bénie des dieux semblaient, en réalité, l'avoir renforcé.

Et voilà qu'en cet instant elle découvrait que le personnage quasi mythique qui risquait bien de devenir le prochain président des Etats-Unis n'était qu'un être humain. Son chagrin était profond, brut, et elle dut se contenir pour ne pas poser la main sur son épaule et tenter de le réconforter.

Elle fit plutôt ce qu'on lui avait appris à faire. Elle alla se poster devant la porte-fenêtre qui donnait sur un balcon et, plus bas, sur le jardin, avec ses allées joliment dessinées au milieu des flaques d'azalées et de bougainvillées, d'orchidées et de chrysanthèmes, de bambous et de palmiers —plantations disparates et magnifiques qui en disaient beaucoup sur le maître des lieux.

Un homme, songea-t-elle, qui avait plus d'argent qu'il lui était possible d'imaginer. La partie la plus importante de sa fortune lui venait de ses parents, riches producteurs de cinéma, mais elle savait aussi qu'il s'était constitué un important patrimoine par lui-même, avant son arrivée au Sénat.

C'était un monde si différent du sien qu'elle éprouvait des difficultés à établir un contact. Contrairement à beaucoup de gens, elle n'en voulait pas aux riches pour leur bonne fortune ; elle était tout simplement incapable d'imaginer ce à quoi leur monde pouvait ressembler. En cet instant, elle avait l'impression d'observer par une fenêtre un endroit où les malheurs ordinaires de la vie n'avaient pas droit de cité.

Ce qui était faux. Les roses de ce jardin avaient des épines, et il était plus que probable que le jardinier chargé de son entretien devait combattre les mêmes mauvaises herbes que celles qui proliféraient dans son minuscule jardin. Derrière elle, un homme infiniment puissant sanglotait comme un enfant sur la mort de sa nounou. Ici aussi, la réalité avait droit de cité, y compris dans ses formes les plus horribles.

— Je suis désolé.

Il avait parlé d'une voix rauque.

— Vous n'avez pas à vous excuser, sénateur, lui répondit Karen sans se retourner. Il est normal que vous exprimiez votre chagrin.

— Certes, mais votre travail est déjà assez compliqué comme ça.

Elle tressaillit légèrement, surprise par sa perspicacité. Par son attention, aussi. Il était rare qu'en de telles circonstances les gens se soucient des difficultés qu'elle pouvait elle-même rencontrer. Mais c'était précisément la qualité qu'elle avait toujours admirée chez Grant Lawrence : cette faculté de se mettre à la place des autres.

— Ça va, dit-elle un peu précipitamment. Je suis habituée.

— Vraiment ? J'ai du mal à le croire.

Elle l'entendit se moucher. Puis le bois du rocking-chair craqua. Il avait dû se lever.

— Tout me paraît en ordre, ici, déclara-t-il. Il semble... qu'elle se soit levée après avoir entendu du bruit.

— Oui, c'est ce qui a dû se passer.

Elle se retourna enfin vers lui, et elle éprouva un léger coup au cœur en découvrant ses yeux rougis.

— Parlez-moi d'Abby, dit-elle aussitôt.

— Que voulez-vous savoir ?

— Le genre de personne qu'elle était.

Grant Lawrence la rejoignit devant la porte-fenêtre, et regarda le jardin.

— C'était quelqu'un de solide. Très solide. Quand j'étais enfant, elle me protégeait farouchement. Je me rappelle la fois où elle avait chassé des paparazzi des fenêtres de la maison de mes parents.

Un faible sourire apparut sur ses lèvres.

— Elle leur avait couru après, un balai à la main. Ils ne sont jamais revenus.

Il tourna la tête, et leurs regards se croisèrent.

— Elle protégeait mes enfants de la même façon.

— Elle n'était plus toute jeune.

— C'est vrai. Mais elle avait encore énormément d'énergie. Je sais que certains ont essayé de lancer une polémique parce qu'elle était noire. La réalité, c'est qu'elle avait quinze ans quand elle est entrée au service de cette famille. Et, à ma naissance, la question ne se posait déjà plus : elle faisait partie de notre vie. Partie de nous-mêmes.

Il marqua une pause.

— Vous savez, un ancien conseiller m'a dit, un jour, que je devrais me séparer d'elle. Que sa présence dans ma vie renvoyait à une période sombre de l'histoire du Sud. Je l'ai viré sur-le-champ. C'est comme s'il m'avait demandé de me débarrasser de ma mère.

— Et sa famille ?

— Elle n'en avait pas. Elle était orpheline.

Son regard se fit distant, avant de glisser de nouveau vers le jardin.

— Vous savez comment elle est arrivée chez les Lawrence ?

— Non.

— Mon grand-père l'a recueillie après que toute sa famille avait été tuée dans l'explosion d'une église. Le Klu Klux Klan. La bombe avait tué sept personnes, dont les parents d'Abby et son frère aîné. Abby était malade, ce soir-là, et elle était restée chez elle. Mon grand-père l'a donc recueillie. Il était indigné par ce qui s'était passé. Mon père avait cinq ans, à l'époque, et Abby a commencé à s'occuper de lui. C'est comme ça que tout a débuté.

— Et elle n'a jamais voulu s'en aller ?

— Si c'est le cas, elle ne l'a pas exprimé. Elle a eu une histoire d'amour avec un jeune homme charmant dont mon père a conservé des photos. Un jour, elle a annoncé qu'il s'était retrouvé sans le sou, et c'était terminé.

— Pourquoi était-il sans le sou ?

Le regard du sénateur s'emplit de tristesse, et il ferma les yeux.

— J'imagine que je ne le saurai jamais.

— Je vous remercie, sénateur, dit Karen au bout d'un moment. Votre aide m'a été précieuse. Où puis-je vous joindre, si j'ai besoin de vous ?

— Chez mes parents.

Il lui donna un numéro de téléphone, et ajouta :

— Je vous serais reconnaissant de garder cela pour vous.

Mes deux filles sont là-bas, aussi, et je ne tiens pas à ce qu'elles soient… exposées.

— Je comprends.

Karen le regarda quitter la pièce, tout en songeant que ses épaules semblaient moins carrées et sa claudication un peu plus prononcée.

Elle en conçut une tristesse sincère.

4.

— Jerry ? Mais où es-tu, bon sang ?

La main tremblante, Jerry Connally pressa l'écouteur de son portable contre son oreille en reconnaissant la voix de Grant Lawrence.

— Je suis dans ma voiture, Grant. Je rentre chez moi. Je reviens du commissariat.

Il se passa une ou deux secondes avant que son ami et patron lui demande :

— Qu'est-ce que tu leur as raconté ?

— La vérité. Que j'étais passé récupérer les documents que tu m'avais réclamés, et que j'ai trouvé Abby. J'ai inspecté la maison, je t'ai appelé, puis j'ai prévenu la police. La vérité pure et simple.

Même si ce n'était pas *toute* la vérité. Il avait, bien sûr, laissé de côté tout ce qui concernait le cadavre de Stacy, sa répulsion absolue devant ce qu'on avait fait subir à la malheureuse, mais aussi le fait qu'il avait dû la transporter dans le coffre de sa voiture pour aller l'abandonner dans cette impasse.

Il n'avait jamais approuvé la liaison de Grant avec Stacy, même s'il admirait la jeune femme. Déterminée, la tête sur les épaules, elle avait lutté contre les démons d'une enfance maltraitée. Pour certains, elle n'était pas allée très loin en se retrouvant comme strip-teaseuse dans un club. Mais Jerry, lui, savait bien que ça ne reflétait en rien sa personnalité.

Elle aurait pu détruire la carrière de Grant ; elle le pouvait encore. Elle ne méritait pas, pour autant, ce qu'il lui avait fait en l'abandonnant sans la moindre dignité dans cette impasse sombre et sale. Il garderait ce souvenir jusqu'à sa mort. Mais il avait le sentiment d'avoir agi comme il convenait pour son ami.

— Et Stacy ? lui demanda Grant.

— Elle n'était pas là-bas. Et je ne dirai rien de plus. Pour ton salut.

— Tu me fais le coup du « démenti plausible » ? Jerry, j'ai toujours pensé que c'était de la connerie, tu le sais bien.

— Et tu as raison. Mais la connerie est parfois la meilleure option.

En s'arrêtant à un feu rouge, Jerry s'aperçut soudain qu'il avait mal au bras, à force de serrer trop fort le volant.

Grant Lawrence était l'homme le plus brillant qu'il ait jamais connu. Mais même le plus brillant des hommes avait besoin d'un ami solide, sur qui se reposer.

— Bon, voilà où on en est, sénateur, lui dit-il. Si jamais ta liaison avec Stacy est révélée, on se retrouvera dans un merdier de première. Tu pourras dire adieu à tes chances pour la présidentielle. Ce sera de l'histoire ancienne. Mais oublions ça un moment. Dans l'immédiat, il ne nous faut que trois voix à la Chambre et une au Sénat pour faire passer la RS 52. C'est une *bonne* loi, Grant. Une loi *importante.*

— Je sais, Jerry, je sais, marmonna Grant avec impatience.

— Je n'en suis pas si sûr.

Ça ne lui plaisait pas de jouer cette carte, mais il fallait en passer par là.

— Tu es un gagneur, Grant. Un type intelligent, honnête, fort. Mais il faut dire que tu es parti avec un foutu avantage sur les autres. Pour toi, ce projet de loi est lié au souvenir de l'époque où tu faisais de la plongée au tuba dans les Keys. Au-delà de ça, on entre dans des données plus abstraites. Des considérations économiques, des chiffres, et le monde dont tes enfants hériteront. C'est important, je suis d'accord. Sauf que moi, je ne faisais pas de plongée au tuba, quand j'étais gosse. Je regardais mon père qui remontait des pièges à crabes, les mains ensanglantées, sur une jetée puante et cradingue de Chesapeake Bay. Je m'en suis sorti parce que je savais courir et attraper un ballon. Assez bien, en tout cas, pour obtenir une bourse. Mon frère est toujours là-bas, lui, dans une ville qui meurt à petit feu parce que les pièges à crabes sont de plus en plus légers, année après année. Lui aussi a les mains ensanglantées. Il incarne l'aspect *humain* que je vois dans la RS 52. Si tu tombes, mon frangin tombe. Ma ville natale tombe.

Il entendit un coup de Klaxon, derrière lui, et s'aperçut que le feu était passé au vert. Une voiture le doubla. En le dépassant, le conducteur l'injuria copieusement.

— Pour l'instant, Grant, tu es toujours irréprochable, vis-à-vis de la loi. Tu ne sais rien, et rien ne t'oblige légalement à dire quoi que ce soit. Et ça continuera, même si ça doit heurter tes principes moraux. Mon frère, ma ville natale et des milliers d'autres villes semblables ont besoin de toi. Alors, si jamais cette histoire tournait mal, il serait nettement préférable que ce soit moi qui encaisse. Pas toi.

— Passe chez mes parents, cet après-midi : on reparlera de tout ça.

Jerry réprima un soupir.

— J'y serai. Mais le point que je viens d'évoquer n'est pas négociable.

— On en reparlera, répéta Grant.

Les bureaux étaient étonnamment calmes quand Karen arriva. Elle se laissa tomber dans son fauteuil. La seule personne présente était Dave Previn, qui téléphonait. Karen alluma son ordinateur et disposa toutes ses notes sur son bureau. Elle préférait rédiger ses rapports préliminaires pendant que tout était encore frais dans sa tête, et cela malgré son extrême fatigue.

Previn raccrocha et se laissa aller contre le dossier de son fauteuil avec un soupir.

— J'étais loin de me douter qu'organiser l'anniversaire d'un gamin de dix ans pouvait être aussi compliqué, dit-il quand leurs regards se croisèrent. Mais Linda veut mettre le paquet. Et il faut absolument que je décide si le dessin sur le gâteau doit être un casque ou un drapeau de boucanier.

— Bien le bonjour à toi aussi, répondit Karen. Va pour le chapeau !

— Tu penses que je dois la rappeler ?

— Franchement, je n'en sais rien, Dave.

Il secoua la tête. Son visage reflétait douloureusement ce que tout le monde savait, dans le service : son mariage était une catastrophe.

Karen regarda autour d'elle et demanda :

— Où sont les autres ?

— Réunion de la commission spéciale, répondit Dave avec une expression dégoûtée. Il semblerait que la fusillade de College Hill ait levé toute une nichée de lièvres. La Commission des droits civiques estime que nous n'en faisons pas assez pour endiguer la violence dans les quartiers chauds. Le maire se couvre de ridicule. A présent, c'est notre priorité des priorités. Comme si on n'avait pas déjà assez à faire avec les meurtres !

Karen hocha la tête.

— « Protéger et servir », d'accord ?

— N'importe quoi. Oh ! et le lieutenant veut te voir au sujet de l'affaire qui concerne le sénateur Lawrence. Probablement une autre commission spéciale en perspective. On devrait peut-être penser à créer une commission spéciale qui étudierait le rôle des commissions spéciales…

— Il n'est pas en train de plancher sur College Hill avec les autres, le lieutenant ?

— Bien sûr que si. Il veut que tu l'interrompes. Félicitations. Tu fais la une des infos.

— J'attendais ça depuis toujours…, maugréa Karen en se levant.

La réunion de la commission spéciale se tenait dans la plus grande salle de réunions de l'étage. Au bruit qu'elle perçut depuis l'extérieur, Karen se dit que l'atmosphère devait être électrique. Elle songea à battre en retraite et à rédiger ses rapports en attendant que le lieutenant se calme. Mais, tout compte fait, ça risquait de le mettre encore plus en colère.

Elle frappa à la porte, l'ouvrit et entra. Elle aperçut Fred Lowery qui, au milieu d'une cacophonie de voix, s'agitait devant un tableau. Warren Simpson était assis à un bout de la table, tournant le dos à la porte, avec devant lui des documents mêlés aux reliefs d'un petit déjeuner de chez McDonald's.

Les voix s'apaisèrent quand Karen entra. Il y eut des « salut ! », des « qu'est-ce qui se passe ? », et Simpson se tourna.

— Excusez-moi tous, dit-il de sa voix de baryton, en prenant son mug de café.

Il se leva et, sans un mot de plus, sortit avec Karen et l'emmena dans son bureau. Il ferma la porte derrière eux.

— On dirait que vous avez besoin de vous asseoir, dit-il à la jeune femme, après l'avoir observée un instant.

— J'aurais même besoin de quelques heures de sommeil, pour tout dire.

Il hocha la tête.

— A croire qu'il y a une espèce d'épidémie, dans cette maison. Bon, c'est quoi, au juste, l'affaire Lawrence ?

En général, on se référait à une affaire en lui attribuant le nom de la victime. Ici, cela aurait dû être l'affaire Reese. Mais, par-delà la mort, Abigail Reese n'existait qu'au travers de la famille Lawrence, comme cela avait été le cas, de son vivant.

A moins qu'elle ait vraiment fait partie de cette famille, comme l'affirmait le sénateur… Cette idée dissipa un peu l'amertume de Karen.

— Apparemment, expliqua-t-elle, Mme Reese aurait

surpris un cambrioleur. Lequel s'intéressait peut-être aux dossiers du sénateur.

Elle livra à Simpson un rapide résumé de sa fin de nuit.

— Mais ce n'est pas tout, reprit-elle. Je suis sûre que Jerry Connally — qui est le bras droit du sénateur — m'a caché quelque chose.

— Ça ne m'étonnerait pas, maugréa Simpson.

Il se pencha en avant, et poursuivit :

— Bon, voilà ce qui se passe. On a deux affaires coton sur les bras, et les médias ne vont pas tarder à nous tomber dessus. En temps normal, j'aurais mis une demi-douzaine d'inspecteurs avec vous sur l'affaire Lawrence. On aurait retourné chaque poil de tapis, et tout le bazar. Mais, cette fois, si je fais ça, la Commission des droits civiques va jouer la carte de la démagogie en affirmant qu'on se préoccupe plus d'un sénateur blanc et fortuné que des pauvres gamins noirs qui crèvent dans la rue.

Il marqua une pause, traçant des petits cercles sur le sous-main de son bureau.

— Conclusion : on va mettre tous les moyens disponibles à College Hill, et vous devrez vous débrouiller seule avec le sénateur Lawrence.

Ce qu'il disait était sensé, à plus d'un titre.

— Bien, monsieur, dit-elle.

— Vous avez beaucoup de dossiers sur le feu, en ce moment ?

— Ça va. Six affaires en cours, plus les deux de cette nuit. Le procureur dit qu'il va probablement obtenir des « plaider-coupable » sur quatre d'entre elles. L'affaire Case passe en jugement le mois prochain. Et j'attends toujours les résultats de l'expertise balistique dans l'affaire Vance. Elles seront positives, je n'en doute pas.

— Donc vous n'avez pratiquement plus rien, à part l'affaire Lawrence ?

— Et la fille de l'impasse.

— Je vous retire ce truc. Previn peut s'en charger.

Karen se redressa.

— Je ne pense pas que ce soit une bonne idée, monsieur. Previn n'est avec nous que depuis six mois. Il n'est pas prêt à travailler en solo.

Et surtout, songea-t-elle, le cas de cette malheureuse femme sauvagement assassinée méritait mieux que l'attention d'une toute jeune recrue de la brigade criminelle, perturbée par l'effondrement de son mariage.

La vision du corps supplicié était encore comme imprimée sur la rétine de Karen.

— D'accord, fit Simpson en la fixant du regard. Vous surveillez Previn dans l'affaire de l'impasse. Mais j'ai besoin que vous vous concentriez sur Lawrence. Ne merdez pas.

— C'est compris, monsieur.

Randall Youngblood relut le contenu du courriel. Comme n'importe quel homme d'affaires en vue, il avait des relations parmi les journalistes. En échange de papiers quelque peu complaisants, ils étaient informés avant les autres de certains faits d'actualité, et ils renvoyaient à leur tour l'ascenseur quand l'occasion se présentait. Comme c'était le cas aujourd'hui.

Randall connaissait depuis douze ans le journaliste qui

lui avait envoyé ce message électronique. Ce n'était pas la première fois qu'il lui livrait en exclusivité une affaire susceptible de le toucher de près. Celle-ci serait révélée à la télévision dans la journée, sans qu'il soit question des meubles-classeurs fracturés ni de leur contenu. Les journaux y viendraient, eux, mais pas avant plusieurs jours. La couverture de l'événement se concentrerait sur le lien étroit qui unissait le sénateur à sa nounou. Les vagues possibilités d'une exploitation politique de l'événement étaient à oublier. Randall avait donc quelques jours devant lui.

Il pressa le bouton de l'Interphone intégré à son téléphone, puis composa un numéro à trois chiffres.

— Michaels, vous êtes occupé ? Eh bien, vous allez l'être encore plus !

Quatre minutes plus tard, Bill Michaels fit irruption dans le bureau. Cet homme ne marchait jamais ; il était toujours en train de courir. Il avait été gymnaste de très haut niveau, du temps de la fac, et, bien que petit et costaud, il se déplaçait encore avec la grâce d'un danseur. Plus d'un de ses adversaires, dans un tribunal ou à une table de négociations, s'était laissé impressionner par cet aspect étonnant de sa personnalité.

— La nounou de Grant Lawrence a été assassinée la nuit dernière, lui annonça Randall, sans préambule.

Michaels hocha la tête.

— Je crois que j'ai entendu ça à la radio, oui.

— Mais vous n'avez pas dû entendre ce qui suit : il semblerait que quelqu'un ait forcé les classeurs de son bureau où se trouvaient des dossiers concernant la RS 52. Nous n'avons rien à voir là-dedans.

Si c'était une question, elle n'attendait qu'une réponse.

— Bien sûr que non, monsieur.

— Très bien. Je m'en tiendrai à ça.

Randall se laissa aller en arrière, et posa les pieds sur le tiroir du bas de son bureau.

— Est-ce qu'on peut tirer avantage de cette affaire ?

Bill réfléchit à la question.

— On a quelques jours avant que ça éclate.

— C'est aussi ce que je pense. Sauf qu'avec ces piranhas des médias, je ne parierai pas trop là-dessus.

— Je comprends, monsieur. Je vais me pencher un peu sur la vie et les activités politiques de Lawrence. Je vous transmettrai un rapport dans deux ou trois jours.

Randall hocha la tête. Puis il posa les pieds par terre et regarda Michaels bien en face.

— Ça fait longtemps qu'on se connaît, Grant Lawrence et moi. On est parfois d'accord... et parfois non. Je ne déteste pas ce type.

— Je comprends, monsieur.

— Je l'espère.

D'un geste de la main, Randall congédia Michaels, avant de reposer les pieds sur le tiroir de son bureau. C'était une sacrément bonne chose qu'il ait son propre piranha.

Annoncer la nouvelle à Belle et Catherine Suzanne se révéla l'une des épreuves les plus pénibles que Grant ait eu à affronter au cours de sa vie. Et il en avait connu, comme lorsqu'on lui avait annoncé qu'il allait probablement devoir porter une prothèse ou utiliser une béquille pour le restant de ses jours — Dieu merci, il s'en était plutôt bien sorti, de ce côté-là. Et puis, bien sûr, il y avait eu le jour où il avait dû expliquer à Cathy, âgée de cinq ans, que sa maman ne reviendrait plus jamais à la maison.

Là, c'était tout aussi difficile. Il avait dû affronter les regards bleus horrifiés de ses filles qui étaient incapables de vraiment saisir le mal le plus redoutable qui soit : la mort.

Sans parler de sa propre détresse. Grant aimait Abby comme il n'avait aimé personne d'autre. Et ça lui faisait très mal de parler de sa disparition, d'expliquer à ses enfants que l'une des bases de leur existence s'en était allée pour toujours… Un mal de chien.

Il avait trouvé les mots, pourtant. Il les avait obligés à franchir la barrière de sa gorge nouée par le chagrin. Il avait rappelé aux filles que, quand les gens mouraient, ils allaient rejoindre Dieu et ses anges et que, en cet instant même, Abby les observait, depuis là-haut, même si eux ne pouvaient plus la voir.

Avec son sérieux habituel, Belle voulut savoir quelle « chanson d'ange » Abby pouvait apprendre. Grant resta quelques secondes sans voix. La seule idée qui lui vint fut un chant de messe, dont il entonna le premier couplet.

Belle parut satisfaite.

— Moi aussi, je vais la chanter.

Grant jeta un coup d'œil à Cathy Suzanne, qui n'avait pas prononcé un mot. Elle le fixait avec solennité, d'un regard qui laissait transparaître une compréhension de la mort. C'était normal. Elle était plus âgée que sa sœur ; elle se rappelait le décès de leur mère.

Finalement, elle prit la parole.

— Elle n'était plus toute jeune, papa.

— Tu as raison.

Grant espérait pouvoir leur cacher la manière dont Abby était morte.

— Un jour, poursuivit Cathy, elle m'a dit qu'elle n'allait pas tarder à mourir parce qu'elle n'était plus toute jeune. Elle m'a dit aussi qu'elle était désolée de nous laisser, mais qu'il lui tardait de rejoindre sa nouvelle maison, au paradis.

— Vraiment ?

Cathy hocha la tête, toujours aussi sérieuse.

— Je sais qu'Abby n'avait pas la même religion que nous, ajouta-t-elle encore d'un ton posé, mais je pense que je vais quand même réciter un rosaire pour elle.

— Moi aussi ! dit aussitôt Belle en filant dans sa chambre.

Dès que sa sœur se fut éloignée, Cathy regarda de nouveau Grant dans les yeux.

— Tu sais, papa, ce n'est pas mal de pleurer...

C'est ce qu'il fit, aussitôt qu'il se retrouva seul.

Jerry arriva à 13 h 30. En d'autres circonstances, Grant aurait remarqué combien son ami semblait las, nerveux et malheureux. Il aurait conçu de l'inquiétude pour lui. Mais il était bien trop abattu pour ça.

Il l'emmena dans le jardin. Les parents de Grant vivaient dans un luxe sans commune mesure avec le sien. Il était possible de s'égarer dans leur propriété, qui datait d'une époque où le terrain était bon marché, en Floride ; les « snowbirds », ces retraités attirés par le soleil, n'avaient pas encore commencé de déferler en masse, ce qui, plus tard, avait fait monter en flèche le prix de l'immobilier. Une époque où l'hôtel Don CeSar était l'endroit où les gens de Hollywood venaient passer leurs vacances.

Grant entraîna Jerry jusqu'à l'une des extrémités du parc, et ils s'assirent sur un banc de pierre, à l'ombre d'une treille chargée de rosiers.

— Alors, dit-il, dans quoi est-ce que tu m'as fourré, exactement ?

— Je ne t'ai fourré dans rien du tout, répliqua Jerry avec fermeté. Je suis le seul concerné. Point barre.

— Et pour Stacy ?

La voix de Grant se brisa légèrement quand il prononça ce prénom.

— Elle était morte, Grant. Quelle différence ça fait ? L'important, c'était que tes chances pour la présidentielle et la RS 52 ne soient pas remises en cause. Une morte est une morte.

Grant resta silencieux un moment. Il se sentait incapable de parler.

— Jerry, reprit-il enfin, la falsification de…

— Ne prononce pas ce mot ! Je suis avocat, et je connais la situation. Tu n'as rien à savoir, alors lâche-moi, maintenant.

Grant hésita. Il gardait les yeux baissés sur l'allée de gravillons, sur l'éclat de ses chaussures bien cirées. Il songea qu'il portait la même tenue depuis deux jours, et qu'il aurait dû se changer. Penser à des choses futiles pour oublier les problèmes importants…

— Parfois, avoua-t-il, j'aimerais tout dire à cet inspecteur.

— Tout ? Tout quoi ? Que sais-tu, au juste ? Ou plutôt *que crois-tu savoir*… ? Tu ne sais rien du tout. Alors, ferme-la.

Il était rare que Jerry lui parle de cette manière. Cela traduisait l'étendue de sa détresse. Grant ne s'y trompa pas. En observant son ami, il nota la sévérité de son visage tendu, sa bouche qui s'affaissait et la défiance dans ses yeux.

— D'accord, dit-il enfin.

La décision lui pesait, mais il savait que le temps des compromis était venu. La politique lui avait appris qu'il y avait très peu de place en ce monde pour l'altruisme. C'était donnant-donnant. Pour arriver à ses fins, il fallait souvent taire certaines choses.

Quoi qu'ait fait Jerry, Grant devait le protéger, protéger ses enfants et se protéger lui-même. Et la solution, c'était le silence. Les confessions ne mèneraient à rien. Et elles ne leur rendraient pas Abby et Stacy.

— Tu n'as rien à craindre de moi, dit-il.

Jerry le regarda fixement, intensément.

— J'espère que toi non plus, tu n'as rien à craindre de moi.

Grant hocha la tête, mais il n'en était plus tout à fait sûr, compte tenu de ce qui s'était passé dans la nuit.

Peu après le départ de Jerry, Grant reçut un coup de fil de Randall Youngblood. Normalement, personne n'aurait dû décrocher le téléphone, mais l'employée de maison répondit.

Grant prit la communication dans le bureau de ses parents. Il s'assit confortablement dans le profond fauteuil en cuir qui, avec les ans, avait pris la forme du corps de son père.

— Allô ? dit-il.

— Grant ?

L'emploi de son prénom était le signe du caractère personnel qu'aurait la conversation. Grant se détendit un peu. Il n'était pas en état d'assurer une conversation politique, en cet instant.

— Je suis désolé, poursuivit Youngblood. J'ai appris la nouvelle il y a quelques instants, et… vraiment, je suis désolé pour ce qui est arrivé.

Grant avala péniblement sa salive, avant de répondre. Il était étonnant de voir combien un témoignage de sympathie pouvait se révéler douloureux.

— Merci.

— Je tenais juste à ce que vous sachiez que… Eh bien, je vais laisser les choses en suspens pendant une semaine. Plus de lobbying jusqu'à ce que vous soyez de nouveau en selle.

— C'est très gentil de votre part.

Et légèrement surprenant, songea Grant. Randall Youngblood et lui étaient adversaires, à présent. Ils avaient été du même bord, en d'autres temps… et cela pouvait très bien se reproduire, du reste.

— Il m'a semblé que c'était la meilleure chose à faire, expliqua Youngblood. Vous traversez une épreuve suffisamment difficile. En tout cas, si je peux faire quelque chose, n'hésitez pas.

— Merci. Je m'en souviendrai.

Après avoir raccroché, Grant resta assis un instant et songea à l'enjeu que représentait pour Youngblood et sa cohorte le blocage de ce projet de loi. Il se demanda aussi ce que Youngblood allait bien pouvoir faire durant cette interruption dans le lobbying public.

En fait, il les connaissait tous assez pour savoir qu'ils ne resteraient pas complètements inactifs.

Comme aurait dit Cathy Suzanne : « Tu rêves, Herbert ? »

5.

Randall Youngblood n'était pas un homme impatient. Au sein de l'Association des producteurs sucriers, il avait appris que les choses suivaient leur rythme, aussi lent soit-il, et qu'il était parfaitement inutile de chercher à influencer leur cours.

Mais, aujourd'hui, tout était différent. Il sentait l'odeur du sang. La question était de savoir s'il s'agissait de son sang —le sien et celui des autres producteurs de canne à sucre —, ou de celui de Grant Lawrence. Il savait de quelle façon il pouvait faire pencher la balance, et c'était une véritable épreuve de devoir attendre le retour de Bill Michaels.

Il se tenait à la fenêtre du bureau situé au dernier étage d'un grand immeuble de Miami. Les yeux perdus vers les Everglades, il réfléchissait à la situation. Elle était assez simple : la mort d'Abby Reese, dont tout le public savait quelle place elle tenait dans le cœur de Grant Lawrence, allait créer un raz-de-marée de sympathie pour le sénateur. Bon sang ! Lui-même ne pouvait s'empêcher d'éprouver une pointe de compassion. Laquelle devait être neutralisée d'une manière ou d'une autre, sinon le vote de la RS 52 risquait d'être assimilé à un acte de compassion politique. Et l'affaire serait entendue.

En tant que producteur de canne à sucre, Randall Youngblood savait très bien de quelle façon certaines contraintes écologiques risquaient de tuer non seulement ses propres affaires, mais aussi nombre des plus grosses entreprises de la Floride du Sud. En interdisant aux producteurs d'utiliser engrais et insecticides, en exigeant que de grandes zones des Everglades, asséchées dans le passé, soient de nouveau irriguées, et en effaçant d'immenses superficies actuellement productives, on allait provoquer un désastre économique.

Car si les producteurs sucriers de Floride étaient obligés de monter leurs prix, les importations de canne à sucre deviendraient pour les industriels la solution la plus intéressante.

Les récifs de corail le long des Keys, l'état de l'eau ou les problèmes de la pêche ne laissaient pas Randall Youngblood insensible. Il se sentait concerné. Mais il s'inquiétait surtout des retombées de ce projet de loi qui allait, de façon précipitée et imprudente, anéantir quatre-vingts ans d'assèchement, de défrichement et de plantation.

C'était aussi des vies humaines que la RS 52 risquait d'anéantir en un temps record. De pareils projets devaient être réalisés lentement, très lentement. Et Lawrence ne semblait pas l'avoir compris.

Le sénateur ne mesurait pas les répercussions économiques que sa loi aurait. Sans engrais ni insecticides, les rendements à l'hectare s'effondreraient, et il faudrait licencier. Ces répercussions, on les sentirait dans toutes les entreprises de la Floride du Sud. Des entreprises qui couleraient, pour certaines, faute de clients. Et les conséquences dramatiques ne cesseraient de s'amplifier, car les entreprises qui disparaîtraient en Floride entraîneraient avec elles leurs divers fournisseurs du reste de l'Etat et du pays. Randall Youngblood voyait tout cela très clairement. Et, comme la R.S. allait toucher tout le monde de l'agriculture, le désastre en provenance de Floride du Sud n'était qu'un détail dans le tableau.

Venait ensuite le grand problème de la position américaine, véritable balise d'espoir dans un monde où le problème de la faim se posait avec toujours plus d'acuité.

Sans doute pouvait-on affirmer sans exagération que l'Union soviétique s'était écroulée à cause de tous les Randall Youngblood américains. Des gens qui vivaient dans une quasi-famine permanente lorgnaient avec envie sur l'opulence de la vie américaine, une opulence qui n'était nulle part plus apparente que dans le supermarché de base. Des légumes frais, de la viande, du pain, toutes sortes d'aliments facilement accessibles, à des prix abordables, n'importe quel jour.

Et l'une des fonctions des engrais chimiques et des pesticides était précisément d'assurer cette opulence. Lawrence ne s'en rendait peut-être pas compte, mais c'était à ces industries — qu'il essayait actuellement de saper — qu'il devait le gâteau d'anniversaire de sa fille. En outre, Randall n'avait pas envie de payer vingt dollars le kilo de sucre ni dix dollars le kilo de tomates. Or, ce serait une conséquence quasi inévitable de la RS 52.

En vérité, les Américains aimaient vivre au-dessus de leurs moyens, et l'industrie agroalimentaire rendait cela possible en offrant une relative abondance de nourriture. Certes, il en résulterait un coût pour les générations futures, avec des transformations de l'environnement qu'il faudrait gérer. Mais Grant Lawrence et ses alliés voulaient y voir un problème moral, alors que c'était une question politique :

le choix des citoyens vivant dans une société démocratique. Et ce choix, ils le faisaient chaque fois qu'ils achetaient un produit ordinaire plutôt que l'article le plus cher : un de ces produits dits « naturels » qui n'étaient rien de plus qu'une niche marketing.

La RS 52 ne devait pas passer. Il ne s'agissait pas d'empêcher Randall Youngblood de s'enrichir — il était déjà très riche —, mais de garder une Amérique forte.

Il pensait à tout cela quand Bill Michaels frappa à la porte.

— Alors, Bill, où en sommes-nous ?

Michaels reconnut dans les yeux de Randall cette expression qu'il connaissait bien : celle d'un lion qui s'approche d'un troupeau de gazelles.

— Je pense qu'on a un coup à jouer.

D'un hochement de tête, Randall l'encouragea à continuer.

— Les médias vont commencer à nous présenter Lawrence comme la victime d'une nouvelle tragédie personnelle. On va nous ressortir la mort de sa femme. On nous fera le coup du héros qui surmonte l'adversité, le destin et tout le reste.

— Je vois...

— Sauf que beaucoup de gens, dans le public, ont douté de l'histoire qu'on leur a servie, à l'époque de la mort de Mme Lawrence. Ils n'ont rien de très précis, pas de détails. Juste l'impression qu'on a discrètement caché certains aspects de l'enquête.

— Si on nous a vraiment caché quelque chose, dit Randall, ce secret pourrait venir renforcer l'image héroïque de Lawrence...

— C'est vrai. Pour être franc, nous n'avons pas trop envie d'ouvrir cette boîte sans avoir une petite idée de ce qu'il y a dedans. Mais j'ai mis quelqu'un sur le coup.

— Autre chose ?

Randall connaissait assez Michaels pour savoir qu'il en fallait plus pour expliquer l'évidente excitation de son employé.

Un rien cabotin, comme à son habitude, Michaels laissa passer une courte pause, avant de cracher le morceau.

— Oui. D'après ma source, il y aurait quelque chose de louche dans la mort de la nounou.

— Comment ça, louche ?

— L'inspecteur qui dirige l'enquête — une femme, Karen Sweeney — trouve que cette histoire a une drôle d'odeur.

— Restez là-dessus, dit aussitôt Randall. Mais je veux une discrétion absolue. Soyez invisible.

Michaels sourit, et Randall se prit à espérer que lui-même ne serait jamais l'objet de sa causticité.

— Ne vous inquiétez pas, monsieur. Je m'en occupe.

Grant Lawrence appela la brigade criminelle en fin d'après-midi. Il trouva étrange de le faire lui-même. Tant de gens faisaient si souvent les choses à sa place : des gens qui semblaient conspirer pour le protéger des détails prosaïques de toute existence.

Il se sentait parfois entravé, étouffé. Et, à d'autres moments, au contraire, il se félicitait de pouvoir ainsi se concentrer sur l'essentiel.

Aujourd'hui, c'était lui qui passait ce coup de fil à la police. Pour une requête aux allures de supplication, ce qui n'était pas non plus dans ses habitudes. Mais il ne tenait pas à ce que Jerry foit le seul interlocuteur de la police. Et, de plus, s'il appelait son bureau local, il savait que sa secrétaire aurait des centaines de messages pour lui — des gens de la presse, des collègues ou de simples électeurs. Il n'était pas encore prêt à affronter cela.

Il demanda à parler à l'inspectrice Sweeney, et fut quelque peu surpris de la trouver dans ses bureaux.

— Oui, sénateur, que puis-je faire pour vous ?

— Je me demandais si je pouvais passer chez moi. J'ai besoin de récupérer certaines affaires pour mes filles. Elles ont besoin du réconfort de certains objets familiers. Leurs vêtements, leurs jouets, leurs oreillers et leurs couvertures. J'ai quitté Washington dans une telle précipitation, ce matin, que je n'ai rien pris. A part la peluche préférée de Belle et le doudou de Catherine Suzanne.

— Je comprends, fit Sweeney d'une voix détachée. Voyons… Je dois quitter mon bureau dans environ une heure. Voulez-vous que nous nous retrouvions chez vous dans une heure et demie ?

— Ce serait parfait. Merci, inspecteur.

— Pas de problème, sénateur.

Après avoir raccroché, Grant se demanda si ce n'était pas un problème pour elle. Derrière le détachement de sa voix, il avait senti une grande fatigue. De fait, elle avait été sur le pied de guerre pendant une grande partie de la nuit… Mais il décida que ses filles passaient avant tout.

Chez ses parents, le téléphone avait sonné presque toute la journée. La famille ne répondait pas. Grâce à la magie du transfert d'appels, c'était l'assistant de ses parents, Keith

Fairfield, qui prenait toutes les communications dans son bureau, situé à quatre pâtés de maisons. Mais Grant savait bien qu'à un moment ou à un autre il devrait parler à la presse. Impossible d'y échapper. Il se rendait bien compte qu'il essayait d'éluder ce qui était arrivé...

Il secoua la tête. Il sentait la fatigue de sa nuit blanche et le poids du chagrin peser sur lui — pour le faire ployer, le briser, même. Il serait si simple de se laisser aller. Mais cela ne donnerait rien de bon. Et il ne pouvait pas se le permettre.

Les filles étaient dehors et jouaient dans la piscine avec leurs grands-parents. Il les observa quelques minutes, par la fenêtre, un léger sourire aux lèvres. Elles étaient sa raison de vivre, bien plus que cette carrière politique à laquelle il vouait tout son temps et son énergie. Ça lui faisait du bien de les voir s'amuser, de constater qu'elles pouvaient, ne fût-ce qu'un instant, échapper à la douleur et au chagrin qui étaient de nouveau venus hanter leur vie.

Grant alla s'habiller pour son rendez-vous avec Karen Sweeney, bien conscient que la presse serait présente et qu'il aurait droit à la question la plus stupide du monde en de telles circonstances : « Comment vous sentez-vous, sénateur ? »

Il secoua de nouveau la tête. Il avait l'étrange impression d'avoir des toiles d'araignée dans le crâne.

Après avoir enfilé un pantalon et une chemise noirs, il prit quelques minutes pour se raser. Mais pas question de passer une veste : tant pis pour ce que les gens diraient.

*
* *

Karen attendait le sénateur dans la maison. Les techniciens spécialisés en scènes de crime travaillaient toujours sur les lieux, mais ils étaient, à présent, beaucoup moins nombreux. Il n'y avait plus que Millie et son équipe, qui s'affairaient dans les deux pièces dont on savait avec certitude qu'elles avaient été visitées par l'assassin. Millie était connue pour son extrême minutie, et tout était retourné, jusqu'au moindre grain de poussière. Même s'il y en avait très peu.

— Où es-tu, Millie ?

L'intéressée déplia sa haute silhouette et se massa le bas du dos en grimaçant. Elle se trouvait dans le bureau du sénateur et inspectait le tapis.

— Je pense qu'on aura terminé dans deux petites heures.

— Tu as trouvé quelque chose ?

— J'ai assez d'empreintes pour créer mon propre fichier. Dieu sait combien de personnes peuvent passer dans cette maison en une journée ! Pour ce qui est des meubles-classeurs, dans le bureau, ils ont été forcés avec un levier. Ma première impression, c'est qu'on a essayé de crocheter les serrures en douceur, puis qu'on a fini par employer les grands moyens, pour une question de temps ou d'énervement. Le sénateur devrait avoir des meubles de rangement plus sûrs.

— J'ai l'impression qu'il ne garde ici que des copies, pour son usage personnel. Il m'a affirmé qu'il n'y avait rien d'important dans tout ça.

— Apparemment, ce n'était pas l'avis de tout le monde.

Millie soupira et retira ses gants en latex.

— Bon, je sors m'en griller une. Si quelqu'un de l'équipe me cherche, je suis devant.

— D'accord.

Seule dans le bureau du sénateur, Karen se promena dans la pièce, relevant nombre de détails qui lui avaient échappé, un moment plus tôt. Comme la chaîne stéréo et le téléviseur qui étaient cachés dans une armoire. Elle enfila des gants, et ouvrit complètement le meuble pour regarder à l'intérieur.

Apparemment, les goûts du sénateur en matière de cinéma allaient vers les thrillers. Il y en avait toute une rangée. Karen remarqua également *Les Hommes du président*, le film retraçant l'histoire des deux journalistes du *Washington Post* qui avaient découvert le scandale du Watergate. Le choix était assez intéressant pour un homme que l'on disait en route pour la Maison-Blanche.

Il avait aussi un DVD de *La Candidate*, un film sur les sales manœuvres visant une femme nommée au poste de vice-présidente des Etats-Unis.

Des histoires édifiantes, peut-être ?

En musique, ses choix étaient variés : de Jimmy Buffett, un chanteur de la Louisiane traditionnelle, à Beethoven. La jeune femme réprima un sourire. Ses propres goûts étaient tout aussi éclectiques.

— Karen ?

— Oui ?

— Le sénateur est ici.

— J'arrive !

Karen retrouva Grant Lawrence dans l'entrée. La première chose qu'elle remarqua fut sa mine grave et le contrôle qu'il exerçait sur lui-même.

— Vous remercierez pour moi l'officier qui se trouve

dehors et qui maintient les journalistes à bonne distance, dit-il en serrant la main de la jeune femme.

— Je me serais volontiers débrouillée pour qu'il les fasse reculer jusqu'à Tombouctou, mais je n'ai pas autorité pour ça.

Il lui répondit par un léger sourire.

— Vous souhaitez juste aller dans les chambres de vos enfants ? demanda Karen.

— Eh bien, si vous êtes d'accord, j'aimerais aussi récupérer quelques-uns de mes propres vêtements. J'emporterai le tout dans les deux valises qui se trouvent dans ma penderie.

— D'accord. Ça ne pose pas de problème. Mais je vous accompagnerai, si vous n'y voyez pas d'inconvénient.

En vérité, il n'avait pas son mot à dire, et Karen vit qu'il l'avait parfaitement compris. Il hocha la tête et demanda :

— Avez-vous une idée du moment où je pourrai revenir habiter ici ?

— Il faut que tous les techniciens aient terminé leur travail. Ce sera l'affaire de quelques jours.

Ils montèrent l'escalier ensemble.

— Ce n'est pas que je sois spécialement impatient de revenir, expliqua le sénateur. Je vous avoue que je préférerais aller vivre ailleurs, désormais. Mais mes filles… elles vont avoir besoin de stabilité. Je pense donc que nous reviendrons — au moins pour un temps.

De sa poche, Karen sortit la carte d'une entreprise de nettoyage spécialisée.

— Appelez-les. Ils remettront tout en ordre.

Lawrence s'arrêta et regarda la carte.

— Merci. J'étais loin de m'imaginer que ce genre d'entreprise existait.

— Le monde dans lequel nous vivons n'est pas toujours très propre.

Il ne répondit pas, et elle l'observa discrètement. Son visage s'était figé, comme s'il était en butte à une terrible bataille intérieure. Puis il secoua la tête et fourra la carte dans sa poche.

Ils se rendirent d'abord dans sa chambre, pour y prendre les valises. Karen se tint discrètement sur le côté, tandis qu'il choisissait quelques affaires — costumes, chemises, ainsi que des vêtements décontractés.

Elle le suivit ensuite dans les chambres des filles, où il récupéra un maximum de choses dans les tiroirs et les placards. Une fois les valises pleines, il les descendit et les laissa à côté de la porte d'entrée. Karen était restée à l'étage, sur le palier.

Quand le sénateur remonta, il arborait une expression encore plus sinistre qu'avant. Il sortit des sacs en toile du placard qui se trouvait dans la salle de jeux des filles, fourra leurs oreillers dans l'un et des jouets dans l'autre.

C'est alors que Karen ressentit un élan de sympathie pour cet homme qui souffrait et supportait un terrible fardeau. Il s'attardait sur chaque objet, comme s'il lui rappelait un moment particulier. Même les jouets de ses filles devaient être chargés de souvenirs liés à Abby.

Attristée, Karen détourna les yeux.

— Très bien, dit-il enfin. J'ai fini. Je vais vous laisser tranquille, maintenant.

Karen l'aida à charger les valises et les sacs dans le coffre de sa voiture. Les journalistes les plus déterminés, qui attendaient depuis des heures, lancèrent des questions dans leur direction. Karen regarda Lawrence, et elle vit dans ses yeux qu'il s'était préparé à leur parler.

— Voulez-vous que nous y allions ensemble ?

— Vous avez le droit de vous exprimer au nom de la police de la ville ? demanda-t-il.

Il était, visiblement, au fait des règles et usages en vigueur au sein de la police.

— J'espérais avoir avec moi un officier spécialisé dans les relations avec la presse, lui expliqua-t-elle. Malheureusement, c'est moi qui m'y colle. Donc, pour répondre à votre question : oui, je peux parler. Même si ça ne me plaît pas.

Il sourit, de ce sourire qu'une bonne moitié des Etats-Unis connaissait si bien. Décidément, cet homme chaleureux, ouvert, était encore plus impressionnant *en vrai*.

Brusquement, son sourire s'évanouit.

Karen fit signe au policier qui se tenait au niveau du cordon de sécurité, et il leva la main pour attirer l'attention des journalistes. Grant Lawrence et elle s'approchèrent. Aussitôt, un déluge de questions déferla sur eux, auquel Karen opposa un silence absolu, jusqu'à ce que le calme revienne.

— Comme vous le savez déjà, commença-t-elle alors, Mlle Abigail Reese a été assassinée, la nuit dernière, dans la résidence du sénateur Grant Lawrence. Mlle Reese habitait ici. Cela faisait soixante ans qu'elle était au service de la famille Lawrence. L'enquête ne fait que commencer, et je n'entrerai pas dans les détails, sauf pour vous dire que nous allons creuser un certain nombre de pistes. Le sénateur Lawrence a accepté de répondre à vos questions, mais vous comprendrez qu'il n'abordera pas les détails de cette affaire. Soyez brefs. C'est toute la famille de M. Lawrence qui pleure la perte d'un être cher, et il souhaite aller les retrouver au plus vite.

Elle se tourna vers lui.

— Sénateur ?

Le changement fut presque palpable. L'homme blessé, au visage sombre, qu'elle avait accueilli dans la maison, quelques minutes plus tôt, redevint en un instant le sénateur Grant Lawrence, et celui-ci s'exprima avec un calme plein de dignité.

— Abby Reese avait sa place dans le cœur de ma famille. Elle était là lorsque j'étais enfant et que mes parents devaient partir en tournage. Chaque fois que j'avais une douleur ou un moment de joie, Abby était là. Elle était là aussi, plus tard, quand j'ai eu mon bac, puis mes diplômes universitaires. Abby était là à mon mariage, puis à la naissance de mes filles. Elle était là quand Georgie est morte. Et la dernière chose que mes filles ont faite avant d'aller se coucher, hier soir, c'est d'appeler Abby pour lui souhaiter une bonne nuit. Il n'y a pas de mots pour décrire le sentiment de perte qui nous accable. Et, franchement, je préférerais ne pas avoir à les trouver. Il me suffit de dire que j'ai perdu une amie, et aussi une seconde mère. Elle me manquera à tout jamais.

Il marqua une pause, tout juste perceptible, avant de reprendre :

— Bien sûr, je vais coopérer pleinement avec la police de Tampa dans l'enquête sur ce meurtre aussi brutal qu'insensé. Il ne fait aucun doute pour moi qu'on trouvera la personne qui a commis cette chose épouvantable. A présent, je vais essayer de répondre à quelques-unes de vos questions, mais, comme l'inspecteur Sweeney vient de vous l'expliquer, j'aimerais retourner auprès de ma famille.

— Comment a-t-elle été tuée ?

Ce fut Karen qui répondit.

— Je le répète : il n'est pas question d'aborder les détails à ce stade de l'enquête. Le légiste et les policiers scientifiques sont toujours occupés à rassembler les indices.

— S'agissait-il d'un cambriolage ?

— Là encore, il est trop tôt. Mais le cambriolage est l'une des hypothèses que nous examinons, oui.

— Sénateur, ce drame va-t-il influer sur vos ambitions pour la Maison-Blanche ?

Karen le vit se hérisser.

— Je ne crois pas avoir fait la moindre annonce concernant les ambitions que vous évoquez. Et, dans l'immédiat, c'est le moindre de mes soucis.

— Allez-vous engager une autre gouvernante noire ?

Les mâchoires de Lawrence se contractèrent.

— Je ne vois pas comment je pourrais remplacer un membre de ma famille.

— Et je pense que ça suffit, maintenant, intervint Karen.

— Y a-t-il un lien avec la mort de votre femme ?

Le sénateur prit une courte inspiration, comme pour se calmer, puis il regarda dans les yeux le journaliste qui venait de poser cette dernière question.

— Je ne vous ferai pas l'aumône d'une réponse, monsieur. Je vous rappelle simplement que ma femme est morte dans un accident de voiture.

— Ça suffit, maintenant ! lança Karen en tendant le bras devant Lawrence. La presse sera tenue au courant des développements de l'affaire. Merci.

Elle pivota sur ses talons et entraîna Grant Lawrence vers sa voiture.

— Je suis désolée, sénateur.

Il hocha la tête.

— Je suis habitué. C'est, malheureusement, le prix à payer quand on occupe une fonction officielle. C'est peut-être aussi, d'une certaine manière, une part de la beauté du système politique américain. Les secrets sont dangereux.

— Les rumeurs aussi.

Grant allait s'installer au volant de sa voiture quand il avisa un groupe de personnes rassemblées sous un arbre. Il se tourna vers Karen.

— Je peux avoir un moment, s'il vous plaît ?

— Vous êtes un homme libre, sénateur.

— Merci, inspecteur Sweeney. Merci pour tout.

Karen vit les épaules de Grant s'affaisser légèrement, tandis qu'il se dirigeait vers ses voisins.

Il avait besoin d'un visage familier, et il le trouva en la personne d'Art Wallace qui se dirigeait vers lui.

— Je suis désolé, Grant, dit-il simplement.

— Merci. Tous ces chacals sont encombrants, mais il faut faire avec.

Art hocha la tête, puis désigna Karen du menton.

— Ils savent quelque chose ?

— Pas grand-chose, non. Ça ressemble à un cambriolage.

Grant ferma les yeux.

— Est-ce que tu te rends compte, Art ? Elle est peut-être morte pour des dossiers que n'importe qui est en mesure d'obtenir en me les demandant.

Art secoua la tête, lentement.

— Je ne sais pas trop quoi te dire. Mais si je peux faire quoi que ce soit…

— Justement, je voulais te demander : tu as les filles, en ce moment ?

— Oui. Mon ex va se remarier.

Grant lui pressa l'épaule.

— Désolé, mon vieux.

— Il fallait bien que ça arrive.

Art avait vu son épouse partir un an plus tôt, et sa douleur était toujours aussi palpable — même s'il ne prononçait plus jamais le nom d'Elizabeth.

— Donc, oui, j'ai les filles pour quelques mois, reprit-il. Et je ne te dis pas à quel point ça me fait plaisir !

— J'imagine.

Art sourit.

— Il faut savoir apprécier les bons moments quand ils viennent. Bon, maintenant, dis-moi de quelle manière je peux t'aider.

— Ça va être très dur, pour les filles. Dans l'immédiat, elles ont besoin de quelques jours pour s'adapter à la situation, mais il va bien falloir qu'elles retournent à l'école. Et je ne sais toujours pas dans combien de temps il me sera possible de récupérer la maison. Ni combien de temps il faudra pour…

Il fut incapable de terminer sa phrase. Les mots restèrent coincés dans sa gorge.

— Elles n'ont qu'à venir habiter à la maison, proposa spontanément Art. Elles sont toujours les bienvenues. Tu n'as même pas besoin de demander, tu sais ?

— Je sais, Art. Ce ne serait pas pour longtemps. Je déteste m'imposer.

Art lui prit la main et la serra avec fermeté.

— Ça fait une dizaine d'années que nous sommes voisins, Grant. Tu ne t'imposes pas. Je serai ravi de t'aider, à ma façon, et tu sais que Lucy et Jessie aiment tes filles comme des sœurs.

Grant parvint à émettre un rire léger.

— Elles se chamaillent aussi comme des sœurs !

— C'est dans l'ordre des choses, fit remarquer Art en souriant. En tout cas, ça ne me pose vraiment aucun problème de les accueillir. Les amis sont là pour ça.

— C'est très gentil, dit Grant. Bon, il faut que je retourne chez mes parents, maintenant. Je te passerai un coup de fil dès que les filles seront prêtes à reprendre l'école.

— On va attendre ce moment avec impatience. Prends soin de ta famille.

Grant leva les yeux vers le grand chêne vert, plein d'élégance, qui se dressait non loin de lui, comme s'il allait trouver les secrets de l'univers dans ses branches noueuses.

— Je ne sais pas trop si c'est à moi de prendre soin d'eux… ou à eux de s'occuper de moi.

Art lui donna une tape sur le haut du bras.

— Je comprends, Grant. Crois-moi, je comprends. Allez, retourne auprès d'eux, maintenant.

— Merci encore, Art.

Grant rejoignit sa voiture.

— Un ami ? lui demanda Sweeney.

— Un ami.

— Vous semblez avoir des amis très proches, sénateur.

Il étudia son regard, à la recherche de quelque arrière-pensée, mais il n'en trouva pas.

— C'est possible, oui. Que reste-t-il, au bout du compte, sinon ceux que nous aimons et les souvenirs que nous nous sommes construits avec eux ?

La jeune femme hocha la tête, et suivit Art Wallace du regard, tandis qu'il passait derrière un taillis d'arbres pour rejoindre sa maison.

— Voilà un très beau sentiment, sénateur. Vous arrive-t-il d'être en désaccord avec vos amis ?

— Que voulez-vous dire ?

— En fait, je me demandais si vous aviez déjà eu des différends avec vos voisins. Les gens sont humains, après tout. Ce quartier n'est certainement pas un paradis où tout le monde vit en parfaite harmonie.

— Certes, non. Nous ne sommes pas d'accord sur tout, bien sûr. Mais, heureusement, nous sommes tous trop civilisés pour que les choses puissent s'envenimer.

— Et quels sont les points de désaccord ?

Grant esquissa un vague sourire.

— Ils sont, pour la plupart, d'ordre politique. Compte tenu de ma position, j'attire ce genre de discussion — de la même manière qu'un paratonnerre attire la foudre. Mais ces gens sont aussi mes électeurs, alors je les écoute. Matt Witherspoon, de l'autre côté de la rue, déteste cordialement mes positions sur le contrôle des armes à feu. Je suis persuadé qu'il ne vote pas pour moi.

— Et la personne avec qui vous venez de parler ?

Grant eut un vrai sourire, cette fois.

— Art ? Ça fait une dizaine d'années que nous sommes amis. Des amis proches. Peu m'importe qu'il milite pour Randall Youngblood.

— Youngblood ?

— Il dirige l'Association des producteurs de canne à sucre. Il fait du lobbying contre mon projet de loi sur l'environnement.

— Et votre voisin milite à ses côtés ?

— Pourquoi pas ? S'opposer à une loi est un droit constitutionnel. Vous savez, inspecteur, il est tout à fait possible pour des hommes d'être en désaccord sur un certain nombre de points et de rester quand même amis.

Le visage de la jeune femme demeura impassible.

— Poser ce genre de question fait partie de mon travail, expliqua-t-elle.

Il éprouva une pointe d'embarras.

— Bien sûr, vous avez raison. Pardonnez-moi. Mais je ne me rappelle pas avoir eu avec l'un de mes voisins un différend qui m'ait seulement amené à élever la voix.

Karen se contenta de hocher la tête.

— Merci pour votre aide, inspecteur, lui dit Grant.

— Ça fait partie de mon travail, sénateur, répéta-t-elle. Je vous tiens informé.

Quelques secondes plus tard, alors qu'il s'éloignait au volant de sa voiture, Grant éprouva de la honte pour sa réaction disproportionnée face aux questions de Sweeney. D'ordinaire, il se contrôlait mieux que cela. Mais les vingt-quatre dernières heures avaient été particulièrement éprouvantes…

6.

Après que la voiture du sénateur eut disparu au bout de la rue, Karen décida que le moment était venu d'interroger de nouveau les voisins. Ce matin, quand elle avait envoyé des policiers en uniforme recueillir leurs témoignages, ils étaient presque tous partis travailler — ou alors, ils avaient refusé de répondre. On était en fin d'après-midi, à présent, et elle espérait avoir de meilleurs résultats.

Malheureusement, ce ne fut pas vraiment le cas. Karen remonta, puis descendit la rue, et elle ne trouva que deux femmes à qui parler. Elles affirmèrent l'une et l'autre qu'elles n'avaient rien vu ni entendu durant la nuit. Il restait le voisin immédiat et ami du sénateur, l'homme qui affirmait avoir entendu une voiture.

Il invita aimablement Karen à entrer. Il lui offrit même une tasse de café. En temps normal, elle aurait refusé. Elle accepta, cette fois, afin qu'Art Wallace se sente détendu et se montre bavard.

Après avoir servi le café, il s'assit en face de Karen, de l'autre côté de la table basse qui séparait les deux canapés du salon.

— J'imagine, commença-t-il sans préambule, que vous

aimeriez savoir si j'ai d'autres informations à vous livrer concernant la voiture que j'ai entendue, cette nuit.

— Ça, et d'autres choses, oui. Mmm, votre café est délicieux !

Art eut un large sourire.

— Je dois rendre à César ce qui appartient à César : c'est un mélange du Starbucks Café.

— Ça n'explique pas tout. Vous le préparez à merveille.

— Merci.

Son expression trahissait un mélange de plaisir et d'embarras. Une expression si parfaite, du reste, que Karen ne put s'empêcher de se demander si le sentiment était sincère ou factice.

— Pour en revenir à la voiture, dit-il, je ne suis pas certain que cela ait le moindre rapport avec ce qui est arrivé à Abby.

Les commissures de ses lèvres se mirent à trembler légèrement, et il marqua une courte pause, le temps de se reprendre.

— Comment le saurais-je, du reste ?

— Vous ne pouvez avoir aucune certitude, évidemment, dit Karen d'un ton rassurant. Mais je dois suivre toutes les pistes, même la plus infime.

— Bien sûr.

Il hocha la tête et posa sa tasse sur un dessous-de-verre qui protégeait le plateau bien poli de la table basse.

— En fait, je ne sais rien d'autre que ce que je vous ai déjà dit. Je pense qu'il devait être environ 1 heure du matin. Je crois me rappeler que j'ai jeté un coup d'œil à mon radio-réveil. Mais il m'est impossible de vous donner l'heure exacte.

Karen hocha la tête et sortit un carnet de sa poche, afin de prendre des notes.

— Vous avez parlé d'un pot d'échappement bruyant.

— Un de ces accessoires que certaines personnes semblent apprécier. J'ai déjà entendu des véhicules qui en étaient équipés. Impossible de confondre ce bruit avec un autre.

— En effet, dit Karen avec amabilité. La voiture, est-ce qu'elle partait ? Est-ce qu'elle s'arrêtait ?

Les yeux baissés, Art Wallace resta un instant songeur.

— Si je me souviens bien, il y a eu deux pétarades, pareilles à des coups de feu. Puis la voiture s'est éloignée en direction de Mulberry.

Karen inscrivit quelques notes, puis jeta un coup d'œil vers les jouets qui se trouvaient dans un coin de la pièce, dont une maison de poupées avec ses meubles.

— Votre femme a entendu quelque chose, elle aussi ?

L'homme parut sursauter, dans un mouvement presque convulsif. Puis son visage ne fut plus qu'un masque rigide.

— Mon ex-femme effectue, en ce moment même, une croisière autour du monde avec son nouveau mari, répondit-il d'un ton sec.

— Excusez-moi, mais, avec ces jouets, j'ai supposé que…

Il jeta un coup d'œil en direction de la maison de poupées, et hocha la tête.

— Ça n'est pas grave. Votre supposition est assez logique. Mes filles restent avec moi jusqu'au retour de leur mère.

Karen prit encore des notes, même si ces informations n'étaient pas en relation directe avec l'affaire.

— J'ai cru comprendre que vous étiez en désaccord avec le sénateur Lawrence au sujet de la RS 52.

Il parut d'abord surpris, puis se mit à rire.

— En effet. J'imagine que c'est Grant qui vous l'a dit. Au fil des ans, nous avons eu quelques divergences d'ordre politique. Mais nous ne sommes pas devenus ennemis pour autant.

— Le sénateur Lawrence me l'a fait remarquer, lui aussi.

— En fait, poursuivit Art, je milite bénévolement pour Randall Youngblood, en ce moment. Vous savez, le groupe qui fait du lobbying contre le projet de loi... Grant est au courant.

— Et pourquoi êtes-vous opposé à ce projet de loi ?

— Parce que j'y vois un coup fatal porté aux agriculteurs. C'est aussi simple que ça.

Karen but une gorgée de café, puis sourit à Wallace.

— Comme vous semblez bien connaître le sénateur Lawrence, je me demandais si... vous connaissiez aussi ses ennemis.

Il écarquilla les yeux, puis émit un gloussement.

— C'est un *homme politique*, inspecteur ! Il doit avoir des centaines d'ennemis.

— Bien sûr, fit Karen. Mais, parmi eux, voyez-vous quelqu'un qui aurait pu aller aussi loin ?

— Jusqu'à tuer cette merveilleuse vieille dame, vous voulez dire ? Laissez tomber. Il peut arriver que les politiciens se salissent les mains, mais pas à ce point. Impossible pour moi d'imaginer qu'une personne de ma connaissance aurait pu faire une chose pareille, quelles que soient les circonstances.

A cet instant, des jumelles d'environ sept ans firent irruption dans la pièce, suivies d'une femme aux cheveux gris.

— Papa ! Papa ! Mamie nous a emmenées au zoo ! Il y avait des lions !

Karen patienta, tandis qu'Art Wallace serrait ses filles contre lui. Le trio se mit à jacasser, sans plus se soucier de sa présence.

Elle finit par prendre congé, ne voulant pas interrompre cette scène de bonheur. En outre, elle ne voyait pas ce qu'elle aurait pu demander de plus à Art Wallace.

Et puis elle avait autre chose à faire. Quelque chose d'important. Du moins, pour elle.

Elle prit sa voiture, et retourna dans cette impasse où le cadavre non identifié avait été retrouvé. Comme elle s'y attendait, Dave Previn n'était pas sur place, ce qui la contraria car elle désapprouvait le fait qu'on laisse refroidir la piste. Elle parcourut l'allée à pied, tout en se remémorant l'horreur qui avait été infligée à la malheureuse dont le corps avait été découvert ici même. *Découvert ici même.* Dans l'agitation suscitée par l'affaire Lawrence, elle avait tout bonnement laissé glisser ce détail de son esprit. Le corps de cette femme avait presque certainement été déplacé. L'avait-elle seulement indiqué dans son rapport ?

Soudain, elle éprouva comme un poids sur la poitrine. Impossible de s'en souvenir ! Probablement l'avait-elle fait. Elle se rappelait avoir pris beaucoup de notes, ici, dans cette impasse. Des notes sur lesquelles elle s'était fondée pour rédiger son rapport. Donc, bien sûr, toutes ces observations devaient figurer dans ledit rapport.

Mais le fait qu'elle soit incapable de s'en souvenir avec certitude montrait à quel point l'affaire Lawrence avait pris le pas sur celle-ci, qui lui était presque sortie de la tête. De *sa* tête, alors qu'elle avait vu le corps supplicié et brisé de cette femme, ici même. Elle avait vu ce qu'aucun autre enquêteur ne verrait plus, hormis sur une photo. Si elle n'était pas fichue de savoir avec exactitude ce qu'elle avait inscrit dans son rapport, comment espérer que Dave Previn accorderait à cette affaire toute l'attention qu'elle méritait ?

Karen soupira en secouant la tête. Elle qui avait été élevée au sein d'une famille irlandaise, elle regrettait parfois l'époque où elle était une catholique pratiquante. En ce temps-là, elle serait allée voir un prêtre ; elle se serait déchargée en partie du fardeau de la culpabilité, et aurait reçu l'absolution.

Elle avait aussi la nostalgie de ses premiers temps dans la police. A cette époque, elle aurait allumé une cigarette en haussant les épaules, comme quelqu'un qui s'imagine que tout finit toujours par s'arranger.

Mais Karen avait cessé d'aller à l'église, elle avait arrêté de fumer, et elle en était arrivée à croire que le cynisme était tout simplement la vilaine sœur jumelle de l'idéalisme, tous deux rejetons de l'ignorance. Ce qui ne lui laissait aucune défense psychologique contre son sentiment d'incompétence et sa tristesse, alors qu'elle se tenait dans l'allée et se remémorait les images épouvantables qu'elle avait vues ici même.

— Je suis désolée, dit-elle à la silhouette tracée à la craie. Je vais essayer de faire mieux.

Lorsqu'elle regagna le commissariat, elle trouva Previn

en train de verser le jus que donnait la cafetière du bureau dans un mug sur lequel on pouvait lire : « Je préférerais y penser. » La tasse lui avait été offerte quand il avait quitté la brigade des fraudes pour rejoindre la criminelle. C'était une blague de flic. Previn était toujours en train de réfléchir. Il pensait à sa femme. Il pensait à ses enfants. Il pensait à tel article qu'il avait lu dans *Science Weekly*. Il pensait au fait qu'il pensait trop. On disait de lui qu'il n'avait aucun instinct et qu'il essayait de compenser ce manque en se creusant furieusement les méninges pour *comprendre* et *déduire*.

— Où en es-tu avec l'affaire de l'impasse ? lui demanda Karen, sans préambule.

Il sourit.

— Hé, mais c'est la vedette de la télé ! Ils viennent de passer un extrait de son interview pour annoncer les infos du soir.

Karen aurait préféré qu'ils aient perdu les bandes, tout en sachant qu'il était vain d'espérer un tel miracle. Lawrence faisait la une, et le reportage serait diffusé dans les journaux de 18 heures et de 23 heures. Elle y figurerait, elle aussi.

— Formidable, dit-elle. Alors, où en es-tu avec le meurtre de l'impasse ?

— J'ai relu tes rapports et tes notes, dit-il en posant sans douceur son mug sur son bureau. J'ai passé un coup de fil au légiste, aussi, mais ils sont débordés, là-bas. Ils espèrent pouvoir pratiquer l'autopsie ce soir. Les techniciens « scènes de crime » ont promis de rappeler — demain au plus tard. Le service des personnes disparues n'a reçu aucun signalement qui corresponde à la description générale de notre cadavre, donc on est mal barrés pour une identification. Je suis allé sur place, ce matin ; j'ai frappé à toutes les portes. Rien. Que dalle. *Nada*.

— Continue. Je ne veux pas lâcher le morceau.

— Moi non plus, Karen. Mais, jusqu'à présent, je n'ai rien pour travailler.

Hochant la tête, Karen décrocha son téléphone et composa de mémoire un numéro.

— Inspecteur Sweeney, à l'appareil. Vous avez une de nos clientes, non identifiée. Vous pourriez me dire quand vous comptez vous en occuper ? C'est en train ? O.K., merci. On arrive.

Previn avait l'air piqué au vif.

— Ils devaient m'appeler quand ils en auraient terminé, maugréa-t-il.

— Ils ont du boulot, comme tu le sais. On va y aller tout de suite. On sera sur place pendant qu'ils termineront.

— Mais j'ai jamais…

— Il va falloir que tu t'y habitues, coupa Karen en récupérant sa veste et son sac. Bienvenue à la criminelle !

Agé d'une trentaine d'années, pourvu d'un long nez étroit, Previn avait un visage de fouine et une sérieuse tendance à la calvitie. Son teint, coloré d'ordinaire, devint franchement pâle à la seconde où ils se retrouvèrent dans la salle d'autopsie.

L'odeur, bien sûr. Encore maintenant, Karen n'était pas complètement immunisée, mais au moins savait-elle à quoi s'attendre. Pas Previn. Blanc comme un linge, il eut vite fait de détourner les yeux du cadavre ouvert de la clavicule au pubis, avec une incision en Y. Mais l'odeur, elle, pas moyen d'y échapper. Un cadavre, même relativement frais et tout juste sorti de la chambre froide, dégageait une odeur épouvantable quand on l'ouvrait.

Karen fouilla dans son sac, et en sortit un petit pot de Vicks VapoRub. Elle en avait toujours un sur elle, mais ça faisait des années qu'elle ne s'en était pas servi.

— Prends ça, dit-elle à Previn. Tu en mets juste sous le nez.

Il tiendrait peut-être le coup, à condition qu'il ne vomisse pas son déjeuner.

Il saisit le petit pot d'une main tremblante. La seconde d'après, il sortit précipitamment.

Karen haussa les épaules et s'approcha de la table.

Elle ne s'était pas endurcie au point de devenir insensible ; elle s'était habituée, voilà tout. Les moments comme celui-là n'étaient jamais agréables, mais elle n'avait plus à lutter pour tenter de se dominer.

— Qu'est-ce que vous avez trouvé, jusqu'à présent ? demanda-t-elle au légiste.

Avant de lui répondre, le Dr Caleb Carter enregistra ses premières constatations dans le micro qui pendait du plafond, au bout d'un bras articulé.

— Femme de type caucasien, âgée d'environ vingt-huit ans…

Ça, Karen l'avait déjà constaté. Elle laissa, néanmoins, le médecin continuer avec les informations d'ordre général : taille, poids, état de santé général.

— Problèmes au niveau de l'ovaire droit, poursuivit-il, et preuve d'au moins un avortement pas trop réussi… mais déjà ancien.

Karen hocha la tête. Elle avait sorti son carnet, prête à

noter tout ce qui pouvait sembler intéressant : des détails qu'elle ne souhaitait pas oublier en attendant que le rapport écrit lui soit communiqué.

— La cause du décès semble être la strangulation, pratiquée au moyen d'un bas en Nylon passé autour de son cou. Il y a quatre traces de morsures distinctes. Etant donné leur emplacement et leur profondeur, je crois pouvoir affirmer qu'elles trahissent une colère intense, chez le meurtrier. De la rage, pour ainsi dire.

Voilà qui méritait d'être noté.

— Peut-on parler d'un rituel ? demanda Karen.

— C'est toujours une possibilité, répondit Carter en la regardant, par-dessus la table. Je ne suis pas profileur, mais... mon impression est que nous sommes en présence d'un acte de rage pure, une réponse instinctive à une espèce de provocation.

— A-t-elle été violée ?

— D'après mes seuls examens externes, je dirai que non. On verra bien ce que révèlent les prélèvements.

— Autre chose ?

— Oh, oui ! Elle a beaucoup de peau sous les ongles. Elle a dû se défendre avant qu'on lui attache les mains dans le dos. Si vous voulez mon avis, quelqu'un se balade avec des balafres plutôt profondes. Probablement sur les bras.

— Donc : rechercher un homme qui porte un manteau, c'est ça ?

Le médecin légiste gloussa.

— Ou, au moins, un vêtement à manches longues.

Karen le remercia, puis sortit de la salle. Elle retrouva

Previn dans le couloir ; il avait tout observé à travers le panneau vitré donnant sur la salle.

— Désolé, dit-il en rougissant.

— Ce n'est pas grave, Previn. C'est toujours difficile, la première fois. Rendez-moi donc mon Vicks, au cas où j'en aurais besoin.

Il le lui tendit, l'air penaud.

— Il ne nous a pas appris grand-chose, je suppose ?

— Au contraire !

— Comment ça ?

— Il nous a décrit la façon dont tout s'est passé.

— Ah bon ?

Karen le fixa.

— Oui. Il a dit qu'elle avait probablement griffé les bras de son meurtrier.

— Et alors ?

— Alors, ça signifie qu'il est probablement arrivé sur sa victime par-derrière. Elle n'a donc pas pu atteindre son visage : elle s'est contentée de lui griffer les bras.

Previn fronça les sourcils.

— Comment peut-il le savoir ?

— Je pense qu'il a dû observer au microscope les résidus de peau et de chair récupérés sous les ongles. J'irai même jusqu'à dire qu'il n'a trouvé aucune trace de barbe, dans cette chair. Mais plutôt des poils.

— Ça fait une différence ?

Karen laissa passer un temps, puis demanda :

— Il t'arrive d'ouvrir des livres, Previn ?

— Tout le temps, répondit-il en rougissant de nouveau.

— Apparemment, tu ne choisis pas les bonnes lectures. Va

donc potasser des bouquins sur la partie technique de notre boulot. C'est utile quand il s'agit d'exploiter au mieux les rapports des techniciens « scènes de crime » et des légistes.

Elle le quitta sur ces bonnes paroles, décidée à rentrer chez elle et à dormir enfin.

Aussitôt que les filles furent couchées, Grant s'effondra littéralement sur son lit. C'était dans cette pièce qu'il s'était installé quand il avait quitté sa chambre de « bébé » qui était ensuite devenue celle des filles. Bien que la décoration ait été refaite, elle était restée chaleureusement familière. Comment expliquer cela ? Avait-il laissé une empreinte durable, ici, une espèce de vibration qu'il ressentait maintenant ?

La pièce ne ressemblait absolument pas à ce qu'elle avait été autrefois. Les lits jumeaux avaient laissé place à un grand lit. Les murs étaient peints dans un ton de vieux rose en harmonie avec les fleurs des rideaux et de l'édredon. Même le tapis était rose profond.

C'était une chambre très féminine, où la patte de sa mère était omniprésente. Peut-être était-ce la raison pour laquelle il s'y sentait si bien, après toutes ces années.

Quand il vivait là, en tout cas, c'était une chambre de garçon, décorée dans des teintes bleu et or, avec une inspiration discrètement nautique. Sa mère n'avait jamais manqué de subtilité.

Etendu sur le lit, les yeux fermés, Grant se laissa submerger par la fatigue qu'il avait réussi à contenir, jusque-là. Il n'avait plus besoin d'être fort, à présent. Personne ne l'observait. Il plongea son visage dans son oreiller et laissa les larmes couler. Abby était partie, elle ne reviendrait jamais. Et il se demandait s'il pourrait un jour surmonter la douleur qui accompagnait cette perte.

Stacy était partie, elle aussi. Certes, cela faisait déjà un moment qu'elle avait quitté sa vie. Des mois qu'ils n'avaient plus couché ensemble. Pourtant, il se rappelait encore son odeur, légèrement musquée, ainsi que la douceur de sa peau. Il n'avait pas la moindre idée de ce qui lui était arrivé, mais si la mort de Abby était une indication, alors il préférait ne pas savoir. Ce qu'il avait envie de savoir, en revanche, c'était pourquoi Stacy se trouvait dans son salon, la nuit dernière.

La nuit dernière.

Tant d'événements en si peu de temps… Car c'était seulement la veille au soir, à peu près à la même heure, que les filles avaient appelé Abby. Elle était probablement allée se coucher après ce coup de fil, non sans avoir vérifié les verrous des deux portes, à l'avant et à l'arrière de la maison. Elle avait sans doute laissé de la lumière dans la cuisine, comme elle le faisait toujours. Puis elle était montée à l'étage et s'était couchée avec son carnet de croquis et un fusain, pour esquisser sur le vélin la silhouette d'un cerf, son sujet de prédilection. Très vite, ses paupières avaient dû s'alourdir. Elle avait posé le carnet et le fusain sur sa table de nuit, puis s'était pelotonnée sous le couvre-lit en laine qu'elle avait elle-même tricoté.

A un moment, après qu'elle s'était endormie, Stacy avait dû arriver. Pour quelle raison ? Mystère. Ensuite, l'assassin avait fait son apparition. A moins qu'ils soient arrivés ensemble. Le meurtrier avait-il eu vent de la relation de Stacy avec

Grant ? Avait-il obligé la jeune femme à le faire entrer chez lui ? Cela semblait assez improbable.

Pour entrer, Stacy avait utilisé la clé que Grant lui avait confiée. Ils avaient projeté de rester amis ; elle lui avait même fait part de son intention de militer activement pour sa prochaine campagne, et il n'avait vu aucune raison de lui reprendre la clé. Le geste lui aurait même paru grossier.

Donc elle était entrée. Deux possibilités : ou bien le meurtrier l'accompagnait, ou bien il était arrivé plus tard. La police n'avait remarqué aucun signe d'effraction au niveau des portes, et il était possible que Stacy ait laissé ouvert. En tout cas, d'une manière ou d'une autre, son assassin avait pu pénétrer dans la maison. Et l'horreur avait commencé.

Abby était morte. Stacy était morte. Georgina était morte, elle aussi, depuis longtemps. Sans être superstitieux, Grant avait la glaçante impression que la mort le poursuivait. Plus d'une fois, la presse l'avait comparé à John Kennedy, un rapprochement qui ne lui plaisait pas spécialement, pour différentes raisons. A commencer par le fait qu'il n'avait pas l'impression de le mériter.

Mais, à présent, tout en pleurant silencieusement dans l'obscurité de son ancienne chambre d'enfant, il songeait aux malheurs qui avaient touché la famille Kennedy. Joe junior, tué à la guerre. John, assassiné à Dallas. Bobby, tué en Californie. Ted, ruiné par le fiasco de Chappaquiddick. Le fils de Bobby, qui avait perdu sa jambe à cause d'un cancer. Jackie aussi était morte d'un cancer. Et puis John-John, disparu dans un accident d'avion, en mer.

Tous ces destins brisés. Toutes ces morts.

Etait-il promis à la même fatalité ?

Il n'était pas John Kennedy. Mais il avait déjà eu sa part de cicatrices. Et, oui, il était ambitieux. Quelqu'un avait dit, un jour, que pour prétendre à la présidence des Etats-Unis, il fallait avoir du charisme et être arrogant. Etait-il suffisamment arrogant pour penser que son pays avait besoin de lui ? Oui, il était bien obligé de l'admettre.

Comme cela lui arrivait si souvent, des idées de discours lui vinrent à l'esprit, et il s'y abandonna un moment pour éloigner sa douleur.

Il se considérait parfois comme un pur produit de la « génération de l'indifférence », celle des gens dont les parents avaient mené le bon combat pour la liberté. Sa génération n'avait eu aucune guerre pour aller combattre, et si peu pour protester. Elle avait eu peu d'illusions à perdre. Les gens de son âge avaient vu un président démissionner dans la disgrâce, un autre diminué par la sénilité et un autre encore entaché par sa concupiscence. Le communisme s'était effondré sous le poids de sa propre inefficacité, et le fanatisme religieux avait enflammé le monde. L'information était devenue un produit, une matière première que de grands argentiers achetaient, vendaient et corrompaient, se souciant uniquement des bénéfices personnels qu'ils pouvaient en tirer. L'espérance de vie était plus longue que jamais, mais les gens travaillaient davantage ; ils se sentaient plus isolés, et ils n'étaient plus unis que par la colère et la douleur, quand leurs enfants se faisaient abattre dans des écoles ou lorsque tous leurs points de repère se volatilisaient soudain en direct, à la télévision, au moment de leur café du matin.

A quand remontait la dernière fois où ce pays avait été

porté par un rêve, plutôt que traumatisé par un cauchemar collectif ?

Etait-il capable d'aider ses concitoyens à se réunir autour d'un espoir commun ? Le croire relevait peut-être de l'arrogance pure. Ou peut-être suffirait-il que quelqu'un s'avance et sorte du lot…

Abby était morte. De même que Stacy et Georgina. Mais, chacune à sa manière, elles l'avaient aidé à se forger une idée de son pays. Aussi longtemps qu'il s'en tiendrait à cette vision, qu'il la nourrirait, la partagerait, elles seraient, d'une certaine manière, toujours vivantes.

Il tira un bout de la taie d'oreiller et se sécha les yeux avec. Il allait continuer. Ceux qu'il avait aimés et perdus, ceux qui l'avaient aimé, méritaient au moins cela.

De l'autre côté de Tampa, Jerry Connally était assis dans son bureau et buvait du bourbon. Il essayait d'effacer de son esprit le souvenir de la nuit précédente. Il essayait aussi d'endormir le sentiment insidieux qu'en l'espace d'une fraction de seconde, en prenant une certaine décision, il était devenu presque aussi malfaisant que l'homme qui avait assassiné Abby et Stacy.

Il était prêt à tout pour Grant Lawrence. Grant, son ami de toujours, avait des chances d'accéder à la présidence et d'accomplir toutes ces choses dont Jerry croyait passionnément qu'elles étaient pour le bien de la nation. Il croyait vraiment que Grant pouvait écarter le pays du précipice vers lequel il penchait si dangereusement : le précipice d'une oligarchie dirigée par l'argent, avec le mirage de la démocratie pour amadouer les masses.

Il *croyait* en cela.

Jerry était un homme de moralité, un père de famille qui allait à l'église ; un juriste, aussi, qui prenait très au sérieux l'éthique liée à sa profession, contrairement à bon nombre de ses collègues.

Et, même si les compromis étaient nécessaires, dans le monde de la politique, jamais il n'aurait pensé accomplir un jour un acte aussi sale que celui dont il s'était rendu coupable, la nuit dernière.

Il avait beau se répéter qu'il avait sauvé Grant et le pays d'un énorme scandale, cela ne suffisait pas à soulager sa conscience.

Pas plus, d'ailleurs, que le bourbon ne réussissait à effacer les images épouvantables qui avaient entaché à tout jamais son esprit et son âme. Il avait influé sur une enquête de police en créant de fausses preuves, en déplaçant un cadavre…

Seigneur ! Le souvenir du corps sans vie de Stacy, ensanglanté, supplicié… D'une main tremblante, il remplit de nouveau son verre de bourbon. Il devait se reprendre au plus vite — et il avait toujours fait ce qu'il devait faire. Mais il était obligé de passer par ces quelques heures de remords absolu, de culpabilité et de dégoût de soi, de douleur et de peur. Il devait laisser l'abcès crever en lui, afin d'être plus fort, demain.

Le téléphone sonna. Jerry regarda fixement l'appareil, saisi par la peur et l'angoisse. Jamais il n'avait eu peur d'une sonnerie de téléphone. Or, c'était bien ce qui lui arrivait, en cet instant.

L'alcool ne lui avait pas encore complètement engourdi le cerveau. Il songea que s'il ne répondait pas, la sonnerie finirait par réveiller sa femme et qu'elle décrocherait. Ça, il ne le voulait en aucun cas, car il avait sa petite idée sur l'identité de la personne qui se trouvait à l'autre bout du fil.

— Jerry.

Ainsi qu'il le craignait, c'était bien Sam Weldon, un type paisible, presque invisible, dont le boulot consistait à garder un œil sur les activités politiques de leurs adversaires, afin que le camp Lawrence ne soit jamais pris par surprise. Et Weldon était excellent, dans son domaine.

— Ouais, Sam.

Le brouillard qui avait commencé d'envelopper son cerveau s'était dissipé. Jerry serra le combiné avec force.

— Il y a eu une fuite, chez les flics, expliqua Weldon. Quelqu'un a parlé à des proches de Youngblood. J'ignore de qui il s'agit.

— Merde !

— Ce n'est pas tout. On raconte que l'inspecteur chargé de l'affaire a des soupçons.

— Comment ça, des soupçons ?

— Oui. Certains détails clochaient, sur le lieu du crime.

Jerry sentit un poids énorme lui tomber sur l'estomac.

— Autre chose ?

— Selon mon contact, les gens de chez Youngblood s'intéresseraient de nouveau à la mort de Georgina. Ils s'efforceraient de réveiller certaines rumeurs qui avaient été étouffées, à l'époque. Tu te rappelles ?

Si Jerry s'en souvenait ? Il avait beaucoup contribué à les étouffer, ces rumeurs.

— Je me rappelle, oui.

— En fait, il semble qu'ils aient l'intention de laisser filer pendant quelques jours, puis d'enlever leurs gants et de nous tabasser autant qu'ils le pourront.

— Ça n'a rien de nouveau. C'est leur façon de procéder.

La voix de Jerry laissait transparaître une confiance qu'il était loin d'éprouver. Très loin. Car, pour la première fois de sa vie, il avait tort.

— Merci, Sam. Tu me tiens informé.

— Comme d'hab.

Jerry raccrocha et repoussa son verre de bourbon. Il ne pouvait pas se permettre de céder. Pas maintenant, alors que les nuages annonciateurs de la tempête ne cessaient de grossir.

7.

— Et un — sur la pointe… — et deux — de côté… — et trois — on pivote — on tourne, on pousse — et un, deux et *pointe* !

Alissa Jurgen lançait ses ordres avec la vigueur et la précision d'un sergent instructeur, tout en surveillant les neuf filles qui s'efforçaient de reproduire ses mouvements. Elles faisaient des progrès. Il était encore difficile de jurer qu'elles seraient prêtes pour le spectacle, le week-end prochain, mais l'espoir était permis.

Elle effectua une pirouette, puis coupa le mouvement en jetant sa jambe gauche sur le côté. Elle fit bouger ses hanches sur la gauche et porta son poids sur ce pied, avant de planter la pointe de son pied droit sur le sol, les mains sur les hanches, le visage levé et souriant. Puis elle baissa les yeux vers l'immense miroir de la salle, pour voir les filles, derrière elle.

— Non, non, non !

Elle abandonna sa pose et se tourna.

— Fay, ton dos n'est pas assez droit. Rappelle-toi que tu viens d'atteindre le sommet de la tour du magicien et que tu te retrouves face au secret de sa magie. Tu as *gagné* ! Tu dois le ressentir. Et ton corps doit l'exprimer.

La jeune élève, âgée d'une douzaine d'années, paraissait soudain au bord des larmes. Alissa coupa la musique et la rejoignit.

— Qu'est-ce qui ne va pas, Fay ?

— C'est ma cheville, répondit la jeune fille, honteuse.

Alissa hocha la tête. Elle exigeait beaucoup de ses élèves. Trop, peut-être. Elles-mêmes semblaient vouloir aller jusqu'au bout de leurs possibilités. Pour Stacy. Sauf que Stacy n'était pas là — une semaine qu'elle ne s'était pas montrée. Alissa se rendait compte qu'il était injuste de reporter sa frustration sur les élèves.

— Ce sera tout pour aujourd'hui, annonça-t-elle. Vous avez fait du bon travail, les filles.

Alors que les adolescentes commençaient de se disperser pour aller chercher bouteille d'eau, serviette et sac de gym, Alissa prit la main de Fay.

— Jetons un coup d'œil à cette cheville, tu veux bien ?

Elle était indéniablement enflée, malgré le bandage serré. L'entorse ne guérissait pas. Alissa récupéra un *cold pack* dans son sac, et l'agita après avoir ôté la membrane. Très rapidement, la poche fut glacée. Elle la pressa sur la cheville de Fay, et la maintint en place avec du ruban adhésif.

— Ça ne fait que trois semaines, Fay. Tu devrais te reposer.

La jeune fille posa sur elle des yeux brillant de larmes.

— Je veux participer au spectacle.

— Au risque de boiter pendant six mois, voire toute ta vie ?

L'expression de Fay se durcit.

— Je vais y arriver, mademoiselle Alissa. Je danserai, le week-end prochain.

Fay avait du courage à revendre. C'était peut-être sa mère qui la poussait un peu trop. Ou bien ses propres démons intérieurs. Toujours est-il qu'Alissa connaissait assez la nature humaine, et les danseurs en particulier, pour savoir ce qui se passerait si elle excluait Fay du spectacle.

— Tu vas devoir garder cette compresse à l'école, Fay, et porter l'attelle pendant la nuit. Comme le médecin l'a dit.

— Je déteste cette attelle !

— Ou bien tu la portes, ou bien tu oublies le spectacle, déclara Alissa d'un ton ferme. A toi de choisir.

Fay hocha la tête.

— Je la porterai, mademoiselle Alissa. Je veux participer au spectacle.

En regardant son élève récupérer son sac et rejoindre la porte de la salle en boitillant, Alissa sentit son cœur se serrer. Elle avait été pareille, autrefois — en vérité, elle l'était toujours. Le corps était un instrument. Si jamais il se désaccordait, on ne le posait pas dans un coin. Il fallait l'accorder, et insister, par-delà la douleur. La danse était une discipline aussi exigeante que n'importe quel sport, et Fay réussirait car elle refusait, par principe, l'idée de l'échec. Si seulement d'autres élèves, plus talentueuses pour certaines, avaient la même attitude…

Alissa but longuement, puis se passa une serviette sur le visage. Stacy lui manquait. Elle manquait aux filles. Ainsi qu'au spectacle. Lequel, comme on disait, devait continuer.

— Alissa Jurgen ? appela une voix féminine, depuis la porte.

Alissa tressaillit, surprise, et se tourna.

— Oui ?

La femme lui sourit.

— Excusez-moi, je ne voulais pas vous faire peur. Je suis l'inspectrice Karen Sweeney, de la police de Tampa. Vous auriez quelques minutes à m'accorder ?

Ses yeux évoquaient ceux d'un loup des neiges, songea Alissa. Des yeux qui ravivaient des souvenirs glacés des hivers du Minnesota. Alissa réprima un violent frisson. Quelque part, tout au fond d'elle, elle *savait.*

— C'est au sujet de Stacy ?

L'inspecteur hocha la tête.

— Peut-être, je n'en suis pas certaine. Vous êtes venue signaler sa disparition, et la description correspond.

— Elle correspond à quoi ?

L'inspectrice sortit une photographie d'une enveloppe kraft. L'expression de son visage était éloquente.

— Je suis désolée, mais j'aimerais que vous jetiez un coup d'œil à ceci, et que vous me disiez si vous reconnaissez cette femme.

Alissa tendit une main tremblante vers le cliché. Un visage tuméfié, sans vie, photographié dans la lumière crue d'une morgue, un drap relevé jusqu'au cou. Alissa se plaqua la main sur la bouche, luttant contre un haut-le-cœur.

— Oh ! non… non ! Pas Stacy !

— C'est bien elle ?

Alissa confirma d'un hochement de tête, s'efforçant de respirer normalement.

Pas Stacy !

— Que… que s'est-il passé ?

— Je suis désolée, murmura l'inspecteur en lui posant une main sur l'épaule. Elle a été… assassinée.

— Mais… excusez-moi ! balbutia Alissa, qui suffoquait. Il faut que…

Elle se précipita vers les toilettes, luttant avec le flot de bile qui montait dans sa gorge.

Karen n'avait pas besoin d'entendre pour savoir ce qui se passait. Elle arpenta donc le studio, s'obligeant à relever des détails sans intérêt afin de laisser le plus d'intimité possible à Alissa, jusque dans ses propres pensées.

Elle songeait, par exemple, au fait qu'elle aurait pu se prévaloir de sa supériorité hiérarchique pour charger Previn de ce travail, et l'attendre dans la voiture. Elle aurait pu, oui. Mais, la veille au soir, sa femme lui avait annoncé qu'elle le quittait. Par conséquent, il n'était absolument pas en état de gérer le chagrin d'une autre personne. C'était donc lui qui était resté dans la voiture, et elle qui se chargeait du sale boulot. Dieu, qu'elle détestait ça !

Mais le cadavre de l'impasse avait un nom, à présent. Stacy Wiggins.

Un bruit attira l'attention de Karen, et elle se tourna vers la porte. Alissa Jurgen se tenait dans l'encadrement, tout en s'essuyant la bouche.

— Je sais que c'est un moment affreux, madame Jurgen, mais est-ce que je pourrais vous poser quelques questions ?

— Alissa.

Karen haussa un sourcil.

— Je vous demande pardon ?

— Appelez-moi Alissa, s'il vous plaît. Mme Jurgen, c'est ma mère.

— D'accord. Vous vous sentez en état de parler ?

— Non. Mais Stacy l'aurait été, à ma place. Comment est-ce que je peux vous aider, inspecteur ?

Karen observa la jeune femme, son maintien, la façon dont elle serrait les mâchoires et luttait contre les larmes. De la pure détermination. Le genre de détermination dont Karen songea qu'elle devait être commune aux danseurs et aux athlètes de haut niveau.

— J'aurais besoin d'en savoir un petit peu plus au sujet de Karen, expliqua-t-elle. Ses amis, ses habitudes, ce genre de choses. Ça pourrait nous permettre de trouver une piste menant au tueur.

Alissa déglutit avec peine, tout en hochant la tête.

— Je comprends. J'évite de m'asseoir, pour ne pas me refroidir trop vite. Ça ne vous ennuie pas si je marche ?

— Pas du tout. Je vais faire comme vous. Je passe beaucoup trop de temps en voiture, en ce moment.

Etablir des liens. De bons rapports. C'était essentiel, dans le travail de Karen. Elle put voir dans les yeux d'Alissa qu'un premier lien s'était établi. Un léger sourire aux lèvres, la jeune femme hocha la tête. C'était un bon départ. Parfois, Karen se détestait d'être aussi calculatrice.

— Donc, reprit Alissa, au terme d'une longue inspiration, alors qu'elles longeaient le grand miroir de la salle, vous voulez savoir des choses sur Stacy.

— Tout ce que vous pourrez me dire, oui. Sur ses relations, un éventuel petit ami, des sujets de contrariété qu'elle vous aurait confiés. Le genre d'endroit qu'elle fréquentait, aussi.

Alissa s'essuya une nouvelle fois le visage avec la serviette qu'elle avait autour du cou, puis elle but à même sa bouteille.

— Oh ! excusez-moi, dit-elle. Vous voulez peut-être de l'eau ?

— Non, merci.

Elle temporisait, reculait devant l'obstacle. Karen connaissait bien cette façon de tenir la douleur à distance. Tout le monde passait par là.

— En fait, dit enfin Alissa, Stacy était plutôt secrète. Je pense qu'elle a eu une liaison, il y a quelque temps, mais j'ignore avec qui. Ça doit faire six ou sept mois que l'histoire s'est terminée.

— Elle vous a paru bouleversée ?

— Non. Pas du tout, même. Elle donnait le sentiment que la rupture était naturelle, quoi qu'il se soit passé avec cet homme. Je n'en sais guère plus. Elle ne m'a jamais donné le moindre détail sur lui, et je n'ai aucune idée de son identité.

— Aucune idée non plus sur le genre d'endroits qu'ils fréquentaient ?

— Non. Stacy était très discrète, de manière générale. Et encore plus sur cette aventure.

— A la suite de la rupture, vous a-t-elle, à un moment ou à un autre, paru contrariée ou effrayée ?

— Non.

Alissa observa une pause.

— Ce n'est pas complètement vrai, reprit-elle. Assez récemment, elle s'est plainte du fait qu'un homme qu'elle avait connu comme client lui cassait les pieds. Mais elle l'a envoyé balader. Ça devait être il y a… un mois, environ. Comme elle ne m'en a jamais reparlé, j'ai pensé qu'il avait fini par la laisser tranquille.

Elle fit face à Karen. Le peu de couleur que son visage avait recouvrée disparut peu à peu. Elle avait le teint cendreux.

— Vous pensez que…

— Je ne pense rien, pour l'instant, déclara Karen en secouant la tête. Quand j'aurai réuni suffisamment d'informations, alors je commencerai à penser.

Alissa ferma les yeux, plissant les paupières avec force. Elle laissa échapper un léger soupir, comme si elle luttait de nouveau contre les larmes.

— D'accord, dit-elle.

— Vous avez parlé de cet homme comme d'un ancien client. Qu'entendez-vous exactement par là ? S'agit-il d'un élève ?

Alissa se mordit la lèvre. Elle hésitait.

— Oh ! et puis ça n'a plus d'importance, maintenant, reprit-elle enfin. Elle ne voulait pas que ça se sache, mais, il y a quelque temps, elle travaillait dans une boîte de strip-tease. Elle a abandonné, il y a deux ans, et elle a ouvert ce studio de danse. En me parlant de cet ancien client, elle se référait à quelqu'un qu'elle avait connu à cette époque.

— C'est ce qu'elle a dit ?

— Non. Mais ça me paraît évident.

Karen prit quelques notes sur son carnet. Elle avait remarqué qu'Alissa parlait toujours de sa patronne au présent. Il lui faudrait un certain temps pour assimiler la réalité.

— Vous étiez proches, toutes les deux ?

Alissa hocha la tête.

— Oui. On… faisait plein de trucs ensemble. On partait en week-end, on assistait à des pièces de théâtre ou à des concerts…

— Même à l'époque où elle avait son petit ami ?

Quand les yeux sombres et brillant de larmes d'Alissa croisèrent les siens, Karen hocha de nouveau la tête.

Etrange, songea-t-elle. La plupart des femmes qui avaient un petit ami ne partaient pas en week-end avec des copines.

— Vous faisiez beaucoup de choses ensemble, donc ?

— Oui. Tout le temps.

— Et l'ami de Stacy ? Pourquoi ne passait-il pas davantage de temps avec elle ?

Alissa marqua une courte pause avant de répondre :

— J'ai eu l'impression qu'il voyageait beaucoup.

— Elle vous l'a dit ?

— Pas vraiment.

Alissa se pencha sur la barre et se passa, une fois de plus, la serviette sur le visage. Elle transpirait beaucoup, et des gouttes de sueur roulaient sur son front.

— Je vous le répète, inspecteur : elle ne m'a presque rien confié à son sujet. Tout ce que je vous rapporte, ce sont des impressions. L'impression qu'il partait souvent. Et qu'alors, elle se sentait seule.

— Ça ne vous gênait pas de le remplacer ?

Alissa sourit avec tristesse.

— Je suis lesbienne. J'avais le béguin pour ma patronne. Qu'est-ce que vous voulez que je vous dise d'autre ?

Karen hocha la tête, sans s'émouvoir.

— Etait-ce réciproque ?

— Ça, non. Stacy était farouchement hétéro.

— Elle se doutait de vos sentiments ?

— J'espère que non. Je ne voulais surtout pas la mettre mal à l'aise.

Karen se demanda si Alissa avait été plus jalouse qu'elle voulait bien l'admettre aujourd'hui. Jalouse au point de commettre un acte irréparable…

— Ça n'a pas dû être facile, pour vous.

— Etre lesbienne, de toute façon, ça n'a rien de facile, inspecteur. Vous pensez sans doute que c'est un choix de vie ? lança Alissa d'un ton sarcastique. Mais non, ça n'a rien à voir avec le choix. C'est comme ça, voilà tout.

— Je ne vous critique pas, Alissa. Je m'efforce simplement de comprendre.

— Eh bien, non, ça n'était pas facile. Ça ne l'était déjà pas avant. Vous savez ce qu'on dit : le cœur a ses raisons que la raison ignore. Des hétéros tombent amoureux de gays, des gays tombent amoureux d'hétéros… Ça n'a rien d'évident, mais c'est ainsi. On doit faire avec, quand ça nous arrive.

Karen hocha la tête.

— Donc vous étiez très présente pour elle ?

— J'étais toujours là pour elle — quand elle m'en laissait la possibilité. Elle disait qu'on était comme des sœurs. Ça me suffisait, conclut Alissa en haussant les épaules.

— Mais elle ne vous confiait rien au sujet de son petit ami.

— Non. Je le vivais assez mal. Il m'est arrivé de me demander si elle se méfiait de mes réactions parce qu'elle avait senti mon attirance pour elle. Peut-être qu'elle ne voulait pas me blesser.

La danseuse baissa les yeux sur le sol en parquet, avant de relever la tête, le visage hanté.

— Elle avait un cœur d'or, inspecteur. Alors, trouvez vite le salaud qui lui a fait ça, d'accord ?

8.

Le jour des funérailles, un tout petit peu plus d'une semaine après le meurtre d'Abby, le tonnerre grondait, et les nuages semblaient effleurer la cime des arbres en filant dans le ciel. La petite église qu'Abby avait fréquentée n'était pas assez grande pour contenir toutes les personnes qui avaient fait le déplacement pour assister à son enterrement. Il y avait là les amis d'Abby, bien sûr, toute une vie de relations cultivées à l'église ou à la maison — des jeunes, des vieux, et tous les autres.

Les amis de Grant étaient venus, aussi, mais il ne les avait pas vus tout de suite. Son attention était concentrée sur le cercueil fermé, et aussi sur Cathy Suzanne et Belle, qui se tenaient à ses côtés, au premier rang. Elles avaient revêtu leurs robes de Pâques, qu'Abby leur avait choisies quelques semaines plus tôt.

Pas de noir. Abby n'en aurait pas voulu. Les filles portaient donc du lavande et du rose, tandis que Grant lui-même avait choisi un costume bleu à rayures, celui qu'Abby préférait : elle disait qu'il lui allait si bien que c'en était un vrai péché. Combien de fois lui avait-elle répété : « Tu vas mettre ce costume tentateur ? »

Sans doute ne le remettrait-il plus jamais.

Nous… gravissons… l'échelle… de Jacob…

C'était un hymne d'espoir. Pour Abby, mais aussi pour tous les autres. Le chœur des chanteurs était tout de bleu vêtu, un bleu roi bordé de fils d'or. Leurs écharpes noires étaient l'unique concession à la tristesse du moment. Alors qu'ils oscillaient doucement, leurs voix paraissaient monter et danser dans l'air.

Nous… gravissons… l'échelle… de Jacob…

— Notre sœur Abigail était orpheline, déclara le pasteur. Aujourd'hui, c'est nous tous qui sommes orphelins.

Vêtu d'une robe blanche, il parlait d'une riche voix de basse. Derrière lui, le chœur continuait de chanter.

— Nous sommes tous orphelins, dans ce monde. Nous ne pouvons pas voir notre Père ni notre Mère. L'éclat de leur lumière nous aveuglerait tous, ici, dans les ténèbres où nous vivons. Nous sommes tous orphelins, dans ce monde. Néanmoins, nous ne sommes pas seuls. Non, pas seuls.

Un chœur de « amen » traversa la congrégation.

Nous… gravissons… l'échelle… de Jacob…

— Nous ne pouvons pas voir notre Père. Nous ne pouvons pas voir notre Mère. Mais nous pouvons voir nos frères et nos sœurs.

Anderson ouvrit les bras en grand.

— Et nous sommes *tous* frères et sœurs, ici, aujourd'hui. Amen.

Soldats… de la… croix…

— Amen, chuchota Grant.

A côté de lui, Belle s'agita. Les yeux grands ouverts, elle ne laissait rien échapper de ce qui l'entourait, comme si elle voulait conserver à tout jamais ces derniers instants avec

Abby. Seul un mouvement imperceptible de sa tête indiquait qu'elle entendait les paroles d'Anderson.

Chaque… échelon me mène… plus haut… plus haut…

— Notre sœur Abby est devenue orpheline par accident, mais elle a trouvé l'amour en compensation, poursuivit Anderson, qui balaya l'assemblée du regard. Chacun des visages que j'ai en face de moi est un témoignage de cet amour. Abby aimait ses fleurs. Et chaque larme que je vois ici arrose les fleurs de l'amour qu'elle fait, à présent, pousser dans le jardin du paradis. Amen.

Belle se serra un peu plus contre Grant.

— Nous ne pouvons pas faire revenir notre sœur. Et, grand Dieu, si nous écoutons notre sœur, nous ne voulons pas que notre sœur revienne. Qui, parmi nous, voudrait arracher notre sœur Abby aux bras de son Père ? Et pourtant, nous souffrons. Nous souffrons, non parce qu'elle est partie, mais parce que notre tour n'est pas encore venu de partir avec elle.

Chaque… échelon me mène… plus haut… plus haut…

— Car, chaque fois que notre sœur Abby disait : « Je t'aime », nous pouvions voir, nous pouvions sentir, juste pour un moment, le reflet de l'amour de notre Père.

— Amen, chuchota Grant.

Et, cette fois, il entendit Cathy le murmurer aussi.

— Ce n'est pas tant notre sœur Abby qui nous manque mais le reflet que nous voyions dans ses yeux, que nous entendions dans sa voix. Le reflet de l'amour de notre Père.

Chaque… échelon me mène… plus haut… plus haut…

— Par sa façon de nous aimer, notre sœur Abby nous a

tous rapprochés de Dieu. Par sa façon aussi de faire sortir l'amour qu'il y a en nous.

La voix d'Anderson était presque inaudible, sur les derniers mots. Il se passa un mouchoir blanc sur le front, puis balaya de nouveau l'assistance du regard.

— Notre sœur Abby était orpheline. Orpheline à cause de la haine. Mais je peux vous dire qu'elle était sœur de l'amour. Et chacun de nous, ici, gardera son amour en lui. Pour toujours.

Soldats… de la… croix…

— Amen, dirent Grant et Cathy à l'unisson.

Grant sentait que ses filles s'agitaient, qu'elles étaient mal à l'aise. Cathy Suzanne laissa échapper un reniflement, et il tendit les bras pour les rapprocher de lui, leur offrant tout le réconfort dont il était capable. Un pauvre réconfort, songea-t-il. Abby était tellement disponible pour elles ; sa disparition allait laisser un gouffre dans leur cœur et leur vie.

Nous… Le verrons… dans toute Sa… gloire…

— Aujourd'hui, mes frères et mes sœurs, poursuivit le pasteur, aujourd'hui, nous devons garder à l'esprit que notre chère sœur Abby marche au côté du Seigneur. Il l'a délivrée de toutes les peines de ce monde. Il lui a pris la main et l'a rappelée à lui. Notre chère sœur nous manquera, mais nous ne pouvons pas la pleurer. Elle est avec le Seigneur. Non, nous pleurons pour nous. Pour *notre* perte.

Nous… Le verrons… dans toute Sa… gloire…

— Et c'est pour cela, continua le pasteur en se penchant sur son pupitre et en agitant le bras, que nous sommes ici, aujourd'hui. Pour partager notre chagrin les uns avec les autres. Et, quand la douleur est trop grande, quand elle vous donne envie de pleurer et de gémir, souvenez-vous qu'Abby, elle, ne pleure plus. Si nous devons continuer de marcher dans cette vallée de larmes, notre sœur se trouve en présence du Seigneur Jésus, couronnée de gloire, entourée par un amour plus grand que tout ce qu'il nous est possible d'imaginer.

Nous… Le verrons… dans toute Sa… gloire…

— Quand vous pensez à Abby, mes frères et sœurs, souriez et célébrez sa joie !

Soldats… de la… croix…

Un mouvement, sur sa gauche, obligea Grant à se pencher vers Cathy. Elle avait levé la tête vers lui. Son visage grave ruisselait de larmes.

— Elle chante vraiment avec les anges ?

Il resserra son bras autour d'elle.

— Ce n'est pas ce que j'ai dit, Cathy ? Ce n'est pas ce que le pasteur vient de dire ?

La fillette hocha la tête, et ses lèvres esquissèrent un timide sourire.

— Elle est heureuse ?

— Elle est heureuse, oui. Très heureuse.

— Mais je peux encore lui parler ?

— Ferme les yeux et dis-lui tout ce que tu as dans le cœur, Cathy. Elle t'entendra.

— D'accord.

L'enfant ferma ses yeux noyés de larmes. A cet instant, Grant aurait pu jurer qu'il sentait Abby non loin de lui.

Deux amies de la congrégation se levèrent pour partager quelques souvenirs de la défunte. Puis vint le tour de Grant.

Quand il se retrouva au milieu de l'assistance, il fut incapable de reconnaître un visage, hormis ceux de ses filles. Il fut même incapable de parler, pendant quelques secondes. Quand sa voix s'éleva enfin, il la reconnut à peine tant elle était chargée d'émotion.

— Pour la première fois de ma vie, commença-t-il, je n'ai pas préparé de discours.

Quelques rires discrets saluèrent cette entrée en matière, et Grant imagina que, parmi eux, il y avait celui d'Abby. Cette pensée lui donna force et courage.

— Je n'ai pas pu écrire d'oraison funèbre, car je souffrais trop, cette dernière semaine. Chaque fois que j'essayais de prendre un stylo et de coucher quelques mots sur le papier, la douleur me submergeait. Mais le frère Anderson a raison, ajouta-t-il en se tournant vers le pasteur. Nous devons célébrer la mémoire d'Abby.

Il reprit son souffle.

— Les mots sont impuissants à exprimer ce qu'Abby représentait pour moi. Et ce qu'elle représente toujours, du reste. Ce qu'elle représente pour mes filles. Ce qu'elle a représenté pour mon père et ma mère… Voyez-vous, Abby fut comme un don de Dieu, pour notre famille. Elle est arrivée chez nous à la suite d'un malheur terrible, impossible à concevoir pour la plupart d'entre nous. Mais, en nous rejoignant, elle a trouvé une place dans nos cœurs, dans nos vies. Je suis certain que le Seigneur a arraché Abby aux cendres de son ancienne vie et l'a transférée dans les nôtres, où elle occupe un espace que nul autre n'aurait pu occuper.

— Amen.

— Quand j'étais petit et que je m'écorchais un genou, elle

était toujours là pour sécher mes larmes, soigner ma blessure et me remonter le moral. Les jours de pluie, elle transformait ma salle de jeux en un univers fantastique où tout pouvait arriver. J'ai grandi, mes problèmes sont devenus plus sérieux, mais elle était toujours là pour m'écouter et me guider. Elle avait une sagesse bien à elle, une sagesse durement acquise, et, même s'il m'arrivait parfois de m'emporter, au fond de mon cœur je savais qu'Abby avait raison.

Il baissa les yeux sur ses filles.

— Ce matin, quand je me suis levé, je n'avais même pas envie de m'habiller. Je me refusais à affronter cette journée. Et puis j'ai entendu Abby me dire, comme elle le disait si souvent : « Aujourd'hui, tu vas mettre ce costume bleu à rayures qui te va si bien que c'en est un péché. »

Une légère vague de rire effleura l'assemblée.

— Abby fait partie de moi, à présent, reprit Grant. C'est plus que jamais une évidence. J'entendrai sa voix chaque fois que j'hésiterai sur le chemin à prendre, chaque fois que j'aurai besoin de conseils.

Il ferma les yeux un instant, puis releva la tête, un sourire aux lèvres.

— Elle m'a dit que les filles devraient porter les tenues de Pâques qu'elle leur avait choisies. Car c'est la Pâques d'Abby.

Des « amen » s'élevèrent ici et là, tandis que Grant regagnait sa place. Dès qu'il se fut assis sur le banc, ses filles se blottirent contre lui. Il les étreignit. C'était tout ce qu'il était capable de faire.

Le cortège était très long. La rue paisible dans laquelle se trouvait l'église était encombrée de véhicules, et le convoi funèbre était escorté par deux voitures de patrouille.

Alors que le tonnerre continuait de gronder, de loin en loin, tout le monde se rendit au cimetière.

Karen Sweeney se trouvait à bord de l'une des voitures banalisées qui suivaient les limousines. Elle n'était pas là pour pleurer Abby. Elle s'intéressait avant tout aux motivations et aux réactions des différentes personnes qui s'étaient déplacées pour assister à ces funérailles.

Il se pouvait que le meurtrier, poussé par la culpabilité, regrettant son forfait, ait décidé de se montrer. Ou bien, dans un autre registre, il avait pu venir pour jouir de son succès. Ou encore, pour constater par lui-même toute l'attention que suscitait la mort de sa victime.

Jusque-là, un seul détail intéressant avait attiré l'attention de Karen : le sénateur avait beaucoup d'amis, des deux côtés de l'échiquier politique. Même Randall Youngblood était là. Et Art Wallace, qui se tenait près de Grant et de ses filles, semblait aussi affligé que les membres de la famille.

Cela faisait vraiment du sénateur un homme à part.

Randall Youngblood n'était pas entré dans l'église ; il avait attendu au cimetière.

Le fourgon mortuaire venait de faire son apparition, suivi des limousines qui transportaient les Lawrence et d'autres personnalités. Quand il vit le sénateur qui tenait ses filles par la main, Randall ne put s'empêcher d'éprouver de la compassion. Quelles que fussent leurs divergences politiques, Grant Lawrence était un type bien.

— Sénateur, dit-il en lui tendant la main. Je suis désolé.

Lawrence le regarda avec une expression qui renvoya Randall au jour où lui-même avait perdu sa mère.

— Merci d'être venu, Randall.

Le sénateur rejoignit la tombe, tandis que Randall prenait place discrètement dans les premiers rangs. Un vent glacé faisait chuchoter les arbres. Et les grandes étendues de pierres tombales se dressaient au milieu d'une herbe pâle, roussie par l'hiver aride de Floride.

Randall avait toujours vécu ici, à l'exception d'un bref passage dans l'armée de l'air, durant les années 60. Alors qu'une guerre piétinait et s'enlisait dans l'échec en Asie du Sud-Est, il s'était retrouvé coincé au Pentagone. D'abord, il n'avait pas apprécié d'échapper ainsi à une période de service sur le front, indispensable pour monter en grade. Puis il s'était habitué à son poste — il travaillait dans le service d'achats du matériel militaire —, qui lui faisait arpenter les allées du pouvoir et approcher des membres du Congrès afin d'obtenir leur soutien pour un nouvel avion de combat ou un nouveau système de missile. Il avait appris les règles du jeu, alors, une formation qui lui avait bien servi quand il était retourné chez lui pour travailler dans l'exploitation de canne à sucre de son père.

Alors que Grant Lawrence s'agenouillait et priait devant la tombe de la défunte, Randall se surprit à regretter que leurs intérêts soient aussi divergents. La politique était un sale boulot, où les réputations étaient faites et défaites par des gens qui ne regardaient pas l'homme, mais les intérêts qui pouvaient guider chaque mot, chaque pensée, chaque souffle. Elle transformait en héros ou en traîtres des hommes ordinaires. Des hommes comme Grant Lawrence.

Une vraie honte, songea Randall. Mais le jeu était ainsi fait.

On avait descendu le cercueil dans la fosse, et la foule commençait à se disperser. Jerry fut rejoint par Elaine Pragle, la plus jeune sénatrice du Delaware. Ils étaient allés à la même fac — ils étaient même sortis ensemble. Ensuite, ils ne s'étaient jamais perdus de vue.

Elle lui agrippa le coude d'une main ferme.

— Il faut qu'il rentre à Washington, dit-elle d'un ton posé. La machine à rumeurs s'est mise en route, et ce n'est pas joli. Falden est passé à mon bureau, hier. Il commence à hésiter. Et, si on le perd, on perd aussi Mitchum, Rice et Galloway. Grant doit se remettre au travail.

— Tu as entendu quelque chose ?

— Rien de précis. Et c'est bien ce qui m'inquiète. Les gens tirent les conclusions qu'ils veulent. Grant doit avoir les oreilles qui tintent, en ce moment.

Jerry hocha la tête. Il savait, pour les rumeurs. Mais il avait préféré attendre, voir si Elaine n'avait rien appris de nouveau. Elle n'avait rien. Ça ne durerait pas. Comme elle venait de le dire, les gens allaient tirer les conclusions qui les arrangeraient à partir du peu d'informations dont ils disposaient ; et certaines affabulations, à force d'être répétées, finiraient par avoir force de vérité.

— Il prend l'avion demain, annonça Jerry.

Les yeux de la jeune femme se perdirent un instant dans le vague. Ce regard, Jerry le connaissait : contrairement aux apparences, il dénotait une intense réflexion.

— Mitchum doit se marier la semaine prochaine, reprit-elle

enfin. Je vais organiser une petite sauterie en son honneur, demain soir. Chez moi. 20 heures. J'inviterai qui il faut. Il a besoin d'indications, pour trouver la maison ?

— Il y sera, ne t'inquiète pas, assura Jerry. Je vais lui acheter un cadeau.

— Il est originaire de Louisiane. Sa future femme, de Baton Rouge.

Jerry hocha la tête.

— Je leur apporterai des abonnements pour la saison de football américain.

Elaine sourit.

— Allez, les Tigers !

— Allez, les Tigers ! répéta Jerry.

Lucy et Jessie Wallace surgirent de chez elles avec des gloussements et des petits cris, tandis que Belle et Cathy quittaient la voiture en courant pour aller les serrer contre elles. Un instant, face à la joie de ses filles, Grant oublia presque ce qui était arrivé. Il sortit la grande valise du coffre et la fit rouler derrière lui pour rejoindre la maison.

A la porte, Art Wallace se livra à son habituel numéro de gorille, se grattant les côtés et poussant des « hon, hon, hon ! ». Bien entendu, la bonne humeur des filles redoubla d'intensité.

— Elles vont réveiller tout le quartier ! lança Grant en riant.

— Dommage ! fit Art. Mais enfin, il est 6 h 30, de toute façon.

— Et je dois être à l'aéroport à 7 heures, dit Grant. Désolé, je suis en retard.

— Pas trop tard pour le petit déjeuner et les Froot Loops ! souligna Art.

— Des Froot Loops ? s'écria Belle. Mes préférés !

Dès que les filles se furent précipitées à l'intérieur, Grant tendit la main.

— Jamais je ne te remercierai assez pour ce que tu fais, Art. Mais les filles ont vraiment besoin de renouer avec leurs habitudes.

Le visage soudain grave, Art prit la main de Grant.

— Toi aussi. Ça te fera du bien de retravailler.

— Probablement, même si je ne suis pas trop sûr d'avoir le cœur à ça. Pas encore, du moins.

— Tu as toujours mis tout ton cœur dans ce que tu faisais, Grant. Dès que tu te seras remis au boulot, le cœur y sera. Tu es ainsi fait.

Grant hocha la tête.

— Tu as sans doute raison. Mais ça va être dur. Pour tout le monde. Tiens, voici mes lignes privées à la maison, à mon bureau, et mon numéro de portable. Je t'ai aussi noté les coordonnées de leur pédiatre, au cas où.

Art prit le petit carton.

— Ne t'inquiète pas, dit-il. Tout va bien se passer. Elles seront au lit chaque soir, à 20 heures. Maintenant, dépêche-toi ou tu vas manquer ton avion.

— Dernier appel pour les câlins ! lança Grant.

Quelques secondes plus tard, les filles accoururent et vinrent se jeter dans ses bras.

— Mmm, un gros câlin avec mes deux bébés ! Vous allez me manquer. Appelez-moi quand vous voulez, d'accord ? Et soyez gentilles avec oncle Art.

— Art le Gorille ! s'exclama Belle. Je lui donnerai une banane.

Grant se mit à rire. Il avait l'impression de ne pas avoir ri depuis une éternité.

Il garda ses filles serrées contre lui un long moment, comme pour faire le plein d'affection et d'amour. Il était comme un animal qui boit à la source d'une oasis avant de repartir pour un long voyage dans le désert.

— Faites bien vos devoirs, dit-il en les relâchant enfin. Je viendrai vous voir ce week-end.

— Je t'aime, papa, murmura Cathy en lui pressant la main une dernière fois.

— Moi aussi, Catherine Suzanne Lawrence. Et je t'aime, Belle Marie Lawrence. Soyez sages.

— Je suis toujours sage ! assura Belle avec un rire nerveux. Tu le sais bien !

— Alors, ne change rien, répliqua Grant, avant de leur donner à chacune un dernier baiser.

Ça n'était pas assez. En s'éloignant au volant de sa voiture, il les observa, tandis qu'elles se bousculaient pour rentrer dans la maison. Non, ce ne serait jamais assez. L'année prochaine, il les ferait venir à Washington, avec lui. Il les inscrirait dans une nouvelle école. Il ne supportait pas d'être loin d'elles. Mais, dans l'immédiat, elles avaient surtout besoin de stabilité. Et leurs besoins passaient en premier. Tant pis si le respect de cette règle était douloureuse pour lui.

9.

Karen regarda son patron par-dessus les corbeilles à documents, le cendrier qui n'avait jamais vu une cendre, la pile de dossiers en souffrance, la boîte de trombones et les pots pleins de crayons et de stylos. Le lieutenant Simpson lui retourna son regard avec une lassitude qui trahissait un trop grand nombre d'années passées à la criminelle, une vie de famille perturbée et un quotidien où la défaite du bien sur le mal était un spectacle beaucoup trop fréquent.

Les flics vivaient dans un univers à part. A moins d'avoir soi-même travaillé dans la police, il était très difficile de les comprendre. Même pour leurs épouses. Et cela faisait des dégâts, comme Karen le découvrait. A force de voir le monde dans ce qu'il avait de plus laid, on avait une vision déformée des choses, et l'on risquait fort d'être désenchanté. Elle-même le devenait chaque jour un peu plus. Quant à Simpson, elle le soupçonnait de ne plus rien ressentir depuis longtemps.

— Très bien, dit-il. Il est vrai que l'enquête sur la mort de la femme du sénateur a été un peu… écourtée, mais que voulez-vous que je fasse ? Les faits sont assez simples : cette femme a été tuée par un chauffard qui était aussi un ivrogne.

Savoir d'où elle venait et ce qu'elle fabriquait à ce moment-là, c'est l'affaire de Dieu et du sénateur, pas la nôtre.

— Je le sais. Je n'ai pas l'intention d'aller fouiller dans le passé. Je ne pense même pas que les deux affaires soient liées. Je...

Karen hésita.

— Laissez-moi vous présenter les choses autrement. Quelqu'un est *en train* de fouiller dans le passé. Et ce quelqu'un cherche à prouver qu'il existe précisément un rapport entre les deux affaires. Tout ça pour avoir la peau du sénateur.

— Mais pourquoi serait-on allé zigouiller sa nounou ?

— Parce qu'elle se trouvait au mauvais endroit au mauvais moment. Les meubles-classeurs ont été forcés.

Simpson ne dit rien pendant un moment. Il se laissa juste aller en arrière, dans un grincement de ressorts, et réfléchit.

— D'accord, les meubles-classeurs ont été forcés. L'assassin était donc là pour autre chose que les trucs habituels — argent, bijoux, appareils électroniques. Selon toute vraisemblance, ses motivations sont liées à la politique. Mais je ne vois toujours pas le rapport avec l'accident de voiture de la femme du sénateur...

Karen savait qu'elle était en train de manquer son coup. A cause de la fatigue. Elle était dans le brouillard — pas assez, toutefois, pour passer à côté du soupçon qui ondulait comme un serpent dans un coin de son esprit.

— Voici comment je vois les choses, lieutenant, commença-t-elle. Quelqu'un est en train de travailler activement sur l'accident de voiture, comme s'il y avait quelque chose de vilain derrière. Quelque chose que le sénateur ne veut pas que nous découvrions. Quelque chose qui pourrait lui nuire.

— Admettons. Ensuite ?

— Mon idée, c'est que si nous découvrons celui qui est en train de fouiner dans le passé, il se pourrait que nous découvrions aussi qui est derrière le cambriolage et le meurtre d'Abby Reese.

— Ça devient plus clair, dit Simpson en se penchant en avant. Poursuivez.

— On peut raisonnablement supposer qu'il y a des motivations politiques derrière cette affaire et, par conséquent, un ennemi politique. Ensuite…

Elle hésita.

— Ensuite, quoi ?

— Je pense que l'Association des producteurs de canne à sucre — et tout particulièrement Randall Youngblood — est dans le coup, d'une manière ou d'une autre.

— Merde, Sweeney ! On peut dire que vous avez le chic pour me pourrir une journée. Vous ne trouvez pas que cette affaire a déjà de quoi nous donner de solides migraines ?

Il se laissa de nouveau aller contre le dossier de son fauteuil et se frotta le menton.

— Je sais que ce Youngblood est contre le projet de loi que le sénateur essaye de faire passer. Mais je suppose que les choses ne sont pas aussi simples ?

— En effet, lieutenant. C'est pour ça que je suis ici. Youngblood serait le suspect idéal pour une vendetta politique. Et tout porte à croire que c'est quelqu'un de chez lui qui est derrière les rumeurs. Mais je ne le vois pas impliqué dans un cambriolage et un meurtre.

— Au début, personne ne voyait Nixon impliqué dans le Watergate.

Simpson soupira.

— Et merde…

— On pourrait imaginer que quelqu'un essaye de tirer avantage de ce qui se passe afin de nuire aussi à Youngblood.

Karen secoua la tête.

— Je n'aime vraiment pas la politique, ajouta-t-elle.

— Pas quand c'est aussi tordu. Bon, si je vous suis bien, vous pensez qu'on essaye non seulement de compromettre le sénateur, mais aussi Youngblood ?

— C'est mon sentiment, oui.

— Je ne vois vraiment pas qui aurait intérêt à les voir tomber tous les deux.

— Moi non plus, reconnut Karen. En tout cas, quelque chose ne tourne pas rond. On pourrait aussi imaginer qu'ils essayent de se faire tomber l'un l'autre. Et quelqu'un, dans la mêlée, a commis un meurtre.

— Peut-être. Ou peut-être qu'on a tout simplement affaire à un opportuniste qui joue sur les deux tableaux.

Karen hocha la tête.

— C'est possible. Dans tous les cas, c'est bien la politique qui se cache derrière le cambriolage. Ça, c'est une quasi-certitude.

— Ouais. Où est le sénateur ?

— Il a repris l'avion pour Washington.

— Et Youngblood ?

— Il est là-bas, lui aussi, pour faire du lobbying contre la RS 52.

— Mmm…

Simpson ferma les yeux et resta un long moment plongé dans ses pensées.

— Vous savez, reprit-il enfin, s'il y a vraiment un homme politique impliqué dans cette histoire, le meilleur endroit pour y voir plus clair reste Washington.

— Vous voulez que je contacte la police locale ?

— Pas question ! répondit Simpson en se redressant si brusquement que sa chaise rebondit par terre. Vous allez là-bas !

Karen en resta un instant interloquée. Une soudaine angoisse lui fit battre le cœur à coups sourds.

— Mais pourquoi ? Je ne connais personne, à Washington. Je ne ferai rien de bon.

— Parce que vous vous imaginez que tous les collègues de DC ont des amis dans le monde de la politique ? Bon sang, Sweeney, vous ne trouverez nulle part des flics qui évoluent dans ce genre de cercle.

Il agita un doigt dans sa direction.

— Oui, vous allez être excellente. Parce que le sénateur est au cœur de la tourmente ; et parce que je ne vois pas qui, mieux que lui, pourrait vous présenter les gens susceptibles de couler son navire.

— Mais, monsieur, j'ai d'autres affaires en cours, et…

— Considérez qu'elles sont sur le bureau de Previn. Je vous tiendrai au courant.

Karen quitta le bureau de Simpson avec un sentiment de malaise inédit. Dès qu'il était question du sénateur Grant Lawrence, elle n'était plus objective. Et elle ne voyait pas comment le fait de se trouver avec lui à Washington pourrait arranger les choses.

Mais il y avait mieux à faire que discuter avec Simpson, elle le savait.

— Qu'est-ce qui se passe ? lui demanda Previn quand elle regagna son bureau.

— J'ai reçu mon ordre de route. Simpson veut que j'aille passer quelques jours à Washington, histoire de flairer des pistes éventuelles. Le meurtre d'Abby Reese prend des allures politiques. Dans ces conditions, j'imagine qu'il est logique que je me rende là-bas. Sauf que ça n'est pas mon truc de frayer avec les riches et les puissants.

— Voilà une déclaration qui plairait à Linda ! dit Previn en hochant la tête.

Il lui suffisait de prononcer le prénom de sa femme pour se décomposer aussitôt.

— Aucune chance pour que tu puisses arranger les choses ? lui demanda Karen.

— Je ne sais pas. Je suis, voyons…

Il énuméra les divers points sur ses doigts.

— Je suis trop distant. Je travaille trop. Je rentre à la maison avec mes enquêtes dans la tête, quand ce n'est pas dans une sacoche. Je suis nul au lit…

— Elle t'a vraiment dit ça ?

D'un geste de la main, il épousseta son sous-main qui n'en avait nul besoin.

— Elle a même ajouté qu'elle simulait depuis des années, histoire de se débarrasser de la corvée. Elle m'a raconté qu'elle avait parlé avec un type, sur le Net. Et lui, il sait comment satisfaire une femme, à ce qu'il paraît.

— Ouah, Dave ! Elle n'y va pas avec le dos de la cuillère, dis donc !

Les yeux baissés, il garda le silence un instant.

— Quand est-ce que tu pars pour Washington ?

— Incessamment. Il faut que je rentre à la maison préparer mes bagages. Je dois m'habiller de la façon la plus classe possible, a précisé le lieutenant. Comme si ma pauvre garde-robe avait la moindre chance face aux Armani, Brooks Brothers et autres…

Previn parvint à esquisser un sourire.

— Montre-leur un peu qui tu es !

Karen, qui l'observait, et le voyait plus abattu que jamais, se demanda s'il parviendrait au moindre résultat dans l'affaire Stacy Wiggins.

— Au fait…

— Oui ? fit-il d'un ton morne.

— Stacy Wiggins possédait un studio de danse. Son unique employée, Alissa Jurgen, était amoureuse d'elle. Mais Stacy était hétéro.

Un semblant de vie anima le visage de Previn.

— Ah, oui ?

— Oui. Tu me fais un topo sur l'école et Jurgen. Tâche de voir si elle avait quelque chose à gagner avec la mort de Stacy.

— Ce sera fait.

Karen n'en était pas si sûre. Mais, en cet instant, Previn semblait déjà en meilleure forme.

Quand Elaine Pragle ouvrit la porte à Grant, un grand sourire éclairait son visage.

— Je suis heureuse de te revoir, Grant.

— Le plaisir est partagé, répondit-il.

D'après les voix qui lui parvenaient, la soirée était déjà bien commencée.

— Ne me dis pas que tu as loué les services d'une strip-teaseuse pour Mitchum ?

Elle se mit à rire.

— Non, non. Ce sera purement convivial.

— En gros, on va boire et parler travail.

— Bien vu.

Grant était déjà venu chez Elaine Prangle une fois, dans le tourbillon qui avait suivi son élection. Ils commençaient l'un et l'autre leur carrière sénatoriale, et tous deux avaient mené campagne en mettant l'accent sur les questions liées à l'environnement. Jerry Connally avait estimé qu'elle ferait une bonne alliée ; il avait vu juste.

S'il avait trop vite sorti de sa poche la RS 52, Grant se serait fait descendre en flammes. Durant ces huit dernières années, Elaine et lui s'étaient activés pour réunir des alliés en participant à diverses commissions, en soutenant divers projets de loi ou en offrant une carotte ici et là. La route avait semblé interminable. Et ils avaient beaucoup trop investi, en temps et en énergie, pour accepter de voir tout cela leur échapper, aujourd'hui.

Elaine l'entraîna vers le jardin. Des lampions étaient suspendus tout autour de la terrasse, devant la piscine, elle-même éclairée par le fond. Le long des murs en pierre qui cernaient la pelouse tondue dans l'après-midi, une myriade de fleurs printanières déclinaient une éclatante palette de saison.

— Notre jeune prodige est ici ! annonça Elaine, alors qu'ils franchissaient les portes-fenêtres coulissantes pour sortir de la maison. On peut *commencer* à s'amuser pour de bon !

Rick Galloway se tourna et leva un verre de son whiskey irlandais favori.

— Sois le bienvenu, Grant.

Oliver Falden lui offrit un sourire prudent.

— Tu vas nous aider à faire passer une dernière bonne soirée à Mitchum avant qu'il se mette la corde au cou ?

— C'est l'idée, non ?

Grant se tourna vers le sénateur de Louisiane.

— Mes félicitations, Louis. Il m'a semblé entendre qu'il s'agissait d'une beauté de Baton Rouge ?

— Merci, Grant, répondit Mitchum en lui serrant la main. Mais y a-t-il des choses qui ne parviennent pas jusqu'à tes oreilles ?

— Ça se révèle toujours payant de garder une oreille contre le sol et le nez dans le vent.

— Il faut alors avoir des talents de contorsionniste, intervint Elaine. Qu'est-ce que je peux te servir à boire ?

— Un verre de Baileys fera l'affaire, merci.

— Mon péché mignon, dit Harrison Rice en levant son propre verre, plein de la liqueur crémeuse.

Son accent traînant de l'Alabama s'adoucit.

— Grant… je suis désolé, pour Abby. C'était une femme admirable.

— Merci, Harry. Les fleurs nous ont beaucoup touchés.

— La femme flic que j'ai vue à la télé, elle fait le poids, à ton avis ? Abby mérite ce qu'il y a de mieux !

— J'ai l'impression qu'elle connaît son boulot. En tout

cas, je n'aimerais pas me retrouver en face d'elle si j'étais du mauvais côté.

— Bien, fit Rice en lui tapotant l'épaule. Mais laissons de côté les choses tristes, et allons plutôt expliquer à notre Mitchum ce qui l'attend en fait de félicité conjugale !

Comme toujours ou presque, ils se retrouvèrent assez vite autour d'une table, sur la terrasse, plongés dans des conversations extrêmement sérieuses. Les sénateurs avaient des emplois du temps si chargés qu'il leur était impossible de se rencontrer pendant la journée. Ils se voyaient donc le soir, pour régler certains problèmes et passer des accords. Grant était, depuis longtemps, persuadé que cinquante pour cent du travail était effectué au cours de ces réunions informelles.

— Grant, dit Falden, je tenais à te témoigner toute ma sympathie. Ce qui est arrivé à Abby est tragique.

— Merci. Et merci pour les fleurs.

— Je suis désolé de ne pas avoir pu assister aux funérailles. Ma femme et moi avions un engagement ailleurs.

Grant hocha la tête.

— Merci. Je sais que vous étiez là en esprit.

C'était faux, bien sûr. Il connaissait suffisamment Falden pour en avoir la certitude. Mais le vernis de la courtoisie devait être préservé. Et puis il ne voulait pas passer la soirée à parler d'Abby. Sa douleur était une affaire privée, qui risquait de passer dans le domaine public si les gens continuaient à évoquer le sujet. Or, il savait parfaitement que les larmes étaient considérées comme une marque de faiblesse, chez un homme. Des bancs de requins attendaient, prêts à fondre sur le sénateur Grant Lawrence si jamais il craquait devant témoins. Et certains de ces prédateurs étaient présents ici même, ce soir.

— Toujours est-il que je voulais te parler de la RS 52, reprit Falden. Comme tu le sais, Randall Youngblood est en train de mener un combat de fond, à coups d'amendements, pour ralentir le processus.

— Je suis au courant, oui, confirma Grant.

Il savait que Falden s'exprimait au nom de Mitchum, Halloway et Rice, dont le soutien avait un peu perdu de sa vigueur. Il sentit la même décharge d'adrénaline que lors de son premier meeting. Il oublia le décor qui l'entourait pour se concentrer sur le visage de Falden. La partie avait commencé. Tout ça, c'était sa vie, son milieu, son gagne-pain.

— Les inquiétudes qui s'expriment sont fondées, poursuivit Falden. Tous nos Etats reposent sur l'agriculture. De même que le pays dans son ensemble.

— Je n'ai aucune intention de tuer les agro-industries, déclara Grant.

Il avait parlé avec force, tout en restant à l'intérieur du cadre qu'imposait cette soirée amicale. C'était une question d'équilibre.

— Et les conséquences du projet de loi ne seront pas aussi désastreuses que Youngblood se plaît à le raconter, ajouta-t-il. Crois-moi, Oliver, j'ai fait réaliser toutes sortes d'études. Je serai ravi de t'en renvoyer des copies pour que tu te rendes compte par toi-même.

Une manière discrète de rappeler à Falden qu'il avait *déjà* toutes les informations. Mais il n'avait probablement pas pris la peine de se pencher sur les documents qui lui avaient été communiqués.

Elaine intervint de nouveau, se faisant l'avocate du diable.

— J'ai lu les études en question, Grant. Certains des agriculteurs qui utilisent intensivement les engrais seraient touchés. La production chuterait… et les prix grimperaient.

Comme Grant se contentait de hocher la tête, Elaine poursuivit :

— Mais nous devons considérer d'autres sujets, Oliver. Le déplacement des zones de pêche à cause des eaux de ruissellement contaminées par les engrais. Il y a aussi la prolifération des bancs d'algue rouge, qui causent une forte mortalité parmi les poissons, sans parler des incidences sur la santé des hommes — on parle d'asthme et de graves réactions allergéniques.

Oliver hocha la tête, comme s'il avait lu tout cela.

— Mais il est tout simplement impossible de tuer les agriculteurs. Bon sang, ils font partie intégrante du patrimoine, comme la tarte aux pommes ou le drapeau national.

— Est-ce que je suggère de les tuer ? demanda Grant en conservant un ton amical et compréhensif. Tu devrais venir faire un tour dans mon coin, Oliver. Je te servirai de guide avec plaisir. En attendant, laisse-moi t'expliquer ce qui se passe.

— Je suis tout disposé à t'écouter.

— Au moins autant que tu as écouté Youngblood, j'espère ? lança Elaine d'un ton pince-sans-rire.

Quelques rires discrets saluèrent sa remarque.

Grant, lui, n'avait pas quitté Falden des yeux. Les battements de son cœur s'étaient intensifiés, pareils au martèlement d'un tambour de guerrier.

— Autrefois, on appelait les Everglades « La Rivière d'herbe ». Elle couvrait une grande partie de la Floride du Sud. Des centaines d'espèces animales en avaient fait leur territoire, qui sont maintenant en voie d'extinction, comme la panthère de Floride. Elles fournissaient en eau douce la baie de Floride et une vaste partie du golfe du Mexique. Jusqu'au jour où l'on a construit un barrage sur le lac Okeechobee et asséché d'immenses étendues des Everglades pour l'agriculture. C'en était fini de l'eau douce.

Oliver hocha la tête.

— Mais…

— Attends un instant.

Grant avait capté l'attention de tous ceux qui l'entouraient, et il voulait en profiter, marteler ses arguments. Il se pencha légèrement en avant.

— La perte de ce flux d'eau douce vers le Golfe était déjà une mauvaise chose en soi. Ajoutez-y les nitrates des engrais — des centaines de tonnes d'engrais par an, je précise —, et vous faites voler en éclats un écosystème complexe et vital. L'eau du Golfe est trouble, les récifs de coraux sont en train de mourir, et toutes les populations de coquillages, crustacés et poissons s'éteignent peu à peu.

— Mais on n'a pas besoin de faire les choses aussi vite ! Les agriculteurs m'ont dit que…

— Il n'y a rien de précipité ni de radical dans la RS 52, assura Grant en se laissant aller en arrière et en s'efforçant de paraître détendu. Des indemnisations sont prévues pour les agriculteurs. La reconquête des terres asséchées doit se faire sur vingt ans. J'ajoute qu'on a également prévu des subventions pour favoriser la recherche dans les engrais longue durée — ce qui réduirait les ruissellements d'eau contaminée, *en plus* d'être plus économique sur le long terme — et les systèmes hydroponiques, ce qui permettra aux agriculteurs de continuer à récolter dans les marais reconquis. On ne leur coupe pas la gorge, Oliver.

— Il n'y a rien de prévu pour soutenir le cours du tabac, souligna Galloway. On peut en dire ce qu'on veut, c'est un produit légal, qui occupe une place importante dans l'économie de mon pays. Alors que les producteurs croulent déjà sous les taxes, tu voudrais, en plus, les obliger à réduire leur utilisation d'engrais ? Pour parler franchement, je compte bien me représenter aux élections, l'année prochaine, et, sans l'appui des producteurs de tabac, je n'ai aucune chance de battre Williamson.

En vérité, Grant se demandait si Galloway avait la moindre chance de battre Williamson, *avec ou sans* les producteurs de tabac. Mais il garda cette remarque pour lui. Galloway était pris en étau entre l'aile droite et l'aile modérée de son parti. La Caroline du Nord, comme d'autres Etats du Sud, avait à la fois gagné et perdu dans la transition du « Vieux Sud » au « Nouveau Sud ». Les décideurs politiques les plus anciens devaient faire face aux nouveaux venus que représentaient les industries technologiques, lesquelles amenaient du nord-est une population plus instruite et plus libérale.

Williamson était un verrou virtuel aux circonscriptions du Triangle — délimité par les trois villes de Raleigh, Durham et Chapel Hill, et de leurs universités de haut niveau. Or, Galloway avait besoin des circonscriptions agricoles et côtières, dont la plupart se remettaient tout juste de la série d'ouragans qui avaient mis à mal les récoltes de l'an passé.

Les fonds d'urgence des caisses de secours étaient presque épuisés après la série de tornades qui s'étaient abattues sur Dallas et Fort Worth, puis le tremblement de terre qui avait secoué Seattle.

Grant savait exactement quelle carotte offrir à Galloway. Jusque-là, il avait gardé cet atout dans sa manche.

— Et si on parlait de la FEMA ? dit-il en jetant un rapide coup d'œil à Elaine.

La jeune femme saisit aussitôt l'allusion à l'Agence fédérale de gestion des crises, et prit le relais.

— J'ai un soutien solide pour une augmentation de neuf pour cent du budget de la FEMA. Je dois même pouvoir amener la commission à monter jusqu'à onze pour cent.

Elle se tourna vers Galloway.

— Je suis prête à monter au créneau là-dessus si tu travailles avec nous. Va faire un tour dans les ports de pêche de tes villes côtières, Rick. Balance quelques petites phrases choisies à proximité des types qui remontent des filets, et dis-leur que tu es là pour protéger leur gagne-pain. Je te parie que tu t'attireras quelques sympathies dans le Triangle. Les types qui travaillent dans le secteur des hautes technologies sont très branchés sur les questions d'environnement, tu sais ?

— Et ils tiennent à leurs fruits de mer ! ajouta Mitchum en riant. Il paraît que c'est excellent pour le cœur.

Du coup, l'atmosphère se détendit, mais pour un instant seulement.

Galloway resta silencieux, comme s'il se livrait à un calcul des voix des différentes circonscriptions.

— Vous m'obtenez onze pour cent sur la FEMA, et je soutiendrai la RS 52. Mais mes agriculteurs vont avoir besoin de ces fonds d'urgence. Certains attendent toujours de pouvoir reconstruire leur maison. Ils ont déjà perdu une récolte, et il faut que j'aie quelque chose à leur apporter quand je vais leur demander de réduire sur les engrais.

Rice passa soudain à tout autre chose.

— Quand est-ce que tu vas te déclarer pour les primaires, Grant ?

Ce fut à Grant de s'accorder quelques instants de silence. Il brûlait de se jeter dans cette bataille. Mais une part de lui-même redoutait les conséquences, politiques et personnelles, en cas d'échec. En outre, la saison de la chasse était ouverte dans la presse pour les candidats à l'élection présidentielle. Dès l'annonce de son entrée en lice, les journalistes de tout le pays se mettraient à fouiller jusque dans les moindres détails de sa vie. Comme l'avait dit un commentateur politique, la sélection d'un président était une espèce d'ordalie. Pouvait-il infliger ça à ses filles ?

— Je ne sais pas, Harry. Jerry doit me communiquer, cette semaine, les résultats d'un sondage. J'y verrai un peu plus clair, après.

— Tu es aimé, au sein du parti, souligna Rice. Dans l'Alabama aussi. J'ai des chiffres qui te donnent neuf points d'avance sur Phillips — et les autres sont très loin derrière. Moi aussi, mon mandat se termine l'an prochain. Ce serait bien qu'on me voie en train de serrer la main du prochain candidat démocrate à la présidence.

Elaine sourit.

— Je pense que Grant serait ravi de participer à un ou deux dîners de collectes de fonds à tes côtés. N'est-ce pas, Grant ?

C'était peu après les dernières élections sénatoriales qu'elle avait commencé à évoquer la présidentielle. Elle se comportait comme s'il était certain de se présenter… et de l'emporter. Pour le premier point, elle avait probablement raison. Pour l'autre, avait-elle des informations dont il ne disposait pas ?

— J'en serais très heureux, affirma-t-il. Nous autres, démocrates du Sud, nous devons rester soudés.

Bien qu'il soit républicain, Mitchum hocha la tête. Grant le savait suffisamment intelligent pour mesurer la gravité de la situation. Seul Falden demeurait stoïque.

— J'ai besoin d'un meilleur soutien des cours, déclara-t-il. Les producteurs de soja feront faillite si l'on reste sur les bases que tu donnes. Et le tabac me pose problème, à moi aussi. Il représente cinq pour cent de l'agriculture du Maryland, et rien n'est prévu en matière de soutien des cours dans la RS 52.

Grant leva les mains.

— Le projet de loi doit passer par la commission du budget. Si nous inscrivons dedans l'idée d'un soutien des cours du tabac, je perdrai une dizaine de voix, je peux te le garantir. Mais tes hauts fonctionnaires de l'agriculture parlent de la baie de Chesapeake comme du « grand trésor naturel du Maryland ». Ce trésor a besoin de cette loi, Oliver. Tout comme les Everglades.

— Peut-être même plus, intervint Elaine. C'est la chose à faire, Oliver. Une bonne chose pour ton Etat *et* pour le mien. Une bonne chose pour le pays tout entier. Et si tout se passe comme nous l'espérons en novembre prochain, tu n'aimerais pas avoir une oreille compréhensive dans le Bureau ovale ?

Falden était républicain, mais il était aussi réaliste.

— Soutenez les cours du soja, alors. Quatre dollars supplémentaires au quintal, et je vends l'affaire.

— Je vais voir ce que je peux faire, promit Grant.

— Et, pendant que tu y es, ajouta Falden, rejoins-nous sur la situation en Colombie. Le gouvernement de Bogota a besoin de voir un soutien américain unitaire avant de mettre le paquet contre ces guérilleros.

Prisonnier de son chagrin, s'efforçant de donner le peu d'attention dont il était capable aux filles et à la RS 52, Grant n'avait accordé que peu d'attention à la dégradation de la situation dans les régions montagneuses de l'est de la Colombie. Il n'était pas question pour lui de soutenir à la légère une intervention militaire américaine, et certainement pas d'accorder son vote dans le cadre d'un marchandage au rabais pour son projet de loi.

— La situation, là-bas, est trop indécise à mon goût, dit-il. Il faut attendre que ça se tasse un peu. Je veux aussi laisser une chance aux Colombiens de faire eux-mêmes le ménage chez eux avant qu'on rapplique avec la grosse artillerie.

— Ils tirent sur des convois humanitaires ! rappela Falden.

Grant leva la main.

— Sénateur, je vais voir ce que je peux faire au sujet des cours du soja. Pour ce qui concerne la Colombie, le problème est différent. Je ne voterai l'aide militaire américaine que si je l'estime justifiée.

Falden hocha la tête.

— J'imagine que je ne peux pas en demander plus.

Elaine sourit. Un sourire satisfait.

— Alors, fit-elle en donnant un coup de coude à Mitchum, c'est quand même mieux qu'une strip-teaseuse, non ?

Les rires que souleva sa plaisanterie brisèrent la tension et, pour le reste de la soirée, les conversations et les verres se succédèrent en toute liberté. Grant, lui, s'enfonça lentement dans le brouillard. Son corps était au cœur d'une âpre lutte entre un épuisement absolu et l'adrénaline qu'il venait de secréter durant ces tractations. Finalement, la fatigue l'emporta. Au bout d'une heure environ, il s'excusa et prit congé.

Il était temps de rentrer chez lui et de téléphoner aux filles.

10.

Après avoir appelé ses filles et leur avoir lu une de leurs histoires favorites, Grant arriva au moment douloureux des adieux. Il s'était déjà trouvé éloigné d'elles, mais il éprouva, comme chaque fois, l'impression qu'on lui déchirait le cœur quand Belle lui dit de sa voix endormie :

— Bonne nuit, papa.

Il voyait son visage adorable, un peu chiffonné par la fatigue ; il l'imagina en train de se frotter la joue avec la main, comme elle en avait l'habitude. Cathy lui parla à son tour, pendant quelques secondes. Elle aussi était endormie. Il avait appelé tard, bien après l'heure à laquelle elles se couchaient, d'ordinaire.

Son travail avait eu vite fait de prendre de nouveau le pas sur sa vie de famille.

Une nuit.

— Elles s'amusent comme des folles, lui dit Art quand il eut repris la communication. Elles sont super.

— Combien de gorilles a-t-il fallu pour les faire dîner ?

Art se mit à rire.

— Seulement deux. Je leur ai préparé du poisson pané et des beignets. Elles ont bien mangé. Pour ce qui est des devoirs, ils sont faits. Je n'ai même pas eu à le leur demander.

— Ça n'est pas vraiment une surprise, dit Grant. Les enfants se comportent toujours mieux quand ils ne sont pas avec leurs parents. Mais ça ne durera que deux jours…

— C'est ce que je crains, oui. Dès qu'elles commenceront à voir en moi l'autorité parentale.

Grant jeta un coup d'œil à la pendule murale, dans son bureau.

— Il faut que je te quitte, Art. J'ai encore deux coups de fil à passer, ce soir.

— Je suis heureux de pouvoir t'aider. A demain.

En vérité, songea Grant, Art était ravi de s'occuper des enfants. Depuis quinze mois qu'Elizabeth l'avait quitté, ses propres filles étaient devenues toute sa vie. En avoir deux de plus lui donnait deux fois plus de raisons de se lever, le matin.

Non, ce n'était en aucun cas un sacrifice.

Grant ouvrit le dossier plein de courrier qu'il avait récupéré dans son bureau du Senate Building. Il classa les lettres en plusieurs piles, selon leur importance.

Le cœur battant à grands coups sourds, il examina le message du lieutenant Simpson, de la brigade criminelle de Tampa. Le policier avait laissé ses deux numéros de téléphone.

Avait-on trouvé le meurtrier d'Abby ? Ou — une idée aux allures de cauchemar — avait-on découvert que Stacy avait, elle aussi, été assassinée chez lui ? Grant se sentait coupable d'éprouver de l'inquiétude sur ce point. Mais il fallait penser à Jerry, à son avenir. Et, surtout, à cet épouvantable scandale qu'il voulait à tout prix éviter à ses filles.

La main légèrement tremblante, il saisit le combiné et appela le domicile de Simpson.

— Bonsoir, je voudrais parler au lieutenant Simpson, s'il vous plaît.

— C'est lui-même.

— Grant Lawrence, à l'appareil. Désolé d'appeler aussi tard, mais je viens de trouver votre message.

— Aucun problème. Dans mon métier, comme dans le vôtre, j'imagine, la notion d'horaires est élastique.

Estimant que cette remarque n'appelait aucun commentaire, Grant en vint tout de suite au fait.

— Avez-vous du nouveau sur la mort d'Abby ?

Il se rendit compte que ses mains étaient moites. Furieux de craindre ainsi ce que la police pourrait découvrir, il éprouva une violente bouffée de rage à l'encontre de Jerry.

— Non, sénateur, j'ai bien peur que non, répondit Simpson. Désolé si je vous ai donné de faux espoirs. En fait, je voulais vous demander une faveur. Je vais envoyer un inspecteur à Washington. Le fait qu'on ait forcé les meubles de votre bureau oriente l'enquête vers une piste politique. Et puis il y a ces rumeurs. Si on fait la somme de tout ça…

— Je comprends, oui, coupa Grant avec impatience.

Il était surtout impatient de mettre un terme à cette conversation puisque le policier n'avait rien de nouveau à lui apprendre.

— Qu'attendez-vous de moi, au juste ?

— J'aimerais que vous laissiez mon inspectrice vous accompagner un peu partout, pour qu'elle puisse parler aux gens qui gravitent autour de vous.

— Elle ?

— Oui, j'ai chargé Karen Sweeney de cette mission. C'est elle qui dirige l'enquête.

Grant faillit refuser. Il n'avait pas oublié ces yeux gris pleins d'intelligence, qui évoquaient pour lui ceux d'un prédateur. Des yeux capables de tout voir… Mais ce n'était pas seulement ce qu'elle risquait de découvrir qui le gênait. Non, c'était plutôt la façon dont il réagissait à la perspective de la revoir. Elle l'intriguait, elle l'intéressait, et cela le mettait mal à l'aise.

— Je ferai ce que je pourrai, dit-il au lieutenant. Quand doit-elle arriver ?

— Elle va prendre le premier vol pour Washington.

— Qu'elle m'appelle avant son arrivée. J'enverrai quelqu'un pour aller la chercher.

— Merci. Mais ne l'installez pas dans un hôtel trop cher. Nos limites budgétaires sont vite atteintes, précisa Simpson avec un léger rire.

— Je veillerai à ce qu'elle soit hébergée dans un endroit adapté, promit Grant en se forçant pour joindre son rire à celui du lieutenant.

En raccrochant, il mesura pleinement dans quel pétrin il se trouvait.

Un fichu pétrin.

Jerry et Grant prenaient le petit déjeuner sur la terrasse qui se trouvait à l'arrière de la maison de Georgetown. C'était une toute petite terrasse, en vérité, prolongée par un bout de jardin. La gouvernante avait posé sur la table un pot de café, deux assiettes d'œufs brouillés, des saucisses, du bacon et des fruits. De quoi nourrir une armée. Mais c'était toujours ainsi quand il y avait des invités, même pour un simple petit déjeuner. Quand Grant était seul, par contre, il se contentait d'un bol de céréales, d'un verre de jus d'orange et d'une tasse de café.

— On est dans la merde, dit-il à Jerry.

— Je te l'ai dit, tu n'as pas à t'en faire, lui répondit son conseiller et ami. Je suis le seul à pouvoir tomber, dans cette histoire. Toi, tu ne sais rien.

— Et que va-t-il arriver quand ils arrêteront le tueur ? Tu n'es pas le seul à savoir tout ce qui s'est passé, cette nuit-là.

Conscient qu'il pouvait être observé, bien que seule sa gouvernante soit présente, Grant prenait soin de conserver une voix égale et des propos mesurés.

— Ils ne feront jamais le lien, affirma tranquillement Jerry.

— Non. A moins que l'assassin avoue tout.

Jerry redressa brusquement la tête. Puis il regarda Grant droit dans les yeux.

— S'il fait ça, alors j'avouerai tout.

— Jerry, Jerry…, murmura Grant en secouant la tête, plein de compassion pour son collaborateur. On est amis depuis toujours, toi et moi. Je n'ai pas envie qu'il t'arrive quoi que ce soit.

Le visage de Jerry se durcit — une expression que Grant lui connaissait trop bien. Cet homme était un battant. Depuis vingt ans, il triomphait de tous les obstacles qui se présentaient sur le chemin de Grant. Y compris de Grant lui-même.

— Si je tombe, je tombe. L'essentiel, c'est que nous fassions passer le projet de loi et que tu obtiennes la Présidence, Grant. Ce pays a besoin d'un sursaut. Les gens sont prêts pour un nouveau souffle. Voilà ce qui est important.

La colère de Grant reflua tandis qu'il regardait son ami.

C'était pour lui une vraie leçon d'humilité que de voir jusqu'où Jerry était prêt à aller pour l'amener jusqu'à la Maison-Blanche. Mais, en même temps, c'était déconcertant. Soudain, Grant brûlait de bondir de sa chaise et de faire les cent pas pour tromper son agitation.

— Je n'ai pas besoin d'un fanatique dans mon entourage, Jerry.

Jerry esquissa un vague sourire.

— Je n'ai rien d'un kamikaze, Grant. Je ne tire aucune fierté de ce que j'ai accompli, l'autre nuit. Je vais devoir vivre avec mes cauchemars. Mais j'ai fait ce qu'il fallait pour toi, tes filles, le projet de loi, ma ville natale et le pays. Si tu dois me virer pour ça…

— Non.

Jerry haussa les épaules.

— A toi de voir. De toute façon, j'ai l'esprit assez clair pour me rendre compte que je vais, tôt ou tard, me retrouver dans un merdier sans nom.

— Ça, je le sais, crois-moi.

— Non, tu ne *sais* pas. Tu soupçonnes. Et tu peux soupçonner autant que tu veux, tu ne *sais* pas. Et si jamais la vérité explose, j'affirmerai que tu n'as jamais rien pu soupçonner parce que je ne t'ai absolument rien dit, cette nuit-là. Sinon que Stacy était morte, elle aussi.

Grant renonça brusquement à son calme de façade. Il se leva et commença à arpenter la petite terrasse. Jetant un coup d'œil par les portes-fenêtres, il s'assura que sa gouvernante ne se trouvait pas à proximité.

Il savait que Jerry avait raison. S'il se retrouvait devant

une cour, il serait bien obligé de reconnaître qu'il n'avait que des soupçons. Qu'il ne savait rien avec certitude.

Cela ne résolvait pas pour autant le problème moral, pas le moins du monde. Néanmoins, il y avait trop de priorités en jeu dans cette affaire, trop de gens qui lui étaient chers. Le scandale devait être évité. Pour eux. Pour lui.

« Oh ! laisse un peu tomber la noblesse, se dit-il. Le silence t'arrange autant que n'importe qui. »

Pour ça, il se détestait.

— L'inspectrice Karen Sweeney arrive en ville ce matin, annonça-t-il.

— Qui est-ce ?

— Une femme flic chargée de l'enquête sur le meurtre d'Abby. Il semblerait que la police de Tampa suive une piste liée au monde politique.

Jerry hocha la tête. Il paraissait à peu près aussi calme que s'ils avaient été en train de parler de la pluie et du beau temps. Peut-être était-il vraiment résigné à tout ce qui pourrait se passer. A moins qu'il n'excelle dans l'art de dissimuler ses sentiments. Ce devait être ça, oui. Il s'était entraîné dans les salles d'audience, et il avait assez d'expérience en politique pour cacher ce qu'il pensait et ressentait.

— J'ai promis d'envoyer quelqu'un la chercher à l'aéroport. Il faudrait aussi lui trouver un hôtel, ajouta Grant.

— Je m'en occupe.

— Tout droit dans la gueule du loup, c'est ça ?

Jerry haussa les épaules.

— J'ai foutu le bordel. A moi d'arranger le coup.

*
* *

Karen descendit la passerelle et pénétra dans l'ultramoderne Dulles International Airport. Elle avait appelé le sénateur, juste avant de quitter l'avion, et il lui avait expliqué que Jerry Connally la retrouverait dans la zone de récupération des bagages. L'étape suivante consistait donc pour elle à trouver la zone en question — et, pour cela, il suffisait de suivre le troupeau des autres voyageurs.

Un troupeau qui n'inspirait pas la pitié… Des gens qui venaient passer ici un « week-end de détente ». Ils portaient tous des vêtements de marque, et leurs visages étaient détendus. Néanmoins, il y avait des téléphones portables dans toutes les mains, et l'on sentait dans l'air une tension sous-jacente. Karen avait lu un jour dans un magazine que si New York était une ville d'argent, Washington était une ville de pouvoir. Elle en avait bien l'impression, en effet.

Connally la rejoignit alors que son sac arrivait sur le tapis roulant. Elle était un peu trop loin pour s'en emparer, et il s'en chargea à sa place.

— Vous voyagez léger, inspecteur ! dit-il avec une pointe d'ironie, en constatant que le bagage pesait un bon poids.

La remarque était destinée à briser la glace. Elle remplit son office.

— Je ne savais pas trop comment j'allais être accueillie dans la capitale — chaudement ou froidement. Alors, j'ai pris des tenues pour les deux cas de figure.

— Vous avez bien fait.

Ils se dirigèrent vers la sortie, où une voiture les attendait.

— Je vais vous accompagner jusqu'à votre hôtel, dit

Connally. J'imagine qu'ensuite, vous voudrez rencontrer Grant ?

— En effet.

Jerry prit place à côté d'elle, à l'arrière de la voiture, et il donna au chauffeur le nom d'un hôtel. Quelques minutes plus tard, ils roulaient sur l'Intestate 66 en direction de la ville. Ils longèrent des banlieues visiblement récentes, aisées, à peine visibles derrière des murs en pierre recouverts de lierre. Certaines villes pleuraient. D'autres criaient. Celle-ci chuchotait. Et chaque chuchotement importait.

Ils traversèrent le Potomac au niveau du pont de la 14e Rue, et s'engagèrent dans Georgetown, en direction du nord. Wisconsin Avenue grouillait de berlines européennes. Des ambassades bordaient les rues. Plus au nord, ils se retrouvèrent dans un autre genre d'élégance. Il ne s'agissait pas d'une banlieue moderne de Washington, mais de belles et majestueuses demeures qui s'élevaient dans le coin nord-ouest de la ville.

— Je pourrais travailler toute ma vie sans jamais pouvoir me payer l'une de ces maisons, fit remarquer Karen.

— C'est également au-dessus de mes moyens, lui confia Connally. Mais il y a un chouette hôtel dans le coin — où, je l'espère, la ville de Tampa pourra vous offrir une chambre. Vous étiez déjà venue à Washington ?

— Une fois. Quand j'étais enfant. Ça remonte à quelques années…

Il hocha la tête.

— Je vais vous expliquer le mode d'emploi pour prendre le métro. C'est bien plus économique que les taxis, et ça vous permettra de vous rendre n'importe où.

— C'est tranquille, ici, dit Karen. Toute la ville paraît calme, du reste.

— On est samedi.

La jeune femme haussa un sourcil.

— Justement : je m'imaginais que les gens seraient dans la rue, pour profiter du week-end.

— Bienvenue à Washington, inspecteur ! lança Connally en gloussant. Capitale de la plus grande puissance du monde. Ici, les week-ends sont des jours de travail juste un peu différents des autres.

— Une autre façon de feuilleter son journal ?

— Quelque chose comme ça, oui.

A la manière dont son regard s'assombrit, Karen se dit qu'elle avait dû le vexer.

— J'ai dit quelque chose qu'il ne fallait pas ?

— Beaucoup de gens ont cette idée de la politique, expliqua-t-il en haussant les épaules. On lit le journal, on fait des discours, on touche des gros salaires et des pots-de-vin encore plus gros… La vérité, c'est que le rythme de travail devient écrasant, au bout d'un moment. Le sénateur Lawrence ne s'arrête pour ainsi dire jamais. Il lit trois journaux pendant son petit déjeuner — à condition qu'il ait la chance de le prendre seul. Le déjeuner est toujours un déjeuner de travail. Et le dîner également. S'il a envie d'aller écouter une symphonie au Kennedy Center, il est presque autant sur le devant de la scène que les musiciens. Une fois, j'ai dû barrer le chemin à un journaliste qui l'avait suivi au zoo, où il se promenait avec ses filles. Grant devait changer sa couche à Belle, et ce fichu journaliste a voulu entrer dans les toilettes pour voir comment ça se passait.

— Mon Dieu ! fit Karen dans un souffle.

Connally, qui regardait dehors, hocha la tête.

— Et Grant Lawrence n'est pas le seul à vivre de cette manière. Tout le monde, dans cette ville, est sous l'objectif d'un microscope. Il y a toujours *quelqu'un* en train d'observer. Des alliés politiques. Des ennemis politiques. La presse. Les agences de renseignements — celles de notre gouvernement ou celles d'autres pays. Tout le monde cherche à savoir ce qui va se passer avant que ça arrive, de façon à pouvoir estimer les pertes ou profits éventuels, et à intervenir en conséquence. Washington appartient aux gens qui se lèvent le plus tôt et se couchent le plus tard, à ceux qui voient et entendent le plus de choses, qui en savent le plus, enquiquinent le plus de gens possible et travaillent le plus dur.

Il se tourna vers Karen.

— Voilà pourquoi je n'ai pas vu mon frère depuis des mois, alors qu'il habite à moins d'une heure de Washington.

— Je ne me rendais pas compte… A vrai dire, je n'avais même jamais pensé à ça.

— Comme tout le monde, inspecteur. Nous sommes donc samedi. Dans le reste du monde, cela signifie deux jours de congés. Dans le langage de la presse, ce sont les *slow new days*. Les journalistes sont à l'affût de tout — je dis bien *tout* — ce qui pourrait faire un sujet. Et personne ne tient à être la matière d'un *slow new day*. Voilà pourquoi tout est si calme.

Karen avait de la peine à y croire. Elle avait, certes, travaillé sur des affaires impliquant des gens très en vue, des affaires durant lesquelles la presse avait semblé suivre absolument tous les mouvements du commissariat. Mais cela ne durait qu'un temps. Et, de manière générale, la surveillance se limitait aux activités professionnelles de Karen. Il lui suffisait de rentrer chez elle pour redevenir une citoyenne comme les autres.

Pour les gens comme Grant Lawrence, c'était, à l'évidence, impossible. Il leur était interdit de passer à l'épicerie du coin pour faire des provisions de bière en prévision d'un match de base-ball à la télévision — sous peine d'alimenter des rumeurs sur un prétendu alcoolisme.

Avant de commencer son premier cours, un professeur de fac avait expliqué à Karen et aux autres élèves qu'ils pouvaient utiliser le stylo de leur choix, lors des examens.

— Vous pouvez écrire à l'encre noire, avait-il dit, à l'encre bleue, ou même à l'encre violette. Mais, si vous choisissez l'encre violette, je vais le remarquer. Du coup, je vais prêter une attention plus grande à votre copie, le jour de l'examen. Pensez-y !

Karen avait utilisé de l'encre noire. Si elle avait pu, elle aurait opté pour de l'encre invisible.

Le sénateur Lawrence, à l'instar des autres décideurs de cette ville peuplée de décideurs, écrivait sa vie à l'encre violette. Les gens notaient chaque mot, chaque virgule, chaque espace.

Ça n'avait sans doute rien d'évident.

Ils arrivèrent à l'hôtel, et Connally tendit le sac de Karen à un bagagiste. Il se tourna vers elle, souriant, et lui tendit une carte.

— Si vous voulez prendre une douche et vous reposer un

peu, allez-y. Le sénateur vous enverra une voiture dès que vous serez prête.

Karen hocha la tête. Une citation du Magicien d'Oz lui vint à l'esprit : « You're not in Kansas anymore. » (Tu n'es plus au Kansas.)

11.

La voiture déposa Karen à une centaine de mètres du Capitole, devant les blocs de béton qui faisaient office de barricade. C'est de là qu'elle l'aperçut, au milieu de l'escalier. Il s'adressait à un petit groupe, et désignait le bâtiment comme s'il leur suggérait d'aller le visiter.

Elle s'avança, mais décida d'attendre à une certaine distance, afin de ne pas le déranger. Pour l'occasion, elle avait revêtu le tailleur le plus « classe » de sa garde-robe : rouge avec des passepoils noirs.

C'était la première fois qu'elle venait ici. Le seul fait de contempler le Capitole de si près, mais aussi le Washington Monument l'emplissait d'un sentiment de respect mêlé d'admiration. Elle était à portée de main des bâtiments et des sites qui, à ses yeux, symbolisaient son pays tout autant que la bannière étoilée. Elle avait, plus d'une fois, espéré venir ici en touriste, mais, jusqu'à ce jour, elle n'avait jamais disposé en même temps des journées de vacances et de l'argent nécessaires. Et il était beaucoup plus économique pour elle de se rendre dans les Keys ou à St. Augustine quand elle avait besoin de prendre le large.

Mais ici, elle sentait le poids de l'histoire ; elle contemplait cette architecture qui avait su transformer une zone marécageuse en l'une des plus grandes capitales du monde. Regardant autour d'elle, elle songea aussi à tous les personnages fameux qui avaient gravi les marches du Capitole.

Des rires attirèrent son attention, et elle leva la tête pour apercevoir Grant Lawrence, qui serrait la main aux hommes et femmes se trouvant en sa compagnie. Le petit groupe commença de descendre l'escalier. Et, un moment plus tard, Lawrence la rejoignit.

— Ravi de vous voir, dit-il en lui tendant la main.

— Sénateur.

— Ces personnes venaient de Floride, expliqua-t-il. Croyez-le ou non, mais l'une des choses que je préfère, dans ma fonction, c'est parler avec mes électeurs. Quand j'ai le temps, j'adore leur faire visiter cet endroit.

— J'imagine que ça ne doit pas arriver souvent. Durant le trajet entre l'aéroport et l'hôtel, M. Connally m'a expliqué à quel point tout le monde travaillait dur, ici… y compris le week-end.

Lawrence se mit à rire.

— C'est tout Jerry, ça. Il a probablement oublié que vous travailliez quatre-vingts heures par semaine, vous aussi.

Cette fois encore, Karen ne put s'empêcher de tomber sous le charme de Grant Lawrence. Il accordait vraiment de l'importance aux autres, à leur existence, aux obligations qui pesaient sur eux.

— Ça m'arrive, admit-elle.

Sans cesser de sourire, il plongea son regard bleu dans le sien.

— En ce moment même, me semble-t-il, inspecteur.

— Je préférerais que vous m'appeliez Karen, si ça ne vous ennuie pas.

— Dans ce cas, il faudra m'appeler Grant, répliqua-t-il en l'entraînant vers la voiture qui les attendait. Je vous avouerai que je n'ai pas exactement compris ce que votre supérieur attend de moi. Je dois vous emmener un peu partout, vous présenter aux gens, c'est ça ?

— J'ai surtout besoin de repérer ceux qui pourraient vous en vouloir.

— Au point d'en venir au meurtre ?

— Par exemple.

Il la détailla du regard.

— J'espère que vous avez une robe à paillettes.

— Pourquoi ?

— Le mieux que je puisse faire, c'est vous emmener à une soirée. Une soirée organisée par le parti, précisa Grant sans la moindre gaieté. Tout un petit monde qui vient prendre la mesure du bonhomme.

— Une audition ?

— Quelque chose d'approchant.

Karen songea tout à coup qu'elle risquait d'être complètement dépassée. Elle n'avait pas du tout l'habitude de mener ce genre d'enquête.

— Détendez-vous, lui dit Grant, qui avait senti son inquiétude. Ce ne sont que des êtres humains, même si la plupart d'entre eux sont persuadés de dépasser largement cette misérable condition. Et, pour ce genre de réjouissances, je me fais toujours accompagner d'un ami ou de quelqu'un de mon équipe. Votre présence n'étonnera donc personne.

*
* *

Karen n'avait jamais effectué de mission d'infiltration. Elle passa une grande partie de l'après-midi à se demander comment elle allait gérer cette soirée, quels mensonges et demi-vérités il lui faudrait proférer pour se fondre dans l'univers de Grant, fait de gens qui avaient davantage l'habitude de discuter que d'agir.

Le reste de son temps, elle l'employa à déambuler dans le centre commercial de Georgetown Park, à la recherche d'une tenue qui lui irait bien, tout en restant dans ses prix. Elle dut céder un peu sur ce dernier paramètre afin de s'offrir un fourreau aubergine, habillé sans être pour autant tape-à-l'œil. Travailler sous une couverture exigeait de garder un profil bas — du moins autant qu'on le pouvait, c'était fonction des circonstances.

Cinq minutes après être arrivée à la soirée, Karen dut tirer un trait sur toutes ses ambitions.

— Vous êtes le flic, n'est-ce pas ? lui dit le vénérable représentant de Californie. Je vous ai vue sur CNN, à la conférence de presse.

Il se pencha vers elle, lui offrant une haleine où la menthe se mêlait au Martini sec.

— Alors, vous avez des pistes ?

Une réplique inspirée vint à Karen, qui lui décocha un grand sourire.

— Non. Et vous ?

Il s'esclaffa.

— Ça, c'est bien les flics : répondre à une question par une autre question. Sérieusement, sénateur, ajouta-t-il en reportant son attention sur Grant, si je peux faire quoi que ce soit, n'hésitez pas.

— C'est très gentil à vous, répondit Grant d'un ton chaleureux sous lequel la jeune femme perçut un rien de méfiance. Maintenant, excusez-moi, Fred, mais il faut que j'aille chercher à boire pour Karen.

Il se tourna vers elle.

— Qu'est-ce que je vous rapporte ?

— Je vais vous accompagner et voir un peu ce qu'ils proposent. J'ai été ravie de vous rencontrer, monsieur Rawlings.

Dès qu'ils se furent éloignés, elle demanda à Grant :

— Vous ne faites aucune confiance à tous ces gens, c'est ça ?

— Pas vraiment, admit-il en souriant. Mais je ne vous ai pas encore présentée à ceux en qui j'ai confiance. Le petit jeu, ici, consiste à savoir qui se trouve dans le cercle rapproché de telle ou telle personne. Moi, par exemple. Par qui faut-il passer pour avoir mon vote ou mon soutien.

— Pourquoi ne pas vous appeler directement ?

— Parce que, si vous faites ça, il se pourrait que je vous demande quelque chose en retour. Quelque chose que vous n'avez pas envie de faire ou de me donner. Pire : je pourrais tout simplement vous dire non. On raconterait que vous n'avez pas réussi à obtenir ce que vous vouliez de moi et, du coup, vous perdriez quelques rangs sur la liste de quelqu'un d'autre. Non, il est plus sûr de parler aux gens dont vous savez qu'ils me parlent et que je les écoute. Si vous pouvez les convaincre de *me* convaincre, tout va bien pour vous. Et, s'ils n'y arrivent pas, ce sont eux qui vont perdre quelques rangs. La mécanique est assez complexe.

— Vous créez un écran de fumée, en définitive, conclut Karen. On vous voit parler à des gens, communiquer de façon presque imperceptible avec le langage du corps, mais ces gens ne font pas partie du cercle de vos proches. Ce qui complique la tâche à ceux qui voudraient savoir quel bouton presser pour vous acheter…

— Bravo, inspecteur ! Une part du génie de John Kennedy reposait, précisément, sur ce point : les gens n'étaient jamais sûrs des boutons qu'il fallait presser, des gens à qui il fallait s'adresser. A part Bobby, bien sûr, et deux ou trois autres, comme Kenny O'Donnell.

— Sa famille, et les amis qu'il connaissait depuis des années. Des intouchables.

— Exactement. Mais je ne sais toujours pas ce que vous voulez boire, Karen… Et, au cas où j'aurais omis de vous le dire, vous êtes superbe.

Le compliment arriva si naturellement qu'il déstabilisa complètement Karen. Elle sentit son visage s'embraser, et s'en voulut aussitôt. Elle aurait dû le remercier, mais sa voix semblait lui faire soudain défaut. Elle se rabattit donc sur un simple sourire, en espérant qu'il ne lui donna pas l'air stupide.

— Whisky-soda, s'il vous plaît. Avec très peu de whisky.

— Je demanderai au serveur de simplement faire passer la bouteille au-dessus du verre.

— Ce sera parfait. Bien, fit Karen après une pause, et si on jouait, maintenant que vous m'avez expliqué les règles du jeu ?

Il lui tendit son verre.

— Un conseil : ayez l'air intéressé. Impressionné, même. Mais jamais intimidé. Dites-vous bien que les personnes présentes ont toutes passé un moment sur le siège de leurs toilettes, aujourd'hui.

Une fraction de seconde, Karen resta interloquée, puis elle éclata de rire.

— L'image est… frappante.

— Elle a, en tout cas, le mérite de remettre les choses en perspective.

Bien sûr, maintenant que sa couverture avait volé en éclats, il était inutile de chercher à se cacher plus longtemps. Du moins Karen le pensait-elle. Car il s'avéra bientôt que bon nombre des invités ne l'avaient pas reconnue. Et, comme elle était arrivée au bras de Grant, ils supposaient qu'elle avait une certaine influence sur lui. En tout cas, ils semblaient résolus à en apprendre plus.

Les premières questions lui furent posées de façon assez informelle. Ainsi, deux membres républicains de la Chambre des représentants vinrent se présenter d'eux-mêmes, et lui demandèrent depuis combien de temps elle connaissait Grant. Ils s'éclipsèrent aussitôt qu'elle leur eut avoué que cela faisait à peine trois semaines.

S'avisant qu'elle n'irait nulle part, de cette façon, elle réfléchit à une autre façon de gérer les interrogatoires. A ce moment précis, elle se retrouva face à Randall Youngblood.

— Vous êtes l'inspectrice Sweeney, n'est-ce pas ? lui demanda-t-il.

C'était un homme séduisant, aux cheveux gris acier et aux yeux marron chaleureux, avec une poignée de kilos en trop pour venir adoucir un visage qui, autrement, aurait été émacié. Il semblait très à l'aise, décida Karen. A l'aise avec lui-même et avec le monde. Et il ne semblait nullement déplacé dans une salle peuplée de gens très soucieux de leur image.

— Vous pouvez m'appeler par mon prénom, monsieur Youngblood, répondit-elle sans attendre. Nous sommes en dehors du cadre du travail.

— Vraiment ? fit-il en haussant un sourcil.

Il ne la bombardait pas de questions, comme les autres, qui paraissaient vouloir évaluer au centimètre près ses relations avec le sénateur Lawrence.

— Tout à fait, confirma-t-elle d'un ton ferme.

— Bien, bien. A mon avis, vous êtes la seule personne, ici, à penser pouvoir vous amuser. Les autres sont là pour voir et être vus.

— C'est ce que je me suis laissé dire.

— Quant à moi, je suis là pour me rendre utile.

— Utile à quoi ?

— Oh ! fit-il avec un gloussement peu flatteur pour lui-même. Je suis une mine d'informations. Si jamais quelqu'un a besoin de ces informations, il n'a qu'à m'appeler.

Karen hocha la tête.

— Pourquoi ai-je la drôle d'impression que vous êtes plus important que cela ?

— Vous me flattez. Mais, comme la question du jour est la RS 52, soutenue par votre ami Grant Lawrence, je dois être présent. Je suis comme un dossier ambulant.

— Je vois, fit Karen en s'efforçant de paraître convenablement impressionnée. Quel genre d'informations délivrez-vous ?

— Tout simplement le véritable impact de la RS 52 en termes économiques et humains.

— C'est important. Très important.

— J'ai la faiblesse de le penser. Vous savez, vous et moi nous avons quelque chose en commun.

— Quoi donc ?

Il lui toucha le bras, très brièvement. Un contact furtif qui aurait pu créer un sentiment de complicité. Mais Karen était flic. Les contacts physiques ne fonctionnaient pas sur elle comme sur la plupart des gens. Ils lui faisaient plutôt l'impression d'une menace.

— Eh bien, pour parler franchement, reprit Youngblood, nous œuvrons, l'un comme l'autre, pour empêcher le crime. Des crimes de natures différentes, mais des crimes quand même.

Voilà qui était intéressant, pensa Karen, tout en hochant la tête pour faire mine d'acquiescer. Intéressant qu'il considère le projet de loi du sénateur comme un crime. Elle décida de creuser un peu plus dans ce sens.

— Et, bien sûr, dit-elle, il y a l'autodéfense.

Un grand sourire illumina le visage de Youngblood.

— Vous voyez, nous nous comprenons ! Si la loi ne nous protège pas, nous devons nous en charger nous-mêmes. Dans le cadre de la légalité, bien sûr.

— Bien sûr.

Mais cette référence à la légalité avait été ajoutée au dernier moment. Le rythme cardiaque de Karen s'accéléra, tandis qu'elle se demandait jusqu'où cet homme serait capable d'aller pour faire échouer le projet de loi.

— Savez-vous, au moins, en quoi consiste le projet de loi du sénateur Lawrence ?

— Vaguement, pour être franche. Très vaguement.

C'était faux. Car, depuis le meurtre d'Abigail Reese, elle s'était attachée à lire tout ce qu'elle trouvait au sujet de la RS 52.

— Dans ce cas, proposa Youngblood, laissez-moi vous éclairer un peu.

Karen se contenta de hocher la tête, en s'efforçant de paraître aussi naïve et innocente que possible. Youngblood, qui n'attendait que l'occasion d'exposer ses idées, se lança. Il eut à peine prononcé cinq mots que d'autres invités s'approchèrent pour écouter. Karen fit mine de suivre les explications de Youngblood, mais elle s'intéressait surtout aux visages qui l'entouraient ; il s'agissait pour elle de faire le tri entre ceux qui approuvaient Randall à cent pour cent, ceux qui paraissaient indifférents et ceux qui n'étaient visiblement pas d'accord avec lui.

— Pour commencer, laissez-moi vous dire que je suis sensible aux questions d'environnement, comme n'importe qui, dit Youngblood. Je suis né agriculteur, dans la canne à sucre. Et je sais que je parle au nom de tous mes pairs en affirmant que nous nous soucions de l'environnement, au moins pour la raison évidente que l'agriculture exige un cadre naturel sain. Vous ne trouverez pas un agriculteur ou un agro-industriel qui n'ait pas le souci de l'environnement — et cela, où que vous cherchiez.

— Bravo ! Bravo ! firent deux voix.

Karen mémorisa les visages des deux hommes. Elle tâcherait de découvrir plus tard qui ils étaient.

Youngblood, lui, poursuivit :

— Nous nous donnons un mal de chien, vraiment, pour rendre au sol tout ce que nous lui prenons. C'est à cela que servent les engrais et autres fertilisants. Ils entretiennent des terres qui, sinon, s'épuiseraient.

— Voilà qui est un rien exagéré, Randall, intervint Grant Lawrence. Ou plutôt, très en dessous de la vérité.

Youngblood sourit au sénateur, comme s'ils étaient les plus vieux amis du monde. Son sourire, toutefois, ne parvenait pas jusqu'à ses yeux, dans lesquels Karen entrevit une étincelle de mécontentement.

— Voilà une déclaration pour le moins embrouillée, sénateur.

Grant se rapprocha et vint se placer à côté de Karen, face à Youngblood.

— Ce que je veux dire, c'est que les agriculteurs ne se contentent pas de nourrir la terre. Vous utilisez les engrais pour rendre les sols plus performants, accroître la productivité, le rendement à l'hectare de vos champs. Le trop-plein de ces fertilisants chimiques s'échappe de tous les côtés. Et ce sont ces excès que la RS 52 vise.

— Tout dépend de ce que vous entendez par « rendre plus performant », répliqua Youngblood avec calme et assurance. Car enfin, augmenter le rendement des champs me paraît essentiel pour ce pays.

Des hochements de têtes accueillirent cette remarque.

— Il a raison ! intervint un petit homme mince au visage ouvert. Je ne sais pas si vous vous souvenez de moi, sénateur. Je suis le député Bill Olafsen, du Nebraska.

— Bien sûr que je me souviens de vous, Bill !

Grant tendit la main, avec un sourire chaleureux, et les deux hommes se saluèrent.

— Cela fait déjà un moment, mais je me rappelle que nous avions trouvé une sorte d'accord sur la question du soutien aux céréaliers.

— Exact, fit Olafsen, visiblement flatté de ne pas avoir été oublié.

Flatté ou pas, il continua sur sa lancée.

— Les agriculteurs, les *miens*, mes électeurs, cherchent, comme vous l'avez dit, à rendre les sols plus performants. Mais nous n'avons pas à nous excuser pour ça. Les Etats-Unis veulent de la nourriture bon marché, et en quantité. La plupart de mes agriculteurs gagnent à peine leur vie, et leur situation deviendra dramatique si jamais le rendement de leurs champs baisse. Mais peut-être voyez-vous là des considérations égoïstes, sénateur.

— En aucun cas, répondit Grant avec fermeté. Je m'inquiète autant pour nos agriculteurs que n'importe qui. Mais je m'inquiète également pour nos pêcheurs. Pour nos enfants et petits-enfants, aussi. Qui a envie de leur léguer des océans dans lesquels il n'y aurait plus de poisson ?

— Je doute que cela arrive, dit Youngblood en s'esclaffant. Les océans sont immenses.

— Exact. Mais prenez le cas de la morue : nous avons pêché ce poisson jusqu'à sa quasi-extinction. Il est essentiel que nous gardions nos eaux côtières suffisamment propres pour maintenir une faune et une flore saines.

Grant revint à Olafsen.

— En réalité, c'est un problème comparable à celui que vous évoquiez, Bill. Nos pêcheurs se trouvent dans une situation aussi critique que celle des agriculteurs. Sauf qu'ils ne peuvent pas fertiliser les océans. Pour eux, la seule façon d'augmenter la production est de réduire les écoulements de nitrate qui viennent polluer l'océan.

Olafsen fronça les sourcils.

— C'est l'un ou l'autre, alors ?

— Je ne pense pas. Les études que j'ai lues montrent que nous pouvons trouver des moyens moins polluants de maintenir des rendements élevés dans les champs. Ce que je propose, c'est que le gouvernement soutienne les agriculteurs et prenne en charge la période de transition, le temps que nous rendions nos eaux côtières de nouveau vivables. Le temps aussi de recréer des zones marécageuses essentielles à tant d'espèces.

Quelqu'un d'autre prit la parole, une femme toute vêtue de velours noir, avec de gros diamants aux oreilles.

— Pourquoi le gouvernement mettrait-il la main à la poche, sénateur ?

— Il me semble, madame Reilly, que le gouvernement est grandement responsable de la situation actuelle, lui qui a ignoré pendant tant d'années les questions écologiques. On a trouvé normal de piller la terre et les océans, de toutes les manières possibles ; nous autres, les gouvernants, avons laissé une situation nuisible s'installer. Le temps est venu pour les contribuables et le gouvernement de résoudre les problèmes grandissants.

Youngblood secoua la tête.

— Dans ce genre d'histoire, il faut toujours que quelqu'un paye, sénateur. Si la RS 52 passe, les Américains vont devoir payer plus cher pour se nourrir ; ils verront arriver chez eux une part de plus en plus importante des produits importés de pays qui n'ont pas votre conscience écologique. Quant à l'agriculteur américain, il vivra de subventions, aux frais du contribuable, et finira par se demander à quoi bon s'échiner à produire de maigres récoltes qui ne lui rapportent même pas de quoi payer ses semences.

— Je pense que vous vous complaisez dans le catastrophisme, Randall. Les changements que j'évoque ne se feront pas du jour au lendemain. Tout s'effectuera lentement, avec la plus extrême prudence. J'ai aussi évoqué la mise au point d'alternatives aux nitrates dans les engrais.

— Quel genre d'alternatives ? demanda Youngblood avec une pointe d'ironie dans la voix. La tête de ces poissons qui, selon vous, ont disparu de nos océans ?

Des rires s'élevèrent, et la tension, qui n'avait cessé de monter, retomba un instant. Grant se mit à rire avec les autres. Karen, elle, parvint à sourire, malgré sa contrariété : elle n'aimait pas la façon dont le sénateur était attaqué. Puis elle se rappela aussitôt à l'ordre : elle devait rester objective.

— J'espère que nous trouverons quelque chose de moins odorant que les têtes de poissons, déclara Grant.

Une nouvelle vague de rires succéda à la première.

— Mais, ajouta-t-il sérieusement, nous devons trouver le moyen de sauver nos pêcheurs *et* nos agriculteurs. Pas question de sacrifier les uns ou les autres.

Karen nota que le regard de Youngblood était moins sévère, comme s'il avait décidé de mettre un terme au débat. Toutefois, alors que les autres s'éloignaient, lui resta. Il semblait vouloir parler à Grant, mais seul à seul.

Elle s'éloigna donc, tout en regrettant que Grant Lawrence

n'ait pas un micro sur lui. Quelque chose, chez Youngblood, lui semblait éminemment menaçant. Quoi ? Impossible de le définir…

Elle réfléchissait à tout cela quand Grant la rejoignit.

— Alors, vous en avez assez vu ? lui demanda-t-il.

— Qu'est-ce qu'il vous a dit ?

Il hésita, puis une lueur d'amusement s'alluma fugitivement dans ses yeux bleus.

— Il vient de me dire qu'il allait m'enterrer.

Ils ne quittèrent pas la soirée tout de suite, bien sûr. Ils restèrent encore une bonne heure, au cours de laquelle Karen prêta une oreille attentive à toutes les conversations que Grant menait, notamment à propos des amendements que certains avaient déposés sur la RS 52 et des compromis qui pourraient être faits de part et d'autre pour empêcher le projet de loi d'être enseveli sous son propre poids.

Au fil des discussions, Karen s'avisa que Grant ne faisait jamais d'autre promesse que : « Je vais étudier ça. » Il manœuvrait en douceur, de façon très convaincante, avec courtoisie, sans s'avancer sur quoi que ce soit.

Durant le reste de la soirée, Karen ne ressentit rien de comparable à l'animosité qu'elle avait momentanément perçue chez Randall Youngblood. Aussi bien, cette agressivité n'avait peut-être aucune signification particulière. Youngblood étant lui-même producteur de canne à sucre, il était normal qu'il prenne sa cause très à cœur.

De même, sa menace à l'encontre de Grant n'était pas forcément à prendre au pied de la lettre. Et pourtant… les rumeurs qui avaient resurgi à Tampa faisaient pencher la balance du côté d'un cambriolage à connotations politiques.

Difficile, néanmoins, d'imaginer que Randal Youngblood ait pu exécuter lui-même ces basses besognes.

Lentement, la jeune femme se fraya un chemin jusqu'à lui. Quand il la vit, il lui sourit, et s'excusa auprès de ses interlocuteurs afin de pouvoir la rejoindre.

— Vous avez entendu les camps s'exprimer ? lui demanda-t-il.

— Oui. Quoique assez superficiellement.

Il se mit à rire.

— Superficiellement ? Qu'est-ce que vous voulez de plus ? Que je vous enterre sous des tonnes de paperasses ?

Karen releva l'expression, qui rappelait la mise en garde qu'il avait adressée à Grant. A croire qu'il employait souvent ce terme.

— Non, merci, répondit-elle en souriant. Je suis déjà bien servie, en matière de paperasserie.

— Je m'en serais douté.

— A quoi ressemble le quotidien d'un dirigeant de groupe de pression ? lui demanda-t-elle avec son air le plus ingénu.

— Ma condition est assez misérable, si vous voulez tout savoir. Je passe mon temps à supplier pour que l'on m'écoute…

— Pourquoi ne pas charger quelqu'un de le faire à votre place ?

— Parce que personne ne sera aussi motivé que moi.

— Je vois. En tout cas, vous semblez obtenir l'attention de beaucoup de gens.

Youngblood haussa les épaules.

— De ceux qui me sont déjà favorables, oui. Pour les autres, c'est plus difficile.

Karen nota qu'il ne la regardait plus : il balayait la salle des yeux, sans doute en quête d'un nouveau poisson à aller ferrer. Très vite, son regard tomba sur Grant Lawrence, et la façon dont son expression s'altéra, très subtilement, alerta Karen.

— Excusez-moi, lui dit-il avec un vague sourire.

Elle l'observa, tandis qu'il traversait la salle pour retrouver le sénateur de l'Idaho.

— Un homme intéressant, n'est-ce pas ?

Karen se tourna et s'aperçut que Jerry Connally l'avait rejointe.

— Que pensez-vous de lui ? lui demanda-t-elle sans prendre de gants.

— Je pense que c'est un homme très résolu. Prêt à tout.

— A propos du projet de loi, vous voulez dire ?

— Il a une forte emprise sur l'Association des producteurs de canne à sucre, et il est à la tête de la coalition contre la RS 52.

— C'est une histoire de pouvoir, selon vous ?

— Qu'est-ce qui ne l'est pas ?

— Vous avez une vision cynique des choses.

Connally haussa les épaules.

— Le pouvoir représente tout, inspecteur. Sans pouvoir, vous n'êtes personne — juste un simple planteur de canne de Floride du Sud.

— Jusqu'où pourrait-il aller, selon vous ?

Connally hésita.

— Vous voulez savoir si je le crois capable de tuer, c'est ça ?

— Possible.

Il se mit à rire.

— Je ne suis pas dupe. Mais je vais vous répondre : non, je ne le crois pas capable de meurtre — je n'en dirais pas autant des gens qui travaillent pour lui.

Karen et Grant Lawrence quittèrent la soirée à bord de la limousine du sénateur. Celui-ci ordonna au chauffeur de déposer d'abord sa passagère à son hôtel.

— J'adorerais me faire conduire ainsi où je veux, dit-elle.

— Je reconnais que c'est un privilège inestimable. Ça me permet de travailler pendant mes temps de déplacement. Et, quand on connaît les problèmes de circulation, ici, aux heures de pointe, on peut vraiment dire que c'est un luxe.

— Le trafic est plus dense qu'à Tampa ? demanda Karen.

Il se mit à rire.

— Bien plus ! C'est l'une des raisons pour lesquelles je refuse de vivre ici.

Il se tourna sur la banquette pour lui faire face.

— Avez-vous appris quelque chose, ce soir ?

— C'est possible. Pensez-vous que Randall Youngblood soit capable de lancer des rumeurs sur votre compte ?

— Ça, oui. C'est une pratique courante, en politique. Ça n'est pas très reluisant, mais beaucoup estiment que ça fait partie du jeu.

— Il vous déteste, à votre avis ?

Il ouvrit la bouche, puis la ferma et regarda par la vitre de la voiture.

— Jusqu'à la mort d'Abby, je vous aurais dit que personne ne me détestait. Maintenant, ajouta-t-il en regardant fixement

Karen, je ne sais plus. Randall et moi avons toujours été amis, malgré nos divergences. Je ne pense pas qu'il me haïsse. Ses collaborateurs, en revanche… Nous ne savons jamais de quoi sont capables les gens avec qui nous travaillons.

Ce qu'il ajouta alors surprit énormément Karen.

— Croyez-le ou non, c'est le métier le plus solitaire du monde.

— Comment ça ?

— Chacun est comme une pièce sur un échiquier. Les autres sont vos alliés ou vos ennemis, mais jamais vos amis. C'est chacun pour soi.

A sa grande surprise, elle éprouva un très vif élan de compassion envers lui. Elle n'aurait pas aimé se trouver à sa place. Un tel sentiment était déplacé, surtout dans le cadre d'une enquête, elle s'en rendait compte. Il n'empêche : elle avait presque envie de le serrer contre elle pour le réconforter.

— Vous devez quand même avoir des amis en dehors du monde politique ?

— Bien sûr. Quelques-uns. Mais je vais vous faire un aveu : si j'avais deux frères, je saurais parfaitement les employer.

Un instant, Karen eut l'impression qu'il avait fait un mouvement vers elle — pour la prendre dans ses bras… ou pour qu'elle le prenne dans ses bras. Et, durant ce court moment, elle éprouva le désir fou qu'il la touche, un désir si intense qu'il lui coupa le souffle.

Puis toutes ces impressions disparurent, comme si elles n'avaient jamais existé.

— Désolé, dit-il. Vous devez me prendre pour un pleurnicheur. Après tout, j'ai choisi cette carrière. Et il est très rare que je le regrette.

Elle aurait pu lui dire qu'elle le comprenait, qu'elle était bien placée pour savoir que l'on s'engageait souvent dans des directions sans mesurer pleinement les conséquences. Mais il lui parut plus avisé de garder le silence.

Elle entendit le hurlement des freins une fraction de seconde avant le choc. Et, au tout dernier moment, juste avant que sa tête vienne percuter le montant de la vitre et que le monde soit englouti dans les ténèbres, elle entendit Grant crier.

12.

Grant entendait les flashes qui crépitaient à l'extérieur de la limousine, et il ressentait une douleur déchirante au niveau du genou. Dans un moment de lucidité, il s'aperçut qu'il était couché sur le plancher de la limousine.

— Ça va, monsieur le sénateur ?

La douleur reflua assez longtemps pour qu'il se concentre sur la portière ouverte. Un homme se tenait là, un téléphone portable collé à l'oreille et un Dictaphone à la main. Derrière lui, un autre homme prenait photo après photo.

— Monsieur le sénateur ? demanda encore l'homme au portable. Vous êtes blessé ? J'ai la police en ligne.

— Mon… genou…

— Il est blessé ! Envoyez une ambulance.

L'homme referma son portable et baissa les yeux sur Grant.

— Vous vous rappelez ce qui s'est passé, sénateur ?

Grant secoua la tête, chercha à y voir clair dans ses idées.

— Qui êtes-vous ? demanda-t-il.

— Stan Potter, du *Washington Herald*. On était au coin de la rue et on a entendu l'accident. Votre… amie va bien ?

Grant sentit quelque chose de chaud contre sa joue, et

il se tourna. C'était le mollet de Karen. A mesure que ses pensées s'éclaircissaient, il se rappela où il était.

Il s'avisa aussi de l'interprétation qui pouvait être faite de la situation.

Et merde !

Karen avait perdu connaissance. Le côté gauche de ses cheveux était emmêlé et brillait dans la lueur du réverbère. Il tendit la main et sentit le côté de sa tête. Ses doigts entrèrent en contact avec une substance collante et humide.

— Oh, non ! fit-il.

Le hurlement d'une sirène d'ambulance se rapprocha, se superposa bientôt à la lumière rouge du gyrophare. Mais, pour Grant, tout cela était à l'arrière-plan. Il ne voyait plus que le visage de Karen, pâle et immobile. Il cherchait son pouls quand un ambulancier arracha presque la portière.

— Elle est blessée, lui dit Grant. A la tête.

— Et vous ?

— Mon genou. Mais ça ira. Elle… elle a perdu connaissance.

— Nous allons nous en occuper, monsieur. Ne vous inquiétez pas.

L'ambulancier écarta les mains de Grant, et posa les doigts au niveau de la carotide de Karen, pour trouver son pouls. Puis il lui palpa délicatement la nuque.

— Il me faut une planche dorsale et un collier cervical ! lança-t-il à son collègue. Appelle Sibley, et dis-leur de se préparer pour un trauma crânien ou une rupture de la colonne.

Les mots percutèrent Grant de plein fouet. Abby. Stacy. Et, maintenant, Karen.

*
* *

Karen fut réveillée par une démangeaison, à la saignée du coude. Avec un effort, elle parvint à soulever ses paupières, qui semblaient lestées de plomb, et tendit la main pour se gratter.

— Ne touchez pas ! lui dit une voix féminine. Bonjour, mademoiselle Sweeney.

Karen découvrit l'origine de la démangeaison — du ruban adhésif qui tenait en place l'aiguille d'une intraveineuse. Elle leva ensuite les yeux vers l'infirmière, vêtue d'un pantalon blanc et d'un haut bleu imprimé. Sur son badge, elle lut : « Mavis. Infirmière. »

— Où suis-je ? demanda Karen.

— Sibley Memorial Hospital, répondit Mavis. Et ne vous inquiétez pas pour l'intraveineuse : il s'agit simplement d'une perfusion de glucose, pour vous hydrater.

— J'ai… mal à la tête.

L'infirmière sourit.

— Rien d'étonnant. Vous avez reçu un sacré choc. Le mal de tête risque de se prolonger quelques jours. Et les agrafes risquent aussi de vous démanger.

— Des agrafes ?

— Deux, précisément, expliqua l'infirmière en touchant doucement la tête de Karen. Une jolie petite entaille, que vous avez là, sur le côté. A part ça, les médecins ont dit que tout allait bien.

Quelque chose crissa sous les dents de Karen, et elle voulut déglutir.

— Est-ce que je peux avoir de l'eau, s'il vous plaît ? Et quelque chose pour cracher ?

L'infirmière lui tendit un verre d'eau et un petit bassin. Karen prit une gorgée d'eau, se rinça la bouche et cracha. Elle remarqua de minuscules particules blanches dans l'eau.

— Vous avez quelques dents ébréchées, expliqua l'infirmière. Comme je vous l'ai dit, vous vous êtes pris un méchant coup.

— Je ne me rappelle pas.

— Ça n'a rien d'inquiétant, mademoiselle Sweeney. Ce sera l'affaire de quelques jours. L'IRM était normale. Vous êtes simplement un peu…

— … embrouillée ? suggéra Karen.

— C'est exactement ça.

Karen se sentait toujours aussi embrouillée quand Jerry Connally entra dans la chambre.

— Comment allez-vous ? demanda-t-il d'un ton cordial que semblait démentir son visage fermé.

— Comment va Grant ? lança-t-elle, plutôt que de lui répondre.

Il eut un léger sourire.

— Côté physique, ça va. Il va juste subir quelques examens pour son genou.

— Côté physique ? répéta Karen.

Sans un mot, Connally lui tendit le journal qu'il tenait, jusque-là, plié sous son bras. La une présentait une photo de Grant à genoux, dans sa limousine. Entre les jambes de Karen. Avec, comme titre : *Le Parti des jambes en l'air ?*

— Merde ! fit Karen.

— Je ne saurais mieux dire. Le problème, maintenant, est de savoir comment nous allons sortir de cette situation.

Karen était bien en peine de répondre. Pour autant qu'elle

se le rappelle, ils avaient eu un accident de voiture. Et voilà ce que les journalistes en avaient fait.

— En fait, lui expliqua Connally, il n'y a aucun moyen d'en sortir.

Et il balança le journal dans la corbeille à papier.

— Pourquoi ?

En même temps qu'elle posait la question, Karen s'avisa, pour la première fois, que sa mâchoire était douloureuse, tout comme sa blessure au cuir chevelu, qui choisit ce moment pour se rappeler à son bon souvenir.

— Les journalistes écrivent ce que bon leur semble. Grant est une personnalité publique, et il ne peut rien y faire. Mais ce n'est pas votre cas.

— Ce qui signifie ?

— Que vous pourriez les poursuivre en justice.

Karen laissa aller sa tête contre l'oreiller — et ce seul contact la fit grimacer.

— Quel intérêt ? répliqua-t-elle. Ça ne servirait qu'à maintenir cette histoire à la une des journaux.

— Exact, reconnut Connally en s'asseyant sur la chaise, à côté du lit. Vous pourriez aussi poursuivre Grant parce que vous vous trouviez dans sa limousine au moment de l'accident.

— Mais je ne veux poursuivre personne !

Karen regretta aussitôt d'avoir forcé le ton. Un martèlement insoutenable lui emplit la tête.

— J'espère seulement ne pas perdre mon travail à cause de tout ça.

— Il n'y a aucune raison. Les dépêches des agences de

presse relatent l'accident tel qu'il s'est vraiment passé. La vérité est ailleurs, comme on dit.

En d'autres circonstances, Karen aurait souri. Mais elle se sentait beaucoup trop mal à l'aise, en cet instant. Et puis, commotion ou non, elle commençait à se méfier de Connally.

— Pourquoi m'avez-vous apporté ce torchon ? lui demanda-t-elle. Qu'attendez-vous de moi ?

— Je voulais vous faire savoir quels ennuis vous alliez créer au sénateur.

Eh bien ! Voilà qui avait le mérite d'être direct, songea Karen.

— Je ne vais créer d'ennuis à personne. Que les gens le croient ou non, je travaillais. Les accidents arrivent. La question est réglée.

— Non. Pas tout à fait.

— Comment cela ?

Connally planta son regard dans le sien, et répondit :

— Ça n'était pas un accident.

— Bien sûr que si ! A moins que le chauffeur ait essayé de nous tuer.

— Non. Il conduisait trop lentement pour ça. Mais il se souvient parfaitement de ce qui s'est passé. Il a clairement vu une voiture déboîter devant lui au dernier moment, l'obligeant à faire un écart, et il l'a percutée.

— Les occupants ont été blessés ?

— C'est là que ça devient drôle, inspecteur. Car, voyez-vous, le véhicule était vide quand les premières personnes sont arrivées pour vous porter secours. Et c'était une voiture volée.

En dépit du choc, et des douleurs persistantes qui lui vrillaient le crâne, Karen eut vit fait de mesurer l'impact de ces révélations.

— Qui voudrait le tuer ?

— Je ne suis pas certain qu'on ait cherché à le tuer. Je pense qu'il s'agissait juste de lui causer de sérieux ennuis.

Le regard de Connally glissa vers la corbeille, dont dépassait un coin du journal.

— Mon Dieu, fit Karen, qui avait peine à en croire ses oreilles. Ils auraient quand même pu nous tuer !

— Non. Le chauffeur de Grant a l'habitude de rouler très lentement. Ils devaient le savoir.

— Et s'il s'agissait d'un jeune chauffard, à bord d'une voiture volée ?

— Ça m'étonnerait. La presse était là, juste au coin de la rue. Ils avaient reçu un prétendu tuyau, par téléphone. Un tuyau qui s'est révélé bidon.

Karen essaya de déglutir, mais sa bouche était trop sèche. Elle tendit la main vers le gobelet en plastique qui se trouvait sur la table, et Connally se leva d'un bond pour remplir le verre en plastique et le lui tendre.

— Merci.

— Je vous en prie.

Elle prit soin de boire à petites gorgées. Le cerveau toujours noyé dans un brouillard de confusion, elle éprouvait des difficultés à coordonner ses pensées et ses réactions.

— Vous attendez quelque chose de moi ? demanda-t-elle.

— Oui. Trouvez qui est derrière ce merdier, avant qu'ils ne sabotent les chances de Grant à la candidature.

Tandis que Connally quittait la chambre, Karen s'interrogea sur cette requête. Soudain, il n'était plus du tout question de chercher le meurtrier d'Abby Reese.

De nouveau, il y eut comme un déclic dans son esprit. Tout cela ne rimait, décidément, à rien.

— M. Connally m'a appelé pour m'informer de l'accident, annonça la voix familière du lieutenant Simpson. Comment vous sentez-vous ?

— J'ai les idées assez confuses. Quel jour sommes-nous ?

— C'est grave, dites-moi ! On est lundi matin.

— Je suis restée dans le cirage aussi longtemps que ça ?

— Assez longtemps pour faire la une des journaux. On vous reconnaît bien sur la photo de la soirée où vous êtes en compagnie du sénateur.

— Seigneur ! fit Karen en se laissant aller contre ses oreillers.

— Si c'est votre conception du travail d'infiltration, je ne vois pas comment vous allez vous en sortir — à moins de passer par la chirurgie esthétique.

— Lieutenant…

— Laissez tomber, Sweeney. Il était sans doute présomptueux de croire que vous pourriez traîner autour du sénateur sans que personne ne s'en aperçoive. Je vais envoyer Previn.

— Non, non, je vous en prie ! Je l'ai chargé d'une autre affaire. Ecoutez… et si vous faisiez en sorte que je travaille avec un collègue de Washington ?

Simpson réfléchit à la question durant quelques secondes qui parurent interminables à Karen.

— Ouais, c'est une idée.

— Ça pourrait aider dans l'enquête sur l'accident.

— Sur quoi voulez-vous enquêter ? demanda Simpson d'un air surpris. C'est un accident, d'après ce que m'a dit Connally.

— Il m'a dit tout le contraire, à moi.

— Merde !

Le lieutenant observa une nouvelle pause.

— Qu'est-ce qui se passe, à votre avis ?

— Le meurtre d'Abby Reese est un accident. Selon moi, la cible principale reste le sénateur.

— Je pensais bien que vous alliez me dire ça. Je contacte tout de suite les flics de Washington pour qu'ils nous aident. En attendant, vous me faites le plaisir de rester tranquillement ici jusqu'à ce que les médecins vous autorisent à sortir. Pigé ?

— Oui, monsieur.

Alissa Jurgen se servit un autre verre de vin blanc et fit tourner dans le cristal le liquide presque doré. Il laissait sur la paroi comme une pellicule qui s'effaçait peu à peu, jusqu'à disparaître complètement, comme si elle n'avait jamais existé.

Un souvenir évanoui.

Six mois, deux jours et quatre heures.

C'était exactement le temps qui s'était écoulé, et le souvenir ne s'était toujours pas évanoui. Un baiser. Un moment de faiblesse, avait dit Stacy. Un baiser, un seul, dont Alissa se souvenait dans les moindres détails. L'expression dans les yeux de Stacy, mélange de douleur et de gratitude, de curiosité et de réticence. Le parfum de ses cheveux et de sa peau. Le goût de ses lèvres, encore humides de chardonnay. Le bruit de son propre souffle, paisible. Un moment magique.

Une magie qui s'était brisée à la seconde où le baiser avait pris fin.

— Je suis désolée, avait dit Stacy, le regard empli de tristesse. Je… ne peux pas.

Alissa avait hoché la tête. Elle comprenait. Elle-même avait eu l'occasion d'embrasser des hommes, au cours de sa vie. Et, chaque fois, elle s'était rendu compte que les sentiments n'étaient tout simplement pas au rendez-vous.

— Ce n'est pas que je ne t'aime pas, lui avait dit Stacy. Je… je ne t'aime pas… de cette façon, voilà tout.

— Arrête, je t'en prie ! avait chuchoté Alissa.

Elle ne voulait pas entendre les mots ; elle ne voulait pas emprisonner ce moment dans l'étau froid et abstrait des mots.

C'était ainsi. Point.

— Nous sommes ce que nous sommes.

Stacy avait hoché la tête, et elles s'étaient étreintes. Avec force. Puis Stacy avait confié à Alissa son désir pour l'homme qu'elle avait aimé, même quand ils avaient su, l'un et l'autre, que ça ne marcherait pas… ses rêves d'enfants, de famille…

Elles avaient été comme des sœurs, des amies, des associées.

Alissa but une gorgée de vin, le même chardonnay qu'elles buvaient, ce soir-là. Elle conserverait ce souvenir vivace, tant que le petit producteur de vin mettrait en bouteille ce chardonnay.

Repoussant ses larmes, elle reporta son attention sur les

comptes du studio. Au moins, c'était une affaire solide, qui lui permettait de louer un bel appartement, de manger à sa faim, et de faire ce qu'elle aimait.

— Merci, Stacy, murmura-t-elle dans l'obscurité.

Le calme de cet instant fut brisé par le tintement de la sonnette d'entrée. Alissa se leva, gagna la porte, et regarda dans l'œilleton. Un homme se tenait là. Un homme mince, au visage triste.

La jeune femme vérifia que la chaîne de sécurité était bien mise, et entrebâilla la porte.

— Alissa Jurgen ?

— Oui.

Il ouvrit un étui en cuir, et lui présenta une carte.

— Je suis Dave Previn, de la police de Tampa. Pourrais-je entrer un instant ?

— C'est au sujet de Stacy ? Vous avez découvert qui… ?

Il secoua la tête, et répondit ainsi à la question qu'elle n'avait pu formuler jusqu'au bout.

— En fait, madame, j'aimerais vérifier certaines informations avec vous. Je peux entrer ?

Alissa ferma la porte, décrocha la chaîne de sécurité et ouvrit en grand.

— Vous voulez boire quelque chose ? proposa-t-elle à son visiteur.

— Non, merci. Je suis désolé de venir aussi tard. Mais ça ne devrait pas être long.

Il avait les yeux d'un homme blessé. Alissa aussi était blessée. Le voyait-il dans son regard ?

— Ce n'est pas grave, inspecteur. Vous êtes inspecteur, c'est ça ?

— Oui, madame.

Il était mal à l'aise et ne semblait pas savoir par où commencer. Sans doute était-il novice dans le métier.

— Qu'avez-vous découvert ? lui demanda-t-elle.

— Je... j'ai eu connaissance du testament de Mlle Wiggins. Elle vous a laissé le studio de danse.

Alissa hocha la tête.

— Ça ne vous surprend pas ? demanda Previn.

— Non, inspecteur. Nous en avions parlé. Stacy était l'actionnaire principale, mais j'avais mis, moi aussi, de l'argent dans cette affaire. Quand nous avons établi les statuts de l'entreprise, notre juriste nous a suggéré de prendre des dispositions au cas où l'une ou l'autre...

Sa voix la trahit.

— A l'époque, ça nous a paru stupide, reprit-elle. Stacy était si jeune...

Il opina du chef.

— Donc, dans votre testament, vous léguez également vos intérêts dans le studio à Mlle Wiggins ?

— Il va sans doute falloir que j'apporte un changement à cette clause.

— Cela va peut-être vous paraître indiscret, mais auriez-vous une copie de votre testament ?

— Oui, bien sûr.

Alissa ouvrit le bureau à cylindre, le cadeau qu'une ancienne petite amie lui avait fait, deux mois avant de décider que, en définitive, elle ne quittait pas son mari. Le bureau n'était ni un bon ni un mauvais souvenir, et Alissa avait fini par n'y voir qu'un meuble, tout simplement. Elle prit une clé dans un petit compartiment du haut, puis ouvrit l'un des blocstiroirs, déplaça des factures, et trouva ce qu'elle cherchait — un dossier avec une étiquette qui disait simplement : « Moi. »

Elle tendit au policier le document, plié dans une chemise bleue fantaisie à la typographie un rien prétentieuse. La juriste qui l'avait établi voulait probablement impressionner ses clients. Alissa y réfléchit pendant que son invité parcourait le document.

Enfin, il releva les yeux.

— Vous léguiez tout à Mlle Wiggins. Pas simplement votre part dans ce studio.

— Je n'ai personne.

— Aucune famille ?

— Ils... Nous ne nous voyons plus, expliqua Alissa. Et il n'y a personne dans ma vie. Aucune personne qui me soit assez proche pour que je la mette sur mon testament.

Le policier plissa les yeux.

— Mais alors, vous et Mlle Wiggins, vous...

— Nous étions amies, inspecteur. C'est ce que j'ai déjà dit à votre collègue. Je suis lesbienne. Stacy était hétéro. Et, si j'avais un gros faible pour elle, elle n'éprouvait pour moi que de l'amitié.

— Une amitié assez profonde pour que vous lui léguiez tout, fit remarquer le policier d'un ton neutre.

— Oui, c'est ça.

Elle avait fait de son mieux pour répondre d'une voix neutre. Cet inspecteur Previn commençait à l'agacer. Où voulait-il en venir, au juste ?

— Et maintenant, le studio est à vous, reprit-il. Qu'allez-vous en faire ?

— Je vais y travailler, inspecteur. Continuer de transmettre mon art à mes élèves. Avec un peu de chance, je découvrirai les prochains Fred Astaire et Ginger Rogers, qui deviendront immensément riches et m'enverront des tonnes de petits mots de remerciements écrits sur des billets de cent dollars… En attendant, je vais continuer de travailler comme je l'ai fait jusqu'à présent. C'est mon métier, et je l'aime.

— C'est une chance de pouvoir vivre ainsi de sa passion.

Si la voix du policier était toujours aussi impénétrable, il avait une lueur dérangeante dans le regard.

— Allez-vous changer le nom du studio ? Il est un peu difficile de garder « Studio Stacy », maintenant que Mlle Wiggins est… partie.

— Je n'y avais même pas songé, avoua Alissa. Mais c'est un nom connu. Je le conserverai peut-être, malgré tout.

— Ou peut-être pas.

Soudain, Alissa fut incapable de maîtriser la colère et l'impatience qui montaient en elle depuis un moment.

— Où voulez-vous en venir, inspecteur ? Vous pensez que j'ai tué Stacy pour récupérer le studio ? Si c'est le cas, je vous suggère de jeter un coup d'œil au livre de comptes, et vous constaterez par vous-même qu'on ne s'enrichit pas en enseignant la danse à des enfants. Mais peut-être nous avez-vous confondues avec ces endroits beaucoup plus lucratifs où l'on enseigne la danse de salon ?

— Peut-être, oui. Mais je suppose que vos émotions ne sont pas consignées dans votre livre de comptes.

Alissa se leva.

— Je pense que nous allons en rester là, inspecteur. Si vous vouliez bien partir… Maintenant, je vous prie.

— L'argent est une chose étrange, reprit-il en se levant. Pour lui, les gens font les choses les plus étranges. Certains sont capables de tuer le caissier d'une petite épicerie, alors que, comme chacun le sait, la caisse ne contient jamais beaucoup de liquide. Etrange, tout cela, vraiment étrange.

Il ouvrit lui-même la porte.

— Bonsoir, mademoiselle Jurgen.

— Bonsoir, dit Alissa en fermant la porte derrière lui.

Tout en tirant le verrou, elle se secoua, et lutta contre la colère qui l'avait presque submergée. Pas question qu'elle donne un coup de pied dans la porte ! Elle se contenta de récupérer la copie de son testament et de le relire. Puis elle déchira la chemise bleue fantaisie et tout le reste.

13.

Mardi matin, Karen fut réveillée par la douceur d'une main qui écartait ses cheveux de son front. Les yeux fermés, elle perçut les odeurs de l'hôpital, et prit le temps de se situer dans l'espace et le temps. Elle était partagée entre l'envie de s'abîmer dans la douceur de la caresse et son malaise à l'idée que quelqu'un la touche ainsi pendant son sommeil.

Elle ouvrit les yeux, et les plongea dans ceux de Grant Lawrence. Aussitôt, il retira sa main et recula d'un pas.

— Bonjour. Comment vous sentez-vous ?

Elle chercha à tâtons le boîtier de contrôle du lit, puis pressa un bouton pour se retrouver en position assise, de façon à pouvoir observer Grant. Il était vêtu d'un élégant costume.

— Ça va, lui répondit-elle. Je sors aujourd'hui.

— Excellente nouvelle.

— Et vous ? Votre genou ?

— Rien de grave, même si je vais avoir besoin d'une canne pendant un moment. Mais ça ira.

— Tant mieux.

Pourtant, en observant le visage familier de Grant, Karen s'aperçut que, au-delà de son sourire, il avait les traits tirés. Elle en conçut une soudaine bouffée de tendresse et de désir qu'elle combattit vigoureusement. Et dont elle sortit victorieuse. Comme toujours.

— Je suis vraiment désolé pour la photo dans le journal, lui dit-il. Vous devez être épouvantée.

— Je le suis surtout pour vous.

Il eut un rire étouffé.

— Ces vautours seront impitoyables. Quoi qu'il en soit, notre version de l'histoire a déjà été relayée par toutes les agences de presse — y compris le fait qu'un reporter et un photographe avaient été attirés sur place par un faux renseignement. Les gens intelligents sauront à quoi s'en tenir.

— Je vous trouve plutôt zen.

Il fit la grimace.

— Je suis habitué. Ou, plus exactement, je *commence* à m'habituer. Il suffit que les gens pensent que vous lorgnez sur la présidence pour que la chasse soit ouverte. On va colporter des horreurs bien pires sur mon compte, dans les semaines et les mois à venir.

Un éclair amusé illumina soudain le regard de Grant.

— Après tout, ça fait deux ans que je suis veuf. Pourquoi est-ce que je n'aurais pas le droit de me retrouver entre les jambes d'une très belle femme ?

Presque malgré elle, Karen se mit à rire.

— Ça n'a rien de foncièrement malhonnête, en effet.

— Ah ! vous voyez ? Bon, voulez-vous que je vous envoie une voiture ?

— Ce n'est pas nécessaire.

Sans qu'elle puisse s'expliquer pourquoi, elle n'avait aucune envie de voir Jerry Connally, aujourd'hui. Peut-être était-ce parce qu'il se tenait entre Grant et le reste du monde.

Cette drôle de pensée en entraîna une autre sur la nature de ses propres sentiments et elle préféra rapidement couper court.

— Un taxi suffira, dit-elle.

— Comme vous voudrez. Je vous appellerai ce soir à votre hôtel.

Il lui sourit, et se pencha vers elle, comme s'il allait l'embrasser. Mais il interrompit net son geste. Son visage se modifia de façon indéfinissable. Très raide, il hocha la tête et dit au revoir à la jeune femme, avant de quitter la chambre.

Qu'est-ce que cela signifiait, bon sang ? se demanda Karen. Elle s'était, bien évidemment, méprise sur les intentions de Grant. Son genou avait dû le trahir, voilà tout.

La sonnerie du téléphone vint heureusement couper net le fil de ses pensées.

— Inspectrice Sweeney ? demanda une voix bourrue, avec l'accent de Philadelphie.

— Oui ?

— Inspecteur Tyson, de la police de Washington. On m'a demandé d'entrer en contact avec vous. Quand êtes-vous censée sortir ?

— Ce matin.

— D'accord. Appelez-moi quand ils vous auront délivré votre bon de sortie. Je viendrai vous chercher. Vous avez quelque chose pour noter ?

Il y avait sur la table de nuit un petit calepin et un stylo, abandonnés là par Jerry Connally. Karen nota rapidement le numéro de Tyson.

— Merci, inspecteur.

— Pas de problème.

Ça, ce n'était pas vraiment l'avis de Karen. Elle avait, au contraire, le sentiment que ses problèmes ne faisaient que commencer.

La matinée de Randall Youngblood vira à la catastrophe avant même qu'il ait traversé la rue pour rejoindre ses bureaux. Il fut abordé par un jeune type d'une trentaine d'années au visage juvénile qui avait un carnet à la main et tentait maladroitement de dissimuler un petit magnétophone.

— Monsieur Youngblood, je suis Dan Weeks, du *Washington Herald*.

Randall le jaugea un instant. Il ne détestait pas le contact avec les médias ; il éprouvait même un certain plaisir à donner des conférences de presse. Mais la façon dont ce journaliste l'abordait… Il était évident que ce blanc-bec n'était pas là pour lui parler de la RS 52.

Il décida, finalement, de se montrer aimable.

— Vous enregistrez toujours les propos des gens à leur insu ? demanda-t-il de son ton le plus courtois.

Weeks brandit le magnétophone sous le nez de Randall.

— Il n'enregistre pas, monsieur. J'allais vous demander l'autorisation. Il s'agit d'une simple sécurité pour être sûr de vous citer correctement.

— J'aimerais déjà savoir sur quel sujet vous comptez m'interroger.

— Bien sûr, monsieur. Je comprends. Mais j'imagine que vous devez vouloir répondre à l'accusation.

— Quelle accusation ?

— Eh bien… j'ai appris d'une source assez sûre que quelqu'un de votre équipe était impliqué dans le cambriolage qui a eu lieu chez le sénateur Lawrence.

Un instant, un très court instant, Randall eut l'impression que tout son corps se glaçait.

— Je serais curieux de savoir d'où vous tenez une ânerie pareille !

— Il m'est impossible de révéler ma source, monsieur.

La stupeur et le choc provoquèrent chez Randall une vague de colère intense, qui l'aveugla presque.

— Vous vous prenez pour le prochain Bernstein, c'est ça ?

Le visage de Weeks s'assombrit.

— Je vous donne une chance de nier cette accusation, voilà tout.

— Eh bien, je nie, mon ami, je nie. De façon catégorique. Mon équipe a mieux à faire que d'aller se compromettre dans des manigances de ce genre. Je veux bien admettre que la politique soit parfois complexe, mais il ne faut jamais laisser les choses glisser sur un terrain personnel. Jamais. Car, le jour où ça arrive, on se retrouve avec des affaires comme le Watergate.

Weeks hocha la tête. Le magnétophone fonctionnait, à présent. Randall s'en moquait. L'autre crétin pouvait enregistrer et publier ce qu'il voulait !

— Grant Lawrence et moi sommes amis depuis des années, poursuivit Randall d'un ton sévère. *Des années.* Et peu importe que nous soyons parfois en désaccord, voire dans des camps adverses, sur telle ou telle question. Nous restons en excellents termes parce que nous ne laissons jamais les considérations personnelles empiéter sur nos activités politiques. Alors, dites à votre « source assez sûre » qu'elle a tout faux. Il n'y a pas de Watergate dans *mon* camp.

Et il planta là le journaliste pour entrer en trombe dans l'immeuble qui abritait ses bureaux. En cet instant, il aurait tout donné pour un cigare. Et aussi pour serrer le cou de cette source anonyme. Des histoires comme celles-ci pouvaient le détruire.

Une fois dans son bureau, il pressa le bouton de l'Interphone et composa un numéro à trois chiffres.

— Michaels ? Ramenez-vous *fissa*.

Presque au même moment, Grant Lawrence descendait de sa limousine devant le Senate Office Building. Lui aussi fut accosté par un journaliste — une femme, en l'occurrence — avant d'avoir pu atteindre l'entrée du bâtiment.

— Je suis Brigit Carter, du *Washington Times*, sénateur. Est-ce que vous m'accorderiez un peu de votre temps ?

— Bien sûr, répondit Grant en se tournant vers elle, le sourire aux lèvres.

En réalité, il était déjà sur ses gardes.

— Merci, monsieur.

Elle lui donna l'impression de faire de gros efforts pour paraître franche.

— J'aimerais avoir votre commentaire sur cette information selon laquelle un membre de l'équipe de Randall Youngblood serait impliqué dans le cambriolage de votre maison, à Tampa.

Grant resta une bonne seconde abasourdi.

— Où diable êtes-vous allée pêcher ça ?

— Il m'est impossible de révéler mes sources, monsieur.

Grant secoua la tête.

— Eh bien, pour répondre à votre question, je n'y crois pas. Pas du tout. Et je vous suggère d'attendre les conclusions de la police. Des conclusions fondées sur des preuves et non sur une rumeur.

— Je comprends, monsieur.

Elle notait ses propos dans une sténo étrange qu'elle avait dû mettre au point elle-même.

— Et qu'avez-vous à déclarer sur cette rumeur selon laquelle on aurait dissimulé certains détails de la mort de votre femme ?

Cette fois, la stupeur de Grant céda très vite la place à la colère. Oui, certains éléments de la tragédie avaient été cachés, mais ces éléments ne regardaient personne d'autre que lui.

Il s'exprima de façon posée.

— Je ne vois pas pour quelles raisons on aurait étouffé quoi que ce soit. Ma femme est morte à cause d'un chauffard qui roulait sous l'emprise de l'alcool. C'est aussi simple que cela. Les faits parlent d'eux-mêmes.

— Certes. Mais, selon certaines sources provenant de Tampa, l'enquête aurait été court-circuitée.

— De quelle manière ? Les analyses ont établi qu'elle n'avait pas absorbé d'alcool. Ce qui n'était pas le cas de l'autre conducteur. Il a traversé la ligne médiane et l'a pratiquement percutée de plein fouet. Lisez le rapport de police !

— Je le ferai, monsieur. Une dernière chose, si vous le permettez…

Grant s'était déjà détourné, écœuré par la teneur de cet entretien aux allures d'interrogatoire. Il pensait à ses filles.

Si de telles saloperies étaient publiées dans la presse, leurs camarades d'école risquaient d'en entendre parler par leurs parents ou la télévision, puis de questionner et de tourmenter Belle et Cathy.

Il s'obligea à faire face à la journaliste.

— Oui ?

— Sénateur, nous… nous détenons également un élément d'information selon lequel vos filles ne… enfin, vous ne seriez pas leur père biologique.

Il la regarda fixement, sans un mot, avec une telle dureté qu'elle finit par reculer. Une colère noire l'avait envahi, une rage qui l'étouffait presque.

— Je ne devrais même pas vous faire l'aumône d'un commentaire, déclara-t-il d'un ton sec. Mais je prendrai quand même la peine de vous dire que c'est un mensonge. Un ignoble mensonge. Et si jamais vous imprimez cette saloperie, je vous attaquerai en justice, au nom de mes filles. C'est clair ?

Sans attendre de réponse, il fit volte-face et s'engouffra dans le Senate Building.

Les prédateurs avaient commencé leur sinistre besogne.

Juste avant l'arrivée de Grant, Jerry Connally fit venir Sam Weldon dans son bureau.

— La Colombie, lui dit Sam avant de mordre dans un bagel qui semblait sortir du four. On ne peut plus ignorer la question.

Sam était le bras droit de Jerry — comme lui-même était le bras droit de Grant. Il y avait, toutefois, une différence majeure dans leurs relations. Jerry était, depuis toujours ou presque, un ami de Grant. Sam, lui, était un employé, embauché au sein d'un *think tank*, ces groupements d'experts typiquement américains. Jerry le soupçonnait parfois de caresser des ambitions politiques, notamment parce qu'il estimait ne pas être assez payé, ici. Néanmoins, il était toujours là et, durant les quatre dernières années, il avait fait maintes fois la preuve de ses qualités, notamment dans le domaine des affaires étrangères.

Jerry n'était pas toujours d'accord avec lui, mais il devait reconnaître que Sam ne se contentait pas de lancer des idées : il proposait toujours des plans d'action aussi adaptés que réfléchis.

Jerry soupira.

— Nous n'ignorons pas la question de la Colombie, Jerry. C'est juste que nous ne sommes pas prêts.

— La situation a évolué. Les journaux du matin n'y font pas allusion, mais on en entendra parler ce soir, à la télé. Une de mes sources vient de me faire parvenir un mail qui reprend une dépêche de l'Associated Press.

Un mail que la source en question avait probablement expédié en même temps à presque tous les membres du Congrès. Quoique… ça n'était pas certain. Le principe de ces échanges de bons procédés était assez simple : Sam était alerté sur les informations de portée nationale et, en échange, il faisait en sorte que son contact ait, avant les autres, toutes les infos concernant le bureau du sénateur. Parfois même, il se débrouillait pour qu'il ait l'exclusivité.

— Que s'est-il passé ?

— Tu as dû entendre parler de cette épidémie de fièvre

hémorragique dans deux villages des montagnes colombiennes ?

Jerry se pencha en avant.

— Attends que je me rappelle. Il y a deux semaines, des convois d'aide humanitaire sont tombés dans des embuscades, n'est-ce pas, alors qu'ils roulaient vers les régions montagneuses ?

— Exactement. Ces convois apportaient des vivres. Les fermes ont toutes disparu à la suite des combats entre les guérilleros des FARC et le gouvernement, et des affrontements qui opposent les troupes colombiennes — augmentées de quelques conseillers à nous, bien planqués — aux cartels de la drogue… et aux guérilleros. Mon contact du Pentagone m'a dit qu'en voulant défolier des champs de coca, on a, du même coup, éliminé toutes les récoltes de légumes de trois villages.

— Et cette maladie… c'est nouveau ?

Sam hocha la tête.

— On a découvert ça la semaine dernière. Et ce n'est pas simplement une « maladie ». C'est une fièvre hémorragique, dont on ne connaît pas encore la nature exacte. Le nom d'Ebola te rappelle quelque chose ?

— Evidemment ! Ça remonte aux années 80, je crois. Un vrai vent de panique avait soufflé quand on avait découvert que des singes contaminés avaient été importés sur le territoire.

— Le virus est apparu bien avant. Et son taux de mortalité est très élevé. La chance, si je puis dire, c'est qu'Ebola ne circule pas dans l'air et qu'il peut donc être contrôlé. La fièvre hémorragique apparue en Colombie est tout aussi redoutable et se répand très vite. Un village a été carrément anéanti. Et au moins deux autres sont touchés.

— D'accord. Les Nations unies vont donc…

— C'est là que je voulais en venir. Les Nations unies ont envoyé une équipe de l'Organisation mondiale de la santé. Elle était composée de gens du CDC, le Centre de contrôle et de prévention des maladies, et de volontaires venus de divers pays européens. Hier soir, ils sont tombés dans une embuscade. Deux infirmières britanniques ont réussi à plonger sous un camion et à ramper dans les broussailles. Les troupes colombiennes les ont retrouvées six heures plus tard. Les onze autres, dont cinq Américains, sont tous morts.

Jerry se laissa aller en arrière.

— Merde.

— La situation est grave, Jerry. Très grave. Le sénateur doit faire une déclaration. Il doit appeler le gouvernement à envoyer des troupes américaines pour protéger les équipes de l'OMS. Il faut absolument qu'elles atteignent les sites contaminés.

Jerry secoua la tête.

— Je connais Grant : ça ne passera pas. C'est le foutoir, en Colombie — politiquement, économiquement et socialement. Tout ce que nous faisons là-bas, c'est tuer, nous faire tuer, et foutre le camp en laissant derrière nous les mêmes problèmes qu'à notre arrivée. Grant va appliquer la doctrine de la « guerre juste ». Pour lui, c'est une question morale, et il ne pliera pas.

Quelle obscénité de proférer des choses pareilles, quand il songeait au crime dont lui-même s'était rendu coupable, tout récemment ! Il réprima un tremblement venu du plus profond de son être.

— Je t'en prie, Jerry, écoute-moi, insista Sam. Pour Grant, c'est l'occasion d'apparaître sous un jour présidentiable, de s'affirmer avec force et énergie. S'il s'exprime maintenant en faveur d'une intervention, personne ne doutera plus de son cran sous prétexte qu'il n'a pas fait son service militaire.

— Franklin Roosevelt ne l'avait pas fait non plus. Et personne n'a douté de son *cran*.

Sam écarta les mains.

— On ne peut pas se permettre de faire du bla-bla avec cette histoire. Ce virus peut mettre des millions de vies en danger.

Jerry secoua de nouveau la tête.

— On ne fait pas de bla-bla. Mais alors, pas du tout ! La position du sénateur est très claire. Il insiste pour que les Colombiens règlent eux-mêmes leur problème de guerre civile. C'est ainsi, et pas autrement.

— Vous m'avez engagé pour ma capacité à évaluer l'opinion publique et vous proposer une politique étrangère qui se tienne.

— En effet. Mais Grant ne va pas vendre son âme pour quelques voix. Il y a des choses plus importantes, à ses yeux.

Après le départ de Sam, Jerry resta assis à contempler le globe terrestre de verre posé sur son bureau. Il avait un sale goût dans la bouche. *Il y a des choses plus importantes ?* De belles paroles, quand on savait ce qu'il avait fait.

Il allait devoir convaincre le sénateur d'en appeler avec force au ministère des Affaires étrangères afin qu'ils interviennent et trouvent une solution pour que les équipes de l'OMS soient en mesure d'atteindre les montagnes colombiennes sans problème. On y parviendrait peut-être sans prendre les armes.

Peut-être. Jerry n'était plus sûr de rien. Tout ce qu'il voyait à l'horizon, c'était un amoncellement de nuages, sombres et menaçants.

14.

Karen était assise sur un banc, devant l'hôpital ; elle attendait le détective Tyson. C'était une matinée de printemps agréable, bien qu'un peu plus fraîche que celles auxquelles elle était habituée, chez elle, à cette période de l'année. Après ce que Jerry Connally lui avait révélé au sujet de l'accident, elle se félicitait d'être venue poursuivre son enquête à Washington.

Sauf qu'il pouvait ne s'agir, justement, que d'un accident. Et la présence du journaliste et de son photographe pouvait n'être que le résultat d'une extraordinaire coïncidence.

Avec l'expérience, toutefois, elle avait appris à ne pas trop croire aux coïncidences. La vérité était, en général, assez évidente pour tenir debout toute seule et vous mordre le nez. Très souvent, le coupable était le mari, la femme, l'amant…

Songeant qu'il était grand temps pour elle de se remettre au travail, elle sortit son téléphone portable de son sac, et constata que l'icône de la messagerie clignotait. Elle composa le numéro et reconnut la voix de Previn. Il avait du nouveau et lui demandait d'appeler aussitôt que possible.

— Que se passe-t-il, Dave ? lui demanda-t-elle dès qu'elle l'eut en ligne.

— J'ai entendu dire que tu avais été un peu malmenée, Karen.

— Commotion cérébrale légère. La bonne nouvelle, dans tout ça, c'est qu'ils m'ont fait passer une IRM. Et tu sais quoi ? J'ai un cerveau !

Elle entendit Previn rire.

— Demande à l'hôpital de nous envoyer une copie de l'IRM. On l'exposera sur le tableau d'affichage de la brigade. Et on la montrera à Simpson, chaque fois qu'il fera irruption dans les bureaux en hurlant : « Est-ce que quelqu'un a pour deux sous de pois chiche dans la tête, ici ? »

— Bonne idée, approuva Karen. Le message que tu as laissé disait que tu avais du nouveau ?

— Ouais. Il s'avère que Stacy Wiggins et Alissa Jurgen se sont légué mutuellement leurs biens. Jurgen est maintenant propriétaire du studio.

— Ce sont des choses qui se font, entre associés. Tu penses que ça va au-delà ?

— Eh bien, Jurgen a reconnu qu'elle était lesbienne et qu'elle avait le béguin pour Wiggins. Un béguin que l'autre ne partageait pas.

A la façon dont il avait dit « a reconnu qu'elle était lesbienne », on avait l'impression qu'il parlait d'une criminelle. Karen réprima son envie de le rappeler à l'ordre.

— Je le savais, dit-elle simplement. Ce genre de choses arrive à tout le monde, Dave. Aux hétéros comme aux gays.

— Tu as raison. Et j'aurais fait la même remarque si on avait eu un homme et une femme. La jalousie et la cupidité sont des classiques, dans les mobiles de crime. Tu les réunis, et ça mérite le détour.

— Exact. Sauf qu'on ignore si Jurgen était jalouse. Nous ne savons même pas si Wiggins avait quelqu'un. Jurgen a simplement mentionné un ex.

Elle marqua une pause, le temps de se frotter les yeux et de chausser ses lunettes de soleil. Les médecins lui avaient expliqué qu'elle risquait, pendant quelques jours, d'être incommodée par une lumière trop vive.

— Je ne sais pas, Dave. N'oublie pas ce que Stacy Wiggins a subi. Je m'imagine mal Jurgen capable d'une horreur pareille.

— Peut-être. En même temps, elle est balèze. Elle doit approcher le mètre quatre-vingts. Et, avec la danse, elle doit être en bonne condition physique. Et puis, ajouta Previn après un court silence, elle a du caractère.

— Ah bon ?

— Je l'ai titillée un peu. Le cas typique de l'amoureuse éconduite. Et maintenant, en plus, elle est propriétaire du studio. Même si je ne l'ai pas accusée directement, elle a pigé le message : elle sait que je la considère comme une suspecte.

Karen imaginait la scène. Previn avait encore beaucoup à apprendre sur les techniques pour mener un interrogatoire.

— Et ?

— Et elle m'a foutu à la porte. Elle a gardé son calme, mais j'ai bien vu le feu qui brûlait dans ses yeux. Ce regard qu'elle m'a lancé… Crois-moi, Karen, les femmes en colère, je sais ce que c'est.

En effet. Les accès d'humeur de Linda étaient du genre volcanique. Une année, lors de la petite fête de Noël du commissariat, elle lui avait jeté son verre de punch à la figure parce qu'il avait eu le malheur d'embrasser Simpson sous une branche de gui, pour plaisanter. Les rires avaient aussitôt cessé. D'un autre côté, songea Karen, il était possible que les colères à répétition de sa femme aient rendu Previn hypersensible.

— Creusons dans cette direction, lui dit-elle. Essaye de savoir ce qu'elle faisait, la nuit de la mort de Stacy. Mais, Dave… ?

— Oui ?

— Sois discret. Evite, autant que possible, de mêler ses élèves et leurs parents à l'affaire. Inutile de ruiner la vie de cette fille… surtout si elle est innocente !

— On verra, dit Previn.

Ce n'était pas vraiment la promesse que Karen espérait, mais elle devait faire avec. Elle venait de dire au revoir à son collègue et de fermer son téléphone portable quand une voiture s'arrêta devant elle. L'homme qui était au volant — un Noir assez costaud — se pencha par la vitre, côté passager.

— Inspectrice Sweeney ? demanda-t-il.

Karen hocha la tête et se leva, coinçant sous un bras les documents qu'on lui avait remis à l'hôpital. Le conducteur de la voiture lui ouvrit la portière et lui tendit la main.

— Terry Tyson, de la crim' de Washington.

— Enchantée, inspecteur.

— Terry fera l'affaire. Autrefois, on m'appelait Tyson, mais c'était avant que l'autre abruti morde l'oreille de Holyfield. Enfin, je ne vais pas changer de nom pour ça.

— D'autant que vous n'êtes pas parents.

— Eh bien, il paraît qu'on est cousins au troisième degré, ou quelque chose comme ça. Ce dont je me contrefous, à vrai dire. Vous devez avoir envie de vous changer, j'imagine ?

En effet, Karen portait toujours sa robe de cocktail.

— J'aimerais beaucoup, oui, si vous avez le temps.

Il se mit à rire. Un rire franc et chaleureux.

— Je peux vous accorder tout le temps que vous voulez — du moment que vous ne me demandez pas plus de vingt-deux jours.

— Et que se passe-t-il, dans vingt-deux jours ?

— Ce qui se passe ? reprit-il. Mes collègues vont m'offrir une belle montre en or et je vais emménager dans une résidence pour retraités, en Floride.

— Juste ce qu'il nous fallait ! dit Karen d'un ton moqueur. Un retraité ! Dans la salle d'attente de Dieu.

— Et j'espère Le faire attendre le plus longtemps possible ! répliqua Terry. J'ai arrêté de fumer et j'ai fait baisser ma tension. Ma femme dit qu'elle a attendu pendant trente ans d'avoir un véritable mari, et qu'elle n'a pas l'intention de me perdre maintenant.

— Les épouses sont parfois très exigeantes.

— Ne m'en parlez pas. Je lui ai dit que j'arrêterais de fumer si on… enfin… si on le faisait tous les jours — vous voyez ? Elle m'a répondu qu'elle était même prête à le faire trois fois par jour. Ça fait trois mois que je n'ai pas touché une cigarette.

— Félicitations ! dit Karen. A tous les niveaux.

Le rire chaleureux de Terry emplit de nouveau l'habitacle de la voiture. La glace était rompue. Ils allaient pouvoir travailler ensemble.

— Alors, inspecteur, dites-moi ce qui vous amène dans cette jolie ville dont j'ai tellement hâte de foutre le camp !

Karen s'accorda un instant pour scruter son visage. Au-delà de son indéniable jovialité, il était, à l'évidence, d'une redoutable intelligence qui éclairait ses yeux en permanence.

— Je pensais que Simpson vous avait briefé ! lui dit-elle d'un air surpris.

— Il l'a fait. Mais je suis inspecteur depuis trop longtemps pour me fier à un lieutenant. Alors, racontez-moi ce que vous savez, ce que vous ne savez pas, et ce que vous espérez apprendre ici, à Washington.

Elle inspira profondément, et prit le temps d'organiser ses pensées.

— Je sais que Grant Lawrence est en tête de liste des candidats démocrates aux prochaines élections présidentielles. Je sais qu'il travaille dur pour faire passer un projet de loi important pour lui, et dont le succès démontrerait sa capacité à rassembler des hommes politiques de courants différents. Je sais qu'Abigail Reese était sa nounou, et qu'elle a été assassinée. Je sais que les meubles de son bureau ont été fracturés et qu'à part cela, on n'a touché à rien dans la maison. Je sais que de puissants intérêts s'opposent à son projet de loi, de même que, j'en suis certaine, de puissants intérêts s'opposeraient à sa candidature. Et je sais que quelqu'un cherche à discréditer le sénateur, au point, peut-être, de mettre en scène un accident comme celui de samedi soir.

Terry hocha la tête.

— C'est un bon départ. Et qu'est-ce que vous ne savez pas ?

— La liste est assez longue. Qui a tué Abby Reese ? Son

meurtre est-il lié à la politique ? Le cambriolage était-il prémédité ? Jusqu'où Randall Youngblood et ses alliés sont-ils prêts à aller pour neutraliser le projet de loi du sénateur ? Qui a organisé l'accident ? Qui fait courir toutes ces rumeurs ? Je pourrais continuer, mais ça vous donne déjà une idée.

— Je vois, en effet.

Terry retint son souffle un instant, puis il expira lentement.

— C'est un truc que j'ai appris pour arrêter de fumer, expliqua-t-il. Ça aide. Vous prenez de grandes inspirations, comme ça, plusieurs fois par jour… Mais revenons-en à votre affaire. A quand remonte le meurtre ?

— Deux semaines.

Autant dire que la piste du meurtrier avait largement eu le temps de refroidir. Karen le savait. En règle générale, un meurtre qui n'était pas élucidé dans les quarante-huit heures donnait lieu à une enquête longue et difficile, qui se retrouvait bien trop souvent dans l'impasse.

— Il n'y avait aucune piste fraîche à suivre à Tampa, et il nous a paru logique de venir voir ce qui se passait ici.

Tyson fit aller ses doigts sur son menton à plusieurs reprises, lentement.

— Ça fait presque trente ans que je suis flic, maintenant. Vingt-cinq que je suis inspecteur. Et vingt ans que je suis entré à la criminelle. J'ai fini par me forger ma propre technique. J'examine d'abord le cœur de l'affaire — la victime, les indices trouvés sur le lieu du crime, la famille et les amis, les relations de travail et les ennemis connus. Le plus souvent, c'est là que ça se passe. Quand ça ne marche pas, je cherche les bouts de fil et les franges qui dépassent. Le plus loin possible du cœur de l'affaire. Et je commence à tirer. Tôt ou tard, l'un des fils me ramène vers le milieu.

— Je n'aurais pas exprimé les choses de cette façon, déclara Karen en souriant. Il n'empêche que c'est exactement la façon dont je procède. Vous diriez donc qu'en venant ici, je tire sur un fil ?

— Sauf si vous vous contentez de tourner autour des grosses légumes. Cette partie de l'affaire n'est pas près de s'effilocher. Si c'était le cas, ce serait déjà fait. Non, inspecteur, il faut qu'on se trouve un *vrai* fil, un truc qui dépasse, et qu'on commence à tirer dessus.

— Quoi, par exemple ?

Il lui adressa un clin d'œil, tout en gardant un visage aussi impassible que celui d'un joueur de poker.

— Découvrir qui a organisé cet accident.

Une heure plus tard, Karen avait pris une douche et revêtu sa tenue de travail : un pantalon kaki, un haut en coton bleu marine et un blazer gris ardoise. Tyson l'attendait devant sa chambre d'hôtel, dans le couloir.

— L'uniforme civil, dit-il lorsqu'elle le rejoignit. A croire qu'il est le même partout.

— A peu près. Mais, au moins, je ne suis pas obligée de porter une cravate !

Tyson passa un doigt entre le col de sa chemise et son cou.

— Plus que trente-deux jours, pour moi. Bon, maintenant, on va aller manger un morceau.

Karen hésita. A présent qu'elle était sortie de l'hôpital, elle n'avait plus envie de perdre une seconde. Mais elle n'était pas dans son secteur, ici, et elle se sentait plus ou moins l'obligée de la police de Washington.

— D'accord, dit-elle.

— Je sais que vous rongez votre frein.

— Ça se voit tant que ça ?

— Non. Vous feriez une bonne joueuse de poker, Sweeney. Mais moi, à votre place, je rongerais mon frein. Malheureusement, pas question de faire l'impasse sur le déjeuner. Je suis diabétique.

— C'est dur.

— Oui. Mais c'est ma faute. J'ai trop forcé sur les beignets.

Se tapotant le ventre, Tyson partit d'un éclat de rire sonore.

— Fini, les beignets ! Mais ça ne m'empêche pas de continuer à fréquenter les mêmes gargotes qu'avant.

Ce fut, précisément, dans une gargote qu'il emmena Karen, et la jeune femme fut stupéfaite de découvrir que tout y était absolument délicieux.

Tandis qu'ils mangeaient, Terry fit glisser vers elle une enveloppe en papier kraft.

— Les rapports et les dépositions sur l'accident, expliqua-t-il. Vous les lirez, mais je vais vous faire un rapide topo. Les deux véhicules roulaient vers le nord sur K Street, au croisement de la 19e, quand une Taurus grise conduite par Walter Russell vous a dépassés sur la voie de gauche. A ce moment-là, une Beemer blanche a débouché de la 19e, sur la gauche. Russell dit qu'il a fait une embardée pour l'éviter et qu'il a heurté votre limousine. Mais le conducteur de la Beemer lui a foncé droit dessus, l'a percuté, et Russell vous est rentré un peu plus dedans. La Beemer était une voiture volée. Le conducteur a pris la fuite à pied. C'est tout ce qu'on sait.

— D'accord, fit Karen.

C'était, à peu de choses près, ce que Jerry lui avait déjà rapporté.

— Nous ignorons qui conduisait cette Beemer, reprit Terry, et qui a appelé le *Times* pour fourguer le tuyau grâce auquel les deux journalistes se trouvaient à environ un demi-bloc du lieu de l'accident.

— Ça sent le coup fourré.

Il hocha la tête.

— Il pourrait s'agir d'une coïncidence... Sauf que le tuyau téléphonique me fait penser le contraire. Ça signifie qu'il y avait au moins un autre participant à ce jeu. Quelqu'un qui a prévenu de votre arrivée le conducteur de la Beemer volée.

— Russell ?

— Négatif. Son téléphone portable n'a pas servi au cours de la soirée, et il n'avait pas de talkie-walkie dans sa voiture. Il se trouvait juste à la mauvaise place, au mauvais moment, comme on dit.

— Où est-ce que tout cela nous mène ? demanda Karen.

— Après le déjeuner, je vais vous emmener à la fourrière. J'aimerais vous montrer quelque chose.

Une bonne heure s'écoula avant qu'ils quittent le restaurant, puis le trajet jusqu'à la fourrière se révéla presque aussi long. Karen commençait à être vraiment nerveuse quand ils arrivèrent.

Terry s'arrêta devant une BMW blanche dont l'avant était sérieusement froissé. Des éraflures de peinture grise mouchetaient le pare-chocs et l'aile droite.

— Nous y voilà, dit Terry en s'approchant de la portière du conducteur.

De la poudre noire était accrochée à la poignée, à la vitre et à l'encadrement de la portière, ainsi qu'au rétroviseur.

— Des empreintes ? demanda Karen.

La question fit rire Terry.

— Non, bien sûr. Il y a des traces, probablement laissées par des gants en cuir, mais ça ne mène nulle part. Cela dit, nous avons quand même fait une trouvaille.

Il désigna l'airbag dégonflé. On y avait découpé un rectangle, près de la partie supérieure.

— Il semble qu'il ne se soit pas complètement gonflé, au moment de l'impact. Je dirai que notre bonhomme devait être penché en avant, pour essayer de vous apercevoir au croisement. Il n'a pas eu le temps de reprendre une position normale sur son siège, lors du choc, et il a percuté le volant alors que le ballon était en train de se déployer. Les gars du labo ont trouvé deux fragments de dents et un peu de sang.

— Et, bien sûr, vous avez une banque de données ADN…

Terry hocha la tête, et Karen poursuivit :

— Ce qui signifie que vous pouvez le retrouver. En quatre à six semaines. Si son empreinte génétique est dans vos fichiers.

— Normalement, les choses auraient dû se passer de cette façon, effectivement.

— Sauf que ?

— Sauf qu'on l'a déjà trouvé. Du moins, j'en suis presque certain. Il s'appelle Nat Olson.

— Comment avez-vous fait ?

— Il est à la morgue, en ce moment même. Overdose. Une belle overdose. Il se trouve qu'un de nos hommes, au labo, sort avec une fille des services du légiste. Elle lui a parlé de ce client qu'ils avaient reçu, suite à une overdose, avec deux dents de devant cassées — assez récemment, à voir tout le sang qu'il avait autour des gencives. Son copain a demandé à la fille ce que portait le macchabée. Et elle le lui a dit.

— Des gants en cuir, suggéra Karen en souriant.

— Bingo. Des gants de conduite. Notre gars du labo a récupéré les morceaux de dents qu'on avait retrouvés dans la voiture, il les a emportés à la morgue et, bien sûr…

— … ils correspondaient. Bravo, Tyson, beau boulot ! Vous avez retrouvé le conducteur de la voiture volée. Bien sûr, j'aurais préféré lui parler, mais il a eu la mauvaise idée de se planter une aiguille dans le bras et de s'en aller pour un long voyage.

— Le sarcasme vous va bien, inspecteur.

— Merci. Et appelez-moi Karen, je vous en prie.

— D'accord, Karen. En tout cas, vous avez raison : on ne pourra pas interroger ce bon vieux Nat. Bien entendu, je ne crois pas une seconde à une overdose accidentelle. Personne ne se shoote avec des gants. Quelqu'un l'a donc aidé, probablement en lui refilant de la came pure, non coupée. Et je parierais volontiers que cette même personne se trouvait sur le lieu de l'accident, pour vérifier que tout se passait bien.

— Olson est donc une impasse.

— J'en ai peur. Ils avaient peut-être prévu de se débarrasser de lui dès le départ. Ou alors, ils ont pensé qu'il avait réussi à disparaître après l'accident sans se faire remarquer, sans laisser d'empreintes ni aucun autre moyen de l'identifier…

— … jusqu'à ce qu'ils remarquent les taches de sang.

— Décidément, vous êtes trop forte !

— Notre prochaine étape serait-elle le département photo du *Washington Herald* ?

Un grand sourire illumina le visage de Terry.

— A croire que vous lisez dans mes pensées. Peut-être, je dis bien *peut-être*, que le vautour à l'appareil photo qui vous a valu de faire la une des tabloïdes a également pris un cliché du commanditaire de l'accident en train de jeter un coup d'œil à travers le pare-brise, pour profiter du spectacle…

Karen joignit son rire au sien.

— Je crois bien que je pourrai m'habituer à travailler avec vous, Tyson.

Il secoua la tête.

— Vingt-deux jours.

Randall Youngblood se tenait debout, le dos tourné à la fenêtre de son bureau, et il regardait Bill Michaels, assis en face de lui.

— Bien sûr que nous n'avons rien à voir dans le cambriolage de la maison de Lawrence, était-il en train d'expliquer. Cela aurait été trop risqué, et potentiellement inutile.

Randall n'était pas sûr d'aimer la déclaration de Michaels, mais il laissa filer. Il y avait plus urgent.

— Alors, pourquoi ces rumeurs, bon sang ?

— Probablement parce que tout ce qu'on a forcé, chez le sénateur, ce sont les meubles de son bureau.

Cette fois, Randall tira sa chaise et s'assit.

— Où avez-vous appris ça ? La presse parle d'un cambriolage.

— Et c'était bien un cambriolage. Mais les cambrioleurs ne semblaient s'intéresser qu'aux dossiers du sénateur.

— Oh ! mon Dieu.

Randall fit pivoter sa chaise et regarda par la fenêtre. Le dôme du Capitole était visible, par-dessus les toits des immeubles voisins.

— Watergate, murmura-t-il.

— Impossible. Nous n'avons rien à voir là-dedans.

Randall se tourna pour faire de nouveau face à Michaels.

— Vous êtes formel, sur ce point ?

— Mes hommes n'agissent jamais sans des ordres précis. Je les ai aussi choisis pour ça.

— Mais alors, qui d'autre… ?

Il y avait une telle froideur dans les yeux de Michaels que Randall se demanda, pour la première fois, de quoi ce type était vraiment capable.

— Monsieur, lui dit Michaels, vous ne devez jamais oublier que si vous représentez la majorité des associations agricoles du pays concernées par le problème, il y a beaucoup de monde à vos côtés, en plus des exploitants de canne à sucre. Et certains sont à la tête de gros, très gros intérêts.

— Ce qui signifie ?

— Cela signifie qu'un certain nombre de personnes extérieures à notre organisation pourraient être à l'origine du cambriolage — en admettant que ce cambriolage ait quoi que ce soit à voir avec la RS 52.

— Je ne sais pas trop si cette idée est capable de me réconforter.

Les traits de Michaels restèrent impassibles.

— Vous êtes simplement le visage offert au public : celui derrière lequel se cachent tous les autres. Vous devriez le savoir.

— Jusqu'à présent, je n'avais pas envisagé les choses de cette façon…

— Il serait peut-être temps. Vous êtes la première personne que la presse va venir interroger au sujet de cette rumeur.

— Je me demande qui a pu la lancer.

— Je parierais sur quelqu'un du camp Lawrence.

— Non. Il ne ferait pas une chose pareille !

— Ai-je dit que c'était le sénateur ? Non. En revanche, quelqu'un qui travaille pour lui ou qui le soutient aurait pu s'en charger.

— Bon sang, quel foutoir ! Au fait, comment avez-vous su pour ces histoires de dossiers ?

Michaels croisa les jambes.

— Mon contact dans la police de Tampa.

— Et qu'avez-vous découvert d'autre ?

— Seulement que l'inspectrice Karen Sweeney est ici pour en savoir davantage sur vous.

D'ordinaire, Randall prenait ses comprimés contre les brûlures d'estomac assez tard dans la journée. Mais là, il lui en fallait un tout de suite. Il ouvrit un tiroir de son bureau, sortit un flacon de Tums et en avala deux.

— Bill ?

— Oui, monsieur ?

— Je veux que vous mettiez le paquet pour trouver qui est derrière tout ça. Si jamais je suis mêlé, même de loin, à cette histoire de cambriolage et de meurtre, la RS 52 passera comme une lettre à la poste.

— Je comprends. Une dernière chose, monsieur.

— Quoi donc ?

— J'ai découvert pour quelle raison l'enquête sur la mort de Georgina Lawrence avait été court-circuitée.

Randall s'arrêta de suçoter ses pastilles.

— Pourquoi ?

— Elle rentrait chez elle après avoir passé la soirée chez son amant. Apparemment, le sénateur était au courant, et Jerry Connally est intervenu pour que le rapport d'autopsie laisse de côté certains détails... comme le fait qu'elle venait d'avoir des relations sexuelles et qu'elle était enceinte — probablement d'un autre homme que Lawrence.

— Bon sang ! Mais comment avez-vous découvert ça ?

— Une autre source. Dans les services du médecin légiste, cette fois. Il semble que Connally ait réussi à convaincre le légiste qu'il n'était pas indispensable de glisser cette information dans un rapport public. Ça n'avait rien à voir avec la mort de Georgina Lawrence, et ça n'aurait servi qu'à faire du mal aux enfants du sénateur.

Randall baissa les yeux et secoua la tête, tandis qu'il assimilait ces révélations.

— Là-dessus, je suis bien obligé d'être d'accord avec Connally.

— Il y a peut-être un aspect de la question que vous n'envisagez pas, monsieur Youngblood.

— Lequel ?

— Le sénateur Grant Lawrence est visiblement prêt à fausser le cours d'une enquête pour servir ses propres intérêts. C'est assez significatif, vous ne croyez pas ?

15.

Il était trop tard pour passer au service photo du *Herald*, et Terry déposa Karen à son hôtel.

— On se remettra au travail demain matin, dit-il. Il est préférable que vous y alliez doucement : n'oubliez pas que vous sortez juste de l'hôpital. Je vous prends à 9 heures ?

— Parfait. A demain, Terry.

Il sourit, et s'éloigna. Karen le soupçonna alors de l'avoir volontairement ménagée, durant la journée, y compris en faisant traîner en longueur la pause déjeuner. Elle réprima un sourire et gagna sa chambre. Il n'y avait rien de plus réconfortant que la façon dont un flic pouvait se montrer attentionné avec un autre flic.

Un message de Grant Lawrence l'attendait : le sénateur lui proposait de le retrouver pour le dîner dans un restaurant de Georgetown, à 20 heures.

— J'y serai, de toute façon, précisait-il. Si vous pouvez m'y rejoindre, j'en serai ravi. Sinon, tant pis, ne vous en faites pas.

Karen décida immédiatement d'y aller. Elle ne pouvait pas se cacher qu'elle avait envie de voir Grant Lawrence pour des raisons autres que professionnelles. Alors qu'il n'aurait probablement rien à lui apprendre : après tout, il était la victime, d'une certaine manière, pas le coupable.

Une peur très réelle pénétra alors le vernis de détachement qu'elle parvenait à conserver si difficilement. Pour la première fois depuis très longtemps, elle n'était plus simplement un flic en mission : elle était une femme. Une femme qui se sentait soudain très seule et vulnérable.

Et elle n'aimait pas du tout ça.

Elle se chapitra sévèrement, tout en faisant les cent pas dans sa chambre et en se demandant ce qu'il convenait de porter quand on dînait avec un sénateur. Elle décida, finalement, que ce serait une tenue stricte, afin qu'il n'y ait aucune ambiguïté.

Ambiguïté qui ne pouvait être que son fait. Car, pour Grant Lawrence, elle n'était qu'un flic qui faisait son travail. Il devait juste vouloir lui soutirer quelques informations.

Au final, elle arrêta son choix sur un tailleur bleu marine, avec une jupe à mi-mollet et des escarpins à talons plats. En dehors de son tailleur rouge, c'était sa seule tenue « classe », comme disait le lieutenant Simpson. Elle la portait surtout quand elle devait aller témoigner devant une cour.

Et, finalement, c'était assez à propos.

Grant l'attendait dans le restaurant, quand elle arriva. Le maître d'hôtel l'accompagna jusqu'à la table, dans un coin tranquille, discrètement protégé du reste de la salle à manger par quelques plantes vertes. Il en allait de même pour la plupart des autres tables, d'ailleurs.

— Bonsoir, dit-il en se levant pour l'accueillir.

Il lui serra la main et resta debout jusqu'à ce que le maître d'hôtel l'ait installée. La nappe était d'une blancheur immaculée. Entre eux, il y avait une petite coupe avec des bougies flottantes et quelques fleurs dans un vase minuscule, juste à côté.

— Comment vous sentez-vous ? demanda Grant avec une sollicitude sincère dans le regard.

— Ça va. Je n'ai presque plus mal à la tête.

— Tant mieux.

— Et votre genou ? demanda Karen.

D'un geste de la main, il éluda la question.

— J'ai vu pire. Ce n'est qu'un petit inconvénient.

Le sommelier apparut avec la carte des vins. Grant interrogea Karen du regard.

— Vous avez des préférences ?

— Je ne bois que rarement. Mais, ce soir, je suis prête à tout essayer.

Le sommelier prit note du choix de Grant et s'éloigna, les laissant seuls, jusqu'à ce qu'un serveur apparaisse à son tour, avec les menus. Grant y jeta à peine un coup d'œil. A l'évidence, il savait déjà ce qu'il voulait. Karen examina la carte avec plus d'attention. Le budget qu'on lui avait alloué était limité.

Grant dut sentir son hésitation.

— Evidemment, vous êtes mon invitée. Je n'avais pas envie de dîner seul et, pour tout vous dire, je ne sais plus trop à qui me fier, en ce moment.

Karen leva les yeux par-dessus la carte.

— Vous êtes sûr de pouvoir me faire confiance ?

— Vous incarnez la loi et l'ordre. Et j'ai bien besoin de cela dans ma vie, en ce moment.

— Il s’est passé quelque chose, aujourd’hui ?

— Vous voulez dire : à part cette journaliste qui est venue me demander si mes enfants étaient bien les miens ?

Karen en resta un instant stupéfaite.

— Eh oui, fit Grant avec un sourire forcé. J’ignore ce qui se passe, mais ça devient franchement nauséabond. Je ne sais pas qui est derrière tout ça, quel est son but ; ce que je sais, c’est que ça va plus loin qu’un simple cambriolage qui aurait mal tourné et aurait coûté la vie à Abby. C’est, manifestement, un effort concerté et dirigé…

— … contre *vous* ?

Il hocha la tête.

— Mais je ne vous ai pas invitée ici pour parler travail. J’espérais même que nous pourrions tous les deux oublier un peu le travail pendant un moment et bavarder de choses et d’autres. De tout, sauf du fait que la situation commence à être très tendue en Colombie et que je vais sans doute devoir prendre, sur le sujet, une position qui ne me plaît pas. De tout, sauf de ces journalistes qui n’ont aucune notion de ce qu’est la décence.

— D’accord, acquiesça Karen en souriant. De quoi souhaitez-vous parler, alors ?

— Vous pourriez m’expliquer comment vous êtes devenue flic, par exemple.

Elle pencha la tête sur le côté.

— Je devrais sans doute vous raconter une belle histoire, dans laquelle j’aurais voulu venger quelqu’un que j’aimais… En réalité, c’est l’obstination qui m’a amenée jusque-là. Je devrais même dire : l’acharnement.

— De l'acharnement ? Voilà qui est nouveau. Et quelle en est l'origine ?

— Mon père. Quand j'étais petite, je jouais plus ou moins avec l'idée de devenir policier, comme beaucoup d'enfants. Sauf que mon père me disait que c'était ridicule, que je serais nulle. Du coup, j'ai commencé à faire une espèce de fixation. Plus il affirmait que je serais incapable de réussir dans ce métier, plus j'étais déterminée. Le jour où je suis sortie de l'école de police avec mon diplôme, j'avais envie de lui dire : « Tu as vu ? » ou « Je te l'avais bien dit ! » Mais il n'était pas là.

L'expression de Grant s'adoucit.

— Votre père était aussi dur avec vous sur tous les sujets ?

— A peu près, oui. Il n'avait pas beaucoup de considération pour les capacités des femmes.

— Et votre mère ?

— Elle est partie quand j'avais douze ans. Je ne l'ai jamais revue.

Il bougea la main, comme s'il allait la poser sur celle de Karen. Mais il n'en fit rien.

— Je suis désolé, dit-il.

— Ça ne me fait plus rien. Je me suis prouvé à moi-même ce que je valais, et c'est ce qui compte vraiment, non ? L'opinion que l'on peut avoir de soi-même…

Il sourit.

— J'aime à le penser. Mais, dans mon métier, il semble bien que ce soit l'opinion des autres qui compte le plus.

— Ce n'est pas complètement vrai, n'est-ce pas ? Ça l'est

sans doute lorsque vous vous présentez à des élections. Mais ce n'est pas la chose la plus importante de votre vie ?

— Non, admit-il.

— C'est bien l'idée que je me faisais de vous. Votre morale personnelle prend le pas sur la politique.

Le visage de Grant s'assombrit légèrement, ce qui intrigua Karen.

— C'est vrai, dit-il. Enfin, la plupart du temps. Mais nous devons tous faire des compromis pour que les choses avancent, dans ce pays. C'est la beauté, mais aussi l'aspect douloureux de la démocratie. Les arrangements, les échanges de bons procédés…

— Vous trouvez cela douloureux ?

— Parfois, oui. En même temps, je suis réaliste. Et, pour être franc, la plupart des compromis auxquels il m'a fallu consentir n'étaient pas si douloureux que cela.

— Ils l'étaient seulement de temps à autre ?

— Oui. Mais c'est normal. Vous n'allez pas me dire que tout est rose, dans votre travail ?

— Non. Pas du tout.

Karen fut interrompue par le garçon, venu prendre leur commande, et elle en fut soulagée. Elle n'avait pas envie d'évoquer les doutes qui la taraudaient ni cette colère qui semblait parfois devoir la dévorer vive, comme un acide.

Mais Grant n'était pas homme à abandonner une conversation en cours.

— Quels sont les aspects de votre travail que vous détestez ? lui demanda-t-il quand ils furent de nouveau seuls.

— La laideur du monde. L'injustice. On ne traitera pas de la même façon le meurtre d'une prostituée et celui d'un homme d'affaires. Je me trouvais dans une impasse où l'on venait de découvrir le cadavre d'une femme quand on m'a ordonné de venir immédiatement chez vous. Ça m'a agacée.

— Ils ne pouvaient pas envoyer quelqu'un d'autre ?

— Tout le monde était déjà mobilisé sur les fusillades de College Hill. Une affaire digne de faire les gros titres. Comme ce qui vous est arrivé. Quant à la femme de l'impasse, son cas a été mis sur la liste d'attente, en quelque sorte.

— C'est injuste.

— Evidemment, c'est injuste ! Ça se justifie par des ressources limitées, financières et humaines, qu'il faut bien répartir d'une manière ou d'une autre.

L'expression de Grant encouragea Karen à poursuivre.

— N'allez surtout pas penser que ce qui est arrivé à Abby Reese ne m'importe pas. Je ne voudrais pas que vous vous mépreniez.

— Ce n'est pas le cas. Je vois bien à quel point vous vous investissez dans cette affaire.

— C'est peut-être un problème, d'ailleurs. Toujours est-il que l'un de mes collègues a repris l'enquête concernant la femme dont je vous parlais : celle de l'impasse. Je ne voulais pas la laisser tomber. Et il s'est avéré que ce n'était pas un meurtre de prostituée.

— Non ?

— Non. En réalité, cette jeune femme dirigeait un studio de danse. Au moins, on ne va pas l'oublier, comme tant de cadavres anonymes…

Grant Lawrence s'était brusquement raidi. Karen s'en rendit compte.

— Quelque chose ne va pas ?

Il resta silencieux, puis secoua la tête.

— C'est… mon genou qui m'a lancé. Excusez-moi.

Se penchant en avant, il lui effleura furtivement la main.

— Je suis heureux de voir qu'à vos yeux, toutes les victimes ont la même importance.

— Il s'agit, chaque fois, d'un être humain.

Karen sentait toujours le contact des doigts de Grant, alors qu'il avait retiré sa main. Elle prit conscience qu'elle n'avait plus envie de parler de son travail. Pas ce soir. Ce soir, elle avait envie… de quoi ? Elle n'en savait trop rien, mais certainement pas de ça.

— C'est déprimant, à la fin, dit-elle avec un sourire forcé. Il doit bien y avoir quelque chose de plus gai dont nous pourrions parler, vous ne croyez pas ?

Le veau marsala s'était révélé excellent, de même que le cheesecake aux fraises, et la bouteille de cabernet-sauvignon était presque vide. La conversation, elle, avait roulé sur les habituels sujets superficiels — les films que les parents de Grant avaient produits, les affaires marquantes des premières années de Karen dans la police, la façon dont Grant s'était lancé dans la politique. Et, tout en glissant sa carte de crédit à l'intérieur de la petite chemise en cuir que le serveur avait apportée avec l'addition, Grant s'avisa qu'il n'avait tout simplement pas envie de dire bonsoir à la jeune femme.

— Vous vous sentez d'attaque pour une petite promenade ?

— Je ne pense pas que nous soyons en état de conduire, ni l'un ni l'autre. Mais… et votre genou ?

Ce n'était pas un « non », songea Grant.

— Les médecins m'ont conseillé de marcher un peu. En outre, je n'ai pas l'intention de vous emmener très loin.

— Eh bien… d'accord.

C'était une magnifique soirée de printemps comme Washington en offre trop peu. On en avait fini avec l'hiver grisâtre et glacé, et la chaleur moite de l'été n'avait pas encore fait son apparition. Le long du Potomac, les cerisiers étaient en fleur. Dans les alentours du Mall, les vacanciers se promenaient, se tenant avec respect devant le Washington Monument, ou avec tristesse au Vietnam Memorial. Sur Constitution, des sans-abri cherchaient la chaleur qui montait des bouches de métro. Ici, à Georgetown, des jeunes gens aisés sortaient de leurs belles maisons pour se promener sur les trottoirs, faire du lèche-vitrines, bavarder, rire un peu trop fort, par moments.

Grant en était venu à se sentir chez lui, dans cette ville où, pourtant, le transitoire, l'éphémère étaient la norme. Ici, deux élections suffisaient à faire de vous quelqu'un du coin.

— C'est amusant, dit-il à voix haute.

— Quoi ?

— J'ai grandi en Floride. J'ai beaucoup voyagé avec mes parents, mais, dans l'ensemble, ils se sont efforcés de me donner le sentiment que mes racines étaient à Tampa. Pourtant, c'est à Washington que je me sens chez moi, plus que n'importe où ailleurs.

— Depuis combien de temps êtes-vous ici ? Huit ans ? Ce n'est pas si surprenant que vous vous y sentiez à l'aise.

— Ce n'est pas ça. C'est…

Son esprit passait d'une idée à l'autre en toute liberté. Quand il avait emménagé ici, il avait eu l'impression de s'installer sur son lieu de travail. C'était à Tampa, qu'il était chez lui. Quand est-ce que cela avait changé ?

— … Georgie, termina-t-il, avant de laisser échapper un rire sans joie. Elle *voulait* être chez elle, ici, parmi l'élite. Moi, non. Ou peut-être que si, mais je me refusais à l'admettre. C'était à Tampa que je me sentais chez moi. Avec la maison, les filles. Et puis Georgie est morte, et… Tampa n'était plus autant chez moi. Je faisais venir les filles ici, pendant l'été, même quand le Parlement était en vacances. Georgie avait toujours voulu que ce soit sa ville… notre ville… et il a fallu qu'elle meure pour que cela arrive.

Il regarda Karen dans les yeux. Des yeux pleins de scepticisme, inquisiteurs, oui, mais qui pouvaient révéler des trésors de douceur et de bienveillance. Dans des moments comme celui-ci, par exemple. Peut-être était-ce la dilatation de ses pupilles dans la lumière rare de la soirée qui rendait ses yeux si verts. Ou alors, les paillettes de vert fleurissaient quand elle laissait de côté ses réflexes de flic.

— La couleur de vos yeux change, vous le saviez ?

Elle se détourna, comme si elle ne savait quoi lui répondre. Quand elle affronta de nouveau le regard de Grant, elle s'était reprise.

— Où allons-nous, maintenant, sénateur ? demanda-t-elle. C'est Georgetown Park, de l'autre côté de la rue, n'est-ce pas ? C'est là que j'ai acheté la robe que je portais pour la soirée…

— Nous allons prendre cette rue, là, dit-il. Vous aimez le blues ?

Le Blues Alley était presque une institution. Karen en avait entendu parler, mais elle s'attendait à... autre chose. Il ne s'agissait, en réalité, que d'une petite scène entourée de quelques tables, toutes prises, avec un comptoir qui courait sur tout un mur. Les tabourets du bar étaient occupés, eux aussi, et il n'y avait aucun endroit où s'asseoir. Mais, au bout de quelques minutes, Karen s'en moqua totalement.

Ses pensées étaient accaparées par la plainte d'un saxophone ténor, soutenu par un piano, une contrebasse et une batterie. La partie chantée du morceau — une reprise du *What A Wonderful World,* de Louis Armstrong — n'avait été qu'un prélude au solo de saxophone qui évoquait mieux que tous les mots le « bleu des cieux » et le « vert des arbres » dont il est question dans la chanson. Dans la salle, personne ne dansait ; personne ne parlait. Il n'y avait que le saxophone, les trois autres instruments, et un univers où, quelle que soit la dureté du monde extérieur, on ne rencontrait qu'émerveillement.

Karen ne s'était pas aperçue qu'elle était pressée contre Grant, en grande partie à cause de la foule qui emplissait la salle, jusqu'à ce qu'elle le sente se balancer contre elle. Elle suivit son léger mouvement, et il lui sembla qu'ils étaient des feuilles de ces arbres verts, sous ce ciel bleu, caressées par la chaleur d'une brise d'été qui soufflait à travers la musique.

Elle aurait dû se sentir mal à l'aise, penser à l'affaire qui l'avait amenée à Washington, se demander qui avait bien pu trancher la gorge d'Abby Reese ou se débarrasser de Nat Olson comme d'un objet inutile. Elle aurait dû, au moins, se demander quel intérêt il pouvait y avoir à s'accrocher à un homme public dont le milieu et les ambitions étaient si éloignés des siens. Elle aurait dû…

Au lieu de quoi, elle était comme immergée dans cet instant. Elle se balançait au côté de Grant, la main dans la sienne, dans une atmosphère où les odeurs mêlées de la bière, du vin et des autres alcools avaient le parfum des hyacinthes et de la bruyère, des pâquerettes et des jonquilles, des feuilles et de la terre. Il ne s'agissait, pourtant, que d'un saxophone et d'un piano, d'une contrebasse et d'une batterie ; ce n'était qu'une boîte de blues à Washington, un homme politique dont le charme et le charisme étaient, en quelque sorte, des outils de travail.

« Profite donc de cet instant comme il vient », se dit-elle. Suivant son propre conseil, elle se serra un peu plus contre Grant et lui pressa même la main. Il l'imita. Et ils continuèrent à se balancer au rythme de la musique.

Pendant quelques heures, Karen pouvait cesser d'être un flic, et Grant, d'être un homme politique. Pour quelques heures, ils allaient se contenter d'être un homme et une femme.

Le groupe jouait l'un de ses derniers morceaux quand la douleur lancinante dans le genou de Grant devint intolérable. Pourtant, il n'avait aucune envie de s'en aller. Les musiciens avaient promis de reprendre *What A Wonderful World*, et il voulait l'entendre de nouveau. Mais son genou l'empêcherait d'en profiter, il le savait. Il pressa la main de Karen pour attirer son attention.

Son visage devait être parlant, car elle lui demanda aussitôt :

— Votre genou ?

Il hocha la tête et avoua :

— Je voudrais bien rester, mais…

— Ne vous inquiétez pas, lui dit Karen.

Ils gagnèrent la sortie du club, et se glissèrent dans la nuit. Grant s'efforça d'adopter un pas régulier. C'était une discipline qu'il avait développée au lycée, parce qu'il ne voulait pas être considéré comme « le boiteux ». Mais, ce soir, son genou était, décidément, trop douloureux.

— Vous souffrez, n'est-ce pas ? lui demanda Karen. Vous auriez dû me le dire plus tôt.

— Je ne me suis pas rendu compte que j'avais aussi mal… jusqu'à ce que j'aie aussi mal.

Elle se mit à rire. Un rire merveilleux, léger, délicat et, en même temps, sincère et chaleureux.

— J'ai le même genre de problème avec le chocolat, expliqua-t-elle.

— En tout cas, j'ai… j'ai passé un très bon moment. J'avais besoin de me changer les idées.

— Moi aussi.

Grant sentait encore la façon dont le corps de la jeune femme avait épousé le sien.

— Et il est très agréable de se changer les idées avec vous, ajouta-t-il.

— Je vous retourne le compliment, sénateur.

— Grant, dit-il.

— Grant, répéta-t-elle en écho.

Ils étaient revenus devant le restaurant où la voiture de Grant les attendait. Elle s'était enrichie de ce petit bout de papier qu'on trouve un peu partout dans Washington. Une contravention.

— J'ai oublié de mettre de l'argent dans l'horodateur quand nous sommes partis nous promener, dit Grant d'un air vaguement contrarié.

— Je ne m'en fais pas trop, lui dit Karen. Après tout, vous êtes sénateur !

Il secoua la tête.

— Pas question de se compromettre pour si peu. Je paierai.

— Vingt dollars, c'est cher pour stationner.

— Mais pas pour passer une soirée avec vous.

Grant n'avait pas l'intention de dire une chose pareille. En tout cas, pas de cette façon. La soirée avait été fort plaisante et, pour la première fois depuis longtemps, il s'était senti apaisé. Mais il ne pouvait pas se permettre d'y voir autre chose qu'un délicieux intermède, un répit nécessaire… Sa gêne devait être évidente car Karen vint à son secours.

— Eh bien, je suis ravie d'entendre que je vaux au moins vingt dollars ! lança-t-elle d'un ton malicieux.

Il lui prit les mains.

— Merci pour cette merveilleuse soirée, Karen.

— Merci à *vous*, Grant.

— Voulez-vous que je vous ramène à votre hôtel ?

Elle secoua la tête sans le quitter des yeux.

— Je vais prendre un taxi. Vous avez besoin de vous reposer.

— Ça ne m'ennuie pas, je vous assure…

Elle lui sourit. Un sourire un peu mélancolique.

— C'est mieux comme ça, Grant.

Dans le club de jazz, alors qu'ils étaient serrés l'un contre l'autre, Grant s'était déjà demandé s'il allait l'embrasser au moment de la quitter, et de quelle manière. Mais, maintenant qu'il se trouvait au pied du mur, le regard plongé dans le sien, il ne put se résoudre à sauter le pas.

— Bonne nuit, Karen Sweeney, dit-il en lui pressant la main.

— Bonne nuit, Grant Lawrence.

Elle recula, et leva le bras pour héler un taxi qui arrivait à cet instant avec un bel opportunisme.

— A demain, dit-elle en montant à bord du véhicule.

— A demain.

L'instant d'après, elle était partie et filait dans la nuit.

Grant rejoignit sa voiture.

La lumière rouge de la messagerie du téléphone clignotait quand Karen entra dans sa chambre et ferma la porte derrière elle. Le lit était ouvert, et il y avait même une pastille de menthe sur l'oreiller. Pourtant, cet endroit, qui lui avait paru si accueillant, dans l'après-midi, lui sembla brusquement froid et anonyme. Cet après-midi, elle était un flic travaillant sur une affaire. Ce soir, elle était une femme, seule dans sa chambre d'hôtel, au cœur d'une ville qui lui était étrangère. Elle décrocha le téléphone, et appela la messagerie.

— Allume ton portable, lui dit simplement la voix de Previn.

Etrange, songea Karen. Il aurait dû être en fonction. Elle le récupéra dans son sac, l'ouvrit, pressa le bouton « ON ».

Rien. La batterie était déchargée. Quel heureux hasard ! Grâce à cette étourderie de sa part, elle avait pu profiter d'une soirée de véritable détente. Elle brancha le chargeur à la prise qui se trouvait sur le bureau, et se dirigea vers la salle de bains pour prendre une douche avant de se coucher. Previn attendrait jusqu'à demain.

A cet instant, le téléphone de la chambre sonna.

— Allô ?

— Allume ton portable, Sweeney, lui répéta Previn.

— La batterie était déchargée. Mais qu'y a-t-il de si important pour que tu m'appelles à…

Elle regarda l'heure sur le réveil.

— … presque 1 h 30 du matin.

— On a un problème. J'ai devant les yeux une photo en noir et blanc qui est arrivée dans une enveloppe kraft, à ton nom. Pas d'adresse d'expéditeur. Pas d'empreintes.

— Et qu'y a-t-il sur cette photo ? demanda Karen d'un ton impatient.

— Grant Lawrence. En train de se promener dans ce qui semble être un jardin public. Main dans la main avec Stacy Wiggins.

16.

Karen mit un long moment à absorber ce que Previn venait de lui dire. Elle inspira profondément. Elle se trouvait au bord d'un précipice. C'était sa carrière qu'elle mettait en jeu ; sa carrière et celle de Previn. Mais elle lança sans hésiter :

— Tu planques ça immédiatement !

— Hein ? Mais, Karen, tu ne peux pas…

— Tu me planques cette photo, répéta-t-elle d'une voix tendue. Là où personne ne pourra la trouver.

— Mais…

— Ecoute-moi bien, Dave. Cette photo ne prouve absolument rien, sinon qu'un certain veuf est sorti avec une certaine femme, laquelle a été assassinée, depuis.

— La même nuit que la gouvernante de l'homme en question ! Bon sang, Karen, tu déraillles, ou quoi ?

Elle marqua une pause, cherchant à trouver en elle l'équilibre nécessaire pour affronter cette nouvelle épreuve.

— Il est largement suffisant que toi et moi, nous connaissions l'existence de cette photo, reprit-elle. Imagine qu'elle n'ait aucune importance. Que Lawrence n'ait strictement rien à voir avec ces deux morts. Que l'assassin de ces deux femmes soit une personne qui lui veut du mal… Tu me suis ?

— Je te suis.

— Après tout, que nous dit ce cliché ? Seulement qu'il est surveillé de près.

Previn laissa entendre un marmonnement étouffé, comme s'il n'était pas content.

— Je ne te demande pas de détruire cette preuve, Dave, insista Karen. Juste de la garder au frais jusqu'à ce que nous découvrions si elle a un rapport avec l'affaire et ce qu'elle signifie exactement. Je suppose que toi non plus, tu n'as pas envie de détruire la carrière de cet homme, s'il est innocent ?

Un nouveau silence s'installa sur la ligne. Et ce fut Previn qui finit par le briser.

— D'accord, d'accord, tu as raison. Si quelqu'un fait tout ça pour causer la perte de Lawrence, nous n'allons pas l'aider.

Karen poussa un soupir de soulagement.

— Exactement. Dis-moi, maintenant : où te trouves-tu, et où est la photo ? Tu l'as montrée à quelqu'un ?

— Non, bien sûr ! C'est *ton* affaire. Et je ne suis pas stupide à ce point. J'ai bien compris que si jamais quelqu'un d'autre tombait sur cette photo, l'affaire nous échapperait dans la seconde. Ce genre de saloperie fait les gros titres.

— Bien vu. Tu es au commissariat ?

— Non. Dans mon appartement.

L'appartement en question était celui dans lequel il avait emménagé après sa séparation d'avec sa femme.

— Et la photo ? Où est-elle ?

— Je l'ai sur moi. Je ne tenais pas à ce qu'elle traîne…

Il semblait presque intimidé.

— Je suis fière de toi, Dave, lui dit Karen. Vraiment fière.

Beaucoup de gens l'oublient, mais une partie de notre travail consiste aussi à éviter de causer du tort aux innocents.

— En admettant qu'*il* soit innocent.

— Tu as raison, reconnut Karen, le cœur battant à grands coups sourds. En attendant, fourre cette photo dans le fond de ta penderie, ou ailleurs. Je veux prendre le temps de réfléchir.

— D'accord. Mais ne me laisse pas en dehors de tes cogitations. J'ai l'impression de tenir des braises dans la main.

Quand elle raccrocha, Karen tremblait comme une feuille. Puis, très vite, la colère la submergea.

— Mais qu'est-ce qui se passe, Michaels, bon sang ?

Il était tard. Très tard. Randall Youngblood était repassé à son bureau après un dîner auquel il avait convié des gens qu'il n'aimait pas, tout ça pour avoir le temps de leur expliquer pourquoi la RS 52 était une mauvaise loi. Trop tendu pour rentrer chez lui, il avait donc décidé d'aller jeter un coup d'œil à sa corbeille de messages afin de voir de quoi demain serait fait. A présent, il le regrettait.

— Comment ça, monsieur ? lui demanda Michaels d'une voix endormie.

Randall l'avait réveillé.

— J'ai devant les yeux une photo de Grant Lawrence en train de se promener dans un parc, main dans la main avec une femme. Qu'est-ce que ça fait dans ma corbeille de courrier ? Qui est cette femme ?

Il y eut un peu de bruit, à l'autre bout de la ligne, et le gémissement d'une femme endormie.

— Ce n'est rien, ma chérie, murmura Michaels. C'est Youngblood. Rendors-toi.

Puis :

— Je n'en sais rien, monsieur. Je ne vous ai envoyé aucune photo. L'enveloppe est toujours là ?

— Une grosse enveloppe à bulles, oui. L'adresse de l'expéditeur est celle de votre bureau, en ville. Voilà pourquoi j'ai pensé que vous me l'aviez envoyée. A moins que… à moins que vous ayez chargé quelqu'un d'autre de travailler sur cette affaire.

— Non, monsieur. Vous m'avez demandé le plus grand secret, et j'ai respecté votre souhait. Y avait-il autre chose dans l'enveloppe ? Un mot ?

— Aucun mot, dit Randall. Attendez que je jette un coup d'œil au verso de la photo. Peut-être que… oui, il y a une date — ça remonte à l'automne dernier —, et le nom d'une femme. Stacy Wiggins. Ça vous dit quelque chose ?

— Un moment, je vous prie, monsieur.

Il y eut d'autres bruits, au bout de la ligne. Une porte qu'on fermait. Le bip d'un ordinateur qu'on allumait. Le cliquetis du clavier.

— Je vérifie, dit Michaels. Vous pouvez m'épeler le nom ?

Randall lui donna l'orthographe exacte, et le cliquetis des touches du clavier reprit.

— Alors, vous avez quelque chose ?

Michaels fit un résumé de ce qu'il découvrait sur l'écran.

— Il y a eu un petit article dans le *Tampa Tribune*, la semaine dernière. On a identifié le corps d'une femme dont on avait retrouvé le cadavre dans une impasse. Elle dirigeait un studio de danse. Elle avait été sauvagement assassinée… Un instant, monsieur : j'aimerais vérifier un détail sur mon calendrier.

Une courte pause, puis :

— Nom de Dieu !

— Quoi, encore ? demanda Randall, qui s'impatientait.

— Stacy Wiggins a été assassinée la même nuit qu'Abby Reese… La nounou de Lawrence.

— Oui, je sais qui c'est. Je suis même allé à l'enterrement. Donc, Lawrence a vu, au moins une fois, cette femme qui a ensuite été assassinée. Une coïncidence, voilà tout.

— Elles ont été assassinées la même nuit…

— On voit des choses plus étranges arriver.

Michaels fit entendre un grognement agacé.

— Tout de même, monsieur : quelle est la probabilité que deux personnes connues par Lawrence soient assassinées la même nuit, et qu'on découvre leur cadavre à très peu de temps d'intervalle ?

— Ça ne prouve rien.

— Nous savons que Lawrence a déjà manipulé une enquête de police, dans le passé.

L'estomac de Randall se rappela à son bon souvenir par une douleur violente.

— A quel genre de manipulation pensez-vous ? Vous n'imaginez quand même pas qu'il a assassiné ces femmes ?

— Bien sûr que non ! Quelqu'un l'a fait pour essayer de l'atteindre. Mais là n'est pas l'essentiel. Ce qui importe, à mes yeux, c'est que Lawrence sache que ces deux femmes sont mortes. S'il n'a pas informé la police du lien qui existe entre les deux affaires, alors il nuit au bon déroulement d'une enquête de police.

D'un geste presque réflexe, Randall tendit la main vers le tiroir dans lequel se trouvaient ses comprimés antiacides.

— Il se pourrait très bien que la police soit au courant de ce fameux lien, et qu'elle garde l'information pour elle.

— C'est possible. La nouveauté, c'est que *nous* savons, à présent. Et, si nous n'informons pas les autorités, nous nous rendons coupables, nous aussi, de rétention d'informations.

— Bon sang !

— Vous savez, Michaels, il y a quelque chose que vous n'avez pas saisi, à mon sujet. Je m'interdis de franchir certaines limites.

— Je l'avais bien saisi, monsieur. Et la dissimulation de preuves est certainement le genre de limites que vous n'avez pas envie de dépasser...

— Exact. Je ne tiens pas non plus à embrocher Lawrence. Nous n'avons aucune preuve qu'il ait fait quoi que ce soit de répréhensible.

— Le fait est, monsieur, que si nous ne réagissons pas à cette information, quelqu'un d'autre s'en chargera. Et l'on pourrait alors vous faire remarquer que vous n'avez rien dit alors que vous étiez dans le secret. En outre, vous devriez vous interroger sur l'intérêt du pays. Que signifierait le fait d'avoir à la Maison-Blanche un homme qui a manipulé par deux fois la justice ?

— Nous n'en connaissons qu'une ! répliqua Randall.

Mais il était déjà moins ferme. Et il sentait la colère

monter en lui — la colère d'avoir pu se tromper autant sur le caractère de Grant Lawrence.

— Occupez-vous-en, Michaels, dit-il enfin, poussé par un sentiment d'intense indignation.

— Ce sera fait, monsieur. Et je ferai en sorte que votre nom ne soit pas cité.

En raccrochant, Randall se prit à rêver au passé, au temps où il n'était qu'un simple exploitant de canne à sucre. A cette époque, tout ce dont il avait à se soucier c'était des caprices de dame Nature...

Karen avait rarement connu une fureur pareille : suffocante, aveuglante. Mais, contrairement à ce qui se passait chez certains, la colère ne lui éclaircissait pas les idées ; elle ne réussissait, au contraire, qu'à les plonger dans un brouillard opaque. Et il lui était tout simplement impossible de retrouver l'objectivité que lui avait apprise son métier.

Elle devait lutter contre la rage qui l'habitait, la repousser énergiquement, afin de pouvoir réfléchir par-delà le sentiment de trahison qui l'habitait, par-delà sa déception et, pire que tout, l'impression dégradante d'avoir été utilisée.

En réalité, elle n'avait aucune preuve que Grant Lawrence l'utilisait de quelque façon que ce soit. Elle n'avait subi aucune pression. C'était elle qui avait eu l'idée de venir à Washington... En outre, Grant se trouvait dans la capitale quand les deux meurtres avaient été commis...

Voilà, ses idées commençaient à s'éclaircir. Certains éléments essentiels de cette affaire méritaient d'être reconsidérés.

Grant se trouvait donc à Washington, le fameux soir. De plus, il n'avait aucune raison d'assassiner une femme qu'il avait aimée comme une mère. Et Stacy Wiggins ? Si elle l'avait menacé d'une manière ou d'une autre…

Karen secoua la tête. Elle n'y voyait pas encore assez clair.

En réalité, elle ne suivait pas la bonne piste. Ce n'était pas Stacy Wiggins, la menace. Plutôt quelqu'un d'autre. Quelqu'un qui lui avait envoyé la photo. Quelqu'un qui avait « arrangé » l'accident de voiture et la présence de la presse sur les lieux.

Quelqu'un qui faisait de son mieux pour ruiner toutes les prétentions de Grant à la présidence.

Mais cela valait-il deux meurtres ?

La jeune femme décrocha le téléphone, et appela le service de chambre. Il lui fallait du café.

Puis elle ouvrit sa mallette et en sortit un bloc pour travailler dessus. Que savait-elle ? Que soupçonnait-elle ? Pourquoi cette photo apparaissait-elle maintenant, et non pas juste après qu'il avait été question du meurtre de Stacy dans les journaux ? Voire même avant qu'on ait identifié le cadavre de la jeune femme ? Cela aurait été beaucoup plus compromettant.

Stop !

Il fallait commencer par lister les faits dont la véracité était établie avec certitude.

Abby Reese avait été assassinée — sans doute par un intrus qui s'était introduit chez Lawrence et qu'elle aurait surpris.

Les meubles de rangement du bureau du sénateur avaient été fracturés, sans qu'on n'ait rien dérobé.

Le meurtre de Stacy Wiggins n'avait strictement rien à

voir avec celui d'Abby Reese. La sauvagerie avec laquelle la jeune femme avait été tuée suggérait une rage absolue. Etant donné les relations que le sénateur semblait avoir entretenues avec elle, il faisait un suspect évident… à ceci près qu'il se trouvait à Washington, au moment du crime.

Des empreintes avaient été relevées sur les lieux, dont on n'avait pu retrouver la trace dans les nombreuses banques de données accessibles à la police. Et, d'ailleurs, rien ne prouvait que ces empreintes soient celles du meurtrier. Comme c'était souvent le cas avec ce genre d'indices matériels, elles étaient sans utilité pour identifier le coupable, mais elles pourraient, éventuellement, aider à prouver qu'un suspect était présent sur place. Une fois qu'ils auraient un suspect…

Mais Karen s'égarait de nouveau.

Le cadavre de Stacy Wiggins avait été déplacé. Les fibres de Nylon qu'on avait trouvées accrochées à ses blessures pouvaient provenir du tapis de sol d'une voiture, voire d'un tapis d'intérieur bon marché. Aucun moyen d'en être sûr. Quant aux légères brûlures que la jeune femme avait sur les fesses, les bras et les talons, elles montraient qu'elle s'était débattue vigoureusement pendant qu'on la torturait… sur un tapis.

Alissa Jurgen.

Le nom lui vint tout de suite à l'esprit. Sa force physique lui aurait permis de tuer Stacy, surtout s'il lui avait été tout de suite possible de la ligoter. Ça n'avait rien d'impensable.

Alissa avait reconnu qu'elle était amoureuse de Stacy. Les choses étaient peut-être allées plus loin qu'elle ne voulait bien le dire. Elle avait suivi Stacy pour découvrir qui était son mystérieux amant, elle avait pris cette photo, et…

Oui, c'était plausible. A ce moment-là, elle avait juste l'intention de faire éclater le scandale ou de faire chanter Grant. Mais, quand elle avait vu le couple, sa jalousie avait très bien pu empirer. Il se pouvait aussi que Stacy ait menti à Karen en lui affirmant que sa liaison avec le sénateur était terminée depuis déjà un certain temps.

En fait, une Alissa Jurgen aveuglée par la jalousie permettait de réunir les pièces du puzzle. Cela expliquait la sauvagerie avec laquelle on avait assassiné Stacy. Cela pouvait même expliquer le cambriolage et le meurtre d'Abby Reese. Alissa s'était rendue chez Grant Lawrence avec le projet de l'assassiner, lui aussi. Mais c'était Abby Reese qui s'était trouvée sur son chemin…

Et cela expliquerait également l'accident de voiture. Durant sa carrière, Karen avait connu plusieurs cas de maîtresses ou d'amants jaloux qui tuaient l'objet de leur passion et tentaient de détruire la personne qui leur avait pris l'amour de leur vie.

Alissa en aurait voulu d'autant plus à Grant qu'il l'avait obligée à tuer Stacy. Si c'était bien le cas, le désir de vengeance était plausible.

Mais, quelle que soit la manière dont Karen rassemblait les pièces, elle en revenait toujours au même point, qui lui restait en travers de la gorge…

Grant devait savoir que Stacy était morte. Et il ne lui avait rien dit du lien qui l'unissait aux deux femmes : un élément qui aurait, pourtant, apporté une aide significative dans l'enquête.

Au lieu de cela, il avait gardé le silence. Karen n'avait pas oublié sa prétendue « douleur » au genou… alors qu'elle venait juste de faire allusion au meurtre d'une jeune femme, propriétaire d'un studio de danse.

Il n'était qu'un menteur. Un ignoble menteur.

— Hou là ! fit Terry Tyson en venant prendre Karen en voiture, le lendemain matin. Vous avez encore plus mauvaise mine qu'à votre sortie de l'hôpital.

— Je n'ai pas beaucoup dormi, avoua Karen.

— Pourquoi ?

— J'ai reçu un coup de fil de mon collègue de Tampa et, ensuite, j'ai eu du mal à trouver le sommeil.

— Un lien avec notre affaire ?

— Un autre meurtre, répondit Karen de façon évasive.

Voilà qu'elle se mettait à mentir, elle aussi ! Cette affaire lui faisait de plus en plus horreur. Si elle avait eu deux sous de jugeote, elle aurait demandé à ce qu'on l'en dessaisisse.

Mais c'était tout simplement impossible. Aussi furieuse soit-elle contre Grant Lawrence, et contre elle-même pour ne pas être capable de prendre du recul, elle redoutait par-dessus tout ce qui arriverait si cette affaire tombait entre les mains d'un autre inspecteur.

Avant toute chose, elle devait avoir une discussion avec Grant.

— Bon… on va commencer avec un petit tour par le service photos de l'*Herald*, d'accord ? lança Terry avec un sourire encourageant.

De toute évidence, il acceptait la mauvaise humeur de Karen avec un certain fatalisme.

— Excusez-moi, Terry, lui dit la jeune femme au bout d'un moment.

— Vous n'avez pas à vous excuser. Il est parfois préférable de garder ses pensées pour soi.

Karen ne fit aucun commentaire.

Comme toujours, la circulation était très dense. C'était à se demander si les embouteillages cessaient à un moment ou à un autre de la journée, dans cette ville. En tout cas, cette situation exaspérante ne semblait nullement affecter la bonne humeur de Terry.

Il n'eut qu'à montrer son insigne pour qu'on leur ouvre les portes du service photographie du *Herald*. Le photographe qui se trouvait sur le lieu de l'accident n'était pas là, mais son collègue se montra très coopératif : il alla chercher le CD contenant les photos numérisées, puis installa Terry et Karen devant un ordinateur pourvu d'un grand écran, afin qu'ils puissent les examiner.

Karen découvrit avec consternation que la plupart des clichés la montraient étendue sur le plancher de la limousine, avec Grant dans diverses positions, alors qu'il tentait de se redresser.

— J'ai vu ça dans le journal, dit Terry. J'étais désolé pour vous.

— Merci. Je suis toujours stupéfaite de la façon dont un événement anodin peut prendre des proportions dramatiques…

Terry l'observait du coin de l'œil.

— Et la ceinture ? Vous avez entendu parler de la ceinture de sécurité, inspecteur ?

— Je plaide coupable, murmura-t-elle en rougissant.

— Ah ! nous y voilà ! fit Terry. Que Dieu bénisse ces foutus reporters !

Le photographe avait pris des clichés de l'autre véhicule impliqué dans l'accident. Un homme mince — un peu trop mince, même — cherchait à s'en extraire, côté passager. On ne le voyait que de dos.

— C'est peu, maugréa Terry. Vraiment très peu.

Une autre photo. Puis une autre. Les mains plaquées sur le toit de sa voiture, le conducteur parvenait à sortir du véhicule. Puis il s'élançait vers l'autre bout de la rue.

D'autres photos. Sur l'une d'elles, on voyait un homme qui se tenait près du carrefour ; son visage, dans l'ombre, était impossible à distinguer, à cause du chapeau qu'il portait. Le conducteur courait dans sa direction. Passait à sa hauteur. Et disparaissait.

— Revenez en arrière, dit Karen.

— D'accord.

Terry revint à la photo qui montrait l'homme posté à l'angle de rue.

— On pourrait agrandir ça, d'une manière ou d'une autre ? lança-t-il à un de ses collègues.

L'autre abandonna le travail qui l'occupait pour le rejoindre.

— Pas de problème, dit-il. Qu'est-ce qui vous intéresse ?

— Le type, là, au coin de la rue. Son visage, si c'est possible.

Le technicien se pencha vers l'ordinateur, puis s'empara de la souris, la déplaça et cliqua. Le visage de l'inconnu se retrouva isolé dans une espèce de cadre. L'homme cliqua de nouveau. Le cadre et le visage doublèrent de taille.

— Encore un peu, c'est possible ? demanda Karen.

La taille du cadre fut multipliée par trois, cette fois. L'image était beaucoup moins nette.

— Vous pourriez éclaircir ça ?

— Je veux bien essayer. Mais je n'ai pas l'habitude de faire ça. Vous savez, on n'est pas censés traficoter les photos d'actualité…

— Essayez quand même.

L'homme fit de son mieux, mais, au final, l'image se révéla trop imprécise et le visage trop sombre pour qu'il soit possible d'identifier le modèle. Néanmoins, Karen éprouva une indéniable impression de familiarité.

— Que se passe-t-il ? lui demanda Terry. Je sens qu'il y a quelque chose.

— En effet. J'ai le sentiment de connaître cet homme.

— Je prendrai un œuf dur avec de la sauce au raifort sur le côté, dit Terry. Et une tomate, coupée en morceaux.

Il avait expliqué à Karen qu'il était obligé de prendre plusieurs petits repas par jour, à cause de son diabète.

— Vous devriez essayer les tomates, lui conseilla-t-il. Le patron les fait pousser sur son balcon.

Karen commanda une salade.

Avant d'arriver au restaurant, ils avaient évoqué la possibilité de faire circuler la photo de l'homme au « visage flou et dans l'ombre ». Ils n'avaient pas encore pris de décision.

— Pour l'instant, je préférerais qu'on garde ça pour nous, déclara finalement Karen. C'est vrai que le visage de cet homme m'évoque quelque chose, mais je peux très bien l'avoir croisé dans le hall de mon hôtel, dans un magasin lorsque je suis allée acheter ma robe, ou même dans l'avion qui m'a amenée ici. Peut-être qu'il est totalement innocent, et qu'il se trouvait là par hasard, au moment de l'accident.

— Vous êtes toujours aussi critique envers vous-même ?

— N'est-ce pas une qualité précieuse pour un inspecteur ? Avoir un regard critique sur tout, y compris sur soi ? Peut-être même *surtout* sur soi.

— Dans une certaine mesure, oui. D'un autre côté, vous êtes un flic. Vous avez des yeux de flic. Et l'esprit d'un flic.

Karen hocha la tête. Elle ne se sentait pas particulièrement perspicace, en ce moment, surtout après ce que lui avait annoncé Previn. En réalité, elle se sentait plutôt stupide. Elle demeura silencieuse, et joua avec sa fourchette sur la nappe en papier.

— D'accord, dit Terry en brisant le silence. Comment la serveuse s'appelle-t-elle et quel est son passe-temps favori ?

Karen réfléchit un instant à la question.

— Sandi. Elle aime les jeux de hasard. A moins que ce soit une dingue d'art contemporain ou du philosophe Auguste Comte. Mais je dirais que le « I love AC » qu'elle a sur son badge signifie « J'aime Atlantic City ». D'autant que le vert de son chemisier rappelle celui des billets de banque américains.

— Maintenant, poursuivit Terry, de quelle couleur étaient les nappes du restaurant où nous avons déjeuné, hier ?

— Comment voulez-vous que je le sache ?

— Ce sont les mêmes qu'ici. Si je vous avais posé la question sur le parking, juste après que nous avions mangé, vous auriez répondu sans hésiter.

Karen haussa les épaules.

— Et cela prouve ?

— Que vous faites attention à ce qui se passe autour de vous, mais que vous ne rangez pas dans votre mémoire les informations en apparence inutiles. Votre mémoire à long terme, j'entends. Donc, si vous vous souvenez de M. Flou-Et-Dans-L'Ombre, c'est probablement parce qu'au moment où vous l'avez vu, vous avez pensé qu'il méritait que vous vous souveniez de lui. Ça s'appelle faire confiance à son instinct, Karen.

— Je suis assez mauvaise dans ce registre, en ce moment.

— C'est ce que je vois.

Terry marqua une pause, alors que la serveuse leur apportait leurs plats.

— Merci, Sandi. Dites-moi, vous avez gagné ou perdu ?

— Je vous demande pardon ?

— A Atlantic City, expliqua Terry en désignant le badge.

La jeune femme éclata de rire et secoua la tête.

— J'ai gagné deux cents dollars. Mais c'était il y a deux ans. Je n'y suis jamais retournée. J'ai pensé qu'il valait mieux finir sur un succès.

— Autant pour mon instinct, marmonna Karen lorsqu'ils furent de nouveau seuls. Hé ! mais ces tomates sont vraiment bonnes !

— Rien de tel que les fruits et légumes qu'on fait pousser chez soi.

Terry badigeonna l'œuf de sauce au raifort, et mordit dedans. Ses yeux se mirent à briller de larmes, jusqu'à ce que ses sinus s'habituent au piquant de la sauce.

— De la dynamite, dit-il après avoir bu une grande gorgée d'eau. Je ne m'enrhume jamais, vous savez ?

— Vos sinus sont immunisés.

— C'est bien possible. Bon, dites-moi : où êtes-vous allée, depuis votre arrivée à Washington ?

Karen réfléchit, tout en entamant sa salade.

— Mon hôtel… Le Capitole… Une soirée… Ensuite, l'hôpital… Hier, j'ai fait un tour en ville avec vous.

— Et hier soir ?

La question était sans doute innocente. Dans ce cas, pourquoi Karen éprouvait-elle un sentiment de culpabilité ?

— J'ai dîné.

Terry, qui terminait son œuf, l'observa un instant.

— J'aurais pu deviner tout seul, commenta-t-il.

— Sans doute, oui.

Il piqua un quartier de tomate avec sa fourchette.

— Je me trouve dans une situation intéressante, vous savez ? Dans trois semaines, je ne ferai plus partie de la police. Ça signifie que je peux prendre quelques libertés avec les règles. Garder des trucs pour moi, s'il le faut, sans avoir peur qu'on vienne me chercher des poux dans la tête. Le temps qu'on s'en rende compte, je serai sur une plage, à écouter ma femme râler parce que je regarde d'un peu trop près les filles en Bikini.

Il marqua une pause, pour avaler son morceau de tomate, puis poursuivit :

— Je vous dis ça comme ça. Au cas où, par exemple, vous me cacheriez quelque chose que vous ne tenez pas à voir dans un rapport. Vous me suivez ?

Karen comprenait de mieux en mieux d'où venait l'excellente réputation de l'inspecteur Terry Tyson. Il devait être redoutable, dans le cadre d'un interrogatoire. Finalement, elle décida qu'il n'y aurait aucun inconvénient à partager son secret avec lui.

— J'ai dîné avec le sénateur Lawrence, hier soir. Ensuite, nous sommes allés au Blues Alley. C'était une… agréable pause.

Terry se contenta de hocher la tête, comme s'il attendait la suite.

— Puis je suis revenue à mon hôtel, j'ai écouté ma messagerie. Et là, tout s'est écroulé.

— Monsieur Connally ?

Jerry leva les yeux de son bureau. Fay, la standardiste, semblait dans tous ses états.

— Que se passe-t-il ?

— J'allais vous le demander, monsieur. J'ai reçu quatre appels, ce matin, en l'espace d'une demi-heure. Le *Post*. Le *Times*. CNN et NBC. Chaque fois au sujet d'une photographie du sénateur en compagnie d'une jeune femme.

Encore ? Jerry croyait, pourtant, avoir éteint ce feu, deux jours plus tôt.

— Le sénateur n'a rien à ajouter à ce qu'il a déjà dit.

— Je pense qu'il s'agit d'une nouvelle photo, expliqua Fay en tapotant le bout de ses doigts avec un crayon. La jeune femme en question serait morte.

Merde ! songea Jerry.

— Le sénateur ne fera aucun commentaire. Appelez Strickland au *Post*, et dites-lui que, s'il veut un commentaire, nous aimerions d'abord obtenir une reproduction de cette mystérieuse photo. A moins que son journal ait décidé de s'abaisser aux méthodes de l'*Herald*.

Fay hocha la tête, visiblement désorientée.

Jerry inspira profondément. Ce n'était pas le boulot de cette jeune femme. Son boulot consistait à être aimable.

— Dites simplement « aucun commentaire », reprit-il. J'appellerai moi-même Strickland.

— Merci, monsieur.

Dès qu'elle eut quitté son bureau, Jerry décrocha son téléphone.

— Sam. Quelqu'un est en train d'appâter, autour du sénateur. Je veux savoir qui est derrière tout ça et quel genre d'appât est utilisé. Réponse dans trente minutes.

Weldon ne répondit pas tout de suite.

— Je vais passer des coups de fil, Jerry. Mais trente minutes… c'est peu.

— Trente minutes, répéta Jerry.

Une demi-heure qui lui laisserait le temps de trouver un moyen de sauver la peau de Grant. Et la sienne, si possible.

17.

Il était midi. En contemplant la photo qu'on venait de lui faxer, et sur laquelle on le voyait se promener main dans la main avec Stacy Wiggins, Grant Lawrence éprouvait des sentiments partagés.

Il ne pouvait s'empêcher de sourire en se rappelant cette merveilleuse journée. Ils avaient loué un bateau à voile, puis, au crépuscule, ils étaient allés se promener dans le parc de sa résidence, sur le sentier de jogging désert. Du moins avait-il cru l'endroit désert. La photographie lui donnait l'impression d'avoir été trahi.

Cette impression n'était rien par rapport au douloureux sentiment de perte que lui inspirait la mort de Stacy. Elle avait été une compagne délicieuse, tendre, chaleureuse et sincère. Et puis, au fur et à mesure que les mois passaient, ils avaient compris l'un et l'autre qu'ils se considéraient de plus en plus comme des amis, et de moins en moins comme des amants.

Pourtant, Grant pleurait sa disparition ; il pleurait de savoir qu'il ne la verrait plus jamais sourire, qu'il ne l'entendrait plus rire. Une amie chère était partie, lui avait été prise dans la violence. Une femme de plus avait quitté sa vie.

Grant regardait aussi cette photo avec révolte. Elle allait

paraître dans la presse et faire de la vie de ses filles un enfer. Encouragée par tous ceux qui avaient un compte à régler avec lui, la presse allait le traquer sans répit, s'acharner sur lui.

Cela, juste au moment où la RS 52 était sur le point de passer au vote.

Et puis il fallait aussi penser à Jerry. Jerry n'avait fait aucun commentaire en lui annonçant cette nouvelle catastrophe. Toutefois, Grant se doutait à quel point il devait être contrarié. Il aurait aimé trouver le moyen d'épargner à son ami ce qui, selon toute probabilité, l'attendait au coin de la rue.

Mais il était trop tard, à présent. Impossible de revenir sur ce que Jerry avait fait — quoi qu'il ait fait.

Bon sang ! Grant était malade à l'idée de ne pas avoir su protéger les gens qu'il aimait.

Le téléphone sonna, le sortant brusquement de sa rêverie. C'était sa ligne privée. Quelle nouvelle catastrophe Jerry allait-il lui annoncer ?

Mais il ne s'agissait pas de Jerry. En reconnaissant la voix d'Art, Grant sentit son cœur faire une embardée.

— Il s'est passé quelque chose ? demanda-t-il aussitôt.

— Rien de grave, rassure-toi, lui répondit Art. Je dois emmener les filles chez le médecin. Lucy a une angine, et Belle commence à se plaindre de maux de gorge, elle aussi. Je tenais à t'en informer. Mais je ne pense pas qu'il y ait de quoi s'inquiéter.

— Merci, Art, murmura Grant, qui sentit les battements de son cœur s'apaiser. Demande aux filles de m'appeler, à votre retour, d'accord ?

— Bien sûr. Mais je ne sais pas combien de temps ça va nous prendre. Je vais dans l'une des petites cliniques d'urgence de la ville. On m'a prévenu que le pédiatre ne pourrait sans doute pas nous recevoir avant 17 heures.

— Bon. Préviens-moi dès que vous serez rentrés, s'il te plaît.

— Compte sur moi. Et ne t'inquiète surtout pas. Elles vont bien. Nous avons déjà connu ce genre de contrariété, n'est-ce pas ?

Grant laissa échapper un petit rire.

— D'innombrables fois, oui. Mais je m'en veux d'être aussi loin.

— Je comprends. Je suis dans tous mes états, chaque fois que mon ex me dit que l'un de mes filles est malade.

Art se mit à rire à son tour.

— Cela dit, avec quatre filles dans la salle d'attente, il va falloir que j'assure… Je pense que tu as le rôle le plus facile, cette fois.

— Peut-être.

— Je t'appelle dès que j'ai du nouveau, d'accord ?

— Merci, Art.

Encore une chose dont il devait s'occuper, songea Grant en raccrochant. Trouver une nouvelle nounou aux filles, en attendant de pouvoir les faire venir à Washington. Il n'était pas spécialement pressé de s'atteler à cette tâche, mais, en même temps, il ne pouvait pas profiter indéfiniment de la gentillesse d'Art. Et puis les filles avaient besoin de se retrouver chez elles le plus tôt possible.

Dans l'immédiat, il allait organiser une conférence de presse et tenter de désamorcer la bombe à retardement que constituait la photo. Il espérait que cela fonctionnerait, sans trop y croire. Il allait raconter sa version de l'histoire, puis il se tairait, attacherait sa ceinture et essaierait de se sortir sans trop de mal de cette crise.

Il appela Jerry. La conférence de presse devait avoir lieu aussi tôt que possible.

Cet après-midi, par exemple.

— Vous savez ce qu'il y a de pire, avec le diabète ? demanda Terry, qui venait de commander une nouvelle tasse de café et deux œufs durs.

— Dites-moi.

— Vous êtes censé perdre du poids. Mais les injections d'insuline rendent la chose pratiquement impossible.

— Qu'est-ce que vous faites, alors ?

— Je fais du footing, chaque soir.

Il soupira.

— La vie finit toujours pas nous faire payer le moindre plaisir. Je paye pour les beignets, les gâteaux, les barres chocolatées et les trop grosses portions de purée. Sans parler des millions de tasses de café avec trois sucres dedans !

Karen se mit à rire avec lui.

— Vous avez probablement raison.

— Bien sûr que j'ai raison !

Karen baissa les yeux sur son muffin auquel elle avait à peine touché.

— Vous avez sans doute raison, répéta-t-elle.

— D'un autre côté, poursuivit Terry, certains plaisirs valent vraiment le coup...

— Peut-être.

— Non, non. Là-dessus, il n'y a pas de « peut-être » qui tienne.

La serveuse déposa devant lui ses œufs, avec une nouvelle coupelle de sauce au raifort.

— Bon, fit Terry, revenons à vous. Votre affaire ressemble à un vrai sac de nœuds.

Karen hocha la tête.

— Et vous pensez que vous vous êtes un peu trop… rapprochée du sénateur. Je ne vois là aucun problème.

— Aucun problème ?

— Il n'est pas coupable. Il serait plutôt victime.

— Mais…

Terry agita la main.

— Depuis combien de temps travaillez-vous à la criminelle ?

— Cinq ans.

— Alors, vous devriez savoir que l'on ne connaît jamais toute la vérité sur quelqu'un. Tout le monde a quelque chose à cacher — lui, vous, moi. Au départ, Lawrence ignorait probablement que sa petite amie était morte. Il vous a fallu combien de temps pour identifier la danseuse ?

— Presque deux semaines.

— Bon. Ajoutons à cela que les deux meurtres présentaient des caractéristiques différentes et que les corps des victimes avaient été retrouvés dans des coins presque opposés de la ville. Nous, nos antennes se sont mises à vibrer parce que les deux affaires avaient eu lieu la même nuit et parce que Lawrence était impliqué dans les deux, d'une certaine manière. Mais, de son point de vue, il n'y a aucun lien à établir entre les deux crimes, outre le fait qu'il connaissait les victimes et qu'il les aimait toutes les deux. Pourquoi serait-il allé le mentionner ?

— Pour aider à faire progresser l'enquête.

Terry opina du chef et mordit dans son œuf, qu'il avait, au préalable, trempé dans la sauce au raifort. Ses yeux s'emplirent de nouveau de larmes, tandis qu'il mâchait, puis avalait.

— C'est la façon dont *nous* voyons les choses, reprit-il. Nous sommes flics ; lui, c'est un politique, et il perçoit tout différemment. Il doit se demander si c'est une bonne chose d'étaler son linge sale devant tout le monde. Il se trouve dans une position incertaine. Si cette histoire sort, il devra peut-être dire au revoir à la présidence.

— Donc vous approuvez le fait qu'il ait caché la vérité ? demanda Karen, incrédule.

— Est-ce que j'ai dit ça ? Je ne crois pas. S'il savait que la danseuse était morte la même nuit que la nounou et qu'il a gardé ça pour lui, il a eu tort. Totalement tort. Mais je peux comprendre ce qui s'est passé dans sa tête, et je ne vais pas prévenir les fédéraux pour ça. A quoi bon ?

Karen ne trouva rien à répondre.

— Et puis il y a vous, reprit Terry, après avoir de nouveau mordu dans son œuf. Vous, qui ne voyez pas les choses de la même façon. Vous n'aimez pas les compromis.

— Pas ce genre de compromis, en tout cas.

— D'accord. Bon, quoi d'autre encore ? Vous commencez à avoir le béguin pour lui…

— C'est faux !

Terry se contenta de rire doucement.

— Vous savez, Karen, vous pourriez être très très en colère en découvrant la vérité.

— La vérité ? Je ne l'ai pas beaucoup vue, dans cette affaire.

— Il y a quand même des éléments indiscutables. Deux femme, tuées dans des circonstances très différentes. Et vous pensez que la coupable pourrait être l'associée du studio de danse, parce qu'elle était amoureuse d'une des victimes.

— C'est une possibilité.

— C'est justement là que vous faites fausse route.

— Qu'est-ce que vous voulez dire ?

— Vous limitez les possibilités, Karen.

Elle se raidit. Elle estimait avoir un certain talent pour raisonner en dehors des sentiers trop balisés et ne pas foncer tête baissée vers les solutions les plus évidentes. Elle faillit donc répliquer avec énergie, mais elle se ravisa. Terry avait bien plus d'expérience qu'elle. Il était possible qu'elle passe à côté d'un point important.

Il lui sourit, comme s'il avait suivi le cours de ses pensées et surpris sa réaction, mais il garda ses commentaires pour lui.

— On va effectuer un petit retour en arrière, proposa-t-il. Je ne sais pas grand-chose de l'affaire. Vous allez faire comme si c'était également votre cas. Commençons avec les meurtres eux-mêmes. Ils nous renseignent déjà beaucoup. La danseuse a été étranglée et mutilée. Vous avez dit que c'était une femme dotée d'une certaine force, je crois.

— Oui.

— Et il y avait des signes de lutte.

— Des brûlures de tapis. Des fragments de chair sous ses ongles.

— D'accord. La personne qui l'a maîtrisée était donc bien plus forte qu'elle.

Karen hésita.

— Sans doute, oui.

— En tout cas, poursuivit Terry, ce meurtre témoigne d'une fureur impressionnante. Une rage toute masculine, je dirais. Les femmes ne tuent pas de cette manière. Une femme jalouse a généralement recours à un pistolet. Ou bien elle passe à l'acte durant le sommeil de la victime. Rien de physique. Certainement pas de mutilation. Elle essaie de faire les choses aussi rapidement et proprement que possible, en évitant l'affrontement, la lutte. Elle privilégie le poison ou les armes à feu. Or, on n'a rien de ça, ici.

— Jusque-là, je vous suis.

Terry sourit de nouveau.

— On a donc affaire à un meurtre qui a *probablement* été commis par un homme. Un homme très en colère. Très perturbé, aussi.

Karen, qui voyait où il voulait en venir, se contenta de hocher la tête.

— Et puis, la même nuit, on a le meurtre de la nounou, rappela Terry, avant de boire une longue gorgée de café. Etant donné que les deux victimes sont liées au même homme et qu'elles sont mortes la même nuit, je serais assez tenté de penser que les meurtres ont été commis par la même personne, malgré des différences dans le mode opératoire. Je pense aussi que vous êtes dans le vrai en estimant que la mort de la nounou n'était pas prévue au programme. D'ailleurs, je suis prêt à parier que les deux meurtres ont eu lieu au même endroit — la même maison, la même pièce. En descendant au rez-de-chaussée, Abby est tombée sur notre cambrioleur. Lawrence et ses filles étaient ici, à Washington, et l'assassin s'attendait probablement à trouver la maison vide.

Karen hocha la tête.

— Si elles ont été tuées au même endroit, il devrait y avoir des indices matériels pour le prouver — du sang ou autre chose. Je vais demander à Previn de veiller à ce qu'ils vérifient, au labo.

— Vous avez dit que le corps de la jeune femme avait été déplacé. Vous l'avez tout de suite remarqué, c'est ça ?

— Exact. Mais ça soulève une autre question. Qui a bougé le cadavre ? Car enfin, si l'assassin voulait vraiment nuire au sénateur, il aurait plutôt laissé les deux corps dans la maison, non ?

Terry observa une pause, une longue pause durant laquelle ses yeux s'assombrirent.

— C'est une question déplaisante, que vous posez là, dit-il. Car je ne lui vois que deux réponses possibles. Soit le meurtrier a embarqué avec lui le corps sanglant de la danseuse pour faire croire que le sénateur essayait de cacher la vérité, soit…

— Soit c'est Grant Lawrence lui-même qui l'a déplacé, poursuivit Karen. Et alors, il devient complice de l'assassin.

Grant sortit de chez lui et marcha jusqu'à l'estrade devant laquelle se trouvaient les journalistes. Il avait le regard aussi froid et dur que possible. Il était loin d'être enthousiaste à l'idée de tenir une conférence de presse devant sa maison, mais Jerry avait insisté, à cause de l'aspect symbolique. La question à l'ordre du jour était personnelle, et non politique. Les deux étaient liés, bien sûr, mais il était inutile d'encourager ce lien en s'adressant à la presse depuis son bureau ou les marches du Capitole. Jerry avait raison, évidemment. Néanmoins, l'idée d'attirer ainsi l'attention sur lui en présence de ses voisins mettait Grant mal à l'aise. Il y aurait, désormais, des regards soupçonneux, chaque fois qu'il sortirait de chez lui.

Mais, à bien y réfléchir, ce serait arrivé, de toute façon.

— Bonjour à tous. Je vais faire une déclaration, puis je répondrai à vos questions, expliqua-t-il aux journalistes, en guise de préambule.

Il prit une inspiration et se lança.

— Oui, je connaissais Stacy Wiggins. Nous avons eu une liaison. Durant plusieurs mois. Nous nous sommes rencontrés alors qu'elle travaillait comme bénévole dans ma permanence de Tampa. Mon épouse était décédée six mois plus tôt. Nous avons beaucoup parlé…

En révélant tout cela, il avait l'impression de trahir la mémoire de la jeune femme et le temps qu'ils avaient passé à bavarder ainsi. Elle méritait mieux que d'être un sujet discuté et disséqué de la sorte, avec un détachement presque clinique.

— Stacy était une femme merveilleuse. Je l'aimais. Quand nous nous sommes rencontrés, elle était strip-teaseuse, en effet. Je ne l'ai jamais vue danser, du moins pas dans ces circonstances. En revanche, j'ai pu la voir avec ses élèves, après qu'elle eut ouvert son studio. Il y avait de la poésie dans sa façon de bouger. Une poésie qu'elle essayait de transmettre aux jeunes filles à qui elle enseignait la danse. C'était un merveilleux professeur, dévoué et plein d'entrain, et je suis certain qu'elle va énormément manquer à ses élèves.

Ils étaient tous en train de prendre des notes. A quoi

ressembleraient ses propos après qu'ils en auraient pris possession ? Ça, c'était une autre histoire.

— Stacy et moi, nous nous sommes fréquentés durant un an. Avec le temps, notre relation a évolué vers une amitié profonde. Nous avons rompu par consentement mutuel. Mais nous sommes restés très liés. Et aujourd'hui, elle me manque.

Il marqua une pause pour reprendre son souffle. Il luttait contre ses émotions, à présent ; il devait rester posé et... présidentiel, alors que son chagrin menaçait d'exploser. Mais il n'était, évidemment, pas question de mettre son cœur à nu.

— Nous ne nous étions pas vus depuis environ trois mois quand le drame est survenu. J'étais très occupé, ici, à Washington, et elle avait, de son côté, fort à faire avec ses élèves. J'ai été... horrifié... d'apprendre sa mort. Une mort brutale, tragique. Le monde s'est vu privé d'une femme exceptionnelle qui aurait, j'en suis certain, fait le bonheur de nombreuses personnes. Elle avait, en tout cas, fait le mien.

Son visage se durcit.

— C'est pour moi une douleur et une colère que de devoir aujourd'hui expliquer, défendre et justifier ce que Stacy et moi avons partagé. J'ose espérer que personne n'ira utiliser sa disparition à des fins politiques. Les électeurs méritent mieux que cela. Et Stacy également. C'était un être humain, et non un pion sur l'échiquier politique. A ceux qui seraient tentés d'exploiter ce qui s'est passé, voici ce que je veux dire : respectez ce grand pays, respectez ses électeurs, et accordez à Stacy Wiggins le respect dû à tout être humain, le même respect que vous aimeriez voir accordé à votre fille, votre sœur, votre femme. Elle le méritait.

Grant laissa passer un court silence, puis il hocha la tête.

— Je vous remercie. A présent, je vais répondre à vos questions.

Assise dans le bureau de Terry, Karen venait d'écouter la déclaration de Grant à la radio. Un discours sincère. Elle doutait que qui que ce soit, hormis Terry, ait remarqué la légère pause du sénateur lorsqu'il avait évoqué le moment où il avait appris la mort de Stacy. Une pause qui, pour elle, était lourde de sens. Il savait, depuis le début. Luttant contre sa colère, elle écouta la suite.

— Sénateur, quand avez-vous appris la mort de Mlle Wiggins ?

Il avait dû se préparer à cette question, car il y répondit sans la moindre hésitation.

— La police a identifié le corps il y a une semaine. J'ai lu les articles, dans les journaux.

C'était la vérité, mais incomplète et trompeuse. Cela dit, Grant n'avait aucune raison de se suicider en direct, devant la presse.

— Est-il exact que vous ayez financé son studio de danse ?

Cette question aussi, il devait l'attendre.

— En effet. Nous nous fréquentions depuis trois mois environ. Elle n'était pas à sa place dans un club de strip-tease. Elle détestait ça, elle s'en voulait de le faire. Posséder un petit studio de danse était son rêve. J'ai voulu transformer ce rêve en réalité, d'autant que j'étais en position de l'aider.

— Combien de temps vous êtes-vous encore fréquentés, après l'ouverture du studio ?

— Six mois environ. Et, pour devancer la prochaine question, je vous dirai qu'à aucun moment, je n'ai eu le sentiment d'être manipulé. Ni avant. Ni après.

— Vous êtes-vous servi de votre argent pour la séduire ?

— Il faut être gonflé pour poser cette question, remarqua Terry.

« Tout monde se la pose », songea Karen. Y compris elle-même. Cet homme avait-il pour habitude d'utiliser les autres ?

— C'est une question stupide, trancha Terry. Ce type n'a pas besoin d'acheter les femmes. Il lui suffit de tendre la main pour obtenir ce qu'il veut.

Y compris elle-même, se répéta Karen.

Non sans effort, elle reporta son attention vers la conférence de presse.

— … insultez Mlle Wiggins, et moi-même, en faisant une telle supposition. Encore une fois, j'ignorais qu'elle était strip-teaseuse quand je l'ai rencontrée. Je ne l'ai découvert qu'après plusieurs rendez-vous. Nous étions alors suffisamment proches l'un de l'autre pour qu'elle trouve le courage de me l'avouer. Ma réponse immédiate a été de faire en sorte qu'elle n'ait plus à exercer ce métier qu'elle détestait.

— De la charité ? lança une voix moqueuse.

— Vous savez sans doute, Bob, lança Grant en reconnaissant le journaliste, que je donne beaucoup d'argent à différentes œuvres de charité. Ce que j'ai offert à Stacy Wiggins n'était qu'une goutte d'eau dans un océan, d'autant que son associée et elle avaient déjà économisé une certaine somme en vue d'ouvrir ce studio. Je n'ai fait que rendre leur rêve immédiatement possible.

— Il est assez opportun que cette histoire arrive alors que vous êtes sur le point d'annoncer votre candidature aux élections présidentielles…

Karen laissa échapper un hoquet de stupeur en entendant cette remarque.

— Les journalistes peuvent être bien plus violents, lui assura Terry. Ils le provoquent, en réalité. Mais je dois reconnaître qu'on ne voit pas souvent ce genre de truc à la télé…

Grant agrippa le pupitre de son estrade, avant de laisser passer l'émotion dans des mots soigneusement choisis.

— Opportun ? Opportun pour qui ? Pour ma part, je ne vois là strictement rien d'opportun. Et je ne crois pas avoir annoncé mon intention de me présenter aux élections présidentielles.

— Chacun sait que vous le ferez.

— *Chacun* est mieux informé que moi, dans ce cas. Mais voici ma version des choses. Je savais que j'aurais eu à justifier ma relation avec Stacy si jamais je décidais de rentrer dans la course à la présidence. J'aurais eu à le faire, exactement comme je suis en train de le faire en ce moment, même si elle n'avait pas été tuée.

Il marqua une nouvelle pause, se rappelant les nombreuses fois où Stacy avait exprimé le souhait qu'ils puissent vivre leur relation au grand jour.

— En fait, dit Grant, il semble que sa mort ne fasse que rendre les explications encore plus difficiles.

« Je suis désolé, Stacy, pensa-t-il. Désolé de ne pas leur avoir parlé de toi plus tôt. »

— Je vous remercie de votre attention. C'est tout ce que j'ai à dire.

Des voix s'élevèrent aussitôt, très vite remplacées par celle du journaliste qui présentait le flash spécial.

Terry se pencha pour éteindre la radio.

— Les vautours sentent l'odeur du sang, dit-il en secouant la tête. Vous devriez aller sauver votre copain.

— Le sauver ?

— Faites votre travail, inspecteur. Je vous y aiderai.

18.

Karen ne se sentait pas apaisée par le fait que Terry ne juge pas Grant aussi blâmable que cela. Elle décida d'avoir au plus vite une discussion avec le sénateur. Mais, d'abord, elle devait appeler Previn.

— Ça y est, l'histoire est dans le domaine public, lui annonça-t-elle. Il vient de tenir une conférence de presse. Ce sera aux informations de ce soir, à la télé.

— Je n'aime pas ça du tout.

— Moi non plus. J'aimerais que tu ailles faire un tour au labo et que tu compares les preuves matérielles et les échantillons de sang de Reese et de Wiggins.

— Quoi ?

— Je veux savoir si Wiggins a été assassinée dans le salon de Lawrence.

— Merde !

— Tu fais ce que je te demande, Dave. Un point, c'est tout.

— Je m'en occupe. Mais… je devrais peut-être informer Simpson de ce qui se passe. Il risque de se demander si on roupille quand il verra les infos, ce soir.

— D'accord. Mais précise-lui que je t'avais parlé du lien possible entre les deux affaires. C'est à moi que la photo était adressée. Je ne tiens pas à ce que tu aies des ennuis à cause de moi.

— Pas de danger. Ecoute, je vais lui dire qu'on vient juste d'apprendre la chose. Personne n'ira soutenir le contraire.

En raccrochant, Karen regarda le téléphone comme s'il avait été capable de la mordre.

— J'aimerais bien savoir qui fait circuler cette photo, dit Terry.

— La presse n'aime pas ce genre de questions. Ni les poser ni y répondre.

— Ça dépend.

— Comment ça ?

— Ça dépend de ce que vous avez sur ces messieurs.

Karen fit pivoter sa chaise de bureau et interrogea Terry du regard. Mais elle savait déjà ce qu'il avait en tête.

— Laissez-moi faire, Sweeney. Vous n'avez pas besoin de tout connaître des dessous de Washington. Après tout, vous rentrez bientôt chez vous.

— Je veux savoir.

Terry pencha la tête sur le côté.

— Je n'ai pas pour habitude de faire connaître mes contacts. Et puis vous n'êtes pas toujours très discrète…

Karen songea à une certaine photo publiée dans la presse, une photo de Grant et elle après l'accident, et elle se sentit rougir.

— Il est temps qu'on travaille chacun de son côté, déclara Terry. Allez trouver Lawrence dans sa tanière. Moi, je rendrai visite à mon contact, dans la soirée.

— Pourquoi est-ce que j'irais trouver Grant ?

— Parce que vous en mourez d'envie. Et parce que vous en avez besoin. Pour l'affaire. Et pour vous-même.

— On le tient ! lança Michaels. On a pris ce fils de pute la main dans le sac.

— Peut-être, lui répondit Randall. Pour ça, il faut encore qu'il ait commis une erreur. Sinon, on aura juste sali la réputation d'un innocent.

— Il n'a pas la conscience tranquille, trancha Michaels. Je l'ai lu sur son visage. Et ce n'est pas sur un point sans importance, comme l'endroit dont revenait sa femme quand elle a eu son accident. Cette fois, il ne peut pas cacher la vérité.

Randall savait que Michaels avait probablement raison. Pour autant, il n'était pas obligé d'aimer ça. Ni de se réjouir.

— Je vous ai déjà dit comment nous nous étions rencontrés, Lawrence et moi ?

Michaels secoua la tête.

— Non.

— C'était il y a une quinzaine d'années. Je faisais du lobbying pour les producteurs de canne à sucre, à Tallahassee. Je m'efforçais de casser un projet de loi qui consistait à détruire le réservoir du lac Okeechobee et à rendre aux Everglades leur état originel.

— Les choses n'ont pas beaucoup évolué, fit remarquer Michaels en souriant.

— Vraiment ? Je ne vous avais pas engagé, à l'époque. En fait, vous deviez avoir… quinze ou seize ans, non ?

Randall haussa un sourcil pour marquer le coup. Michaels

baissa les yeux et hocha la tête. Bien. Il avait besoin d'être remis à sa place.

— A cette époque, Grant Lawrence faisait partie de la législature d'Etat. Il n'avait pas encore trente ans. C'était son premier mandat, il était plein de passion et d'énergie. On voyait déjà qu'il avait de l'avenir. Et on voyait que son vote pouvait aller dans un sens ou dans l'autre. Alors, je suis allé le voir. Il était à fond dans les questions d'environnement, sans être un de ces écolos abrutis ou dogmatiques. Je l'ai baratiné. Je lui ai expliqué ce que l'économie des Everglades signifiait pour l'Etat, financièrement ; j'ai plaidé la cause de tous ces modestes exploitants qui avaient gagné leur vie sur les marécages asséchés, au cours des quarante dernières années.

— Vous l'avez gagné à votre cause ?

— Non. De toute façon, il n'aimait pas ce projet de loi qui, selon lui, supposait trop de bouleversements trop rapidement. Au final, il a accepté de voter contre le projet de loi à la condition que j'accepte de soutenir un projet plus sensé à la session parlementaire suivante. Je lui ai dit que je ne pouvais pas me permettre une chose pareille. Nous nous sommes serré la main, et j'ai quitté son bureau. Quant au projet de loi, il est mort dans les commissions.

— Vous avez donc gagné, en définitive.

— J'en viens au fait. Ma femme est morte un mois plus tard. Lawrence a envoyé des fleurs et une carte. Je l'ai appelé, et je lui ai demandé pourquoi il avait fait ça. J'étais très en colère, à ce moment-là. Ma femme paraissait en bonne santé quand j'étais parti pour Tallahassee. J'étais rentré juste après la fin de la session, et elle avait les bras et les jambes pleins d'hématomes. Je l'ai emmenée chez un médecin. Leucémie. La maladie l'a dévastée comme un feu de forêt. Elle est morte en deux semaines. Je me suis dit qu'elle devait être au courant de sa maladie, qu'elle me l'avait cachée, et que ça l'avait tuée. Je lui en voulais. J'en voulais aux médecins. Mais, par-dessus tout, c'est à moi que j'en voulais, moi qui étais toujours trop occupé pour me rendre compte de ce qui se passait.

Randall se mordit la lèvre, et inspira profondément.

— Alors, je m'en suis pris à Lawrence. Je lui ai lancé : « Pourquoi est-ce que vous m'appelez ? C'est à cause de gens comme vous que je suis resté loin de ma femme alors qu'elle était malade. Le temps que vous me lâchiez enfin, que je puisse retourner auprès d'elle, il était trop tard. » Ce que j'ai dit alors était ridicule. J'ai dû me défouler sur lui pendant un bon quart d'heure. Et vous savez comment il a réagi ?

— Aucune idée, avoua Michaels.

— Il a simplement prononcé trois mots : « Vous l'aimiez. » J'en ai eu le souffle coupé. Je m'attendais à ce qu'il me dise d'aller me faire foutre. Je l'aurais bien mérité. Non. Il m'a juste dit ces trois mots. J'ai fini par lui répondre : « Oui, je l'aimais. » Et il a conclu : « Alors, n'ayez pas honte de la pleurer. » Ce soir-là, juste après avoir raccroché, j'ai réussi à dépasser ma colère et j'ai pleuré.

Michaels resta un moment silencieux.

— D'accord, c'est un type bien, reprit-il enfin. Tout le monde le sait. Ce n'est pas pour ça que la RS 52 est une bonne loi. Et ça ne signifie pas non plus qu'il mérite d'être président.

— Peut-être pas, reconnut Randall. Mais, la prochaine

fois que vous serez tenté de vous réjouir de ce qu'il lui arrive, essayez d'avoir un minimum de respect. Peut-être qu'il a tout faux, avec ce projet de loi. Peut-être aussi qu'il n'est pas fait pour la Maison-Blanche. Mais il a une classe comme vous n'en aurez sans doute jamais.

Jerry regarda Grant, assis de l'autre côté de la table du patio. Il avait les traits tirés.

— J'ai merdé, fit Jerry. L'essentiel est là.

— Ouais. Tu as merdé. Ce sont des choses qui arrivent.

— Tu ne dois pas mentir pour me protéger, Grant.

— Je n'ai pas menti. En droit, c'est ce que vous appelez la « négation plausible ».

En théorie, ça semblait presque sensé. A présent, Jerry se rendait compte que c'était indéfendable. Non, Grant n'avait pas menti. Pas franchement. Pas encore. Mais, pour étayer son histoire, il devrait le faire. Et, tôt ou tard, la vérité sortirait. Ça finissait toujours ainsi. C'en serait alors terminé de Grant Lawrence.

Une idée tout simplement insupportable.

Le carillon de la porte d'entrée retentit comme l'épée de Damoclès qu'on aurait brusquement tirée de son fourreau. Le moment était sans doute tout proche où quelqu'un viendrait les mettre en présence d'une preuve établissant le lien entre la mort de Stacy et celle d'Abby. Grant se contenta de secouer la tête. Jerry se leva, traversa la maison, déterminé à maintenir les loups à distance.

Il ouvrit la porte et se trouva face à l'incarnation de l'épée de Damoclès.

— Inspectrice Sweeney, dit-il.

Les yeux de la jeune femme étaient comme des éclats de glace. Durs, froids, coupants.

— Il est là ? demanda-t-elle.

— Oui, répondit Jerry, après un court instant d'hésitation. Derrière, sur la terrasse. Entrez.

— Merci.

Jerry recula pour la laisser passer.

— Foutue journée ! lança-t-il, tandis qu'ils passaient de l'entrée dans la cuisine. Foutue journée, vraiment.

— Oui.

— Ecoutez, avant que vous lui parliez… il n'était pas au courant.

Elle leva les yeux vers Jerry. Son regard était terrible.

— Et vous ?

— Il n'était pas au courant, répéta Jerry.

— Ça ne me suffit pas, répliqua-t-elle avec dureté et froideur. Il faut qu'on parle. Tout de suite. Allons-y.

Grant Lawrence était assis et lui tournait le dos. Sa veste de costume était posée à côté de lui, et il avait retroussé les manches de sa chemise blanche. Il ne se donna même pas la peine de se retourner pour voir qui arrivait.

En dépit de sa colère, Karen fut troublée de voir à quel point ses épaules semblaient affaissées. Ce n'était pas le cas, juste après la mort d'Abby. Quelques semaines plus tôt, il avait pleuré, souffert, mais pas renoncé. Or, en cet instant, il ressemblait à un homme prêt à abandonner, à tout laisser tomber.

— Grant ? appela Jerry. C'est l'inspectrice Sweeney.

Il ne bougea pas.

— Je vous attendais, Karen, dit-il. Asseyez-vous.

Elle contourna la table. Sa colère était tempérée par la conscience soudaine des émotions qui l'assaillaient. Or, elle n'en voulait pas de ces émotions ! Elle ne devait pas oublier qu'elle était un officier de police en mission, et non une femme comme les autres qui rendait visite à un ami. En même temps, elle était douloureusement consciente que, avec cet homme, elle ne serait jamais objective. Alors, elle lutta pour se concentrer et entretenir sa colère. Elle devait au moins ça aux victimes.

Elle tira une chaise et s'assit en face des deux hommes. Entre eux, il y avait une table en fer forgé, une cafetière isotherme et des tasses.

— Du café ? proposa Grant en se penchant en avant.

— Non, merci, répondit-elle d'un ton sec. Stacy Wiggins a été tuée chez vous, n'est-ce pas ? Et ne vous donnez pas la peine de mentir : en ce moment même, à Tampa, on est en train de procéder à toutes sortes de tests et d'analyses.

Le regard de Grant accrocha le sien. Un regard qui trahissait son trouble, mais demeurait impénétrable.

— C'est bien ce que je soupçonnais, dit-il.

— Ce que vous *soupçonniez* ? De qui vous moquez-vous, au juste ?

Il tressaillit légèrement, et se laissa aller contre le dossier de sa chaise, sans un mot. Il savait qu'il y avait toujours mieux à faire que parler à un flic.

— Il n'était pas au courant, intervint Jerry. Vous avez ma parole. Il ne savait pas, inspecteur. Il ne *sait* pas. Parce que personne ne le lui a jamais dit.

Karen le considéra avec mépris.

— Vous espérez me faire croire que vous avez agi sans son approbation ?

Jerry pinça les lèvres, comme s'il contenait, lui aussi, une bouffée de colère.

— Je fais tout le temps des choses sans en référer à Grant. Il n'aurait pas assez d'heures dans une journée pour avaliser tous les faits et gestes des membres de son équipe. C'est la raison pour laquelle il s'est entouré de gens comme moi : des gens en qui il a toute confiance et qui règlent certains détails sans forcément l'en informer. Cette fois, j'ai manqué à mes devoirs.

— Mais *vous,* vous saviez, n'est-ce pas ?

Jerry baissa la tête un très court instant.

— Oui, dit-il en regardant de nouveau Karen. J'ai trouvé les corps. J'ai trouvé Stacy Wiggins dans le salon de Grant. Et j'ai déplacé son cadavre.

Grant fit entendre comme un halètement, et Karen lui jeta un coup d'œil à la dérobée. L'angoisse extrême qu'elle lut sur son visage eut, une nouvelle fois, raison de sa propre colère. Et, une nouvelle fois, elle dut se reprendre.

— Vous soupçonniez tout cela, sénateur, n'est-ce pas ?

La réponse fut directe et immédiate.

— Oui.

— Pourquoi ne pas me l'avoir dit, dans ce cas ? Vous mesurez les implications sur l'enquête ? J'ai peine à croire que votre carrière soit plus importante à vos yeux que l'honnêteté, la loi, le…

— Hé, une minute ! coupa Jerry. Sa carrière n'a rien à voir avec son silence. Que les choses soient claires, inspecteur : si vous connaissiez un tant soit peu cet homme, vous sauriez que je l'ai mis dans une situation impossible. Il n'avait que des soupçons et, s'il les avait exprimés, je me serais retrouvé en prison. Ce n'est pas la peur qui l'a poussé au silence, Sweeney, c'est l'amitié.

Il s'interrompit un instant, donna l'impression de se calmer, puis reprit :

— En ma qualité d'avocat, je dois aussi vous rappeler que Grant n'avait, d'un point de vue légal, aucune obligation de faire état de ses soupçons.

Il se leva.

— Je vous ai dit tout ce que vous deviez savoir. Vous pouvez m'arrêter tout de suite.

— Je n'en ai pas encore fini.

— Jerry, tu... tu pourrais nous laisser un instant, s'il te plaît ? intervint Grant.

— Pas question ! Je ne vais pas la laisser déformer tes propos et te rendre, d'une manière ou d'une autre, responsable de *mes* actes.

— Laisse-nous, Jerry. Karen ne fera rien de tel.

Jerry sonda Karen du regard, en même temps qu'il lui adressait un avertissement silencieux. Puis il pivota sur ses talons et gagna l'intérieur de la maison.

Seule avec Grant, Karen sentit sa colère se muer en déception, une déception si vive qu'il lui fut, pendant un instant, impossible de parler. Elle avait admiré cet homme pendant des années, elle l'avait cru bien au-dessus de la mêlée politique, et sa déconvenue était immense.

— Il est possible que je n'aie pas eu d'obligation légale, déclara-t-il d'un ton posé, mais j'avais probablement une obligation *morale*. Sauf que la morale et l'éthique peuvent être soudain moins évidentes quand vous risquez d'envoyer un vieil ami en prison.

Karen mit un peu de dédain dans sa voix.

— Ne vous inquiétez pas : il a raison. On ne vous arrêtera pas au motif que vous n'avez pas fait état d'un soupçon. Mais je pensais que vous attachiez plus d'importance à l'honnêteté. Que vous aviez aussi davantage de considération pour Abby.

Le regard de Grant se perdit à travers le jardin, où le crépuscule enveloppait, peu à peu, les fleurs et les arbres. Il faisait déjà assez sombre pour que seules quelques fleurs aux teintes vives se détachent, comme de minuscules balises.

— J'aimais Abby, déclara-t-il. Durant un certain temps, j'ai aimé Stacy. Et Jerry est l'un de mes amis les plus chers. Il est possible que je n'aie pas pensé très clairement, depuis les meurtres, mais je me suis soucié d'un certain nombre de choses. De ce qui arriverait à Jerry. Des conséquences d'un scandale sur mes filles.

Il se tourna vers elle.

— Si elle est importante pour moi, ma carrière politique ne pèse pas grand-chose par rapport à mes filles. Pour elles, pour leur éviter de souffrir, de connaître la honte, j'aurais tout sacrifié, y compris cette carrière. Il semble que j'aie échoué.

Malgré elle, Karen sentit sa gorge se serrer. Le détachement qu'elle espérait conserver n'était, désormais, qu'une illusion perdue.

— Je suis désolé de vous avoir déçue, poursuivit Grant. Mais je ne vais pas m'excuser parce que j'ai voulu protéger mes filles et mon ami. Et je ne vais pas non plus le regretter, quelles que soient les conséquences.

— Qu'est-ce que Stacy faisait chez vous ?

— Je n'en ai pas la moindre idée. Nous avions rompu depuis plusieurs mois. Je me suis demandé si quelqu'un avait pu la contacter, pour avoir accès à la maison. Mais je ne pense pas que ce soit le cas. Je sais seulement qu'elle n'aurait pas dû se trouver là.

Il reprit son souffle.

— Comme je l'ai dit à la presse, nous nous sommes rencontrés lors de ma dernière campagne ; elle était bénévole. Il y a autre chose que vous ignorez à mon sujet, Karen. Sur mon passé et… sur Georgie.

— Je sais que l'enquête a été plus ou moins étouffée, répondit Karen, partagée entre la colère, le dégoût, la douleur et l'espoir. Cela venait de vous, j'imagine.

— En effet.

Il marqua encore une pause, interminable. Puis il regarda de nouveau Karen.

— J'ai découvert qu'elle avait une liaison. Ça faisait un… un certain temps que nous nous étions éloignés l'un de l'autre. J'avais le sentiment que, quoi que je fasse, je ne pouvais jamais l'atteindre, la toucher, la combler. Elle regardait par la fenêtre, se réfugiait en elle-même, et pensait à… je ne savais quoi. Bien sûr, je travaillais comme un dingue. Je la laissais seule trop longtemps, trop souvent. Elle a fini par aller voir ailleurs.

Karen écoutait, déchirée entre ses sentiments et la réserve que lui imposait sa position. La soirée était soudain trop sombre, trop moite ; son chemisier lui collait à la peau.

— J'ai essayé d'être tout, pour elle. Un mari parfait. Un père parfait. Et ça n'a pas suffi. Après l'accident, quand je suis arrivé aux urgences de l'hôpital, le médecin m'a dit qu'elle était morte. J'étais sous le choc. Je me répétais que c'était impossible. Alors, j'ai fait une chose stupide, tout à fait stupide. J'ai pensé qu'en lisant le rapport du médecin, je pourrais voir quelque chose, n'importe quoi, qui la ramènerait… Toujours est-il que j'ai demandé à voir le dossier de ma femme.

Il ferma les yeux un court instant. Karen lisait sur son visage marqué par la fatigue le combat intérieur qui l'agitait.

— Le médecin a d'abord refusé de me montrer le dossier. Mais j'ai tellement insisté qu'il a fini par capituler. L'une des infirmières avait ajouté une note, sans vouloir nuire à quiconque, simplement parce que c'était son métier de remarquer ce genre de petits détails… Toujours est-il qu'il y avait des traces de sperme dans la culotte de Georgina.

— Mon Dieu ! fit Karen, le souffle coupé.

Elle ne savait plus quoi dire. Grant resta silencieux, lui aussi, le temps de pousser un soupir tremblant, puis il reprit :

— Elle avait une liaison. Et elle revenait de chez son amant. Je ne voulais pas, évidemment, que les filles apprennent ça. Je préférais qu'elles gardent le souvenir d'une maman merveilleuse. Quoi qu'elle ait fait, Georgie le méritait. Les filles aussi. Alors, j'ai demandé aux médecins et, plus tard, aux policiers chargés de l'enquête, de ne pas faire figurer ce point de détail dans leurs rapports. Ça n'avait rien à voir avec les circonstances de sa mort. Rendre l'information publique n'aurait servi qu'à blesser mes filles. Ils ont compris.

Bien sûr qu'ils avaient compris, songea Karen. C'était le

genre de décision que les bons flics prenaient souvent. Elle-même l'aurait prise. Mais ce qu'il avait fait, cette fois, en approuvant le geste de Jerry, était tout autre chose.

— Et Stacy ? demanda-t-elle en revenant à son sujet.

— La mort de Georgie a été un double choc. Non seulement j'ai perdu ma femme… mais j'ai découvert que je l'avais *déjà* perdue ! Je la pleurais. Je pleurais pour mes filles qui n'avaient plus de maman. Et je ressentais…

Il parut chercher le mot exact.

— J'éprouvais un sentiment d'échec. En tant que mari. En tant qu'homme, aussi. C'est à ce moment-là que j'ai fait la connaissance de Stacy.

Karen hocha la tête. Elle pouvait presque lire dans ses yeux comment ça s'était passé. Il avait rencontré une jeune femme, belle et pleine de vie, qui l'admirait au point de s'engager comme bénévole dans sa campagne. Elle était comme une lumière qui s'allumait dans sa vie. Un nouvel espoir.

— Vous étiez amoureux d'elle ?

— Je… je pense, oui, répondit Grant en regardant Karen droit dans les yeux. Durant un temps. Jusqu'à ce que nous nous rendions compte l'un et l'autre que ce n'était plus vraiment l'amour qui nous unissait. Je l'ai aidée pour l'emprunt qu'elle devait contracter afin d'ouvrir son studio de danse. C'est assez curieux : d'une certaine manière, nous sommes devenus plus proches après avoir cessé d'être amants. Je pouvais lui parler. J'aimais l'écouter. J'aimais aller au restaurant avec elle, évoquer son prochain spectacle, lui parler de mes filles… une foule de sujets, en fait. Mais je n'étais plus amoureux d'elle.

— Vous avez expliqué, lors de la conférence de presse, que vous ne l'aviez pas vue depuis des mois. C'est la vérité ?

Il hocha la tête.

— Avec la RS 52, j'avais beaucoup à faire, ici, à Washington. Et elle était également très occupée à Tampa. Nous avons dû nous parler une ou deux fois au téléphone, je pense, mais ça remontait à au moins trois semaines. Et je le répète : je n'ai aucune idée de ce qu'elle pouvait faire chez moi, cette nuit-là.

Karen se rappela alors un détail que lui avait confié Alissa.

— Son amie m'a dit qu'elle avait parlé d'un ancien client qui l'avait importunée. Vous étiez au courant ?

Il réfléchit un instant.

— Non.

— Vous étiez, pourtant, des amis proches ! Pourquoi ne vous a-t-elle pas confié cette contrariété ?

— Je l'ignore, inspecteur. Elle a peut-être craint de me voir impliqué dans je ne sais quelle histoire, et elle a préféré me préserver. En tout cas, je l'ignorais.

Cette explication se tenait. Stacy devait se douter que la presse aurait accouru si le sénateur Grant Lawrence avait bougé le petit doigt pour la défendre contre quoi que ce soit. Oui, ça collait.

Karen se demanda aussitôt si c'était le flic ou la femme qui s'efforçait constamment de dédouaner Grant. Recherchait-elle la vérité, ou la confirmation qu'elle ne s'était pas complètement méprise au sujet de cet homme, qu'elle n'avait pas été abusée par son cœur, qu'il s'intéressait vraiment à elle et n'était pas en train d'utiliser son charme et son charisme pour interférer sur l'enquête ?

Elle le regarda avec intensité, droit dans les yeux.

— Que saviez-vous, exactement, sénateur ?

Ses épaules s'affaissèrent.

— La nuit où Jerry m'a appelé pour m'annoncer la mort d'Abby, il m'a dit que Stacy avait également été tuée. Il n'a pas précisé où ni comment, mais j'ai supposé que c'était également dans la maison. Malgré toutes mes tentatives, je n'ai obtenu de lui aucune information sur ce qui s'était passé. Et ce n'est pas faute d'avoir insisté, inspecteur. Jerry est l'une des rares personnes de ma connaissance qui soient aussi obstinées que moi. Et il était déterminé à me protéger, même à ses propres dépens.

Karen songea qu'elle allait devoir arrêter Jerry, même si ça devait l'éloigner de Grant. Si elle ne le faisait pas, beaucoup de gens le remarqueraient. Simpson, par exemple. Ou la presse. Et, en toute logique, on lui demanderait pourquoi elle avait cru Grant quand il affirmait que Jerry avait agi seul. La réponse s'imposerait d'elle-même : parce qu'elle s'était éprise de lui. Ce qui signifiait aussi, entre les lignes : parce qu'elle était une femme, qu'elle se laissait mener par ses émotions. Conclusion : elle n'avait pas l'étoffe d'un flic. Exactement ce que disait son père.

Mais, si elle arrêtait Jerry, elle devrait cesser toute relation avec Grant. Et cette perspective lui était insupportable. En tant que flic, elle n'avait pas le choix. En tant que femme, elle espérait trouver une solution.

Elle le croyait. Elle croyait *en lui*.

Il avait dû lire son désarroi sur son visage, car il se pencha pour lui prendre la main. Elle la retira aussitôt, et secoua la tête, les yeux fermés.

— Je dois trouver une solution, Grant. Je me trouve dans une situation impossible.

— J'en suis désolé.

— Moi aussi, Grant, murmura-t-elle.

— Et maintenant ?

Elle n'avait plus en face d'elle un homme politique sûr de lui et détendu. Plutôt un être blessé, perdu, en quête de rédemption.

— Je ne sais pas, lui répondit-elle.

Et affichant un courage qu'elle était loin d'éprouver, elle ajouta :

— Mais je trouverai une solution.

19.

Art Wallace appela Grant en milieu d'après-midi. Il lui laissa un message rassurant dans lequel il expliquait que les filles allaient bien. Le médecin s'était contenté de leur prescrire du Tylenol et une journée de repos à la maison. Art promettait aussi qu'elles téléphoneraient à leur père dans la soirée, à leur retour du cinéma, où il avait décidé de les emmener. Il ne se formalisait pas, et ne s'étonnait même pas de ne pouvoir parler directement à Grant : avec le scandale des photographies, il comprenait que son ami soit débordé.

Tout en fredonnant, Art s'éloigna de la cabine téléphonique et rejoignit sa voiture. Il aurait pu utiliser son portable, mais il ne voulait pas que les filles entendent ce qu'il disait à Grant. Même si elles semblaient dormir, on n'était jamais sûr.

Ils étaient en route pour les Catoctin Mountains, au fin fond du Maryland, où il possédait une toute petite maison aux allures de cabane. Art aurait préféré prendre l'avion, mais les mesures de sécurité étaient beaucoup trop importantes dans les aéroports. En voiture, il fallait seize heures pour arriver à destination, et ils roulaient depuis déjà huit heures. Le temps que Grant comprenne que ses filles avaient disparu,

Art ne serait plus très loin de sa destination. Et Grant n'avait aucune idée de l'endroit où se trouvait la cabane.

Cette idée procurait à Art un vrai sentiment de satisfaction. De la satisfaction, il en avait connu très peu, dans sa vie. Et, en cet instant, il éprouvait un bien-être extraordinaire à l'idée de se trouver à égalité avec l'homme qui avait toujours eu une longueur d'avance sur lui, l'homme qui était la cause de tous ses malheurs.

Il sourit dans le crépuscule, tandis que le ruban de l'autoroute se déroulait devant lui. Oui, le sénateur Grant Lawrence avait fait de sa vie un désastre. Il s'était marié avec Georgina. Il lui avait pris Stacy. Et il avait provoqué le départ d'Elizabeth, sa femme, qui le comparait toujours à leur voisin, le sénateur.

Cet homme, qui semblait béni des dieux, n'allait pas tarder à apprendre que même les gens comme lui devaient, un jour ou l'autre, affronter la réalité dans toute sa cruauté.

Art se mit à rire en silence.

Il attendait le moment où il dirait la vérité à Grant. La vérité sur l'endroit où Georgina avait passé la soirée, juste avant de mourir. La vérité sur Belle et Cathy Suzanne.

Il aurait alors le plaisir, l'incommensurable plaisir, de voir le sénateur Grant Lawrence s'effondrer.

Oui, ce serait le plus merveilleux des plaisirs.

Quand Jerry revint sur la terrasse, un silence pesant s'était installé entre Grant et Karen.

— Alors, vous m'arrêtez ? demanda-t-il. Parce que, si c'est le cas, j'aimerais qu'on en finisse au plus vite.

— Je suis en dehors de mon secteur, dit Karen d'un ton égal. Et les deux crimes n'ont pas été commis ici.

— Je le sais bien — je suis avocat. Je me demandais si vous vouliez qu'on prenne l'avion pour Tampa, dès ce soir.

Karen hésita. Pour la première fois de sa carrière, elle hésitait à procéder à l'arrestation d'un homme coupable d'un délit. C'était un écart par rapport à son éthique qui la mettait très mal à l'aise.

— Je me doute que vous ne prendrez pas la fuite, dit-elle au bout d'un moment. Et, pour l'instant, je suis la seule à connaître le degré de votre implication dans cette affaire. Nous réglerons donc ça plus tard.

Jerry hocha la tête.

— Très bien. Je rentre chez moi pour appeler ma femme. Grant sait où me joindre si vous avez besoin de moi. Bonsoir.

Karen le regarda s'éloigner, tout en s'interrogeant sur ce qu'elle venait de faire.

Soudain, elle se leva d'un bond, s'excusa auprès de Grant et courut après Jerry.

Il se retourna en entendant le bruit de ses pas.

— Vous avez changé d'avis ? lui demanda-t-il d'un ton ironique.

Elle s'arrêta à moins d'un mètre de lui.

— Non. Mais j'aurai besoin de vous parler, demain. J'aimerais vous interroger sur ce que vous avez vu exactement, au moment où vous avez trouvé les corps.

Jerry se rembrunit.

— Croyez-moi, c'est gravé dans mon esprit. Quelle heure ?

— Tôt.

— Je vous passerai un coup de fil à votre hôtel, vers 8 heures. Bonsoir.

Karen resta un instant immobile, à le regarder s'éloigner. Le chien de garde de Grant, songea-t-elle. Et, rien que pour ça, elle l'aimait bien.

Cette affaire était un vrai sac de nœuds, et la situation n'allait faire qu'empirer, elle en avait la certitude.

Quand elle retrouva Grant sur la terrasse, l'obscurité s'était encore épaissie. La nuit était presque tombée. La rumeur de la circulation, qui ne s'éteignait visiblement jamais, avait baissé d'intensité. De temps à autre, un Klaxon déchirait le voile de ce bourdonnement uni. Une sirène de police, au loin, se mit à hurler.

— Que va-t-il se passer, maintenant ? demanda Grant, une fois qu'elle fut assise.

— Je l'ignore, répondit-elle en toute honnêteté. Je vais interroger Jerry, et voir s'il peut me fournir des informations nouvelles sur le lieu du crime. Je devrai probablement le faire inculper, vous savez ?

Grant se contenta de hocher la tête.

Il devait continuer de penser qu'elle allait faire inculper Jerry, même si elle n'avait, en réalité, aucune certitude sur ce point. Il était important de maintenir la pression. C'était son métier, un métier pour lequel elle avait prêté serment. Tout comme Grant, du reste.

Mais Karen commençait à se demander si elle n'avait pas déjà trahi ce serment.

Brusquement, de façon incontrôlable, elle laissa échapper :

— Je vais finir par me haïr, à cause de cette affaire.

— Non, dit simplement Grant.

Il la regardait avec une intensité qui lui coupa le souffle.

— Non ? répéta-t-elle.

— Non, vous n'allez pas vous haïr. Pas à cause de cette affaire ni à cause de Jerry, et certainement pas à cause de moi. Vous allez faire ce que vous avez à faire, un point c'est tout. Aucune considération extérieure à votre métier ne doit venir parasiter vos pensées.

Fallait-il le croire ? se demanda Karen en le dévisageant. Une part d'elle craignait d'être manipulée. D'un autre côté, elle avait la conviction que Grant n'était pas ce genre d'homme.

— Parfois, dit-il d'une voix tendue, nous n'avons pas le choix. On est obligé de faire ce qui doit être fait, quel qu'en soit le prix. J'avais presque oublié ça, ces derniers temps, tellement j'étais perdu entre des valeurs et des liens parfois contradictoires. Mais je tiens à ce que vous, vous ne l'oubliiez pas. Je veux que vous trouviez le meurtrier d'Abby et de Stacy. J'ai *besoin* que vous trouviez ce salaud et que vous le fassiez enfermer à jamais. Et peu importe si ça signifie la fin de ma carrière.

— Jerry…

— Jerry a agi sans réfléchir, coupa Grant. Il l'a reconnu. A présent, j'ai le devoir de l'aider à se sortir de là, d'une manière ou d'une autre. Je vais commencer par lui trouver le meilleur avocat du pays.

Karen attendit la suite en suspendant son souffle.

— Ce qu'il y a, aussi, dit-il en tapotant la table avec son doigt, ainsi qu'elle l'avait vu faire à la télévision quand il défendait une cause avec passion, c'est que… je ne veux pas que vous vous retrouviez vous-même embourbée dans la politique. Trop de gens ont déjà été touchés, dont Jerry. Je n'ai aucune envie de vous voir sacrifier votre éthique, vous comprenez ? J'aime mon travail, la mission que m'ont confiée les électeurs, mais pas au point d'utiliser les gens comme des espèces de marchepieds.

Il se pencha vers elle et ajouta :

— Je préfère m'écraser en plein vol plutôt que gâcher encore une existence.

— Mais… et vos filles ?

Soupirant lourdement, il se laissa aller en arrière et se passa une main sur le visage. Une tristesse intense altérait ses traits.

— Maintenant que la vérité a éclaté, pour Stacy, je ne peux plus les protéger, dit-il. Et ça sera pire quand la confession de Jerry et la nouvelle de son arrestation seront rendues publiques. Ça va être terrible, si terrible que je ne suis même pas sûr qu'en les emmenant pendant six mois au cœur de la forêt amazonienne, je pourrais les protéger complètement.

Il laissa échapper un nouveau soupir.

— Jusqu'ici, j'ai eu la naïveté de croire que les médias laisseraient ma femme là où elle est. Mais je ne me fais plus trop d'illusions. Ils vont se pencher de nouveau sur sa mort parce qu'il est extrêmement alléchant que *deux* femmes à qui j'ai été lié soient mortes… Et ils creuseront, creuseront encore, jusqu'à ce que toute la boue soit bien étalée en première page de leurs torchons. Il faudra bien que Belle et Cathy gèrent ça, et je les y aiderai. En tout cas, je suis heureux qu'elles ne soient pas allées à l'école aujourd'hui, et qu'elle n'y aillent pas non plus demain.

— Pourquoi n'y sont-elles pas allées ?

— Une espèce d'angine, d'après ce que m'a dit Art. Rien de grave, apparemment. Le médecin a simplement prescrit du Tylenol et une journée de repos à la maison.

— Tant mieux, si ça n'est pas grave.

Un léger serrement de cœur vint signifier à Karen qu'elle s'impliquait trop. Elle ignora l'avertissement.

— Je suis désolée, Grant. Désolée pour vos filles.

— Trouvez-moi le tueur, Karen. C'est tout ce que je demande. Il est, maintenant, évident que cette personne cherche aussi à me détruire. Mais c'est surtout pour mes filles que je m'inquiète. Beaucoup plus que pour moi.

Karen hocha la tête. Si seulement elle avait une piste à suivre, un élément susceptible de lui suggérer qu'elle avançait dans la bonne direction. Malheureusement, ce n'était pas le cas.

— Moi aussi, je suis désolé, déclara soudain Grant. Désolé de vous avoir déçue.

Karen avait la gorge tellement serrée qu'elle était incapable de parler. Mais, de toute façon, même si elle avait pu, elle n'aurait pas su quoi dire.

— Ce n'est pas grave, assura Grant en se méprenant sur son silence. Vous n'avez pas à accepter mes excuses. Vous n'avez pas à me pardonner. D'ailleurs, j'ai moi-même de plus en plus de mal à me trouver des excuses.

D'un geste instinctif, elle lui prit la main.

— Arrêtez donc de vous fustiger ! dit-elle d'une voix rauque.

Il serra les doigts de Karen entre les siens, et leurs regards se rivèrent l'un à l'autre. Le monde s'arrêta. Karen se retrouva comme suspendue au-dessus de quelque chose qu'elle ne pouvait pas nommer. Elle avait le sentiment que si elle faisait ne fût-ce qu'un pas, elle s'envolerait.

C'est Grant qui fit le premier mouvement. Il se leva, et la tira par la main.

— Je devrais vous dire de vous en aller, murmura-t-il.

Mais ses gestes vinrent contredire ses paroles. Il l'attira à lui, lentement, jusqu'à ce que leurs corps se touchent. Karen sentit le souffle de Grant lui caresser la joue, la chaleur de son corps la réchauffer.

— Oui, je devrais vous dire de vous en aller, répéta-t-il. Mais je ne peux pas. Je me sens terriblement seul. Tous les êtres auxquels je tiens se trouvent dans le pétrin par ma faute, parce que j'ai la vanité de vouloir être président.

Karen attendit, le corps empli d'une douleur sourde et confuse.

Et soudain, plus rien ne les sépara. Sa tête se renversa en arrière, comme si une force extérieure commandait ses mouvements. Grant avait les yeux rivés aux siens.

Leurs lèvres se trouvèrent.

Ce fut comme si le corps de Karen poussait un immense soupir en trouvant enfin ce qu'il attendait depuis si longtemps.

Lorsque leurs bouches se séparèrent, Grant plongea les yeux dans ceux de Karen. Dans l'obscurité quasi totale, ils étaient presque complètement verts, pareils à deux émeraudes jumelles.

— Karen, dit-il dans un murmure.

Le regard de la jeune femme se déplaça légèrement, derrière lui. Elle sourit.

— Regardez, dit-elle en pointant un index vers le ciel.

Il suivit la direction de son doigt, et distingua une lueur dorée qui traversait le firmament.

— Vous avez vu ? chuchota-t-elle.

— Oui, une étoile filante… Un peu comme moi, ajouta Grant après une courte pause.

Il sentit la main de la jeune femme se poser sur son épaule.

— Vous ne devez pas dire des choses comme celle-ci.

Une autre météorite fila dans la nuit.

— Je crois aux signes, dit-il. Je…

Grant s'interrompit et regarda les yeux de Karen comme s'il les découvrait soudain. Ils étaient emplis d'une douceur qu'il n'y avait encore jamais vue. Curieusement, il songea au bonheur qu'il éprouverait à croiser ce regard, le matin, en se réveillant. Ou le soir, juste avant de s'endormir. Ou encore pendant de longues conversations au cours desquelles il lui parlerait à cœur ouvert, en toute confiance.

Mais c'était impossible, bien sûr.

Car ils étaient une femme policier et un sénateur dont la carrière allait bientôt voler en éclats. A cause d'un meurtre. A cause de l'erreur de Jerry. A cause de l'enquête. A cause de la presse et de son insatiable appétit pour le sordide. A cause de l'orgueil dont lui-même faisait preuve en croyant pouvoir à la fois entrer dans la course aux présidentielles et protéger ses filles du scandale.

Son existence avait les accents d'une tragédie grecque…

— Grant ?

— Oui ?

— Juste pour un instant… oubliez tout, d'accord ? Et embrassez-moi encore.

Elle lui serrait presque douloureusement l'épaule, comme pour l'empêcher de se laisser entraîner par ses pensées, submerger par les vagues de ses peurs et de ses regrets.

Il chercha sa bouche et la frôla, lentement, sans fermer les yeux, s'abîmant dans les profondeurs de son regard.

Puis il sentit la langue de Karen forcer ses lèvres, et son souffle s'accéléra. Un frisson le parcourut, qui lui donna la chair de poule, et il s'accrocha à elle, à leur baiser, à cet instant, à tout ce qu'il signifiait.

Une larme roula sur sa joue. Karen la vit. Mettant un terme à leur baiser, elle la fit disparaître du bout de l'index. Elle porta son doigt à sa bouche, puis à celle de Grant qui goûta la saveur salée de sa propre larme, mêlée à celle de leur baiser. Karen frémit longuement.

— Il fait froid, murmura-t-elle.

— Oui. Rentrons.

— Non.

Les yeux tournés vers la piscine, elle demanda :

— Elle est chauffée, n'est-ce pas ?

— Oui.

Elle recula, sans le quitter des yeux, et commença de déboutonner son chemisier. Sa peau crémeuse parut luire dans la pénombre. Ses doigts passèrent d'un bouton à l'autre sans la moindre hésitation. Bientôt, l'or pâle de son soutien-gorge apparut. Grant dut lutter pour garder son équilibre quand elle tira sur les pans de son chemisier afin de s'en défaire.

— Déshabillez-vous, Grant, lui dit-elle. Et venez nager avec moi.

Sans un mot, il défit son nœud de cravate, tandis que Karen déboutonnait son pantalon et s'en débarrassait, dévoilant des jambes fines et musclées. Il se débattit avec les boutons de sa chemise, encouragé par le sourire de Karen qui agissait sur lui comme le chant des sirènes. Une autre météorite passa dans le ciel, juste au moment où le soutien-gorge de la jeune femme volait sur la terrasse.

Elle avait des seins ronds et pleins, aux aréoles foncées durcies par l'air frais du soir.

Grant avait commencé de déboucler sa ceinture quand il se figea.

— Qu'y a-t-il ? lui demanda Karen en le rejoignant.

Elle était si près de lui qu'il sentit la pointe de ses seins lui effleurer le torse.

— C'est… mon genou. Je ne…

Il s'interrompit en la voyant se pencher pour lui défaire sa ceinture, puis s'agenouiller pour lui ôter son pantalon. Il avait fermé les yeux, dans l'attente de sa réaction horrifiée quand elle découvrirait ses cicatrices. Au lieu de quoi, il sentit les lèvres de Karen sur le réseau de petites lignes blanches, au bas de sa cuisse. Personne — ni Georgie ni Stacy — ne l'avait jamais embrassé à cet endroit.

Dans un flash, il se rappela le hurlement des freins, son père qui lançait un « Seigneur, aidez-nous ! », avant que le camion qui venait en face d'eux ne plonge tout dans les ténèbres. Ensuite, l'horreur, quand il était revenu à lui, avec l'odeur de l'essence, de l'huile, de la peur ; l'odeur cuivrée du sang, aussi, les os brisés qui saillaient de sa jambe ; et la douleur, épouvantable, aveuglante.

Tout cela fut chassé par le tendre contact des lèvres de Karen. Grant laissa échapper un hoquet.

— Ça fait mal ? lui demanda-t-elle.

— Pas le moins du monde.

Soudain, sans trop savoir comment, Grant se retrouva dans la piscine. La main de Karen dans la sienne, il sentit la chaleur de l'eau sur sa peau, jusqu'à ce qu'ils se tiennent face à face, immergés jusqu'aux épaules. Les mains de la jeune femme étaient incroyablement douces ; elles semblaient l'attirer toujours plus près d'elle. Leurs bouches s'unirent de nouveau ; leurs langues dansèrent un ballet sensuel, chargé d'une urgence croissante. Des doigts, il explora la peau douce de son dos, les courbes de sa taille mince, le galbe de ses seins, le bouton de ses mamelons. Il l'embrassa plus profondément encore, et elle se mit à haleter quand il glissa la main entre ses cuisses, dans la douceur de son intimité.

Elle planta ses ongles dans son dos, puis descendit lentement, pour lui plaquer les mains sur les fesses.

— Grant ?

— Oui ?

En guise de réponse, elle leva les jambes, se renversa légèrement en arrière, et le fit entrer en elle. Puis elle croisa les chevilles dans le bas de son dos.

— Ça, souffla-t-elle.

L'eau chauffée de la piscine semblait les envelopper dans un cocon qui les protégeait de la fraîcheur de la nuit. Ils se mirent à bouger les hanches dans un mouvement lent, parfaitement accordé. Grant sentit son souffle s'accélérer quand les doigts de Karen s'unirent aux siens et qu'elle se laissa complètement aller en arrière, flottant sur le dos, jusqu'à ce que leurs bras se retrouvent tendus.

La jeune femme leva les yeux vers le ciel. En cet instant, son visage irradiait plus de lumière que toutes les étoiles. Sa chaleur et celle de l'eau se confondirent dans l'esprit de Grant. Mais au bout du compte, il n'y eut plus qu'elle : sa beauté, cette intimité dans laquelle il plongeait avec volupté, son souffle dans la brise légère et ses gémissements, qui répondaient au clapotis de l'eau contre les parois de la piscine.

Il allait et venait en elle, de plus en plus vite, de plus en plus fort. Son désir montant avec le sien, au rythme de leurs hanches, de leurs plaintes. Jusqu'au moment où elle poussa un cri. Grant rejeta la tête en arrière, et une même vague les souleva, les emporta, les ballottant sans répit.

Une autre météorite zébra le ciel.

Et Grant perdit tout contact avec la réalité.

Karen avait posé la tête sur l'épaule de Grant, les bras serrés autour de lui. Leurs jambes étaient toujours emmêlées alors qu'ils étaient assis sur la marche la plus basse du petit escalier de la piscine. Peu à peu, le monde reprenait ses droits.

— Ça va ? demanda-t-elle.

Il laissa échapper un petit rire.

— On pourrait dire que c'est l'euphémisme du siècle.

— Un siècle encore tout neuf, dit Karen en souriant.

— Beaucoup de choses me semblent nouvelles, soudain, lui confia Grant en fixant sur elle un regard intense.

En effet, pensa-t-elle. Elle se rendait bien compte qu'elle avait toutes les raisons d'avoir peur. Mais elle préféra laisser de côté ce genre de pensées. Au plus profond d'elle, elle ressentait encore l'onde de choc de ce qui venait de lui arriver. Voilà une éternité qu'elle ne s'était pas sentie aussi vivante, et elle n'était pas près de renoncer à cette sensation. Pas maintenant. Plus tard.

Le monde était loin, très loin, bien au-delà de la vapeur qui s'élevait autour d'eux... Ou plutôt, en cet instant, le monde était ici même, dans la façon dont Grant frottait son menton contre sa joue, dans la façon dont il la portait sans effort, les mains plaquées sur ses fesses. Le monde, c'était le goût de ses lèvres et le sourire qui flottait dans ses yeux.

Voilà ce qu'était le monde. Ici, pas besoin de faire la chasse aux indices et aux preuves. Pas besoin de chercher comment les pièces du puzzle s'assemblaient, inutile de se demander ce que tout cela signifiait. C'était un monde de sensation. A prendre comme il venait. A savourer.

Pour en goûter la perfection.

Soudain, elle le sentit tressaillir.

— Qu'y a-t-il ?

— Il est tard, et les filles n'ont pas appelé. Je devrais leur passer un coup de fil.

Ils se séparèrent, et Grant sortit de la piscine, son corps nu luisant dans la lumière des étoiles. Karen observa son dos, tandis qu'il composait le numéro, et elle vit la tension soudaine qui contracta tous ses muscles. Elle entendit son hoquet de stupeur, juste avant que sa main retombe et laisse échapper le combiné, qui rebondit avec fracas sur la table.

— Que se passe-t-il ? lança-t-elle en se précipitant vers lui.

Elle se trouva à côté de lui, interrogeant du regard ce

visage qui, en l'espace d'une minute, était passé du bien-être à l'hébétude.

— Grant ?

Comme il ne répondait pas, elle récupéra le combiné. Rien. Puis la tonalité d'une communication qui venait d'être coupée. Elle raccrocha avec l'index, avant de presser la touche *bis* du clavier numérique. Le téléphone se mit à sonner. Elle tomba sur un répondeur, une voix désincarnée.

— Art avait dit que vous appelleriez. Nous avons vos filles. Ne prévenez pas les flics — ni qui que ce soit d'autre.

20.

Karen raccrocha.

— Je dois signaler l'enlèvement, dit-elle aussitôt.

Grant passa brusquement de l'état de choc à une colère effrayante. Karen recula en découvrant la rage qui transparaissait dans les traits de son visage.

— Non ! s'écria-t-il.

— Mais…

— Non !

Il s'avança vers elle, menaçant.

— Ce sont *mes* filles ! Si jamais vous faites quoi que ce soit qui puisse mettre leur vie en danger, je peux vous garantir que vous le regretterez jusqu'à la fin de vos jours !

Karen songea que cette violence verbale n'avait rien de personnel, qu'il aurait tenu les mêmes propos à n'importe qui d'autre. Mais le lien qui les avait unis durant l'heure précédente se dissipa comme s'il n'avait jamais existé. Karen eut soudain l'impression de se trouver seule, nue et tremblante, dans un immense désert, en pleine nuit. Sans un mot, elle se tourna et alla récupérer ses affaires. Elle se rhabilla lentement, avec des gestes précis qui ne trahissaient rien de son désarroi.

Elle voulait croire qu'elle n'avait pas été utilisée. En cet instant, pourtant, ça n'avait rien d'évident. Quand elle fit de nouveau face à Grant, il était déjà rhabillé. Les météorites continuaient de pleuvoir, dans le ciel. Mais, à présent, cette averse prenait l'allure d'un sinistre présage.

— Je suis désolé, murmura Grant. Mais vous avez entendu ce que ce type a dit ?

Karen garda le silence, sur le moment. Elle voulait lui laisser le temps de maîtriser sa colère, de recommencer à penser clairement. Elle n'allait, évidemment, pas lui avouer qu'elle était malade de peur pour ces deux fillettes, même si elle ne les avait jamais rencontrées. Quarante-huit heures… Il fallait les retrouver dans les quarante-huit heures car, ensuite, les chances de les récupérer diminueraient de façon exponentielle.

Il y avait tout de même une lueur d'espoir, dans cette histoire : les ravisseurs voulaient quelque chose. Ils allaient donc contacter Grant, et chaque contact augmentait les chances de recueillir des informations.

Karen regarda Grant arpenter le patio. Son pas, d'abord rapide et nerveux, plein de fureur et d'angoisse, se fit plus régulier, plus déterminé aussi, à mesure qu'il se mettait de nouveau à raisonner, qu'il commençait à examiner toutes les options qui se présentaient à lui.

Elle reprit alors la parole.

— On peut agir sans que les ravisseurs se rendent compte que la police est prévenue.

Il se tourna pour lui faire face, mais, cette fois, il ne se jeta pas sur elle.

— Il s'agirait de mettre votre ligne téléphonique sur écoute, avec un système permettant de localiser toute personne qui vous appellera, expliqua-t-elle. Il est possible de mettre tout ça en place sans que quiconque sache que vous nous avez contactés. Rien ne nous oblige à faire investir votre maison par des dizaines de policiers. Un certain nombre de personnes, bien choisies, suffiront.

— Qui ça ?

— Eh bien, j'aimerais informer mon contact ici, à Washington. On peut lui faire confiance. Et à Tampa…

Karen observa une pause. Elle travaillait en collaboration avec Previn, sur les affaires de meurtre, mais… pour une raison qu'elle ne s'expliquait pas, elle hésitait à le mettre dans le secret de l'enlèvement. D'un autre côté, avec les fusillades de College Hill qui monopolisaient le gros des effectifs policiers, à Tampa, elle n'avait personne d'autre à appeler.

— Je vais contacter quelqu'un en qui j'ai totalement confiance, à Tampa, pour aller inspecter la maison d'Art Wallace.

— Elles n'ont peut-être pas été enlevées chez Art. Il devait les emmener chez le médecin…

Grant eut de nouveau une expression horrifiée.

— Mon Dieu, vous savez ce que ce message signifie ? Il signifie que les ravisseurs ont dû enlever également Art et ses filles.

A présent, la culpabilité venait s'ajouter à la peur et à la colère, comme s'il était personnellement responsable de tout ce qui arrivait à Art et à ses filles.

— Pour commencer, dit Karen de son ton le plus sévère, rien de tout cela n'est votre faute. Je sais bien que c'est un réflexe humain de se blâmer pour des choses pareilles, mais le fait est que vous n'avez pas demandé aux ravisseurs d'enlever vos filles. Ils sont les seuls responsables de ce qui arrive. En second lieu, s'ils ont enregistré ce message sur le répondeur d'Art, c'est qu'ils se sont trouvés chez lui, à un moment ou à un autre.

— Je n'avais pas pensé à ça. Merde…

Il se mit de nouveau à arpenter la terrasse.

— Je ne sais pas, bon sang ! Je ne sais pas quelle décision prendre… Il y a cinq vies en jeu ! Pas question de leur faire courir le moindre risque inutile.

— Tout dépend où vous situez les risques, souligna Karen. Selon les statistiques, si nous ne les retrouvons pas vivantes dans les quarante-huit heures…

Elle n'eut pas le cœur d'aller jusqu'au bout de sa phrase.

Grant jura de nouveau et passa la main dans ses cheveux humides, qui restèrent étrangement dressés sur sa tête.

— Seigneur, je ne sais pas quoi faire !

— Attendons le prochain appel, si vous voulez. Je vais appeler mon contact pour qu'il vienne installer le système d'écoute sur votre téléphone. On garde ça pour nous et, s'ils appellent, on aura une chance de savoir où ils se trouvent.

Au bout d'un moment, Grant hocha la tête.

— D'accord, d'accord. Mais rien d'autre jusqu'à ce qu'ils nous contactent. Je ne veux pas prendre le moindre risque, Karen.

— Je comprends.

Avant qu'il change d'avis, elle appela Terry. Il répondit aussitôt. Derrière lui, on entendait des éclats de voix. Des gens bavardaient et riaient.

— Salut ! fit-il. Que se passe-t-il ?

— J'ai besoin de votre aide. Mais personne ne doit en être informé.

Il n'eut aucune hésitation.

— Où est-ce qu'on se retrouve ? Vous avez besoin de quelque chose de précis ?

— Tout le matériel pour placer une ligne téléphonique sur écoute, ainsi qu'un formulaire d'autorisation à faire signer à la personne concernée.

— D'accord, dit Terry, visiblement intrigué.

— Et vous apportez ça chez qui-vous-savez. Veillez bien à ne pas être suivi, surtout ! Vous avez besoin de l'adresse ?

Il y eut un court silence.

— Non, je l'ai déjà. Vous m'accordez une petite demi-heure. J'ai du chemin à faire.

— Merci, Terry.

Il avait déjà raccroché.

Vingt minutes plus tard, Grant était toujours en train de marcher de long en large, comme un lion dans sa cage. Karen décrocha le téléphone à tout hasard, et pressa de nouveau la touche *bis* pour composer le numéro du domicile d'Art Wallace. Si jamais les ravisseurs avaient changé le message, cela signifierait qu'ils étaient à proximité, et l'indication pouvait être précieuse.

Malheureusement, c'était toujours le même message, aussi morne qu'effrayant.

Croisant les bras, Karen attendit avec l'expérience d'un flic habitué à planquer lors de missions de surveillance. Une expérience qui ne la soulageait en rien de la tension qui l'habitait. Son cœur battait à grands coups sourds ;

elle avait l'estomac noué en songeant aux quatre fillettes et à l'homme qui se trouvaient en ce moment les otages d'inconnus visiblement déterminés.

— Ils vont appeler, dit soudain Grant.

Ça ressemblait à une question.

— J'en suis certaine, oui. Sinon, ça n'aurait aucun sens.

Il hocha la tête.

— C'est ce que je pensais, mais…

— … attendre est insupportable.

Il hocha de nouveau la tête, et se remit à faire les cent pas.

Bien que l'air de cette nuit de printemps soit de plus en plus frais, il n'avait toujours pas remis sa chemise. Karen s'était rhabillée, elle, sans se sécher, et ses vêtements étaient mouillés et assez peu agréables à porter.

— Rentrons, dit-elle. Il commence à faire froid, ici.

— Vous avez raison.

Grant rejoignit le salon, et se mit aussitôt à marcher de long en large. Puis il s'arrêta soudain, disparut quelques instants, et revint avec un polo. Karen, qui avait appris à connaître Terry, savait qu'il en faudrait plus pour l'abuser. L'odeur de chlore qu'ils dégageaient tous les deux était assez éloquente.

Terry arriva une cinquantaine de minutes plus tard, à bord d'une vieille Toyota toute cabossée.

— Je n'ai pas été suivi ! annonça-t-il dès que Karen lui ouvrit la porte. Bon, alors, qu'est-ce qui se passe ?

Grant lui tendit aussitôt la main.

— Grant Lawrence, dit-il.

— Terry Tyson. Je sais tout ce qu'on raconte sur vous.

— Je n'en doute pas, répliqua Grant en esquissant un sourire.

— Je vous écoute, maintenant. Que vous arrive-t-il ?

Ce fut Karen qui se chargea de lui exposer la situation. Terry l'écouta avec attention, sans l'interrompre.

— Qu'est-ce qu'ils veulent ? lui demanda-t-il enfin.

— Ils n'ont rien précisé. Leur unique exigence est qu'on ne prévienne pas la police.

— C'est ce qu'ils disent tous, fit remarquer Terry avec l'air de quelqu'un qui en a vu d'autres. La meilleure chose à faire, c'est de ne pas en tenir compte.

— Pas d'accord ! lança Grant. Je n'ai aucune envie de voir des policiers envahir cette maison. Je refuse de prendre ce risque.

Terry se tourna vers Karen.

— Je peux vous parler un instant ? lui demanda-t-il.

Grant désigna l'entrée.

— Mon bureau est juste là. Allez-y.

Karen hésita à le laisser seul. Il semblait à cran. Mais elle avait besoin de mettre les choses au point avec Terry. Elle était à Washington et, bien entendu, elle ne pouvait pas agir seule.

Terry ferma la porte du bureau derrière eux, puis il croisa les bras sur son torse.

— Je ne vais pas vous demander ce que vous fabriquiez ici, tous les deux, dit-il. J'ai ma petite idée sur le sujet.

Karen réussit à garder un parfait contrôle de la situation.

— Toujours est-il que j'aimerais savoir si vous n'auriez pas perdu la tête, par hasard, poursuivit Terry. Vous n'espérez quand même pas gérer cette affaire sans nous mettre dans le coup, sans prévenir vos supérieurs ni même, peut-être, les fédéraux ?

— Je vous ai demandé d'apporter une autorisation pour la mise sur écoute d'une ligne téléphonique, non ?

— Exact. Mais j'aimerais savoir si vous n'êtes pas trop impliquée dans cette affaire — d'un point de vue émotionnel. Parce que, si c'est le cas, je connais quelques flics très compétents qui pourraient prendre votre place...

— Ecoutez, répliqua Karen avec virulence, si je m'implique dans cette affaire, c'est uniquement parce que quatre fillettes risquent leur vie. Vous pouvez comprendre ça, je suppose ?

— Ouais. D'accord. Je peux faire une ou deux entorses au règlement, mais il y a des limites. Je ne tiens pas à avoir cinq morts sur la conscience. D'où cette autre question : est-ce que vous êtes, aujourd'hui, un meilleur flic qu'à l'époque de vos débuts, à la criminelle ?

— Ça me paraît évident, répondit Karen, sans trop savoir où il voulait en venir.

— Même chose pour moi. Ça fait longtemps que je fais ce boulot. Je connais la rue comme ma poche. Je sais où donner les premiers coups de pioche.

— D'accord. Et si vous en veniez au fait...

Il la regarda droit dans les yeux.

— Sur combien d'affaires d'enlèvement avez-vous travaillé ?

— Aucune, avoua Karen.

— Moi non plus. La raison est simple : ici, on appelle le FBI sur chaque enlèvement, même s'il n'y a aucune preuve que le ravisseur soit passé dans un autre Etat. Ils ont des experts, pour ça. Et *ils* ont l'expérience… Vous pouvez toujours me dévisager avec ce regard glacial jusqu'au petit matin, vous savez que j'ai raison. Le meilleur moyen de sauver ces gamines, c'est de contacter les fédéraux. Elles ne méritent pas moins, quoi que dise le sénateur.

— Vous avez raison, reconnut Karen. Il n'empêche que c'est à lui de prendre la décision.

— Eh bien, débrouillez-vous pour lui faire prendre la bonne décision, Karen.

Karen n'avait pas vraiment le choix. Malgré sa désagréable impression d'avoir été manipulée et le mystère que constituaient les intentions de Grant, une chose au moins était sûre. Les enfants de Grant étaient innocents. De même qu'Art et ses filles.

— Vous connaissez des fédéraux ? demanda-t-elle.

Il haussa les épaules.

— Je vis à Washington. Quand un chat est coincé dans un arbre, nous devons presque nous battre pour savoir qui ira le chercher.

— Très bien. Et vous connaissez de *bons* fédéraux ?

— J'en connais un.

— On peut lui faire confiance ?

— Disons que c'est elle que je contacterais si mon chat restait coincé en haut d'un arbre. Ça vous va ?

Grant s'efforçait de retrouver son calme, pendant que les autres se trouvaient dans le bureau. Il obligea ses muscles à se détendre, ainsi qu'il le faisait avant chacune de ses apparitions publiques. Mais la tension revenait toujours, insidieusement. Et il mesura à quel point Abby lui manquait.

Il avait l'habitude de se tourner vers elle quand les filles avaient des problèmes. Aujourd'hui, elle aurait su quoi faire. Quelque chose de simple, qui aurait accaparé les pensées de Grant dans les premiers instants, jusqu'à ce qu'il dépasse le choc initial et qu'il puisse se concentrer sur le problème…

Mais Abby n'était plus là.

Qui restait-il ? Jerry, bien sûr !

Grant décrocha son téléphone et composa le numéro de son ami.

— Que se passe-t-il ? demanda Jerry.

— On a enlevé les filles, répondit simplement Grant.

— J'arrive. L'inspectrice Sweeney est toujours là ?

— Oui. Elle a fait venir son collègue de Washington. Et elle veut que je contacte le FBI.

— Fais-le, dit Jerry sans la moindre hésitation. Sweeney est sans doute un excellent flic, mais les fédéraux sont les meilleurs, pour ce genre d'affaire. Et ils ont plus de moyens de pression sur la presse.

— Jerry…

— Je serai là dans vingt minutes, Grant. On aura tout le temps de parler.

Grant raccrochait quand Karen et le policier noir sortirent du bureau.

— Je viens d'appeler Jerry, expliqua-t-il en devançant leurs questions. Il nous rejoindra dans quelques minutes.

Terry se contenta de hocher la tête, tandis que Karen expliquait :

— Nous avons tourné la question dans tous les sens, et nous pensons que vous devriez contacter le FBI.

— Jerry est du même avis.

— Ils ont l'expérience, sénateur, affirma Terry.

— Et Terry a un contact, au Bureau, ajouta Karen. Un agent remarquable. En qui on peut avoir toute confiance.

C'était la meilleure solution, Grant en était conscient. Mais, en cet instant, il avait le sentiment désagréable que la police avait pris le contrôle de son existence. Une impression qui ne risquait pas de s'atténuer avec l'arrivée d'un autre flic. D'autant que ce ne serait pas juste un flic. Le FBI allait lui envoyer toute une équipe, et il se retrouverait avec un type en costume noir devant sa salle de bains qui lui dirait s'il pouvait ou non aller se brosser les dents.

Toutes ces considérations étaient puériles, il en était conscient. Il devait, avant tout, penser à ses filles. Soit. Il n'était pas, pour autant, obligé d'aimer ce qui l'attendait. Et il n'avait pas à confier le contrôle de sa vie à une personne en qui il n'avait pas toute confiance.

— J'aimerais que vous preniez la direction de la commission spéciale, dit-il à Karen.

— Je ne sais pas si je suis la bonne personne pour…

— Je vous fais confiance.

Il se tourna vers Terry.

— Je ne doute pas de vos qualités, inspecteur Tyson, mais je ne vous connais pas. Pas plus que je ne connais l'agent du FBI que vous avez contacté. En revanche, je connais l'inspectrice Sweeney. Je me fie à son jugement. C'est la vie de mes filles qui est en jeu, et je ne peux pas…

— Vous avez raison, déclara Terry, à la grande surprise de

Karen. Ça fait des semaines que l'inspectriceSweeney travaille sur cette affaire. Et je suis prêt à parier mon insigne que ce rapt est lié aux deux crimes. Les fillettes ont été enlevées à Tampa, n'est-ce pas ?

— Oui, confirma Karen.

— Donc, à moins que nous n'apprenions que plusieurs Etats sont concernés, c'est vous qui avez la priorité en termes de compétence territoriale. Vous devriez donc diriger les opérations. Cela… simplifierait les choses.

La jeune femme hocha la tête, lentement, comme si elle analysait chacun de ses mots.

Grant prit son temps, lui aussi, et finit par arriver aux conclusions selon lesquelles ce policier était un type bien et qu'il en savait beaucoup.

— C'est bon, dit-il simplement.

Pendant un instant, Karen garda les yeux dans le vide.

— D'accord. Il faut que j'appelle mon supérieur. Et mon collègue. J'ai de bonnes raisons de penser que le ravisseur et le meurtrier d'Abby ne sont qu'une seule et même personne. Si l'on analyse tous les événements — le meurtre, l'accident de voiture, et maintenant cet enlèvement —, on peut conclure que c'est vous la cible. Si nous mettons la main sur le ravisseur, nous arrêterons du même coup le tueur. Désormais, l'enlèvement est notre priorité. Nous allons établir notre poste de commandement dans votre bureau. De combien de lignes téléphoniques disposez-vous ?

— Trois. Une pour mon bureau, une pour le fax, et la dernière est ma ligne personnelle.

— Ça fera l'affaire, pour l'instant. S'il nous en faut plus, nous les obtiendrons. Ou bien le FBI nous fournira des portables sécurisés. J'ai besoin de photos récentes de vos filles. On en fera quelques copies : une demi-douzaine.

— Vous savez bien que nous ne pouvons pas rendre l'affaire publique..., commença Grant.

— Il ne s'agit pas de ça. Mais, en général, les enfants attirent l'attention. Des témoins pourraient les reconnaître, à défaut d'avoir reconnu le suspect.

— Karen a raison, intervint Terry. Et, pour des raisons de discrétion, il serait souhaitable que vous n'apparaissiez pas sur les photos.

— Je comprends. Je vais vous chercher ça.

Grant se dit que c'était toujours un départ.

Tandis que Terry joignait son contact du FBI, Karen appela Simpson sur sa ligne directe. Elle lui exposa la situation de façon aussi concise que possible. S'il lisait entre les lignes, il ne le montra pas.

— De qui avez-vous besoin ? demanda-t-il.

— Qui est disponible ?

Il lui énuméra les meilleurs inspecteurs qui, pour la plupart, étaient occupés à plein temps par la commission spéciale de College Hill. Apparemment, l'enlèvement des deux fillettes méritait un meilleur traitement que le meurtre d'une vieille dame. Karen lutta contre son envie de se mettre en colère, consciente que cela ne servirait à rien, sinon à créer des problèmes supplémentaires.

— Je m'en tiendrai à Previn, dit-elle.

Elle perçut la surprise de Simpson, à l'autre bout du fil. Oui, Previn était le moins expérimenté des inspecteurs de la brigade, mais il n'était pas encore accro aux caméras de télévision.

— Previn saura se taire, si on le lui demande.

— Sans doute. Mais vous êtes bien consciente qu'on ne pourra pas garder indéfiniment le couvercle sur cette affaire. Et quand ça va sortir… Voyez-vous, le sénateur est une personnalité, et je ne voudrais pas donner l'impression que je n'avais pas mis les meilleurs inspecteurs sur le coup.

Dans cette histoire, songea Karen, chacun avait des intérêts à défendre. Y compris elle-même.

— Mon contact à Washington est en train de prévenir les fédéraux. Tout le monde pense que c'est à eux de gérer ce type de situation. Quant à Previn, il a les compétences suffisantes pour effectuer la perquisition sur le lieu présumé de l'enlèvement.

Simpson soupira.

— C'est bon, Sweeney, on se contentera de lui, dans un premier temps. Il vous faudra un mémo inter-agences ?

— Probablement. Je vous le ferai savoir.

— Voulez-vous que je passe un coup de fil à Previn ?

— Je m'en charge.

— Bon. Travaillez bien, inspecteur. Et retrouvez ces gamines.

Comme si elle avait besoin qu'on le lui rappelle ! songea Karen en raccrochant.

Elle appela aussitôt Previn. Il semblait stressé et en colère.

— Qu'est-ce qui ne va pas ? lui demanda-t-elle.

— Si elle obtient la pension alimentaire qu'elle réclame, il ne me restera plus qu'à aller vivre sous un pont.

— Mince…

— Je viens d'ouvrir le courrier qu'elle m'a adressé. J'ai fait quelque chose pour mériter ça, à ton avis ?

Karen ne savait pas quoi répondre.

— Je suis désolée, dit-elle simplement.

— Putain de merde ! Bon, de quoi est-ce que tu as besoin ?

— D'abord, et pour ton bien, que vous alliez voir une conseillère conjugale, ta femme et toi. Pour le reste, j'aimerais que tu obtiennes un mandat de perquisition auprès du juge.

Elle lui donna tous les détails dont elle disposait et qui, elle s'en rendit compte, représentaient assez peu.

— Surtout, précisa-t-elle, tu tiens ta langue. Tu n'aurais pas envie de mettre la vie de ces fillettes encore plus en danger, n'est-ce pas ?

Pourquoi avait-elle éprouvé le besoin d'énoncer une telle évidence ? Elle l'ignorait. C'était son instinct qui le lui avait soufflé, et elle s'était fiée à lui.

— Je m'y mets tout de suite, dit Previn.

— Ne sois pas surpris si le FBI se montre.

— O.K.

— Bon. Tu sais tout ce qu'il y a à faire.

Un silence d'une ou deux secondes suivit la remarque de Karen.

— Merci, Sweeney. Ta confiance me va droit au cœur.

Karen eut le sentiment que c'était vraiment le cas.

Elle venait de raccrocher quand Jerry arriva. Bien qu'il fût seul, il fit irruption dans la maison comme s'il était à la tête d'un détachement de cavalerie. La gestion des crises était son élément, et ça se voyait.

— Où est le FBI ? demanda-t-il.

— Ils arrivent, répondit Terry d'un ton sec. Il leur faut toujours un peu de temps pour s'habiller… Détective Tyson, de la police de Washington, ajouta-t-il en tendant la main.

— C'est vous qui dirigez les opérations ?

Terry désigna Karen d'un signe de tête.

— Non, c'est l'inspectrice Sweeney. Le délit a eu lieu dans son secteur.

Jerry regarda Karen, et il dit quelque chose qui la stupéfia.

— Je suis content.

C'était simple mais éloquent.

Elle hocha la tête, tout en se demandant pourquoi cette approbation était si importante à ses yeux.

— Où est Grant ? demanda-t-il.

— Dans le salon.

Elle le regarda traverser l'entrée, puis entendit des voix dans le salon.

— Vous devriez les rejoindre, lui dit Terry.

— Pourquoi ? demanda-t-elle en se tournant vers lui.

— Parce que vous êtes sans doute l'élément le plus réconfortant qu'il ait dans sa vie, en ce moment.

Pour Karen, rien n'était moins sûr. C'était bel et bien Jerry qui occupait cette place.

21.

L'agent spécial Miriam Anson arriva quelques minutes plus tard. Elle devait avoir environ trente-cinq ans, et marchait d'une manière assurée. Elle portait un tailleur pantalon foncé dont on ne savait trop s'il était bleu marine ou noir.

— Salut, Terry ! dit-elle en serrant la main de Tyson.

Puis elle se tourna vers Karen.

— Vous devez être l'inspectrice Sweeney.

— En effet, confirma Karen en la saluant.

— C'est vous qui menez l'affaire ? demanda Anson en s'adressant à Terry.

Il secoua la tête.

— C'est ma collègue de Tampa. L'enlèvement a eu lieu dans son secteur.

Miriam Anson reporta son regard sur Karen, la jaugeant rapidement.

— Bien.

— Bien ? répéta Karen.

— Absolument, confirma Anson avec un clin d'œil. En général, les femmes pensent d'abord aux enfants. Mettre la main sur les ravisseurs passe en second.

En d'autres circonstances, Karen aurait ri, mais elle fut tout juste capable d'esquisser un sourire. Ce qui prouvait bien qu'elle accordait à cette affaire plus d'importance qu'elle ne l'aurait dû. L'humour noir était l'une des armes que les flics utilisaient pour tenir le coup. Or, en cet instant, elle était incapable d'entrer dans ce jeu. Mais cela ne sembla pas déranger Anson.

— On a du nouveau ? demanda-t-elle.

— Pas encore, répondit Karen. Mon collègue, à Tampa, a demandé un mandat pour pouvoir fouiller la maison d'Art Wallace. C'est tout.

Anson hocha la tête.

— Le ravisseur… ou, plutôt, *les* ravisseurs. Un homme seul aurait eu du mal à enlever quatre enfants et un adulte, n'est-ce pas ?

— C'est mon sentiment, approuva Karen. Et, justement… je suis inquiète à ce sujet. Si c'est bien le sénateur qui est visé, à travers ce rapt, Art Wallace et ses deux filles font inutilement monter les enchères, tout en accroissant la difficulté de l'opération.

Anson acquiesça d'un nouveau hochement de tête. Elle semblait déjà s'être fait une opinion positive sur Karen.

— Tout à fait d'accord.

— Ce qui signifie, reprit Karen, que Wallace et ses filles ont peut-être déjà été… éliminés.

— Votre collègue va peut-être les retrouver chez eux. C'est même fort possible. Néanmoins…

Les sourcils froncés, Anson laissa sa phrase en suspens.

— Néanmoins, poursuivit Karen, tout en sachant qu'elle s'aventurait sur un terrain glissant, nous devons aussi envisager l'hypothèse selon laquelle Art Wallace serait impliqué dans cet enlèvement.

— Qu'est-ce qui vous fait dire ça ?

— Je l'ignore. Une impression. Et aussi le fait qu'il soit le seul à avoir entendu quelque chose, la nuit où la nounou du sénateur a été tuée.

— Ah, ah..., fit Anson, comme si elle trouvait ce détail très significatif. Bien vu, inspecteur.

— Appelez-moi Karen, d'accord ?

— Sans problème. Mes amis m'appellent Miri. Bon, je vais faire mettre le téléphone sur écoute. En attendant, je veux que le répondeur de Wallace soit interrogé toutes les vingt minutes. Il faudra peut-être un moment avant que nous ayons des nouvelles des ravisseurs : ils n'ont aucun moyen de savoir quand le sénateur aura appelé chez Wallace et trouvé le message. Avec votre permission, Karen, je vais joindre l'un de mes collègues, à Tampa. Dites-moi juste avec qui il doit entrer en contact.

Karen lui donna les coordonnées de Previn, y compris son numéro de portable. Puis elle annonça :

— Je vais parler d'Art Wallace avec le sénateur.

Elle laissa Terry et Miriam, et retourna dans le salon. Grant était assis dans un fauteuil, la tête baissée, et Jerry se tenait debout à côté de lui, la main posée sur son épaule. Le tableau qu'ils formaient toucha Karen. De façon insupportable.

Grant, qui l'avait entendue, leva les yeux.

— Ils ne vont rien faire de stupide, n'est-ce pas ? demanda-t-il.

Elle secoua la tête et s'assit en face de lui.

— Vous allez aimer l'agent spécial Anson. Vous savez ce qu'elle vient de dire ? Qu'il est toujours préférable que ce soit des femmes qui mènent les affaires de rapt d'enfant, parce que leur priorité, justement, ce sont les enfants. Mettre la main sur les ravisseurs vient ensuite.

Un léger sourire flotta sur les lèvres de Grant.

— Elle veut me parler ?

— Pas encore. Elle a quelques détails à régler. En revanche, *moi*, je veux vous parler.

— Je vous laisse ? demanda aussitôt Jerry.

— Non. Ça n'a rien de privé. J'aimerais en savoir plus au sujet d'Art Wallace. Tout ce que vous pourrez me dire.

Comme Grant fronçait les sourcils, Karen préféra ne pas l'alerter.

— Chaque bribe d'information peut avoir son importance. Aussi insignifiante qu'elle puisse vous paraître.

Il ferma les yeux un instant, comme s'il rassemblait ses idées. Quand il les rouvrit, ils étaient pleins de tristesse.

— Les Wallace sont nos voisins depuis dix ans. Ils habitaient déjà le quartier quand nous avons emménagé, Georgie et moi. C'était juste avant la naissance de Cathy. Elizabeth, la femme d'Art, a rapidement noué des liens avec Georgina, et nous avons commencé à nous voir pour des journées barbecue, dans le jardin, ou des trucs dans ce genre-là. Mais j'étais souvent absent, et je pense que Georgina les connaissait mieux que moi.

Il marqua une pause, et Karen hocha la tête pour l'encourager à poursuivre.

— Nos enfants étaient très proches, forcément. Nous formions presque une grande famille, avec les filles qui couraient d'une maison à l'autre. Art et Elizabeth étaient toujours là pour nous aider quand Georgie et moi devions quitter la ville. Abby n'était plus toute jeune, et j'étais heureux d'avoir des voisins pour garder un œil sur la maison. Art et Elizabeth allaient même jusqu'à ramener les filles de l'école, l'après-midi, ou les accompagner, le matin, pour éviter le trajet à Abby.

— Art et Elizabeth étaient donc autorisés à récupérer les filles à l'école ?

— Bien sûr. Et nous pouvions faire de même avec les jumelles, en cas de besoin. Je sais qu'Abby s'en est chargée de très nombreuses fois, avant que son âge lui interdise plus ou moins de conduire la voiture…

— D'accord.

— Et puis il y a un peu plus d'un an, Elizabeth a quitté Art. J'ignore pour quelles raisons, vraiment. Tout ce que je sais, c'est qu'il a été déchiré qu'elle lui prenne les filles. Du coup, il m'a semblé qu'il s'attachait un peu plus à Belle et Cathy Suzanne.

Le visage de Grant s'assombrit.

— A part ça, je n'ai pas fait attention à grand-chose, je l'avoue.

— Ce n'est pas votre faute, Grant.

— Ah bon ? Qui est responsable, dans ce cas ? Abby est morte. Stacy est morte. Mes filles, mon voisin et ses propres enfants ont disparu. On vous a salie dans tous les tabloïdes. Et tout ça dans le seul but de me nuire. Alors, s'il vous plaît, ne me dites pas que je n'y suis pour rien !

— Eh bien si, je vous le répète : vous n'y êtes pour rien. Les coupables, ce sont les assassins et les ravisseurs. Ce n'est pas en vous mettant tout ça sur le dos que vous ferez revenir vos filles… J'ai besoin de votre aide, Grant. Ne vous laissez pas aller.

Jerry vint soutenir Karen.

— Elle a raison. Quelqu'un s'acharne sur toi. Il n'est pas nécessaire que tu t'y mettes, toi aussi.

Karen sourit. C'était le genre de paroles qu'elle aurait aimé dire, et elle était heureuse que Jerry soit là pour s'en charger. Grant avait besoin de tout le soutien possible.

Mais, dans l'immédiat, elle devait revenir au sujet qui l'intéressait.

— Vous m'avez dit qu'Art et vous étiez politiquement en désaccord ?

— Ça nous arrive. A vous entendre, on dirait que cela a un rapport avec ce qui se passe. Vous devez comprendre que je suis, la plupart du temps, en contact avec des gens qui ne sont pas d'accord avec moi. C'est le prix à payer, quand on fait de la politique. Je ne le prends pas personnellement… à moins que cela ne devienne personnel. Ce qui n'a jamais été le cas avec Art.

— Et, bien sûr, il s'est toujours bien occupé de vos enfants ?

— Comme s'il s'agissait des siens. Une fois, je m'en souviens, il a dit que Cathy et Belle étaient ce qu'il lui restait de ses filles. Et il ne se contente pas de le dire : il agit.

— Un bon ami, vraiment, commenta Karen.

Son cerveau fonctionnait à toute allure. Elle avait tendance à se méfier de l'altruisme. L'expérience lui avait appris que, dans la plupart des cas, il y avait une arrière-pensée, un mobile secret. Elle avait vu, notamment, des enfants maltraités par de « bons amis ».

— Il n'y a donc jamais eu de disputes entre vous ?

— On dirait que vous le soupçonnez, dit Grant d'un air agacé.

— Je dois envisager toutes les possibilités, répliqua Karen en haussant les épaules.

Dans son esprit, des pièces du puzzle se mettaient en place. Mais elle n'avait pas l'intention d'en dire plus.

— Je vois…, fit Grant. Pour répondre à votre question, non, nous ne nous sommes jamais disputés.

Ce qui signifiait qu'Art Wallace était une victime… ou un sacrément bon acteur, songea Karen. L'histoire du crime était jalonnée de charmants voisins qui se révélaient de redoutables psychopathes. Et, bien souvent, leurs crimes se révélaient horribles.

La jeune femme se tourna pour s'assurer que la porte était fermée, puis elle s'adressa à Jerry.

— Je ne vais pas tarder à avoir des nouvelles du labo. Ils doivent me confirmer que l'on a trouvé du sang de Stacy Higgins chez Grant. En attendant, je vais dévoiler mes soupçons concernant le fait qu'elle ait été tuée là-bas et qu'on ait ensuite déplacé son corps. J'ai appris, par un témoignage, que Stacy avait été menacée par une personne qu'elle avait connue dans le passé. Ça l'avait contrariée. Si quelqu'un veut en conclure que l'assassin a déplacé le corps de Stacy par crainte que l'on établisse un lien avec lui, eh bien, je n'ai rien contre, pour l'instant…

— Ce serait un mensonge, dit Grant.

— En effet. Mais, dans l'immédiat, notre priorité est de retrouver vos filles. Et l'arrestation de Jerry ne nous y aiderait en rien. Qui plus est, l'assassin est mieux placé que quiconque pour savoir que ce n'est pas lui qui a déplacé le corps. Il pourrait vouloir corriger cette information. J'ai obtenu des aveux avec moins que ça. C'est moi qui mène l'affaire, et ma décision est tactique.

Il ne s'agissait pas seulement de cela, évidemment. Beaucoup d'autres éléments entraient en jeu. Dont ses sentiments. Mais elle se pencherait plus tard sur cet aspect de la question.

— En d'autres termes, poursuivit Karen en se tournant vers Jerry, un aveu public n'aiderait personne. Cela risquerait même de nuire à l'enquête.

Il hocha la tête.

— Je comprends. Merci.

— Ne me remerciez pas. Aidez plutôt Grant.

— J'essaye.

— Continuez, alors. Et si jamais il se mettait en tête de vouloir agir seul, raisonnez-le. Vous m'avez comprise, Grant ?

— Cinq sur cinq. Jerry est mon chien de garde.

— Exactement. Ne me compliquez pas la vie. Dans une affaire comme celle-ci, tout est dans la gestion des informations et des acteurs en présence. Si jamais vous vous amusiez à jouer les héros, ça compliquerait la vie de tout le monde.

— Il s'agit de mes filles, Karen.

Il se montrait soudain très ferme. Mais Karen, elle, était inébranlable.

— Jusqu'à ce qu'on vous les ramène, ce sont *mes* filles, Grant. Vous vouliez que je prenne les choses en main ? Alors, faites-moi confiance.

— Vous a-t-on jamais dit que vous étiez une dure à cuire ?

— Plus d'une fois.

— Bon. Je serai sage, promit Grant.

— Je m'en assurerai, ajouta Jerry.

Au même moment, on frappa à la porte. Et Terry passa la tête dans l'entrebâillement.

— Karen, on a un nouveau message.

C'était la même voix désincarnée qui débitait son message sans la moindre inflexion. Difficile de dire s'il s'agissait d'un homme ou d'une femme.

— *A présent, vous savez que nous détenons vos enfants. Ce téléphone sera notre unique moyen de communication. Nous exigeons une rançon de trois cent quatre-vingt-seize mille dollars. En coupures usagées de dix et vingt dollars. Vous avez vingt-quatre heures pour réunir l'argent. Vous recevrez les instructions pour le versement ici même, demain soir. Ne soyez pas idiot. Obéissez.*

— On l'a enregistré, annonça Miri, après avoir raccroché. On dirait une voix de synthèse. Je vais mettre des spécialistes dessus. Ainsi qu'un profileur. Mais je me suis déjà fait une impression.

— Je vous écoute.

Karen aussi avait déjà pu se faire une idée. Mais elle écouta quand même, avec la plus grande attention, les premières conclusions de l'agent spécial.

Miri hocha la tête, baissa les yeux sur un bloc-notes, et se lança :

— Il s'agit d'un homme, entre trente et trente-cinq ans. Il est assez cultivé. Et il a des mobiles autres que l'argent.

— A cause de la somme réclamée, intervint Karen.

Quelqu'un qui ne serait intéressé que par l'argent aurait réclamé un chiffre rond, en millions. Ici, la somme est assez faible et très précise.

— Bien vu ! approuva Miri.

Puis son regard se déplaça au-delà de Karen.

— Sénateur ?

Karen se retourna. Grant et Jerry l'avaient suivie. Le visage de Grant paraissait sans vie. Contrairement à celui de Jerry, déformé par la colère.

— Vous êtes l'agent spécial ? demanda Grant.

Elle s'avança vers lui et tendit la main.

— Miriam Anson. Désolée de faire votre connaissance dans de telles circonstances.

— J'allais vous dire la même chose, répondit Grant en lui serrant la main. Et voici Jerry Connally, mon bras droit.

Jerry salua à son tour la jeune femme. Ses yeux brillaient toujours de colère.

— Avez-vous une explication à propos de cette somme d'argent ? demanda Miri en revenant à Grant. Elle évoque quelque chose, pour vous ?

Il secoua la tête.

— Rien.

— A combien s'élève votre revenu annuel ? La question est indiscrète, mais…

— En tant que sénateur, je gagne cent cinquante mille dollars par an.

— Et vos autres revenus ?

— Ils sont reversés sur un fonds de pension. Y sont prélevées toutes les charges relatives à mes domiciles de Tampa et de Georgetown. Le reste est investi.

— Vous avez une idée de l'argent que cela représente ? demanda encore Miri.

Cette fois, Jerry intervint.

— Je ne vois pas en quoi les finances du sénateur peuvent avoir un quelconque rapport avec cette rançon.

— Il y en a un, pourtant, lui répondit Karen en s'efforçant de paraître aussi calme que possible. En fait, cette demande de rançon est assez étrange. Nous essayons de trouver des chiffres qui correspondraient à la somme exigée. Si nous comprenons pourquoi les ravisseurs ont choisi ce montant, ça nous donnera un indice sur leur identité.

— Bien sûr, fit Jerry en s'apaisant. Désolé, mais… nous sommes tous tendus.

— Il faudrait que j'appelle le courtier chargé de mon compte, expliqua Grant. Depuis dix ou douze ans que je l'ai ouvert, il doit y avoir une certaine somme dessus.

— Plus de quatre cent mille dollars ? interrogea Miri.

— Beaucoup plus, en effet.

— Ce serait bien que vous obteniez l'information dans la matinée, dit Karen en s'adressant à Grant. En attendant, voyons le reste du message. Je crois aussi qu'il s'agit d'un homme, Miri. Le ton plutôt sec est assez masculin. Pour l'âge, je pense que vous avez raison. Et malgré le « nous », je suis prête à parier que notre homme agit seul.

— Parce que la somme est trop peu importante pour être partagée ?

— Exactement. Bien sûr, au sein d'une bande, on pourrait avoir *une* personne exclusivement motivée par des considérations personnelles, type vengeance. Mais plusieurs, c'est assez peu probable. Les autres ne seraient intéressés que par l'argent. Et ils demanderaient assez pour que le jeu en vaille la chandelle. D'autant que ce n'est un secret pour personne que Grant a de l'argent.

— Ajoutons que c'est une opération à haut risque, dit Terry. Toute personne impliquée dans cette histoire doit bien se douter qu'on va mettre le paquet pour retrouver les enfants d'un sénateur. La contrepartie financière devrait être autrement plus importante que trois cent quatre-vingt-seize mille dollars divisés par je ne sais combien.

Miri hocha la tête.

— J'ajoute que la formulation de la demande de rançon ne colle pas avec l'hypothèse d'un pro. Les « coupures usagées de dix et vingt dollars », ça sent le cliché de série télé. Quelqu'un d'expérimenté ferait preuve d'autres exigences.

— Ce sera peut-être le cas, lors du prochain contact, dit Jerry. Après tout, les deux messages disaient « nous ».

— Vous avez raison. Et il y a tout de même quelques indices de sophistication. Art Wallace doit avoir un répondeur téléphonique interrogeable à distance. Il fallait que nos ravisseurs connaissent ce détail.

Ce qui, dans l'esprit de Karen, était un autre élément à charge contre Art. Elle en saurait plus quand Previn aurait fouillé la maison de Wallace. Ce qui ne devrait pas tarder, du reste.

— Excusez-moi, dit-elle en sortant son portable pour appeler Previn.

Il répondit à la deuxième sonnerie.

— Du nouveau ? lui demanda-t-elle.

— Je viens de m'arrêter devant l'allée, dit-il. Il n'a fallu que quelques minutes pour convaincre le juge de délivrer son mandat.

— Super. Je mets le haut-parleur, expliqua Karen en forçant le volume de son appareil. Tous les membres de la commission spéciale sont ici. Terry Tyson, de la criminelle de Washington, et l'agent spécial Miriam Anson, du FBI. Explique-nous ce que tu vois au fur et à mesure.

— Pas de problème. La maison est plongée dans l'obscurité. Aucun signe d'activité. Pas de voiture dans l'allée. D'où je suis, je ne vois pas le garage. Aucun signe d'agitation particulière sur la pelouse. Devant, les fenêtres sont toutes fermées. Il n'y a aucune vitre brisée.

— Faites le tour complet de la maison avant de rentrer, intervint Miri. On cherche d'abord à déterminer par où les ravisseurs sont entrés.

— Ouais, pigé, fit Previn.

Au ton de sa voix, Karen comprit qu'il n'était pas ravi qu'on lui rappelle ce qu'il avait à faire.

— Il y a de la rosée sur la pelouse, et aucune trace de pas, à part les miennes. Mais ça ne veut sans doute pas dire grand-chose, vu qu'ils sont partis depuis déjà un moment. Les fenêtres de la façade nord sont fermées. Pas de trace d'effraction. Je me dirige vers l'arrière.

— Il y a deux portes vitrées coulissantes, dit Grant. L'une fait communiquer la cuisine et le jardin, l'autre la salle de séjour et la piscine. Quand Art est chez lui, celle de la cuisine est toujours ouverte.

Regardant Karen, il précisa :

— Il m'a expliqué, un jour, que l'alarme se déclencherait si quelqu'un ouvrait cette porte pendant la nuit. Et qu'il n'avait pas envie de se soucier du verrou quand il sortait promener son chien, le matin.

— Un chien ? demanda Previn.

— Un yorkshire qui s'appelle Samantha, précisa Grant.

— Une… gentille chienne ?

— Elle a toujours été gentille avec moi, en tout cas.

— Aurais-tu peur des chiens ? demanda Karen avec un gloussement qui détendit l'atmosphère.

— C'est surtout de leurs dents que j'ai peur, répondit Previn. Quand ils se contentent d'agiter la queue, ça va.

Karen sourit.

— Avec quelques coups de langue en prime ?

— Beurk ! fit Previn. Bon, ça y est, je suis à l'arrière. Les deux portes vitrées sont fermées. Il y a des accessoires de piscine sur la terrasse.

On entendit comme un bruit de ferraille.

— L'abri de piscine est fermé… ainsi que toutes les fenêtres.

— Tu peux aller vérifier la porte coulissante de la cuisine ? demanda Karen. Appelons ça une intuition, ajouta-t-elle en s'adressant à Terry et Miri.

— Fermée, annonça Previn.

Elément à charge numéro deux, songea Karen.

— Est-ce que tu vois quelque chose à l'intérieur ?

— Je regarde. La cuisine est bien rangée. Il y a une boîte de… Dunkin' Donuts sur la table. Et, par terre, un bol de nourriture et un bol d'eau destinés au chien, j'imagine. Le premier est vide, mais pas le second.

— Où est-elle, la chienne, justement ? demanda Terry.

Elle aurait dû entendre l'inspecteur Previn, pendant qu'il faisait le tour.

— Pas de chien à l'horizon, déclara Previn. Je me dirige vers la face sud de la maison. Tout a l'air fermé, ici aussi. Il y a un panneau de verre fumé, avec une fêlure. Probablement la fenêtre d'une salle de bains. Mais aucun signe que quelqu'un est passé par là.

— Examinez la fêlure de plus près, voulez-vous ? demanda Miri.

— C'est ce que je fais. Elle est comme colmatée par la poussière. Je pense que cette vitre est cassée depuis un moment.

— Sans doute, oui, dit Karen.

Elle aurait préféré se trouver là-bas, examiner elle-même chaque détail. Néanmoins, elle devait reconnaître que Previn s'en sortait très bien.

— Maintenant, la porte d'entrée, lui dit-elle. On va voir ce qu'il y a dans la maison.

— Bien, chef, fit Previn, avec une impatience de plus en plus évidente.

— Désolée si nous vous paraissons un peu directifs, intervint Miri. Vous faites du bon boulot. Mais on est un peu tendus, ici…

— J'imagine que je le serais aussi, à votre place. Bon, je suis devant la porte d'entrée. Pas de dégâts visibles autour de la poignée ou du montant. Juste l'usure normale. Je vais essayer la poignée, avec deux doigts. J'ai des gants, mais s'il y a des empreintes, je risque de faire des dégâts.

— On n'a pas vraiment le choix, lui dit Karen.

Elle n'avait guère d'espoir de trouver des empreintes, à vrai dire. Mais il ne fallait rien gâcher.

— La porte n'est pas verrouillée, annonça Previn. Ils ont dû entrer par là.

Ou plutôt sortir, pensa Karen.

— Vas-y. Et sois prudent, quand même.

Ils entendirent Previn lancer d'une voix forte :

— Police de Tampa ! J'ai un mandat de perquisition.

Il attendit, puis renouvela son appel. Sans plus de résultat qu'à sa première tentative.

— Aucune réponse, dit-il. Je suis dans l'entrée. Deux paires de chaussures derrière la porte. Une paire pour adulte, pointure quarante-cinq. Et des chaussures de fillette, pointure trente-deux.

— Art et l'une de ses filles, dit Grant. Jessie et Lucy sont jumelles. Elles ont sept ans.

— C'est sûrement ça, dit Previn. Bon sang, j'espère ne jamais avoir de fille.

— Pourquoi ça ? demanda Karen.

— Il y a des paillettes dans tout le salon. On dirait que certaines sont collées sur un bras du canapé avec une espèce de pâte...

Des enfants livrés à eux-mêmes, songea Karen. Sans surveillance.

— Il y a du désordre ?

— Pas vraiment. Des morceaux de papier coloré sur la table du salon. Et encore de cette pâte mélangée aux paillettes sur la table basse, sur les fauteuils, le sol. Et sur un interrupteur.

— Je crois qu'on a compris, pour les paillettes, dit Karen avec un rire tendu.

— Il y en a aussi sur les rideaux, reprit Previn. Et sur le mur, côté nord. Pour résumer, beaucoup de paillettes…

— Vous pourriez nous décrire ce qu'il y a sur le mur ? demanda Miri, soudain alertée. En détail, s'il vous plaît.

— A part les paillettes, vous voulez dire ?

— Non, les paillettes, justement !

— Ah ! eh bien… c'est du barbouillage. Comme de la peinture avec les mains. Et, plus bas, il me semble reconnaître des lettres. Un « B » majuscule et un « e » minuscule.

— Belle ! fit Grant dans un souffle.

— Où est-ce, exactement ? demanda Miri.

— A environ cinquante centimètres du sol. A côté d'une fenêtre qui donne sur la maison voisine.

— De quel côté ? demanda Karen.

— Sud.

— C'est chez moi, balbutia Grant.

Son visage avait soudain pris la couleur de la cendre.

Karen sentit son cœur se serrer. Elle aurait préféré qu'il quitte le salon, qu'il n'ait pas à entendre tout ça. En même temps, sa connaissance de la maison était extrêmement utile. Le détail de la porte de la cuisine était un bon exemple.

Serait-il sorti, si elle le lui avait demandé ? Rien n'était moins sûr. A sa place, elle ne l'aurait pas fait.

— Il y a de la vaisselle dans l'évier, annonça Previn. Rincée.

— Jette un coup d'œil au lave-vaisselle, suggéra Karen.

Elle attendit la réponse quelques secondes.

— Plein. Et tout est propre, à l'intérieur.

— Il a dû rincer de la vaisselle qu'il prévoyait de mettre dans le lave-vaisselle, une fois qu'il l'aurait vidé.

— Art fait toujours une machine après le dîner, expliqua Grant. C'est une habitude.

— Tu peux me décrire ce qu'il y a dans l'évier ? demanda encore Karen.

— Des bols pour les céréales. Des verres. Des cuillères. C'est tout.

— Bon. Maintenant, va rapidement inspecter les chambres. Elles seront vides. Tu peux aussi essayer de trouver le répondeur et le chien. A part ça, tu risques de ne pas dénicher grand-chose d'intéressant.

— A t'entendre, j'ai comme l'impression que tu as une idée en tête, dit Previn.

— Exact. J'aimerais que tu cherches des valises dans la maison. Je suis prête à parier que tu n'en trouveras aucune.

— Je fais ça tout de suite.

Pendant quelques minutes, ils n'entendirent rien d'autre que des bruits de portes qu'on ouvrait et qu'on refermait.

— Tu as raison, Karen, dit enfin Previn. Aucune valise. Et, pour répondre à ta question suivante, pas de voiture dans le garage…

— Evidemment.

Karen se tourna vers Grant.

— C'est Art Wallace qui a enlevé vos filles, sénateur.

22.

Ils n'étaient plus qu'à quelques kilomètres de la cabane, à présent. Jetant un coup d'œil dans le rétroviseur, Art vérifia que les filles étaient toujours endormies. Une fois à destination, il était probable qu'elles se réveilleraient, le temps de rentrer dans la petite maison et d'aller s'effondrer sur les lits de camp, dans la chambre. C'était l'avantage, avec les enfants de cet âge. Ça lui facilitait les choses.

Dès que Grant aurait payé la rançon — qui correspondait au montant de la rente qu'il aurait dû verser, selon les directives de la Floride, jusqu'à ce que les filles aient atteint l'âge de dix-huit ans, plus l'équivalent d'une bourse universitaire pour chacune —, il allait disparaître pour toujours avec les gamines. Pas question de les abandonner. Jamais. Aucune d'elles.

Alors qu'il avait déjà eu le cœur déchiré quand son ex-femme avait emmené les jumelles, il ne voulait pas perdre aussi Belle et Cathy Suzanne. Or, il était presque certain que Grant avait l'intention de les installer avec lui, à Washington, à la fin de l'année scolaire.

Il ne pouvait pas laisser faire ça… pour la simple raison que Belle et Cathy étaient ses filles, le fruit de sa liaison avec Georgina. Leur relation avait commencé bien avant que Belle soit conçue. C'était Georgina qui avait poussé Grant à venir s'installer dans le quartier de Georgetown où il habitait. Et, quand Elizabeth avait découvert les lettres que Georgina lui avait écrites, son mariage avait été brisé net.

Art n'avait pas eu la stupidité de croire que Georgie quitterait Grant pour lui. Non. Elle était bien trop attachée aux signes extérieurs de richesse, et à la perspective de devenir un jour première dame du pays. Mais Georgie avait aussi un appétit sexuel qu'Art avait été le seul à pouvoir rassasier. Sa mort l'avait déchiré autant qu'elle avait déchiré Grant. Peut-être même plus.

Il allait se venger, pour ça. Laissant de côté les malheurs du passé, il se concentra sur l'avenir, un avenir qui s'annonçait radieux : non seulement il vivrait avec ses quatre filles, mais il aurait détruit pour de bon Grant Lawrence.

Il jeta un nouveau coup d'œil dans le rétroviseur et, un instant, il crut surprendre le regard de Cathy Suzanne posé sur lui. S'était-elle réveillée ? Il l'observa avec plus d'attention, et décida qu'il avait été trompé par le reflet d'une lumière lointaine.

Mais, alors qu'il se concentrait sur la conduite, il sentit sa belle confiance s'émousser. Cathy l'avait mis mal à l'aise pendant une grande partie du trajet. Elle avait une drôle de façon de le regarder, pleine de gravité, comme si elle surprenait des choses en lui, pourtant profondément enfouies.

Il faudrait la surveiller, décida-t-il. Elle n'avait que neuf ans, mais… la prudence s'imposait.

La seconde d'après, il réprima son envie de rire. Inutile de se tourmenter puisque, de toute façon, il avait la certitude d'obtenir ce qu'il désirait le plus : l'anéantissement de Grant Lawrence.

— Non !

L'exclamation de Grant, forte, violente, se nourrissait, visiblement, de toute la tension accumulée durant les dernières heures.

— Jamais Art ne ferait une chose pareille !

Karen jugea inutile de se disputer avec lui. Peu importait qu'il la croie ou non. Pour sa part, elle était persuadée qu'Art Wallace était l'instigateur de cet enlèvement, au même titre que s'il lui avait fait des aveux complets.

— Vous vous fourvoyez, ajouta Grant d'un ton accusateur. Art adore les filles. Jamais il ne les utiliserait de la sorte.

Miriam Anson intervint, exprimant à haute voix l'idée qui flottait dans l'esprit de Karen.

— A moins que sa haine pour vous soit assez forte.

La colère de Grant s'évapora d'un coup. Il détourna les yeux, et serra la mâchoire avec force.

— L'idée ne me serait jamais venue à l'esprit, dit-il enfin.

— Savez-vous comment nous pourrions nous mettre en relation avec son ex-femme ? demanda Karen.

— Elizabeth ? Oui, bien sûr. J'ai ses coordonnées, mais, en ce moment, elle fait une croisière. Elle est en pleine lune de miel.

— Dans quel coin ?

— Je crois qu'elle se rend dans l'Antarctique.

— Ouah ! s'exclama Terry. Ça coûte un max, ça.

Comme tout le monde se tournait vers lui, il haussa les épaules.

— J'avais assez envie de faire cette croisière et je me suis renseigné sur les tarifs. Pour le même prix, je pouvais m'acheter un studio en Floride…

Miriam ouvrit son téléphone portable.

— On va essayer de retrouver sa trace. Vous connaissez son nouveau patronyme, sénateur ?

— LeMain. Son mari s'appelle Gérard LeMain.

Tout en composant un numéro, Miriam remarqua :

— Il ne doit pas y avoir beaucoup de croisières à destination de l'Antarctique…

Le téléphone de Karen sonna. C'était Previn, bien sûr.

— Je suis avec un agent fédéral, dit-il. Il s'appelle Andrew Wicke ; il voudrait parler à l'agent Anson.

— Elle est déjà en ligne. Tu peux attendre une minute ?

— Pas de problème, dit Previn. La baraque est trop propre, remarqua-t-il au bout d'un instant. On pourrait penser qu'ils ont été enlevés ailleurs… à un détail près.

— Deux, même. La porte d'entrée n'était pas verrouillée, et l'alarme n'était pas mise.

— Comment tu sais, pour l'alarme ?

— Parce que je ne l'ai pas entendue… et parce que je ne t'ai pas entendu jurer après avoir ouvert la porte d'entrée, tout à l'heure.

Il se mit à rire.

— D'accord. Bien vu.

— J'aurais donc tendance à penser que tout a été arrangé pour qu'on ait l'impression que quelqu'un avait pénétré dans la maison alors que Wallace et les filles s'y trouvaient. Sauf que rien n'a été dérangé.

— Exact. Ce qui signifie qu'il faut absolument retrouver ce Wallace. L'agent Wicke est d'accord avec moi, d'ailleurs.

— Tu fais du superboulot, Dave. Je suis vraiment contente.

Il y eut une pause.

— Merci, bredouilla-t-il d'une voix légèrement enrouée.

Karen se dit qu'il n'avait pas dû recevoir le moindre compliment depuis une éternité ; il était plutôt habitué aux critiques incessantes de sa femme.

Le téléphone de Grant sonna. Et tout le monde, dans le salon, se figea.

— Ça y est ! dit-il, soudain galvanisé.

Il tendit un casque micro à Karen, et attendit qu'elle soit prête. Puis, à la quatrième sonnerie, il décrocha.

— Allô ?

Karen, dont le cœur s'était pratiquement arrêté de battre, éprouva une déception à la mesure de son attente quand le correspondant s'identifia.

— Grant ? C'est Randall Youngblood, à l'appareil. J'ai appris… pour vos filles. Je suis désolé. Si je peux faire quoi que…

— Comment avez-vous entendu parler de ça, monsieur Youngblood ? l'interrompit Karen.

On ne lui répondit pas tout de suite.

— Mais qui est à l'appareil ? demanda Youngblood.

— Karen Sweeney.

— Inspectrice Sweeney ! Oui, j'imagine que j'aurais dû m'attendre à vous trouver là.

— Comment avez-vous entendu parler de cet enlèvement ? répéta-t-elle.

— C'est mon assistant, Bill Michaels. Il a, apparemment, un contact au sein de la police de Tampa.

— Merci. Je vous laisse avec le sénateur.

Karen se débarrassa du casque, et récupéra son téléphone portable.

— Previn ?

— Ouais ?

— Tu peux m'expliquer comment les gens de chez Youngblood sont au courant de ce qui se passe, bon sang ?

Previn ne répondit pas.

— Ton mandat était bien scellé ?

— Mais oui, bordel !

— Alors, comment se fait-il que la nouvelle soit parvenue jusqu'à Youngblood ? Il m'a affirmé qu'un de ses hommes avait un contact chez nous…

Pas de réaction.

— Previn ?

— J'en sais rien, Karen. Qu'est-ce que tu veux que je te dise d'autre ? J'en sais rien.

Elle ne le croyait pas. Et la colère commençait à monter en elle.

— Tu vas m'écouter avec attention, d'accord ?

— Oui.

— La vie de plusieurs enfants est en jeu, et le fait que l'on donne une telle info aux médias pourrait bien énerver notre homme. Est-ce bien clair ?

— Ouais. Je n'ai rien dit, je t'assure. Peut-être les fédéraux…

Karen en doutait sérieusement. On lui tapota le bras, et elle comprit que Miriam voulait lui emprunter son téléphone. Elle le lui tendit.

— Miriam Anson, FBI… Oui, merci… Salut, Andy… Oui, j'aimerais que vous refassiez le tour de la maison. Si jamais quelque chose attire votre attention, cherchez à récupérer des empreintes.

Ils s'entretinrent encore quelques minutes, mais leur conversation n'avait rien d'intéressant pour Karen. Elle était beaucoup plus intéressée par le visage de Grant qu'elle trouvait toujours aussi pâle. Il s'était assis à son bureau, le regard posé sur le téléphone, se rappelant sans doute avec désespoir que les ravisseurs lui avaient fortement déconseillé de contacter la police…

— Grant.

Il lui fallut une ou deux secondes pour lever la tête vers elle.

— Ne vous inquiétez pas, lui dit-elle. On va neutraliser la fuite. Tant qu'il n'y a rien dans les journaux, Wallace n'a aucune raison de savoir que nous sommes sur le coup.

— Vous êtes donc certaine que c'est lui ?

— Je ne vois pas d'autre explication. La porte de la cuisine verrouillée est l'une des erreurs qu'il a commises. Il a pensé à ne pas fermer la porte d'entrée à clé et à ne pas mettre l'alarme, pour faire croire qu'on les avait enlevés dans la maison. Mais il a verrouillé la porte de la cuisine, alors que ce n'était pas dans ses habitudes. Autre chose : un ravisseur aurait surveillé les enfants avec nervosité, faisant en sorte qu'elles se tiennent tranquilles. Or, visiblement, les filles sont restées un certain temps livrées à elles-mêmes, à répandre des paillettes dans tout le salon. Enfin, qui pouvait savoir qu'Art avait un répondeur interrogeable à distance ? Oui, Grant, je suis certaine de sa culpabilité.

Il soupira.

— Moi aussi, malheureusement.

— Ça nous donne un gros avantage. Il ignore que nous savons. Il pense qu'il a du temps devant lui. Ce qui n'est pas le cas.

— Il a mes filles avec lui.

Karen hocha la tête.

— Ainsi que les siennes. Il ne cherchera pas l'affrontement. Il va probablement les emmener dans un endroit qu'elles connaissent.

— Karen a raison, sénateur, intervint Miri. Vos filles sont-elles déjà parties en vacances avec Wallace ?

Grant ferma les yeux et réfléchit un instant à la question. Le stress et la fatigue le minaient, c'était visible. Il était moins vif, dans ses pensées comme dans ses réactions. Il finit par rouvrir les yeux, et hocha la tête.

— Oui, ils sont allés à la montagne, une fois. Dans une sorte de cabane…

— Qui ça ? demanda Karen en essayant de le guider dans les méandres de sa mémoire.

— Art, Elizabeth, leurs filles, ainsi que Georgie, Belle et Cathy.

— Quelles montagnes ?

— Il me semble que c'était dans… oui, c'est ça, dans le Maryland. Après ce séjour, Georgie est venue à Washington avec les filles, pour qu'elles passent le week-end avec moi. On était en pleine bagarre pour le budget. La situation était au point mort et, pour débloquer les choses, nous avons repoussé la trêve estivale du Parlement.

Il laissa échapper un long soupir, et posa les yeux sur le canapé.

— Belle était encore bébé, à l'époque. Je me souviens que je changeais ses couches sur le canapé, avec le téléphone sur haut-parleur.

— Vous deviez avoir un numéro où les joindre, souligna Miri. L'avez-vous toujours ?

— Aucune idée. C'était il y a plus de cinq ans, peut-être six.

Miri et Karen regardèrent, toutes deux en même temps, le bureau de Grant. Un agenda s'y trouvait. Il était ouvert.

— Vous gardez vos vieux agendas ? demanda Karen.

— Oui, ils sont au bureau, précisa Jerry.

— Allez les récupérer, dit Miri. Si le sénateur a noté le numéro, on pourra sans problème retrouver l'endroit.

Jerry hocha la tête.

— J'y vais.

— Je vous accompagne, proposa aussitôt Terry. Comme ça, on n'aura pas à se soucier des PV pour excès de vitesse.

Karen comprit qu'elle n'avait pas besoin de leur dire de faire vite. Dès qu'ils eurent quitté le salon, elle se tourna vers Grant.

— Vous avez besoin de sommeil.

— Comment voulez-vous que je dorme ? répliqua-t-il, presque en colère. Pas question que je dorme tant qu'elles ne seront pas revenues !

— Je ne pense pas que ce soit le meilleur choix, sénateur, lui dit Miri. Vous êtes, pour l'instant, la meilleure source d'informations que nous ayons. Mais vous êtes fatigué, et vous allez commencer à faire des erreurs. Des erreurs qui pourraient nuire à vos filles. Nous avons besoin que vous vous mainteniez en forme.

Il secoua la tête.

— Je n'irai pas me coucher.

— N'allez pas vous coucher, alors ! lui lança Karen d'un ton presque cassant.

Elle s'en rendit compte et se radoucit aussitôt.

— Vous avez un canapé convertible, dans la bibliothèque. Dormez-y quelques heures. Nous viendrons vous réveiller s'il y a du nouveau.

Il se passa une main dans les cheveux, et soupira.

— Je pense que c'est possible.

— Faites-le pour vos filles.

— C'est bon, c'est bon, vous m'avez déjà convaincu. Je vais mettre un vieux film ou une chaîne de téléachat.

— Tout, sauf les informations, lui conseilla Karen.

— Absolument, approuva Miri.

Il marcha vers la porte, puis se tourna et planta ses yeux dans ceux de Karen.

— Vous me réveillerez s'il se passe quoi que ce soit ?

La question lui était adressée personnellement. Il ne voulait pas juste être réveillé : il voulait qu'*elle* s'en charge. Maintenant que Jerry était parti, elle était le seul point d'ancrage qui lui restait pour ne pas partir à la dérive.

— D'accord, dit-elle. Je vous réveillerai.

Tandis qu'il s'éloignait, Karen put mesurer, à sa démarche claudicante, combien les événements influaient sur son état physique. Incapable de supporter le spectacle de sa douleur, elle alla s'asseoir derrière son bureau. Du regard, elle chercha quelque chose, n'importe quoi, qui pourrait aider à dénouer la situation… tout en ayant conscience que c'était vain. Juste une petite gymnastique mentale qui l'empêchait de penser à la gravité des événements.

— C'est quelqu'un de bien, déclara Miri en s'asseyant sur le canapé.

— Oui, répondit Karen, bien qu'elle n'ait aucune envie de poursuivre sur ce terrain. Si Wallace a emmené les enfants dans le Maryland, j'imagine que l'affaire est de votre ressort, maintenant ?

— Si c'est le cas, oui. Mais nous n'en savons toujours rien. Et le sénateur semble tenir à ce que vous dirigiez les opérations. Je ne vois aucune raison de le contrarier sur ce point.

— Merci. Sauf que je me sens un peu comme un papillon pris dans un ouragan.

— Comme nous tous, je pense. Vous croyez vraiment que Tyson s'est proposé d'accompagner Jerry Connally pour lui éviter de se faire arrêter pour excès de vitesse ?

Karen soupira.

— Pas vraiment, non.

— Ça doit faire huit ans que je connais Terry. Le meilleur flic avec qui j'aie jamais travaillé. Mais, comme nous tous, il a du mal à rester en place. Il a besoin d'agir. Même s'il s'agit juste de faire le chauffeur.

— Il va détester la retraite, dit Karen.

Miri se mit à rire.

— Ça fait cinq ans qu'il promet de la prendre.

Karen fronça les sourcils.

— Il m'a expliqué qu'il n'en avait plus que pour trois semaines. Qu'il allait s'installer en Floride avec sa femme.

Miri pinça les lèvres et détourna le regard.

— Qu'y a-t-il ? lui demanda aussitôt Karen.

— La femme de Terry est morte. Ça fera trois ans le mois prochain.

— Mais…

— Ils s'étaient rencontrés au lycée. Ils se sont mariés deux jours après le bac. Ils ont passé vingt-sept ans ensemble. Ils ont eu deux enfants. Et, un soir, alors que Terry était de service, elle est allée au supermarché pour acheter de la glace. C'était pour mettre sur le gâteau d'anniversaire qu'elle avait préparé. Il y a eu un braquage.

— Mon Dieu ! fit Karen. Ils auraient célébré leurs trente ans de mariage… dans trois semaines.

— Exactement, confirma Miri.

L'expression de son regard en disait plus long que toutes les explications.

— Je suis désolée, murmura Karen.

— J'ai essayé de le convaincre d'aller voir un psy, mais il dit qu'il n'est pas prêt… Comme vous pouvez l'imaginer, ce n'est pas facile pour moi de faire concurrence à un fantôme.

— Je m'en doute.

Karen n'avait même pas envisagé cet aspect de la question. Grant avait aimé Georgie. Ainsi qu'Abby et Stacy, quoique différemment. Leurs fantômes étaient-ils toujours en lui ? Dans son regard ? La question méritait-elle seulement d'être posée ? Ce qui s'était passé dans la piscine était né d'un besoin intense, incontrôlable. Un désir frénétique, animal. C'était ça, et sans doute rien de plus.

Après coup, Grant s'était laissé aller à quelques accès de colère. Etait-ce inhabituel chez lui ? Une anomalie due au choc, à la peur, au stress… et à la culpabilité ? Jusque-là, rien ne permettait de penser qu'il puisse être sujet à de tels emportements. Mais elle ne le connaissait que depuis très peu de temps…

« Ça suffit ! » se dit-elle. Tout cela n'avait aucun sens. La scène de la piscine appartenait déjà au passé. Dans l'immédiat, elle devait se concentrer sur les fillettes et le moyen de les localiser. Elle retrouverait ensuite le tueur. Et après…

— Karen ?

Elle redressa la tête dans un violent sursaut.

— Oui.

— Vous devriez prendre un peu de repos, lui suggéra Miri avec gentillesse.

— Ça va. Je… réfléchissais.

Miri se mit à rire. Un rire chaleureux.

— Désolée, inspecteur, mais vous ronflez.

— Non.

— Si. Et tout ce que vous avez dit au sénateur est encore plus vrai pour vous. Vous ne ferez aucun travail utile si vous luttez contre la fatigue. Terry en a pour un petit moment. Profitez-en. Même une demi-heure de repos vous ferait du bien.

Karen fit rouler sa tête sur la droite, puis sur la gauche. Miri avait raison. Son corps n'était qu'une longue plainte.

— Prenez l'autre moitié de son convertible. Le temps de passer quelques coups de fil, et je vous réveille.

Si Miri avait des intentions cachées, elle les dissimulait

bien, derrière son regard chaleureux. Autant prendre sa proposition au pied de la lettre, décida Karen.

— Oui, vous avez raison.

— Allez-y maintenant.

Karen hocha la tête et rejoignit la bibliothèque. Grant était déjà endormi, un bras replié sur ses yeux. Son souffle était profond et régulier. Elle s'étendit à côté de lui, en position fœtale, et s'efforça de ne songer à rien d'important. Sa dernière pensée consciente fut de se demander si les Devil Rays, l'équipe de base-ball de Tampa, avaient gagné.

Art regarda les filles, couchées sur les petits lits de camp. Belle continuait de se frotter la joue dans son sommeil. Les jumelles et elle s'étaient effondrées aussitôt après leur arrivée. En revanche, il avait dû parler quelques minutes avec Cathy. Elle voulait appeler son père. Art lui avait répondu qu'il travaillait tard, en ce moment, à cause de la « grosse loi sur l'environnement ».

— Ce n'est pas encore une loi, lui avait-elle répondu d'un ton docte. C'est un *projet* de loi. Pour que ce soit une loi, il faut que les chambres l'aient votée et que le président l'ait ratifiée.

— Tu en sais des choses ! lui avait dit Art de sa voix la plus apaisante.

— Papa m'en parle, des fois.

« Ce n'est pas ton père », songea Art en se remémorant leur courte conversation. Evidemment, il ne pouvait pas le lui dire. Elle apprendrait la vérité plus tard, quand il serait temps. Et elle l'aimerait comme une fille devait aimer son père. Tout se passerait bien.

Il se leva du fauteuil et traversa la chambre sur la pointe des pieds, veillant à ne pas réveiller les fillettes. Le fusil était dans la penderie, caché dans une housse à vêtements. Il le prit, et récupéra également le kit de nettoyage qui se trouvait sur l'étagère. Il songea à son plan, tandis qu'il graissait le canon, passait un écouvillon dedans, puis actionnait la culasse.

Il avait donné les instructions pour la rançon : Grant devait venir la remettre seul. Ce qu'il ne ferait pas, bien entendu. Il avait dû prévenir le FBI, et ces messieurs tenteraient de le protéger. Mais ils n'auraient pas la possibilité de reconnaître les lieux. Art ne leur en laisserait pas le temps. Il avait tout prévu : l'endroit où il se cacherait et la route par laquelle il fuirait.

Epaulant le fusil, il fit mine de viser, et pressa la détente.

Clic.

Un coup, un seul, et sa vie pourrait enfin commencer.

23.

Une petite tape sur l'épaule réveilla Karen. Elle ouvrit les yeux et se retrouva face à Miriam Anson.

— Réveillez-le, murmura Miriam. Nous avons réussi à joindre le capitaine de la croisière, et il nous passera l'ex-femme de Wallace dès que nous serons prêts. Il faut que le sénateur lui parle.

Sur ces mots, Miriam quittait la pièce.

Karen se pencha sur Grant et lui secoua l'épaule. Aussitôt, il ouvrit les yeux.

— Que se passe-t-il ?

— Nous sommes en communication avec le navire sur lequel Elizabeth Wallace effectue sa croisière. Vous devez lui parler.

— Moi ?

Grant se passa une main sur le visage, comme pour effacer les derniers vestiges du sommeil.

— On en a déjà discuté, Grant. Il est impossible pour Elizabeth de revenir ici en moins de deux jours. Comme il est inutile de l'effrayer, vous allez lui expliquer qu'Art a emmené les filles passer quelques jours à la montagne, que vous devez les rejoindre, mais que vous n'arrivez plus à vous rappeler l'itinéraire. D'accord ?

Il hocha la tête.

— D'accord.

Ils rejoignirent le bureau. Miriam, qui était au téléphone, haussa un sourcil en apercevant Grant. Puis elle lui tendit le combiné. Karen se coiffa du casque-micro, et désigna le poste supplémentaire, de l'autre côté de la pièce.

— C'est bon, dit Miriam à son correspondant. Nous sommes prêts à parler à Mme LeMain.

— Un moment.

Un cliquetis, quelques parasites, puis une sonnerie lointaine. Un homme décrocha au bout de la quatrième sonnerie. Il semblait endormi.

— Oui ?

Karen fit signe à Grant de prendre la parole.

— Monsieur LeMain ? Sénateur Grant Lawrence, à l'appareil. J'étais le voisin de votre épouse…

Il y eut une pause.

— Oh ! oui, sénateur Lawrence. Que puis-je faire pour vous ?

— J'aimerais parler à Elizabeth. Je sais que c'est une heure impossible, mais Art… son ex-mari a emmené mes filles et les siennes à la montagne, ce week-end. Je dois les y rejoindre, et je ne me souviens absolument plus du nom de l'endroit ni du numéro de téléphone. En plus, les portables ne passent pas, là-bas.

— Oui, bien sûr, je comprends. Un moment, je vous prie. Elizabeth vient juste de se réveiller.

Il y eut quelques murmures, entrecoupés de parasites, puis une voix féminine lança :

— Grant ! Je suis ravie de t'entendre… même si c'est un peu inattendu.

— Tu nous manques, Elizabeth, dit Grant.

Elle se mit à rire.

— Penses-tu ! Tu étais si peu à la maison. Que se passe-t-il, avec les filles ? Il y a un problème ?

— Non, non. Art les a emmenées passer quelques jours dans sa cabane. Elles habitaient chez lui, en attendant… enfin, tu sais ce qui s'est passé, pour Abby ?

— Oui. Je suis désolée, Grant. C'était une femme magnifique. Je sais combien tu l'aimais.

— Merci, murmura Grant. Comme je te l'expliquais, Art a emmené les filles là-bas, pour leur changer les idées. Je n'ai même pas pensé à lui demander le numéro de téléphone. C'était toujours Abby qui se chargeait de ce genre de détails, et…

Sa voix le trahit, et il fut incapable de terminer sa phrase.

— Je sais, lui dit Elizabeth d'un ton réconfortant. Pauvre Grant ! Ta vie est devenue un enfer.

Elle soupira.

— Malheureusement, je ne peux rien faire pour toi. J'ai toujours détesté cet endroit, et j'y allais le moins possible.

Grant se raidit, comme si cette information était une découverte, pour lui.

— C'est très spartiate, vraiment, poursuivit Elizabeth. Deux pièces à peine meublées… Mais j'ai une raison bien précise de détester cet endroit. C'est là qu'Art et Georgie avaient l'habitude de se retrouver pour leurs… rendez-vous galants.

Un silence assourdissant, interminable, s'installa sur la ligne. Jusqu'au moment où Elizabeth laissa échapper un profond soupir.

— Oh ! Grant, je… je suis désolée. Tu n'étais pas au courant, c'est ça ? Je pensais que… en réalité, quand j'ai découvert toutes les lettres que Georgie avait adressées à Art, l'année dernière, j'ai… j'ai cru que j'étais la seule à ne pas savoir.

— Des rendez-vous galants ? répéta Grant. Je me doutais qu'elle avait une aventure, mais…

— Mais tu ignorais que c'était avec Art. Et c'était plus qu'une aventure. D'après ce que j'ai cru comprendre, à travers les lettres, ils entretenaient une liaison depuis près de dix ans. C'est ce que je n'ai pas pu supporter, Grant. Il ne s'agissait pas d'une *petite aventure.*

— Mon Dieu…

— Je suis désolée, répéta Elizabeth. Il aurait sans doute mieux valu que tu n'apprennes jamais ça. J'aurais dû tenir ma langue. Mais, en t'entendant, tout à l'heure, j'ai cru comprendre que tu étais au courant… Ça s'appelle vraiment *mettre les pieds dans le plat* !

— Ça va, c'est bon, dit Grant d'une voix tendue. Tu n'as pas à être désolée. Donne-moi juste le numéro de téléphone de ce fichu cabanon.

— Je ne l'ai pas, Grant. Je pourrais peut-être t'y conduire, si j'étais aux Etats-Unis. Mais ça fait si longtemps… Tout ce que je peux te dire, c'est que l'endroit se trouve dans les montagnes du Maryland… Mais Art est peut-être dans l'annuaire ?

— Je vais vérifier. Merci, Elizabeth. Et pardonne-moi de t'avoir réveillée. Tu présenteras mes excuses à ton mari.

— Ce n'est rien. J'ai été ravie de t'entendre.

Grant raccrocha. Il resta un instant figé, les yeux perdus dans le vide. Jusqu'à ce que deux mots lui échappent :

— Le salaud !

— On peut laisser tomber la piste du téléphone, dit Miriam. J'ai déjà effectué la recherche.

— De toute façon, je ne veux pas l'appeler, affirma Karen. Je veux le *trouver.*

Grant alla s'asseoir derrière son bureau. Karen brûlait de le réconforter, mais ils n'étaient pas seuls. Et quel réconfort aurait-elle pu apporter à un homme qui venait d'apprendre que sa femme et l'un de ses meilleurs amis avaient été amants pendant dix ans ?

— S'il y a le téléphone dans le cabanon — ce qui est loin d'être certain — , rien ne dit qu'il soit à son nom.

Grant ferma les yeux et secoua la tête.

— Merde.

— Jerry finira bien par trouver quelque chose, dit Miriam.

Peu après, elle appela Previn.

— On est toujours en train d'inspecter la maison, dit-il. Rien de nouveau.

— Tu vas devoir faire sortir le juge de son lit, lui dit Karen. Je voudrais qu'on mette la ligne de Wallace sur écoute. Je veux aussi les numéros de tous ceux qui ont appelé chez lui au cours des vingt-quatre dernières heures.

— Ecoute, j'appellerai le juge à 7 heures, et la compagnie

téléphonique, à 8 heures. Tu sais très bien qu'on ne peut pas faire autrement.

— Je sais également qu'on ne peut pas attendre aussi longtemps !

Miriam, qui écoutait, tendit la main.

— Passez-moi Wicke, vous voulez bien ?

Elle récupéra le combiné.

— Wicke ? Il faudrait m'obtenir une procédure fédérale d'urgence. Je veux connaître l'origine de chaque appel passé chez Wallace durant les dernières vingt-quatre heures. C'est très urgent. Vous invoquerez une affaire d'enlèvement sur plusieurs Etats.

— Pas de problème, dit Wicke. Même si je doute qu'il ait un répondeur. Il utilise probablement le service messagerie de son opérateur téléphonique. Ce qui signifie qu'il n'a même pas besoin d'appeler chez lui pour écouter ses messages. Il compose le numéro spécial de son opérateur. Mais je vais quand même tenter le coup.

Miri raccrocha.

— Ou bien il est très intelligent, ou bien il a de la chance, dit-elle. De toute façon, on est obligés d'attendre Jerry avant de faire quoi que ce soit.

Karen dodelina lentement de la tête. Elle essayait de se débarrasser des raideurs qu'avait suscitées son petit somme sur le canapé convertible.

— C'est un moyen parfait de communiquer, pour un ravisseur : utiliser la compagnie téléphonique comme écran. Si Grant n'avait pas remarqué le détail de la porte de la cuisine…

— Il devait y penser depuis un moment, marmonna Grant. Et dire que je lui faisais confiance. Le salaud !

Il leva les yeux.

— Excusez-moi…

— Pas de problème, lui dit Karen. Moi aussi, je suis en colère.

— Et vous devez garder ça pour vous ! lui rappela Miri.

— Je sais. Pas de problème. Mais, dites-nous, que va-t-il se passer quand nous aurons le numéro du cabanon ? Vous enverrez une équipe du HRT, le service spécialisé dans les prises d'otages ?

— Ils n'attendent qu'une adresse pour foncer, dit Grant.

— Ce n'est pas aussi simple, corrigea Miri. Il faut d'abord établir un plan d'attaque. Il serait préférable d'attendre le soir.

— Quoi ? fit Grant. C'est impossible !

Le regard que lui opposa l'agent du FBI était plein de fermeté.

— Réfléchissez un peu, sénateur. Par manque de rigueur, nous risquerions de mettre la vie de vos filles en danger. Nous aurons un nouveau message de Wallace, ce soir, avec des instructions concernant la rançon. Il est pressé d'en finir, j'en suis certaine. Même s'il n'est pas un pro, il a mûri son coup : il sait que le temps joue en notre faveur. Tout ira donc très vite.

Karen acquiesça d'un hochement de tête.

— Exact. Et, pour aller récupérer la rançon, il devra

quitter le cabanon. Ce sera le moment pour lui tomber dessus. D'autant plus qu'il ne sera pas avec les filles.

Grant avait encore du mal à croire qu'Art ait conçu et mis en œuvre un plan aussi monstrueux.

— La bonne nouvelle, dit Karen, comme si elle lisait dans ses pensées, c'est que les filles n'ont sans doute aucune idée de ce qui se passe. Elles ne sont pas effrayées. Pour elles, il s'agit simplement de petites vacances inattendues…

— Avec un monstre, fit remarquer Grant.

— Avec un monstre. Mais ça, elles l'ignorent. Et tant mieux. J'imagine qu'elles s'amusent et que, dans l'immédiat, elles ne courent aucun danger. Nous pouvons donc nous permettre d'attendre jusqu'à la remise de la rançon.

— Je sais, je sais…

Si Art touchait à un cheveu de ses filles, Grant le tuerait. C'était aussi simple que ça.

— Nous pouvons, au moins, trouver cette cabane et la mettre sous surveillance, non ? Pour s'assurer que les filles sont saines et sauves.

— Bien sûr, lui répondit Miri. J'ai une équipe prête à décoller dans les cinq minutes. La meilleure stratégie à suivre, c'est de leur laisser une journée pour reconnaître les lieux.

Grant jeta un coup d'œil à sa montre. Ça faisait une heure que Jerry était parti. Il allait bientôt appeler.

Et ils partiraient récupérer ses filles.

Randall Youngblood s'éveilla en pleine nuit, ce qui était extrêmement rare. Même s'il ne dormait que cinq à six heures par nuit, et cela depuis très longtemps, c'était presque toujours d'une traite, d'un sommeil profond. Sa défunte femme disait que c'était parce qu'il travaillait dur. Lui, il avait une autre explication. En fait, il se couchait, le soir, avec une conscience aussi légère que possible. Certes, au fil des ans, il avait pris certaines décisions qu'il regrettait. Mais il s'était efforcé de mettre à profit son expérience et de ne jamais tomber deux fois dans le même guêpier. Du coup, il n'éprouvait pas le besoin de s'excuser auprès de l'humanité, à la fin de chaque journée, et il aimait ce sentiment.

Aussi, lorsqu'il s'éveilla brusquement à 3 heures du matin, le ventre noué par un sentiment d'angoisse, il sut qu'il y avait une raison. Quelque chose ne tournait pas rond. Quelque chose dont il était, d'une manière ou d'une autre, responsable.

Mais quoi ?

Il resta couché, les yeux ouverts dans l'obscurité, et passa en revue les événements des derniers jours. Il avait œuvré sans relâche contre la RS 52, sans faire de cadeau à ses adversaires, mais il l'avait fait honnêtement. Il n'avait pas proféré de menaces ni lancé de promesses impossibles à tenir. Aussi frustrant, stressant et parfois irritant que soit son travail, la politique était ainsi faite, et il s'y était résigné depuis longtemps.

Randall était prêt à glisser de nouveau dans le sommeil quand une pensée monta soudain des profondeurs de son inconscient. Grant Lawrence avait semblé abasourdi quand il l'avait appelé pour lui exprimer sa peine et sa sympathie, après l'enlèvement de ses filles. De toute évidence, il était surpris que Randall soit déjà au courant. Donc l'affaire n'avait pas encore été rendue publique. Mais alors…

Pour autant que Randall le sache, Michaels avait un contact dans la police de Tampa, mais il avait peine à croire qu'un policier ait pu parler sur une affaire aussi sensible. Il y avait tout de même un moment où le sens du devoir prévalait sur tout le reste.

Randall comprit qu'il ne se rendormirait pas. Il décrocha son téléphone et appela Michaels. Pas de réponse. Il l'appela sur son portable. Toujours pas de réponse. Etrange. Michaels savait qu'il devait être joignable à tout moment. Jour et nuit.

Où était-il ?

— Mince ! fit la voix de Terry dans le haut-parleur du téléphone.

Dans le bureau, Miriam, Grant et Karen attendaient impatiemment la suite.

— On a dû remonter six ans en arrière, poursuivit Terry. *Six ans* ! Au cas où cela intéresserait quelqu'un, le sénateur est un homme plutôt occupé…

Karen était bien consciente qu'il s'efforçait d'alléger l'atmosphère. Mais, cette fois, c'était en pure perte.

— Au fait, Terry, au fait ! le pressa-t-elle.

— Ouais, nous y voilà. J'ai appelé le commissariat, et je leur ai transmis le numéro de téléphone. Ils devraient très vite nous donner une adresse. M. Connally et moi sommes sur le chemin du retour.

— Merci, Terry.

— Une seconde, intervint Grant, juste avant que Karen raccroche. Je voudrais dire un mot à Jerry.

— Bien sûr, sénateur, fit Terry de sa voix profonde et posée.

Il y eut une espèce de froissement, un bruit sourd, puis la voix de Jerry se fit entendre.

— Je t'écoute, Grant.

— Voilà... j'aimerais savoir comment Randall Youngblood a pu être informé de... de ce qui s'est passé.

Il avait hésité, et n'avait pas pu se résoudre à prononcer le mot « enlèvement ».

— Ce qui s'est passé ? Tu veux dire ce qui *vient* de se passer ?

— Il m'a appelé pour me manifester sa sympathie. Il y a une fuite, c'est clair, et je veux savoir d'où elle vient.

— Je vais mettre Sam là-dessus. Bon sang ! J'ai toujours pensé que Michaels n'était pas franc du collier.

— Michaels ?

— L'assistant de Youngblood.

Karen se leva d'un bond.

— Qu'entendez, au juste, par « pas franc du collier », Jerry ?

— Si vous voulez la vérité, il m'a donné l'impression, depuis le début, de ne pas être cent pour cent réglo. Pas loin du tueur à gages, pour tout dire. Si Youngblood sait quelque chose, c'est parce que Michaels l'a découvert. Et il n'a pas toujours des méthodes très propres — que Youngblood en soit conscient ou non.

— Peu m'importe la personnalité de Michaels, dans l'immédiat, dit Karen. J'aimerais, avant tout, que cette fuite soit colmatée avant qu'elle ne se transforme en torrent.

— Ça ne devrait pas poser de problème, souligna Miriam.

Je vais le faire interpeller. Il a connaissance d'un crime dont il ne devrait rien savoir.

Karen hésita. Le flux de ses pensées s'était brusquement interrompu, comme pour laisser l'une d'elles émerger.

— Non, ne faites pas ça ! dit-elle soudain.

— Pourquoi ?

— Je… je ne sais pas. Ne l'arrêtez pas, c'est tout. Jerry ? Il faudrait découvrir la provenance de cette fuite sans alerter Michaels. D'accord ?

Jerry observa un court silence.

— Je comprends. Et vous avez raison, Karen : le risque est trop important.

La communication fut coupée, et le silence qui plana dans le bureau était si épais que le clic du thermostat de l'air conditionné retentit de façon presque assourdissante.

Ce fut Miriam qui reprit la parole.

— Vous pensez que Michaels est impliqué dans cette histoire ?

— Je pense que c'est possible, oui. Mais je peux me tromper.

Grant secoua la tête.

— Pourquoi un homme dans sa position irait-il tremper dans une histoire pareille ? Vous imaginez les risques, pour lui-même et pour ceux qui l'emploient ?

Karen se mit à tambouriner nerveusement des doigts sur la console qui se trouvait à côté d'elle.

— Il est possible que de telles considérations n'aient aucune importance à ses yeux. Son principal moteur est peut-être l'ego. En tout cas, ce n'est certainement pas l'argent, étant donné la somme que Wallace a exigée.

— Tout à fait d'accord, approuva Miri. Pour avoir une chance de réussir, Wallace a besoin d'un complice. Et il est extrêmement bizarre que Youngblood ait été informé de l'enlèvement. Surtout aussi rapidement.

— C'est de pire en pire, marmonna Grant. J'avais, au moins, l'espoir qu'Art ne ferait aucun mal aux filles. Avec ce Michaels, c'est une autre histoire.

— En tout cas, c'est une piste, dit Miriam. Je vais le faire mettre sous surveillance. On ne sait jamais.

C'était un maigre espoir, mais ils avaient tous les trois désespérément envie de s'y accrocher.

Terry et Jerry revinrent quelques minutes plus tard, avec le vieil agenda de Grant et le numéro de téléphone entouré au feutre rouge. Ils venaient de le montrer à Miriam, Grant et Karen quand le téléphone sonna. Grant décrocha, le visage éclairé par l'espoir. Mais son expression s'évanouit, et il tendit le combiné à Terry.

— Pour vous.

— Tyson, annonça-t-il. Ouais… Ouais ?

Il retranscrit sur son carnet l'information que lui livrait son correspondant.

— Il me faut un plan téléphonique de la région. Oui, je sais, ce n'est pas notre secteur. Bon sang ! D'accord…

Il raccrocha et tendit son griffonnage à Miriam.

— Voici ce qu'on a trouvé. A vous de faire le reste.

Elle baissa les yeux sur le papier.

— Merde !

— Quoi ? demanda aussitôt Karen.

— Les factures sont envoyées à une entreprise domiciliée en Floride.

Miriam se mit à rire.

— Ma belle, nous voilà revenus chez vous !

Elle ouvrit son téléphone portable et commença à parler rapidement. Elle raccrocha très vite.

— On va avoir les plans téléphoniques de la région. Et on va enfin savoir où est cette fichue cabane !

24.

Terry s'était arrangé avec ses supérieurs pour que l'appartement de Michaels et les bureaux où il travaillait soient mis sous surveillance. De son côté, Miriam avait mobilisé une équipe des services du FBI spécialisés dans les prises d'otages. A présent, ils attendaient tous que les membres de la commission spéciale, qui s'activaient dans les bureaux du FBI, aient pu déterminer la position de la cabane sur une carte des massifs du Maryland.

— Je vais me rendre là-bas avec votre équipe, dit Karen à Miriam.

— Vous devriez rester avec le sénateur.

— Non. C'est moi qui supervise cette affaire, et je veux être présente pour m'assurer qu'il n'arrivera rien aux enfants. C'est *ma* responsabilité.

— Je tiens à être présent, moi aussi, déclara Grant.

Il avait si mauvaise mine qu'on avait peine à reconnaître en lui le séduisant sénateur qui serait peut-être un jour président de ce pays.

— Non.

Miriam et Karen avaient répondu d'une même voix.

— C'est impossible, Grant, expliqua Karen. Il est important que vous soyez ici pour vous charger de la rançon. Ils s'attendent à ce que vous exécutiez leurs instructions à partir d'ici. En quittant la ville, vous éveilleriez leurs soupçons.

— Mais mes filles...

— Elles seront beaucoup plus en sécurité si vous jouez votre rôle. Lequel consiste à rester ici et à attendre, afin que les ravisseurs ne puissent pas se douter que nous sommes sur leur piste. Vous comprenez ?

Il hésita encore. Sur son visage, Karen entrevit le combat que se livraient en lui les sentiments et la raison. Cette dernière l'emporta.

— L'inspecteur Tyson va rester avec vous, précisa encore Karen. Terry, dès qu'il se met en route, vous le faites suivre. Discrètement, cela va sans dire.

— Cela va sans dire, répéta-t-il en grimaçant un sourire.

— Il faudrait aussi que vous lui installiez un micro, juste avant la remise de la rançon. De cette façon, nous saurons tout ce qui se passe. Il nous tiendra informés, et nous pourrons entendre la moindre conversation.

— D'accord. Il sera plus facile à suivre.

— On aura aussi besoin d'un émetteur dans sa voiture, afin de le localiser. A moins que quelqu'un d'autre puisse intercepter le signal...

— Ça n'est pas un problème, déclara Miri. Nous lui fournirons une voiture de location équipée d'un GPS. Nous suivrons sa progression de cette façon.

Karen hocha la tête.

— Très bien.

Le téléphone de Miriam sonna. Elle prit aussitôt la communication, écouta avec attention, puis coupa.

— Ça y est, ils ont trouvé la cabane. On part dans… trente minutes, annonça-t-elle en consultant sa montre. Karen, nous allons devoir quitter la ville sans nous faire remarquer.

— Facile. Vous n'avez qu'à me raccompagner à mon hôtel. On se souhaite bonne nuit, vous repartez, et vous chargez quelqu'un d'aller m'attendre devant l'entrée de service.

— D'accord. Dites, vous ne voudriez pas rejoindre mon équipe ? Vous feriez du bon boulot.

Karen secoua la tête.

— Mon unique souci est de retrouver ces enfants et de les ramener sains et saufs.

— Allons-y, alors, répliqua Miriam en consultant sa montre. On n'a pas de temps à perdre.

Les premières traînées roses de l'aurore commençaient tout juste à apparaître, à l'est, quand Miriam déposa Karen devant son hôtel. La jeune femme mit un point d'honneur à contourner le véhicule pour aller se pencher à la portière du conducteur et échanger quelques derniers mots avec Miriam, comme l'auraient fait deux amies.

Miriam la prit au dépourvu en lui demandant :

— Embrassez-moi.

— Hein ?

— Faites-moi la bise. C'est la chose la moins professionnelles que vous puissiez faire.

Karen comprit où Miriam voulait en venir. Elle se pencha donc et déposa un rapide baiser sur la joue de l'agent Anson.

— Bonne nuit, ma belle ! lui lança-t-elle d'un ton joyeux.

— C'est ça, bonne nuit !

Quelques secondes plus tard, Miriam partait dans le petit matin en faisant rugir son moteur.

Karen assista à son départ, comme à regret. Discrètement, elle en profita pour examiner les environs. Rien de suspect. Simulant un bâillement, elle pivota sur ses talons et gagna l'intérieur de l'hôtel.

Personne ne la suivit dans l'ascenseur. Personne ne surgit dans le couloir, alors qu'elle rejoignait sa chambre. Et celle-ci était exactement telle qu'elle l'avait laissée.

Elle songea soudain qu'elle n'avait pas apporté son gilet pare-balles. Mais comment aurait-elle pu prévoir ce qui l'attendait ? Elle enfila son tailleur pantalon vert sombre, celui qui s'apparentait le plus à une tenue camouflage. Elle chaussa aussi des chaussures de jogging qui, malheureusement, étaient blanches, et qu'elle devrait sans doute recouvrir de boue.

Puis elle quitta sa chambre. Personne dans le couloir. Personne dans l'ascenseur de service. Quand elle franchit la porte réservée aux livraisons, à l'arrière de l'hôtel, elle n'avait pas rencontré âme qui vive.

C'est alors qu'un paquet de chiffons, près d'une grande benne à ordures, s'agita.

— Vous pouvez y aller, entendit-elle. Il y a une Taurus noire dans le coin nord-ouest du parking. Heiland vous attend à l'intérieur.

Si l'enjeu n'avait pas été aussi important, et les risques considérables, Karen aurait souri devant les précautions extrêmes que prenait le Bureau. Ce qui ne l'empêcha pas de se sentir exposée, tandis qu'elle traversait le parking et serpentait entre les voitures silencieuses qui pouvaient dissimuler n'importe qui et n'importe quoi.

Elle finit par atteindre la Taurus. Un homme était assis au volant. Dès qu'il aperçut Karen, il jeta sa cigarette par la fenêtre, et elle entendit le claquement sourd du verrouillage central des portières.

— Montez, inspecteur, lui dit l'homme d'un ton tranquille. Je suis l'agent spécial Heiland. Un hélicoptère nous attend.

Ils roulèrent vers le nord-ouest et quittèrent l'Etat au niveau de Bethesda.

— Où devons-nous retrouver les autres ? demanda Karen.

— Au Bethesda Medical Center. Sur la plate-forme d'atterrissage des hélicoptères sanitaires de l'armée. C'est l'endroit sécurisé le plus proche que nous ayons pu trouver.

Karen hocha la tête. Etait-ce parce que Miriam avait pris les choses en main, côté FBI ? Toujours est-il qu'elle n'avait pas l'impression de vivre un de ces cauchemars d'attribution de compétences pour lesquels les relations entre polices locales et fédérales étaient si connues. Elle était, au contraire, heureuse de pouvoir compter sur quelqu'un qui penserait à des détails qu'elle risquait elle-même de négliger. Quelqu'un qui avait les contacts et les informations dont elle ne disposait pas.

A l'entrée de la base, Heiland montra son insigne à un garde.

— Projet « Lèvres de clam », dit-il.

Le garde hocha la tête, et leur fit signe de passer.

— « Lèvres de clam » ? répéta Karen.

— C'est en rapport avec l'une des expression favorites du sénateur, expliqua Heiland. Un souvenir d'enfance, je crois. Toujours est-il qu'il s'agit du nom de code du Bureau pour cette opération.

Le Naval Medical Center de Bethesda ressemblait à n'importe quel grand complexe hospitalier moderne. Mis à part les uniformes, Karen aurait pu se croire à Tampa General, le grand hôpital de Tampa.

Ils s'engagèrent sur le parking des urgences.

— Vous êtes malade, lui dit Heiland en coupant le moteur de la Taurus. Mais pas gravement.

— Compris, répondit la jeune femme.

Elle se mit à tousser, tandis qu'ils se dirigeaient vers les portes automatiques, puis vers un ascenseur.

Après qu'ils furent entrés dans la cabine, une femme et un enfant se présentèrent, mais Heiland leur barra le passage.

— Vous feriez mieux d'attendre, dit-il à la femme, tout en lui désignant sa compagne d'un discret signe de tête.

Karen comprit aussitôt. Elle simula une nouvelle quinte de toux, et Heiland sourit à la mère.

— Je ne voudrais pas que votre fils attrape cette cochonnerie.

— Vous... vous avez raison.

Et elle recula, comme si elle venait de croiser un serpent à sonnette.

— J'espère que ça va s'arranger rapidement, dit-elle à Karen.

— Merci.

Et, pour faire bonne figure, Karen fit entendre une respiration sifflante et se mit de nouveau à tousser.

Heiland sourit dès que les portes de l'ascenseur se furent refermées.

— Vous vous êtes trompée de boulot, inspecteur. Vous auriez dû devenir actrice.

Il récupéra un talkie-walkie à la ceinture de son pantalon.

— Ici, Heiland. On est dans l'ascenseur.

Sans qu'il ait à presser le moindre bouton, la cabine commença de s'élever. Quand elle s'arrêta et que les portes se rouvrirent, Karen s'aperçut qu'ils étaient sur le toit du bâtiment.

— Accès spécial, dit simplement Heiland en sortant pour rejoindre l'hélicoptère qui les attendait, prêt à décoller.

Miriam tendit la main à Karen. Avec le vacarme du rotor, il était difficile, sinon impossible, de parler. Karen saisit la main tendue et monta à bord de l'hélicoptère. Elle s'empara du casque-micro que lui offrit Miriam.

— Que je vous présente l'équipe, dit celle-ci d'une voix étrangement caverneuse à travers le réseau de communication interne de l'hélicoptère.

De la tête, elle désigna chacun des membres du commando, tous vêtus de combinaisons noires.

— L'agent spécial Phil Harrelson dirige l'équipe. Il y a là les agents Levin, Garcia, Rose, Maxwell, Suarez et Dateman.

Chacun des agents hocha la tête en entendant son nom. Karen doutait de pouvoir se rappeler leurs patronymes plus de cinq minutes, mais elle avait tout un jour pour apprendre à connaître ces hommes. C'étaient eux qui allaient délivrer les enfants de Grant et, à ce titre, elle devait leur faire confiance.

Miriam se chargea de la présenter.

— Inspectrice Karen Sweeney, de la police de Tampa, dit-elle à Harrelson. C'est elle qui mène les opérations.

— Vous avez déjà travaillé sur une prise d'otage ? demanda Harrelson, un rien méfiant.

— Pas depuis l'époque où j'étais simple agent de police, répondit Karen. Et, à ce moment-là, je m'étais contentée de tenir les curieux à distance. Je me repose donc sur vous, messieurs. Vous savez ce que vous faites.

— En effet, confirma Harrelson, qui parut se détendre.

En reconnaissant son ignorance et leur expérience, Karen savait qu'elle avait effectué le bon choix. Si elle n'avait jamais eu l'occasion de collaborer avec une équipe du FBI spécialisée dans les prises d'otages, cela faisait des années qu'elle travaillait avec des hommes, dont certains pouvaient se révéler agressifs. Flatter leur ego était toujours une bonne politique.

Miriam lui tendit une carte topographique. La position de la cabane, qui semblait nichée dans une petite clairière, sur le côté d'une montagne, était indiquée par un cercle rouge. De l'autre côté de la montagne, un cercle bleu signalait une station de gardes forestiers.

— On va se poser là, expliqua Miri. Ce n'est qu'à cinq kilomètres.

Elle jeta un coup d'œil à sa montre.

— Il est 8 h 10. La durée du vol est d'environ quarante

minutes. Ensuite, il y aura un petit peu plus d'une heure de marche. On devrait être sur les lieux vers 10 heures.

Karen hocha la tête. Ils auraient ensuite besoin de plusieurs heures pour reconnaître les lieux et évaluer la situation.

— Excellent, dit-elle, avant de se tourner vers Harrelson. Notre idée consistait à l'arrêter lorsqu'il sortirait pour aller récupérer la rançon. Qu'en pensez-vous ?

— On pourra en dire un peu plus quand on aura bien repéré l'endroit. Mais je pense que c'est ce qu'il y a de mieux à faire.

— Vous avez besoin d'un gilet ? demanda Miri.

— En fait, oui, répondit Karen.

— Nous en avons apporté quelques-uns, dit Harrelson en baissant les yeux sur les pieds de Karen. Ainsi que des chaussures de randonnée. Trente-sept et demi, trente-huit et demi, trente-neuf.

— Trente-neuf, dit Karen.

— J'étais dans la bonne fourchette, alors, commenta Miri. Je me suis doutée que vous n'étiez pas équipée pour ce genre d'expédition.

— En effet. J'ai juste mon Glock.

— Vous n'en aurez pas besoin, affirma Harrelson en souriant. Vous êtes là pour les neurones. Nous, on fournit les muscles.

Karen se mit à rire.

— On a tous les ingrédients pour faire une bonne équipe, alors !

— On dirait, oui.

— Des nouvelles de Michaels ? demanda Karen en s'adressant à Miriam.

L'agent spécial secoua la tête.

— La dernière fois que j'ai eu Terry, il n'avait toujours pas quitté son appartement. Je le rappellerai dès qu'on aura atterri.

— Il se terre. On le tient.

— Ça, je ne le parierais pas.

Alors que Belle et les jumelles s'étaient attaquées au contenu de leurs bols de céréales avec entrain, Cathy se montrait plus réservée.

— Je pourrai appeler papa, après le petit déjeuner ? demanda-t-elle.

— Nous essaierons, répondit Art, tout en songeant que la fillette allait lui poser des problèmes. Il doit déjà être à son travail. Vous avez dormi tard, ce matin, les filles.

— Il prendra quand même le temps de nous parler, déclara Cathy.

Le ton de sa voix n'était ni pleurnichard ni agressif, deux attitudes avec lesquelles il aurait pu composer. Au lieu de quoi, elle faisait preuve d'un sang-froid et d'une détermination déconcertants. Il ne réussirait pas à la berner très longtemps. Mais ce n'était pas si grave. A partir de ce soir, il n'y aurait plus de problème.

L'inactivité rongeait Grant. Il était de ceux qui agissent. L'emploi du temps surchargé qu'imposait la politique lui allait à merveille. A présent, il n'avait rien d'autre à faire que regarder Terry parler au téléphone, attendre les comptes rendus de Karen et de Miriam, essayer de bavarder un peu avec Jerry… et réfléchir. Il réfléchissait même beaucoup trop à son goût.

— Ils devraient atteindre la cabane dans une quinzaine de minutes, lui dit Terry, comme s'il lisait dans ses pensées. Ils en sauront plus, à ce moment-là.

— Merci, lui dit Grant. Ce genre d'attente n'a rien d'évident. Vous devez avoir une certaine expérience, j'imagine ?

— Ça ne rend pas les choses plus faciles. Je suis comme vous : j'attends que ce Michaels fasse un mouvement, quelque part — c'est à croire qu'il s'est évaporé. Je contacterais bien Youngblood, mais il pourrait être impliqué, lui aussi, et je risquerais de l'alerter…

— Il n'a rien à voir dans tout cela, assura Grant. Je connais Randall depuis trop longtemps pour croire à son implication.

Terry haussa les épaules.

— Il y a encore deux jours, vous auriez dit la même chose de Wallace. Etes-vous prêt à risquer la vie de vos filles sur un tel pari ?

Grant garda le silence. Se pouvait-il qu'il soit aussi mauvais juge ? Georgie et Art l'avaient trompé pendant des années sans qu'il se rende compte de rien. Jamais il n'aurait cru Jerry déterminé au point de déplacer le cadavre de Stacy, même s'il avait agi pour de bonnes raisons. Et, quand il s'était laissé aller, dans un moment de solitude et de faiblesse, Karen n'avait rien fait pour l'arrêter, contrairement à ce qu'il aurait pu attendre d'elle…

Mais peut-être était-ce plus compliqué. S'il se posait toutes ces questions, c'était justement à cause de Karen. Non parce qu'elle se serait mal conduite — il l'avait séduite tout autant qu'elle l'avait séduit —, mais parce qu'il était en train de s'attacher à elle. Il était bien là le hic. Le voilà qui s'éprenait d'une femme qui lui redonnait de l'espoir… au moment précis où des gens qu'il connaissait depuis des années se révélaient différents de ce qu'il avait cru. Si son jugement était aussi défaillant, comment faire confiance à qui que ce soit, sur quelque sujet que ce soit ? Comment prendre le risque d'ouvrir son cœur à une femme ?

Jerry était allé dans le bureau pour appeler les membres de l'équipe et leur exposer la situation, sans trop en dire. Il resterait en contact continu avec eux. Ils pouvaient appeler Grant, en cas de besoin, mais uniquement sur son portable. Il était important que sa ligne privée reste libre, au cas où Art tenterait de le contacter.

A présent, Jerry se tenait à la porte, le téléphone portable à la main.

— Grant, tu devrais prendre cet appel.

— Qui est-ce ?

— John Kittinger.

Le chef d'état-major du président, un homme pour qui « non » n'était pas une réponse. Grant hocha la tête.

— Je vais dans le bureau, dit-il à Terry.

Une fois la porte refermée, il prit le téléphone que lui tendait Jerry.

— John ? Qu'est-ce que je peux faire pour vous ?

— Bonjour, sénateur. Le président vous adresse toute sa sympathie pour l'épreuve qui vous a frappé, dernièrement.

Très bien. Grant n'était pas dupe : il ne s'agissait pas d'un simple échange d'amabilités.

— C'est très gentil à lui, dit Grant. Remerciez-le pour moi, je vous prie.

— Je n'y manquerai pas. Ecoutez, sénateur, je sais que le moment est mal choisi, mais nous sommes confrontés à une situation difficile, et le président a besoin de savoir s'il peut compter sur votre soutien.

« Moi aussi, je suis confronté à une situation difficile, pensa Grant. Et tu as raison : le moment est foutrement mal choisi. »

— Que se passe-t-il ?

— C'est la Colombie. Les FARC ont attaqué notre ambassade.

Merde ! songea Grant. A croire qu'un malheur n'arrivait jamais seul.

— Que s'est-il passé, exactement ?

— Selon les premiers comptes rendus, ils ont tiré au RPG-7 depuis un immeuble situé de l'autre côté de la rue, expliqua Kittinger d'une voix pleine de répugnance. C'est arrivé il y a environ une heure. Trois marines ont été blessés, et au moins une dizaine de membres du personnel administratif ont été touchés.

Le RPG-7 était un vieux lance-roquettes portable de fabrication soviétique, utilisé comme arme antichar par l'infanterie, du temps de la guerre froide. Depuis, il s'était exporté dans le monde entier. Que les FARC en aient en leur possession n'était pas une surprise. Et le fait qu'ils les aient utilisés contre l'ambassade des Etats-Unis n'aurait pas dû être une surprise non plus, étant donné les récentes rumeurs d'une intervention militaire en Colombie. Néanmoins, l'idée que des Américains, militaires ou civils, aient peut-être trouvé la mort dans l'attentat était un choc.

— Qu'est-ce qu'il envisage ?

— Il veut riposter, répondit Kittinger. Il parle d'un raid des forces spéciales. Nous pensons pouvoir déterminer qui a fait ça. Son idée serait d'envoyer une équipe là-bas, de capturer les coupables et de les amener ici pour les juger.

Une tactique dangereuse, songea Grant. Si le raid tournait mal, l'opération pouvait se transformer en affrontement sanglant. Il n'avait pas oublié ce qui était arrivé en Somalie. On risquait même pire. Entre la guerre de la drogue et la réaction du pays aux attaques d'Al-Qaïda, il était facile d'imaginer ce qui se passerait si les télévisions diffusaient des images de cadavres de soldats américains traînés dans les rues colombiennes. Une partie de la population demanderait la guerre, pas moins.

D'un autre côté, si l'opération se déroulait comme prévu, elle permettrait d'envoyer un message clair : les Etats-Unis traiteraient, dorénavant, les terroristes comme des criminels, et les enverrait devant une cour de justice, même s'il fallait pour cela envoyer des troupes afin de les capturer. C'était, du reste, l'approche que Grant avait lui-même préconisée après les attaques contre le World Trade Center et le Pentagone. Il s'agissait, selon lui, d'une réponse juste et morale.

Si tout se passait bien.

— Sénateur, reprit Kittinger, le président en est à son dernier mandat. Il aimerait savoir que l'homme le plus susceptible de le remplacer est prêt à le soutenir s'il prend cette décision. Ce serait une façon d'adresser au monde un message de continuité.

— Je comprends.

Kittinger exposait intelligemment les choses en flattant les ambitions de Grant et en parlant en termes de « continuité », plutôt que d'« unité ». Cela revenait au même, bien sûr. Mais il fallait rendre à César ce qui appartenait à César, et le chef d'état-major avait bien présenté le problème.

— C'est la réponse que vous aviez déjà préconisée en 2001, souligna Kittinger. Nous estimions qu'elle n'était pas adaptée à l'Afghanistan. Et elle n'aurait pas permis de renverser le régime des talibans, ce qui était impératif. Avec la Colombie, c'est différent. Il s'agit du bon choix. Et vous le savez, sénateur.

Grant n'avait pas envie d'affronter ce problème maintenant. Mais la situation était devenue critique. Et, malgré ses désaccords passés avec le président, il estimait que celui-ci faisait le bon choix, cette fois. De plus, une démonstration de « continuité » servirait, à l'évidence, l'intérêt national.

— Dites au président que je soutiendrai sa décision de faire passer ces criminels en jugement, quand on aura la certitude qu'ils ont été identifiés et qu'on peut les capturer.

— Est-ce un oui ?

Grant ne tomba pas dans le piège.

— C'est un oui conditionnel. S'il prend toutes les assurances possibles avant de passer à l'action, alors, oui, ce sera, selon moi, la bonne réponse, et je le soutiendrai. Publiquement.

Kittinger, il en était certain, avait compris ce que cela sous-entendait : si jamais le président lançait les hostilités sans avoir pris toutes les garanties, Grant ferait connaître ses objections. Publiquement, là aussi.

— Je le dirai au président, déclara Kittinger. Il sera heureux d'apprendre que vous êtes avec nous.

— Et n'oubliez pas de lui transmettre mes remerciements pour ses condoléances, s'il vous plaît.

Même si ces remerciements étaient aussi factices que les condoléances, la courtoisie devait être respectée.

Grant tendit le téléphone à Jerry, et s'assit lourdement sur le canapé.

— C'était la bonne décision, lui dit Jerry.

Grant hocha la tête.

— Une bonne décision au milieu d'une multitude de mauvaises.

— Arrête ça ! lui dit Jerry. Georgie a fait ses propres choix. De même qu'Art. Et moi aussi, d'ailleurs. Tu ne peux pas endosser toutes les responsabilités. Ton pouvoir ne va pas jusque-là.

Grant leva les yeux vers Jerry. Son visage exprimait une grande fermeté.

— Tu es un sacré bonhomme, lui dit Jerry, mais tu n'es quand même qu'un homme. Nous devons constamment faire des choix. Quitte à commettre des erreurs. Tu ne peux pas contrôler tout et tout le monde. Ce qui signifie que tu n'es pas responsable pour tout ce qui va mal. Tu n'as pas poussé Georgie à avoir une liaison. Tu ne l'as pas tuée. Tu n'as pas tué Abby ni Stacy. Tu n'as pas enlevé tes filles.

— Je les ai laissées avec Art.

— Et c'était le meilleur choix à faire, au vu de ce que tu savais, à ce moment-là. Art t'a trahi. Mais tu n'as pas trahi tes filles.

— Et après ? Je suis censé actionner un interrupteur et… hop ! accepter ça ?

Grant fit claquer ses doigts pour accompagner ses paroles.

Jerry regarda un instant ses pieds.

— Non, répondit-il. Non, ce n'est pas aussi simple, j'en ai bien conscience. Mais c'est la vérité, que tu le veuilles ou non.

Grant hocha la tête. En effet. Il y avait, néanmoins, une différence entre connaître la vérité et l'accepter. Et il lui faudrait un moment avant de se fier de nouveau à son propre jugement concernant les gens. Même avec Karen.

Surtout avec Karen.

— Karen est quelqu'un de bien, déclara Jerry.

A croire que son visage était aussi lisible qu'un livre ouvert. Une raison supplémentaire de se montrer vigilant.

— C'est un bon flic, dit-il.

— Aussi, oui. D'un autre côté, si elle avait voulu te démolir, je lui ai donné toutes les opportunités possibles. Elle n'en a rien fait. Ça en dit long sur elle. Pas simplement sur le flic. Sur la femme qu'elle est.

— Peut-être, murmura Grant. Peut-être.

On frappa à la porte, et Terry entra sans y avoir été invité.

— Ils sont arrivés, annonça-t-il.

25.

Les arbres et les buissons offraient largement de quoi se cacher tout autour du cabanon. Miriam et Karen s'agenouillèrent derrière un buisson, à côté de grands chênes, pendant que le reste de l'équipe encerclait la cabane, s'assurant que toutes les issues, portes et fenêtres, étaient couvertes.

— J'aimerais avoir la certitude que les filles sont bien là, murmura Karen en se mettant à plat ventre.

Miriam lui tendit ses jumelles.

— Il n'y a pas de rideaux aux fenêtres.

Elle porta le micro de sa radio à ses lèvres, et demanda aux autres de chercher le moindre signe de la présence des filles.

Ce fut Karen qui en eut confirmation, quand un visage au teint pâle apparut à une fenêtre donnant sur l'arrière de la petite bâtisse. Cathy Suzanne. La fillette posa ses coudes sur le rebord de la fenêtre et regarda le paysage environnant. Elle resta immobile, presque aussi figée qu'une statue. Jusqu'à ce que des rires stridents, un peu étouffés, lui fassent tourner la tête. Cela ne dura qu'un instant : elle revint presque aussitôt à sa contemplation du monde extérieur.

— Elles sont là, dit Karen. Je me demande comment il fait pour les garder à l'intérieur.

— Et pour quelle raison, aussi, ajouta Miriam, le front plissé. Il est nerveux ? Il sait quelque chose ?

— Ou bien il veille à ne prendre aucun risque, tout simplement.

Au bout d'un moment, Karen rendit les jumelles à Miriam. Roulant sur le dos, elle chercha à apercevoir le ciel, d'un bleu perçant, à travers les feuilles des arbres.

— Je déteste attendre, marmonna-t-elle.

— Si ce salaud nous laisse la moindre opportunité, on lui tombera dessus. Le problème, c'est qu'on ignore ce qui se passe, là-dedans : s'il est armé, à quel genre de risques les enfants sont exposés…

— Je sais.

Karen ferma les yeux, crispant les paupières pour repousser une montée d'angoisse.

— Je sais, Miri, répéta-t-elle.

Puis elle roula de nouveau sur le ventre et observa le cabanon.

Vers midi, Grant commença à se ronger les ongles pour la première fois de sa vie, et Jerry n'en menait pas plus large que lui. On avait retrouvé ses filles ; on savait où elles se trouvaient, et pourtant, on ne pouvait rien faire. Seigneur, il espérait que Cathy Suzanne n'avait pas trop peur ! La fillette était vive, et elle avait dû se rendre compte que quelque chose ne tournait pas rond. Il sentit son cœur se serrer à l'idée qu'il n'était pas à son côté pour la réconforter, alors qu'elle commençait sans doute à avoir peur.

Ses mains se fermèrent, d'un geste réflexe, comme s'il serrait le cou d'Art. Il était préférable qu'il ne se trouve pas là-bas car il n'aurait peut-être pas pu se contenir. Et que se serait-il passé, alors, à l'intérieur du cabanon ? Il préférait ne pas y songer.

Mais il aurait donné cher pour pouvoir mettre la main sur Art.

— Toujours aucun signe de Michaels, annonça Terry, après avoir passé un nouveau coup de fil dans les bureaux de Youngblood. Bon sang ! Je vais demander un mandat pour aller perquisitionner son appartement.

Grant décida que sa patience avait atteint ses limites. Il devait agir. Sans se soucier d'une quelconque autorisation, il décrocha son téléphone et appela Youngblood. Il n'eut besoin que de quelques secondes pour passer le barrage de la secrétaire et se trouver en ligne avec Randall.

— Randall. Michaels vous a parlé de… de ce qui est arrivé, n'est-ce pas ?

— Oui. Mais… je croyais vous l'avoir dit.

Grant nota une intense lassitude dans la voix de Randall.

— Grant, je…

— Mais que se passe-t-il, bon sang ?

— Je ne sais pas. Honnêtement, je ne sais pas. Et cela me tracasse. Je suis censé pouvoir le joindre en permanence. Je me suis réveillé, la nuit dernière… comment dire ? Cette histoire d'enlèvement me préoccupait. J'ai essayé de le joindre, et je n'ai pas réussi. Ni chez lui ni sur son portable.

— Merde.

— Bien sûr, il n'est pas impossible qu'il ait fait un break pour une raison ou une autre et qu'il ne veuille pas être dérangé. Il doit bien avoir une vie personnelle. Néanmoins…

Terry faisait de grands signes de la main, et Grant couvrit de sa paume l'émetteur du combiné.

— Quoi ?

— Je voudrais une photo de Michaels. S'il en a une, qu'il me la faxe.

Grant revint à Youngblood.

— Auriez-vous une photo de Michaels ?

— Euh… oui. Oui, évidemment.

— Vous voulez bien me la faxer ? Chez moi.

Il lui donna le numéro.

— Ecoutez, Randall… nous avons la quasi-certitude que c'est Art Wallace, mon voisin, qui a enlevé les filles.

Terry fit la grimace et secoua la tête. Mais Grant l'ignora.

— Wallace ? Il me semble que c'est l'un de nos bénévoles. Quant à Michaels… Oh ! mon Dieu !

Randall resta silencieux.

— N'oubliez pas de me faxer la photo, d'accord ?

— Je m'en occupe tout de suite. Et s'il y a quoi que ce soit d'autre…

— Je vous le fais savoir, vous avez ma promesse.

Tout en raccrochant, Grant laissa exploser sa rage.

— Le fils de pute !

Tous les membres de l'équipe portaient des oreillettes et des micros miniatures qui leur permettaient de communiquer en toute discrétion.

— Wallace se trouve dans la cabane, annonça soudain une voix masculine dans l'oreille de Karen. Il porte une fillette dans ses bras.

— Vous pouvez me décrire la fillette ? demanda Karen.

— Cinq, six ans. Avec de longs cheveux roux.

— C'est l'une de ses filles. Donc elles sont également ici. Qu'est-ce que ça signifie, au juste ? demanda Karen en se tournant vers Miriam.

— Je donnerais cher pour le savoir. On aurait pu penser qu'il les mettrait en lieu sûr, mais après ce qu'il a fait…

— Oui.

Karen avait le souvenir d'un parent qui avait assassiné son enfant juste pour que son conjoint n'en obtienne pas la garde. Elle soupira et baissa les yeux sur ses mains, les poings crispés sur les feuilles mortes et la mousse verte qui couvraient le sol.

— Des nouvelles de Terry ?

— Je vérifie.

Comment le temps pouvait-il s'écouler aussi lentement ? se demanda Karen. Voilà maintenant deux heures qu'elle n'avait plus vu Cathy Suzanne. Elle espérait que tous les enfants allaient bien. Parce que, si jamais il leur arrivait quelque chose alors qu'elle était là, dans cette forêt, sans rien faire, elle ne se le pardonnerait jamais.

Art donna une légère pichenette sur la pièce d'échecs pour la faire reculer.

— Désolé, Cathy, mais les pions n'avancent que d'une case à la fois.

— Mais tu as fait bouger le tien de deux cases ! protesta-t-elle en désignant le roi sur la quatrième rangée.

— C'était son premier mouvement. Les pions peuvent

avancer de deux cases lorsque tu les bouges pour la première fois.

Elle leva les yeux vers lui.

— C'est une règle que tu as inventée.

— Pas du tout, ma douce. Quelqu'un d'autre s'en est chargé pour moi.

— Moi, je dis que c'est une règle inventée. Déjà, ces pauvres petits pions ne peuvent avancer que tout droit. Et ils ne peuvent prendre qu'en avançant tout droit aussi. Ils n'ont aucun intérêt !

— Détrompe-toi, ma douce. Dans certaines situations, ils peuvent se révéler d'une extrême importance sur l'échiquier.

— Je préférerais que vous m'appeliez Cathy, déclara-t-elle, les yeux rivés aux siens. C'est mon papa qui m'appelle « ma douce ».

Voilà que ça recommençait ! Derrière les yeux pleins d'intensité de Cathy se nichait une volonté rare. Il était bien en peine de dire si elle était triste ou heureuse, calme ou effrayée. Elle gardait tout à l'intérieur, ne lui montrant que ce qu'elle voulait bien lui montrer, imposant ses règles dans leur relation.

Il pouvait l'embrasser sur la joue mais pas sur le front. Elle tolérait qu'il la serre dans ses bras, mais elle demeurait raide. Si elle avait daigné prendre son petit déjeuner, c'était sans appétit, contrairement à Belle et aux jumelles. Quand Belle avait manifesté le désir d'aller jouer dans les bois, Art lui avait répondu qu'il attendait un coup de téléphone. Cathy avait alors assuré qu'elle pouvait très bien surveiller sa sœur, et Art avait dû trouver un autre prétexte pour garder les filles à l'intérieur. Il n'avait pas envie d'aller les chercher à droite et à gauche quand le moment viendrait de se mettre en mouvement.

Et maintenant, Belle regardait par la fenêtre, telle une âme en peine, tandis que Cathy multipliait les remarques sur les règles du jeu d'échecs et la façon dont il s'adressait à elle. Cela changerait avec le temps, il en était persuadé. Il *fallait* que ça change, ou bien elle devrait s'en aller. Ce serait tragique, bien sûr, mais il en avait assez des femmes indépendantes et déterminées.

Ce ne serait pas la première fois qu'il aurait à régler un problème de ce genre. Un automobiliste soûl s'était occupé de Georgie, après la bagarre terrible qu'ils avaient eue, cette nuit-là. Il voulait ce que tout homme est en droit d'attendre d'une femme, et elle lui avait fait savoir qu'elle ne se sentait pas d'humeur. C'était, d'ailleurs, devenu un problème récurrent, vers la fin. Il l'avait même soupçonnée de coucher de nouveau avec Grant. Quand il lui avait confié ses doutes, elle l'avait fixé de ce regard dur, glacial, que tout le monde lui connaissait, et s'était contentée de répondre que ça ne le regardait pas. Il ne s'était pas laissé démonter ; il l'avait coincée sur le lit et il l'avait baisée sauvagement, une main plaquée sur sa bouche, poussé par la rage plus que par le désir. Elle était restée inerte et silencieuse, pendant tout ce temps, puis elle lui avait annoncé qu'il le paierait très cher. Il avait su, à ce moment précis, qu'elle devait s'en aller. Le chauffard qui l'avait tuée avait été providentiel.

Pour la première fois, Art avait pensé que les dieux s'étaient mis de son côté, contre Grant Lawrence. Ce sentiment lui avait beaucoup plu.

Pour la danseuse, les choses avaient été différentes. Aussi curieux que cela puisse paraître, c'était lui qui l'avait présentée à Grant. Il l'avait rencontrée dans le club où elle dansait : il payait pour voir son corps incroyable se mouvoir dans la pénombre ; il avait même fini par payer pour qu'elle vienne s'asseoir et parler avec lui. Quand il lui avait confié que son voisin n'était autre que Grant Lawrence, le célèbre sénateur, elle s'était aussitôt animée. Elle lui avait raconté qu'elle était en âge de voter depuis un mois quand Grant s'était présenté à ses premières élections. Elle avait voté pour lui, tout excitée de donner ses suffrages à ce bel inconnu et de le voir l'emporter. Son vote avait compté, se disait-elle.

Peu de temps après, elle s'était jointe aux bénévoles qui œuvraient pour la prochaine campagne de Grant. Quelques mois après la mort de Georgie, elle sortait avec le sénateur. Puis elle avait laissé tomber la boîte de strip-tease pour ouvrir ce foutu studio de danse avec sa copine lesbienne. Quand Elizabeth l'avait quitté, Art avait eu envie de la revoir. Mais elle n'avait vu en lui que le souvenir indésirable d'une période malheureuse de son existence. Elle n'était plus la fille que l'on effeuillait dans les clubs. Elle était ce qu'elle avait toujours voulu être : une danseuse, qui exerçait son art et l'enseignait. Alors, du balai, s'il vous plaît ! Et ne revenez plus !

Elle avait bien mérité ce qu'il lui avait infligé. Quant à la vieille nounou noire — encore une adepte de Grant Lawrence —, il avait bien été obligé de s'occuper d'elle quand elle avait fait son apparition. Les dieux étaient encore avec lui, à ce moment-là.

Et ils étaient restés à ses côtés quand Grant lui avait demandé de prendre Cathy et Belle chez lui pendant quelque temps. Les dieux étaient venus lui livrer ses filles — les filles que Grant lui avait volées — à domicile. A présent, il ne lui restait plus qu'à se débarrasser de Grant, et la justice divine serait accomplie.

Et si Cathy Lawrence ne l'acceptait pas… eh bien… il était, malheureusement, fréquent que des fillettes enlevées soient retrouvées mortes. Ça ne lui poserait pas de problème. Il affronta son regard déterminé, par-dessus l'échiquier.

— A toi de jouer, lui dit-elle.

— Vous vous chargez de lui ? demanda Terry. J'ai vraiment besoin d'être là-bas pour superviser cette perquisition.

Jerry Connally hocha la tête.

— L'inspectrice a été claire, je crois. Je dois le surveiller. C'est mon rôle de m'occuper de Grant. Allez donc faire le vôtre.

— Il a de la chance, déclara Terry en tendant la main. Peu d'hommes peuvent se vanter d'avoir des amis comme vous.

— On reste en contact. Je surveille les téléphones, ici, et je vous appelle s'il y a du nouveau.

Un peu moins de trois quarts d'heure plus tard, Terry frappait à la porte de l'appartement de Bill Michaels, dans Crystal City. Il se trouvait de l'autre côté du Potomac, en Virginie, et Miri avait dû passer quelques coups de fil pour lui faciliter la tâche. Pas une seconde, il n'avait envisagé que cette perquisition se fasse sans lui.

Il frappa de nouveau, et répéta qu'il était policier et qu'il venait procéder à une perquisition. Il respectait méticuleusement les règles de procédure, afin d'éviter toute mauvaise surprise. Comme il n'obtenait toujours pas de réponse, il fit un signe de la tête aux deux policiers qui tenaient le bélier. Avec un mouvement de balancier faussement désinvolte, ils firent exploser le jambage de la porte.

Visiblement, Michaels vivait plutôt bien. Une épaisse moquette courait dans tout l'appartement, avec un motif qui incorporait les initiales « GKM » en élégantes lettres bourgogne. Dans la partie salon, le mobilier se partageait entre les chromes et le cuir. Mais l'attention de Terry se porta sur l'antique bureau à cylindre. Le mandat spécifiait qu'ils cherchaient « des documents et/ou des preuves matérielles en relation avec l'enlèvement de Catherine Suzanne Lawrence et Belle Lindsay Lawrence, et des documents et/ou des preuves matérielles en relation avec le meurtre de Nathaniel Steven Olson ». Autant dire qu'ils avaient pratiquement carte blanche pour aller fouiner dans chaque coin, tiroir, fente et lézarde de l'appartement. Ce que Terry avait bien l'intention de faire.

Il ne s'attendait pas à trouver grand-chose. Michaels était malin, et il était avocat. Il devait être assez intelligent pour ne conserver aucune note. Il devait savoir aussi qu'un stylobille laissait des traces sur la page supérieure d'un calepin, et qu'il suffisait de passer un crayon à papier dessus pour faire des découvertes intéressantes. Il ne devait pas, non plus, laisser le moindre gramme d'héroïne dans son appartement… Oui, Michaels était malin, et il était avocat. Mais il était également très arrogant.

L'adresse de Nat Olson. Un registre de ses contacts téléphoniques avec Art Wallace. Des notes pour un livre contenant toutes sortes de révélations sur Grant Lawrence.

Tout était là. Terry composa le numéro du centre de communications du FBI, et demanda à être mis en relation avec Miri.

— On le tient, ce fumier, annonça-t-il, avant de livrer un rapide exposé des preuves qu'ils avaient découvertes ici. Rien n'indique que Randall Youngblood ait été informé de tout ça. Comme l'avait indiqué le sénateur.

— Quelque chose sur la remise de la rançon ? demanda Miri.

— Je n'en sais trop rien. Je suis tombé sur une liste d'adresses : trois ou quatre à Washington, et deux à Baltimore. Ça pourrait être des relais. Il m'est difficile d'avoir la moindre certitude.

— Ce qui ne va pas vous empêcher d'envoyer des hommes surveiller ces endroits ! dit la jeune femme d'un ton rieur. Je vous connais, Terry Tyson.

— En effet. Et vous avez raison : je compte bien envoyer du monde un peu partout.

— Tenez-moi informée. Et… prenez soin de vous.

— Un message à faire passer au sénateur, au sujet de ses filles ?

La voix de Miri redevint sombre.

— Rien de nouveau, ici. La plus jeune est toujours collée à la fenêtre.

— Si jamais il les touche…

— Vous serez obligé de prendre un numéro et d'attendre votre tour, comme les autres. Mais nous ne le laisserons pas leur faire du mal.

— D'accord. Je rentre chez le sénateur, maintenant. Je ne le lâcherai pas d'une semelle quand il ira remettre la rançon.

— Je n'en attendais pas moins de vous…

Elle avait prononcé cette phrase d'une telle façon que Terry faillit prononcer les paroles qu'elle attendait depuis toujours, ces mots tout simples qu'il n'avait jamais réussi à lui dire.

Mais ils étaient sur une fréquence du FBI.

— Soyez prudente, lui dit-il simplement.

— Vous aussi.

— Merci, dit Jerry, avant de raccrocher.

Il se tourna vers Grant.

— C'était Elaine Pragle. Elle va faire repousser de deux semaines le vote du parti. Je la cite : « Je dirai que le sénateur a pris froid et que son médecin lui a conseillé de rester quelques jours chez lui. »

Grant aurait volontiers ri, mais il n'en trouva pas la force. Il faisait confiance à Elaine pour trouver un moyen subtil de se sortir de n'importe quelle situation. Ici, elle paraphrasait Pierre Salinger qui, dans les années 60, avait annoncé à la presse que Kennedy était enrhumé et devait interrompre sa visite à Chicago — la raison véritable étant la crise des missiles cubains. Grant soupçonnait Elaine d'être de ceux qui avaient planté dans l'esprit des gens les graines de la comparaison avec Kennedy. Mais sans doute y avait-il pire rapprochement…

Grant plongea ses baguettes dans la boîte de nouilles chinoises. L'inspecteur Tyson avait insisté pour qu'ils mangent, et Jerry avait approuvé. Parmi les offres de restauration à domicile, la nourriture chinoise lui avait paru la plus engageante. Mais, malgré ses efforts, Grant n'arrivait pas à manger. Il avait l'estomac bien trop noué.

— Du nouveau dans le Maryland ? demanda-t-il à Terry.

L'inspecteur parut sur le point de répondre, avant de marquer une pause. Il laissa tomber dans la boîte le morceau de porc à la sauce aigre-douce qu'il tenait avec ses baguettes, puis récupéra son casque micro, et poussa l'interrupteur qui activait le haut-parleur.

— Lèvres, ici Clam. A vous.

— Ici Clam, répondit, cette fois, la voix de Karen. Dites-lui qu'il ne se passe rien… et qu'il doit terminer son dîner !

— Je transmettrai. Qu'est-ce qu'elle fait ?

— Elle est allée apporter du café aux autres.

Il y eut une espèce de claquement, pareil à une gifle, et Karen étouffa un juron.

— Si vous trouvez qu'il n'y a rien de pire que planquer dans une voiture, je vous suggère de venir faire la même chose dans une forêt. Ces fichues bestioles m'ont piquée à des endroits dont j'ignorais même l'existence.

Terry eut un rire tendu.

— Vous réduisez en poudre un comprimé d'aspirine non effervescent, et vous mélangez avec de l'eau pour faire une pâte. Ça stoppe les démangeaisons.

— Le problème, c'est que nous n'avons pas d'aspirine, ici.

— Je vais consigner tout ça dans mon carnet, dit Terry.

Il consulta sa montre.

— 18 h 20. Lèvres Deux est allée porter du café aux gars. Lèvres Un se fait bouffer par les moustiques. Clam Un ne dînera pas. Et tout le monde est aussi nerveux qu'un pou sur la tête d'un chauve.

— C'est à peu près ça, oui, dit Karen. Vous savez, je commence à me demander si c'est innocemment que vous avez suggéré que vous soyez les « Clams » et nous les « Lèvres… »

Terry rit franchement, cette fois.

— Si je vous répétais les plaisanteries que j'ai pu entendre sur les clams, moules et autres palourdes…

— Ça ira, Terry, merci.

Terry se tourna vers Grant.

— Je vais suggérer à Clam Un de trouver autre chose comme souvenir d'enfance, la prochaine fois.

— Faites ça, oui. C'est embarrassant. Dites… il n'est pas en train d'écouter tout ça, j'espère ?

— J'ai mis le haut-parleur.

— Merde.

— Eh oui…, fit Grant.

Soudain, la voix de Karen changea du tout au tout.

— Un instant, ne quittez pas.

— Je ne quitte pas.

Grant se pencha en avant.

— Qu'y a-t-il ?

Terry enveloppa le micro de son émetteur-récepteur.

— Je ne sais pas. Nous entendons exactement la même chose, sénateur.

— Oui, excusez-moi.

Il avait appris à reconnaître cette inflexion dans la voix de Karen. Il se passait quelque chose. Mais quoi ? Il allait devenir fou à rester ici, sans pouvoir rien faire, sauf essayer d'avaler de la cuisine chinoise ! Il se leva et commença d'arpenter la pièce pour la millionième fois. Aussitôt, son genou commença à le lancer. Etait-ce à cause de la fatigue physique ou de la tension nerveuse ? Il l'ignorait.

— Clam Un, on vous écoute, dit Terry.

— Notre cible vient de passer devant la fenêtre, expliqua Karen. J'aurais juré qu'il me regardait droit dans les yeux. Il parlait dans un téléphone portable.

— Vous avez pu lire sur ses lèvres ?

— A trois cents mètres, c'est un peu compliqué. Et, le temps que je récupère les jumelles, il avait raccroché.

La jeune femme marqua une pause.

— Clam Trois, appelez chez lui, voulez-vous ?

Jerry composa aussitôt le numéro du domicile d'Art Wallace. Son regard témoignait d'une tension terrible, tandis qu'il attendait que la messagerie vocale se mette en route.

— Mettez le haut-parleur, dit Terry.

— Quoi ? fit Karen.

— Je parlais à Jerry. Ça sonne. Ne quittez pas, Lèvres.

— Je reste en attente.

La même voix neutre fit entendre son nouveau message.

— *Prenez le métro jusqu'à Union Station. Empruntez l'escalier roulant pour rejoindre la station. En arrivant en haut, sur votre droite, vous trouverez une rangée de téléphones publics. Allez jusqu'au deuxième téléphone en partant de la gauche. Vous saurez quel numéro appeler. Venez seul.*

— Lèvres, nous avons les instructions, annonça Terry, avant de les répéter rapidement. Nous y allons.

— Compris, dit Karen. Lèvres, terminé.

26.

Terry arrêta Grant avant qu'il atteigne la porte.

— Du calme, sénateur. Vous n'irez nulle part sans un micro. Ça nous permettra d'entendre tout ce que vous direz et ce que pourront dire les personnes autour de vous. De votre côté, par contre, pas d'oreillette : ce serait trop visible.

Grant hocha la tête et esquissa un sourire penaud, qui devait plutôt ressembler à une grimace.

— J'avais oublié, murmura-t-il.

— Enlevez votre chemise, s'il vous plaît. Autant que ce soit le plus discret possible.

Grant s'exécuta, et attendit patiemment que Terry ait fixé le micro dans le bas de son dos avec du ruban adhésif.

— A partir de maintenant, expliqua Terry, vous allez être suivi étape par étape, sur tout le trajet. J'ai déjà posté des hommes aux endroits qui figuraient sur la liste trouvée chez Michaels. Union Station n'y était pas. Pour la suite des opérations, je leur donnerai donc des ordres au fur et à mesure. Je vous retrouverai à Union Station, avec votre voiture. Au fait, c'est un véhicule de location. Une Ford Taurus équipée d'un système GPS qui nous permettra de vous suivre à la trace.

Grant hocha de nouveau la tête, puis enfila sa chemise, tout en écoutant la suite des instructions de Terry.

— Ce micro est du genre sensible, capable de capter un murmure. Quelqu'un voyagera dans la même rame que vous, jusqu'à Union Station. Comme on n'a pas le temps de mettre le téléphone de Wallace sur écoute, il faudra que vous trouviez un moyen de nous faire savoir quelles nouvelles instructions vous ont été données. Si on vous demande de reprendre le métro, gagnez du temps pour permettre à l'un de mes hommes de monter avec vous.

Grant hocha encore la tête.

— Surtout, poursuivit Terry, soyez aussi décontracté que possible. Faites exactement ce que l'on vous demande, à moins que l'un de mes hommes intervienne — ce qui n'arrivera qu'en cas de gros pépin. Si jamais il se passait quelque chose du côté de la cabane, par exemple.

Grant intégra toutes ces informations.

— Merci, dit-il simplement.

— Vous pouvez me faire confiance, sénateur. Chaque membre de cette équipe est prêt à faire le maximum pour que vos filles vous soient rendues saines et sauves.

Il tendit le sac à Grant. Il contenait des liasses de papier journal massicoté, avec un billet de banque véritable sur le dessus et un autre sur le dessous. Le subterfuge n'était pas censé résister à un examen, même superficiel. Mais si Wallace ou Michaels allaient jusque-là, les policiers passeraient à l'action.

— Voilà la rançon, dit Terry. A vous de jouer, maintenant.

*
* *

— Vous voulez que je vous dise, mes chéries ? lança Art.

Il était crevé, lessivé, épuisé comme jamais il ne l'avait été. En général, les quatre fillettes ne lui causaient aucun problème. Mais, aujourd'hui, elles étaient geignardes. Impossible de les occuper. Sans parler de Cathy Suzanne et de son regard...

— Dès que le papa de Belle et Cathy arrivera, poursuivit-il, nous monterons la tente, pour que vous passiez la nuit dehors, toutes les quatre. Qu'est-ce que vous en dites ?

La proposition reçut tous les suffrages... sauf ceux de Cathy Suzanne, bien entendu. Son expression était immuable. Cette gamine ne tournait pas rond. Elle devait avoir un problème psychologique.

— Donc, dit-il en se tournant vers les trois autres, vous devriez aller rouler vos sacs de couchage et préparer un kit de survie.

Ce « kit de survie » était la boîte en fer-blanc pleine de gâteaux et de bonbons qu'elles étaient autorisées à prendre avec elles lorsqu'elles dormaient dehors. Les trois fillettes s'élancèrent joyeusement, ce qui lui permit de goûter un bref répit.

C'était compter sans Cathy, qui n'avait pas bougé et le regardait fixement.

Il fit de son mieux pour lui sourire.

— Tu n'as pas envie de camper ?

— Quand est-ce que papa va arriver ?

Art jeta un coup d'œil à sa montre.

— Dans deux heures, environ.

— C'est lui que vous avez appelé ?

— Oui.

— Pourquoi est-ce que vous ne m'avez pas laissée lui parler ?

— Parce qu'il était occupé. Il n'avait même pas une minute à m'accorder.

Comme toujours, le regard de Cathy resta impénétrable. Jusqu'à ce qu'elle dise simplement, au plus grand soulagement d'Art :

— D'accord.

Elle rejoignit les autres.

Art songea qu'il n'était pas obligé de la supporter : il pouvait l'emmener tout de suite dans la forêt, et c'en serait fini de cette petite pisseuse et de ses simagrées. Le désir de passer à l'acte le submergea presque, mais il parvint à le repousser.

Comment réagiraient les autres, si Cathy disparaissait ? Elles seraient bouleversées, bien sûr, et ça, il ne pouvait pas se le permettre. De toute façon, pensa-t-il encore pour se rassurer, tout irait en s'arrangeant, une fois que Grant aurait disparu de la circulation et qu'ils auraient quitté cet endroit. Cathy n'aurait alors plus d'autre choix que de l'aimer.

Karen avait la migraine, à force de fixer le cabanon, mais il en faudrait plus pour la détourner de sa mission. Il suffirait d'une fraction pour que les choses dérapent, pour que quelqu'un soit blessé.

Elle espérait aussi revoir Cathy Suzanne, à la fenêtre.

Quelques instants plus tard, elle fut récompensée.

La fillette apparut de nouveau. Karen donna une tape

sur l'épaule de Miri, et elles reprirent toutes deux leurs jumelles.

Pendant un long moment, Cathy Suzanne resta sans bouger, le regard perdu vers les arbres de la forêt. On aurait pu croire qu'elle attendait quelque chose.

Puis son doigt se mit à tracer des figures sur la vitre.

Karen sentit une pellicule de transpiration se former sur son front quand elle se rendit compte que la fillette était en train de former des lettres. Elle ne parvint à distinguer que la dernière. Etait-ce bien un I ?

Cathy recommença. Le même mot. Et, cette fois, Karen fut extrêmement vigilante. C'était d'autant plus difficile que les lettres étaient à l'envers, pour elle.

Une onde de choc déferla en elle, lui coupant le souffle.

A-I-D-E-Z-M-O-I.

Cathy Suzanne avait conscience de la situation dans laquelle elle se trouvait. Et, mieux encore, elle savait pouvoir compter sur des gens, à l'extérieur.

Le métro de Washington était connu pour être le plus performant du monde. Il était propre et sûr, pratique ; on s'y repérait facilement, et il amenait souvent les habitants de Washington à se demander pourquoi tant de gens utilisaient leur voiture plutôt que les transports en commun lorsqu'ils circulaient en ville.

Lui-même ne prenait pas souvent le métro, songea Grant en glissant un billet de cinq dollars dans le distributeur de tickets. La machine cracha une carte avec une bande magnétique, grâce à laquelle il passa un tourniquet. Quelques secondes plus tard, il monta dans la première rame qui se présentait. Il ouvrit son portefeuille pour y ranger son titre de transport, et il ne fut pas surpris d'y trouver un vieux ticket tout usé et taché sur les bords. Il devait se trouver là depuis un an ou deux, depuis la dernière fois qu'il avait pris les transports en commun.

A cette heure de la soirée, trouver une place assise n'était pas un problème. Grant observa discrètement les visages qui l'entouraient. Il ne vit pas Michaels. Il ne repéra pas non plus *l'ombre* que lui avait assignée Terry. Une bonne chose, sans doute. Cela signifiait que l'ombre en question se fondait parfaitement dans le paysage. Néanmoins, il aurait préféré savoir vers qui se tourner si jamais les choses se passaient mal.

Il se trouvait sur la Red Line, qui traversait le cœur de la ville dans le sens sud-est. A la station Metro Center, une dizaine de passagers montèrent et descendirent, pour les correspondances avec la Green Line et la Yellow Line. Personne ne semblait s'intéresser à Grant. Aucun des voyageurs qui se trouvaient toujours dans le wagon n'attira son attention. *L'ombre* faisait, décidément, un excellent travail.

Deux arrêts plus tard, Grant descendit à la station Union Station, et rejoignit l'escalier roulant menant à la gare Amtrak. Arrivé en haut, il se tourna vers la droite. Comme prévu, il y avait là une rangée de téléphones. Grant regarda autour de lui et aperçut Terry qui se tenait devant le kiosque à journaux et feuilletait le dernier numéro du *U.S. News and World Report*. Grant gagna, comme on le lui avait demandé, le deuxième téléphone en partant de la gauche, et inspecta la petite niche dans laquelle se trouvait l'appareil. Il découvrit ce qu'il cherchait, écrit au feutre noir, sur l'abri métallique qui coiffait le téléphone : « Pour passer un bon moment, appelez Grant. » Suivait un numéro de téléphone. Il le composa.

— Vous avez été rapide, lui dit-on d'une voix soupçonneuse.

— Je veux récupérer mes filles, espèce de fumier ! Ça fait des heures que j'appelle le numéro toutes les cinq minutes !

— Ne me parlez pas comme ça, sénateur. C'est moi qui mène le jeu. Vous feriez mieux de m'écouter et de suivre mes instructions.

— J'écoute.

— Retournez dans le métro. Changez à Metro Center et prenez la Blue Line. Descendez à la station Reagan National. A l'aéroport, vous irez au comptoir de vente de USAir. Un billet vous y attend. Allez-y, maintenant.

— Mais…

Clic. On avait raccroché.

— Merde ! fit Grant.

Terry leva furtivement les yeux de son magazine, pour se replonger aussitôt dans sa lecture.

— Je retourne dans ce foutu métro, maugréa-t-il en rejoignant l'escalier roulant pour descendre. Je vais finir par apprendre à me repérer dans cette ville. Je serais déjà à l'aéroport si je savais lire un plan…

— Vous allez vous y faire, dit une jeune femme, juste devant lui.

C'était une jolie petite brune, vêtue d'un tailleur pantalon, avec aux pieds des chaussures de sport.

— Ça prend environ deux jours, ajouta-t-elle.

— Merci, lui dit Grant. C'est qu'on se perd assez facilement, ici…

— Pas vraiment, assura-t-elle en souriant. Les rues qui sont dans le sens nord-sud sont indiquées par des lettres, et celles qui vont d'est en ouest par des chiffres, qui vont croissant à mesure que vous vous éloignez du Capitole. Quant aux rues en diagonale, elles portent des noms d'Etats.

Grant hocha la tête, donnant l'impression de digérer ces informations qui lui étaient, depuis longtemps, familières.

— C'est pratique, dit-il.

Impossible de savoir si la jeune femme était une complice d'Art ou de Michaels. Il pouvait très bien s'agir d'une habitante de Chicago, serviable, qui cherchait à aider un touriste. Grant, qui n'était pas dans les meilleures dispositions pour poursuivre cette conversation, fut soulagé de la voir prendre la ligne montant vers le nord de la ville. Il prit l'autre direction.

Vers le Reagan National Airport et de nouvelles instructions.

— Mon Dieu, mon Dieu ! fit Miriam quand Cathy rentra dans la cabane.

— Je ne sais pas si je vais supporter ça ! dit Karen en tapant du poing sur le sol couvert de mousse et de feuilles. La pauvre gamine doit être terrorisée !

— Ce qui ne l'empêche pas d'être futée.

— Elle a dû apercevoir quelqu'un, ce matin, quand elle regardait par la fenêtre.

— Possible. Vous m'avez dit qu'elle avait quel âge, déjà ?

— Neuf ans, je crois. En tout cas, elle risque de s'attirer de gros ennuis.

Miriam se tourna vers Karen.

— Qu'est-ce que vous entendez par là ?

— Elle sait que la cabane est surveillée par la police, et elle essaye de nous le faire comprendre. Jusque-là, tout va bien, mais je crains qu'elle tente quelque chose qui se retourne contre elle.

— Lèvres Un, ici Lèvres Trois.

— Je vous écoute, Lèvres Trois.

— Les véhicules viennent d'arriver.

— Compris.

Le convoi du FBI était parti dès que l'on avait localisé le cabanon, tandis que Karen et l'équipe prenaient de l'avance, à bord de l'hélicoptère. Ils avaient des moyens de transport à leur disposition, à présent. Le filet se resserrait.

Terry se sentait tellement frustré qu'il se serait volontiers défoulé sur le premier venu. L'aéroport, comme la station de métro, ne figurait pas sur la liste qu'ils avaient trouvée dans l'appartement de Michaels. Quelque chose n'allait pas. La station de métro, et maintenant l'aéroport… D'un autre côté, il n'était pas difficile de filer Grant dans les transports en commun. Terry pouvait lui attribuer une dizaine d'hommes, qui se fondraient sans peine dans la foule. Mais il y avait un revers à la médaille : impossible de mettre sur écoute un téléphone dans une gare ou un aéroport sans risquer de se faire repérer. Ça, les ravisseurs l'avaient prévu. Tôt ou tard, néanmoins, ils allaient devoir faire sortir Grant. Il ne pouvait pas rejoindre la cabane en métro, et Terry était prêt à parier qu'il n'embarquerait pas à bord d'un avion.

Il aboya ses ordres dans sa radio, tout en se dirigeant

vers le véhicule de location. Jerry l'attendait sur le siège du passage.

— Reagan National, lui annonça Terry en montant à bord. Je ne pige pas.

— Michaels est malin. Il a ses raisons. Il ne nous reste plus qu'à les deviner.

Terry fit une nouvelle fois le tour des adresses trouvées chez Michaels. Elles étaient toutes situées dans l'est ou le nord de la ville. Ça semblait s'expliquer, ce matin : il s'agissait de balader Grant à travers toute la ville, en se rapprochant sans cesse du Maryland.

— Il y avait une logique dans cette liste, dit-il. Il doit y avoir aussi une logique pour ne pas l'utiliser…

Il roula vers le sud, en direction de l'Interstate 295. L'autoroute était le moyen le plus rapide d'atteindre l'aéroport. A condition d'y arriver. Quelques minutes plus tard, bloqué dans les embouteillages, il comprit la logique de Michaels. Ce salaud devait s'attendre à ce que la liste soit découverte.

— Tous nos hommes sont du mauvais côté de la ville, dit-il en tendant la main vers son gyrophare. Impossible que l'un de nous arrive à l'aéroport avant le métro. A moins que Grant gagne du temps en changeant à Metro Center.

— Et nous n'avons aucun moyen de le joindre, puisqu'il n'a qu'un micro et pas de récepteur, fit observer Terry.

— Exact.

— Merde.

— Tout à fait d'accord.

*
* *

Grant sortit à la station de l'aéroport, et gagna aussitôt le comptoir d'USAir. L'hôtesse semblait épuisée.

— La journée a été longue ? lui demanda-t-il.

Elle lui adressa un pâle sourire.

— Elles le sont toutes. Que puis-je pour vous ?

— Vous devez avoir un billet au nom de Grant Lawrence.

Elle tapa le nom sur son clavier et se mordilla la lèvre en attendant que l'ordinateur lui donne la réponse. Levant les yeux vers Grant, elle lui offrit un nouveau sourire.

— On dirait que le système est fatigué, lui aussi fatigué… Ah ! voilà. Vous avez un billet pour La Nouvelle-Orléans.

— La Nouvelle-Orléans, répéta Grant, interloqué.

— La Nouvelle-Orléans ? répéta également Terry en pressant le doigt sur son oreillette, alors qu'il traversait le pont.

L'aéroport s'étendait sur sa droite, tout près, et pourtant, il était impossible de l'atteindre avant plusieurs minutes. Et Terry était le plus proche de tous les hommes engagés dans l'opération.

— La Nouvelle-Orléans, confirma la jeune femme d'USAir. Je me trompe, ou votre patron vous a fait une surprise ?

— C'est une habitude, chez lui, expliqua Grant.

— Tu l'as dit ! rugit Terry en s'arrêtant au dernier moment derrière le conducteur d'un SUV qui semblait plus occupé par sa conversation téléphonique que par ce qu'il se passait autour de lui.

— Ce n'est pas normal, dit Jerry. Il est impossible qu'ils soient à La Nouvelle-Orléans. Ils cherchent à nous piéger. Mais pourquoi ?

*
* *

Grant montra ses papiers d'identité et s'empara du billet d'avion. Tout avait été préparé dans les moindres détails, avec le plus grand soin. A quelle fin ? Il n'en avait pas la moindre idée.

— Je me dirige vers les contrôles de sécurité et les portes d'embarquement, marmonna-t-il, comme s'il se parlait à lui-même.

Terry donna un grand coup sur le volant.

— Et merde ! Avec les détecteurs de métaux, il va être obligé de se débarrasser du micro.

— Le micro va déclencher l'alarme du détecteur de métaux, dit Grant, comme s'il l'avait entendu. Il va falloir que je m'en débarrasse. Je fais un petit tour aux toilettes.

— Appelez la police de l'aéroport, suggéra Jerry à Terry. Ils pourront peut-être le suivre jusqu'à notre arrivée.

— On les repérera tout de suite. Et nous serons là-bas dans dix minutes. Dès que j'aurai doublé cet abruti !

Grant entra dans l'une des cabines pour hommes, et se déshabilla jusqu'à la ceinture. Il gémit en arrachant le papier adhésif, dans son dos ; il se faisait l'impression d'un animal de cirque en train de sauter à travers un cerceau. Mais il était prêt à tout pour récupérer ses filles.

— Salut, les gars ! dit-il dans le micro. J'abandonne l'objet dans la troisième cabine des toilettes pour hommes.

*
* *

— Super ! fit Terry en arrachant son oreillette d'un geste furieux. Il est hors de question que je me tape un concert de chasse d'eau… Mais je continue à croire qu'il ne prendra pas l'avion. Il y a forcément une embrouille.

— Tout ira mieux, une fois qu'il sera à bord de la voiture, lui dit Jerry. Nous pourrons le suivre grâce au GPS.

— Ouais. C'est pour ça qu'on a toujours un plan B.

Mais son ton était rien de moins qu'ironique.

Grant se dirigea vers la zone d'embarquement. Une demi-douzaine de voyageurs — des hommes d'affaires — étaient affalés dans les fauteuils, en train de lire, de pianoter sur le clavier de leur ordinateur portable ou de contempler les pistes. On lisait à peu près la même chose sur tous les visages. Un jour comme un autre, un vol comme un autre.

Grant s'approcha du comptoir de la porte et présenta son billet, affectant l'attitude nonchalante qui semblait de mise autour de lui. Il avait, pourtant, l'estomac affreusement noué. L'hôtesse baissa les yeux sur le billet.

— Tout est en règle, monsieur Lawrence. Oh ! un instant… On a laissé un message pour vous.

Elle récupéra une enveloppe, à côté d'elle, et la lui tendit.

— Je vous souhaite un agréable vol, monsieur.

— Merci, dit Grant.

*
* *

— Ça me ronge de ne pas savoir ce qui se passe ! lança Terry.

Il avait fini par doubler le SUV, et il tourna pour s'engager sur la bretelle de sortie de l'aéroport.

— On va le trouver, lui assura Jerry. Si ça n'est pas ici, ce sera à La Nouvelle-Orléans. Au besoin, je réquisitionnerai l'un des jets du gouvernement. Nous serons là-bas avant lui.

— Espérons qu'on n'aura pas à en passer par là.

« Quittez la zone d'embarquement, sortez et rendez-vous au comptoir de location Budget. Une voiture à votre nom vous y attend. Laissez ce message et votre portable dans une poubelle. Attention, vous êtes surveillé. »

Grant jura en silence. Il lutta contre la tentation de regarder autour de lui et de voir qui l'observait, de trouver ces salauds et de les cogner contre un mur jusqu'à ce qu'ils lui rendent ses filles. Que Dieu protège Art Wallace et Bill Michaels ! Ils auraient bien besoin de cette protection divine, si jamais il leur tombait dessus le premier.

Il fit une boule de la feuille de papier et de l'enveloppe, et il les laissa tomber, avec le téléphone, dans la poubelle près de la fontaine à eau. Puis, rempli de détermination, il se dirigea vers la sortie et les comptoirs de location de voitures.

— Police criminelle de Washington ! annonça Terry en jaillissant de la voiture.

Il montra son insigne au policier en faction devant l'entrée du terminal. L'homme hocha la tête, les sourcils froncés, alors que Terry et Jerry le dépassaient en courant. Une fois à l'intérieur du bâtiment, ils durent se repérer parmi la multitude de pancartes et de panneaux.

— Par là ! lança Jerry en se mettant de nouveau à courir.

— Je suis à l'aéroport, annonça Terry dans sa radio. Nous nous dirigeons vers la porte d'embarquement de USAir. On vous tient informés.

— Compris, fit la voix de Miriam.

— Cet enfoiré de Michaels est un malin.

— Mais vous êtes encore plus malin. Terminé.

— C'était intelligent de le faire passer sous un portique de sécurité, dit Karen, sans quitter la cabane des yeux. Mais ils ne pouvaient pas prévoir que Grant se mettrait en mouvement aussi rapidement. Il va devoir attendre son vol, maintenant. Terry sera sur place.

— Bien sûr, dit Miriam. Bon sang ! J'étais certaine qu'ils procéderaient à l'échange ici. Pourquoi La Nouvelle-Orléans ?

Karen leva les yeux vers le ciel. Le jour commençait de tomber.

— Parce que jamais nous n'y aurions pensé. Et nous nous serions dit exactement la même chose s'ils l'avaient mis dans un vol pour Boston, Memphis, ou ce que vous voudrez. Partout, sauf ici.

— Et loin des enfants, ajouta Miri. Qu'est-ce qu'on fait si Michaels part pour aller récupérer la rançon ? On entre ?

— Bien sûr ! Art Wallace n'a aucune intention de rendre les filles. Ce n'est pas une question d'argent, pour lui.

— Je suis d'accord là-dessus.

— Nous devons juste attendre pour voir ce que Terry va découvrir quand il aura réussi à rattraper Grant.

— Attendre..., murmura Miri.

— Eh oui : attendre.

A l'extérieur de l'aéroport, il y avait du monde au comptoir Budget. Grant s'efforça de museler son impatience. La femme qui se trouvait en tête de la file d'attente, juste devant lui, voulait un SUV. L'employé de Budget lui proposait un mini-van, le seul véhicule comparable qu'il lui restait. Mais la cliente ne voulait rien savoir : elle tenait à son SUV. On était dans l'impasse. Grant songea que, à ce rythme, il allait passer la soirée ici.

— Lèvres Un, ici Lèvres Cinq. La porte d'entrée vient de s'ouvrir.

Karen sentit son cœur faire une embardée.

— Répétez, Lèvres Cinq.

A côté d'elle, Miriam était tendue à l'extrême. Sa voix révélait une sérieuse anxiété quand elle demanda :

— Que se passe-t-il, Lèvres Cinq ?

— La cible vient d'apparaître à la porte. Je répète : la cible vient d'apparaître à la porte.

— Avec les colis ?

— Négatif.

— Je les vois, dit Karen. A la fenêtre qui donne sur l'arrière. Les quatre.

Elle jeta un coup d'œil à Miri.

— Je n'arrive pas à croire qu'il va les laisser toutes seules dans cette forêt.

— Elles ne sont pas seules, souligna Miri. Même s'il en est persuadé.

Karen resta un instant songeuse.

— Que se passe-t-il, Lèvres Cinq ?

— La cible vient de sortir et de fermer la porte. Il a un paquet, tout en longueur, sous le bras. Je dirai qu'il s'agit d'un fusil. Je l'ai dans ma lunette. Je répète : je l'ai dans ma lunette.

— Négatif, Lèvres Cinq, dit Karen. S'il se sépare des colis, laissez-le s'éloigner. Suivez-le. Nous libérons les filles après son départ. Vous pourrez l'appréhender, à ce moment-là.

— Compris.

Karen se tourna vers Miri.

— Je crois qu'on le tient.

27.

Terry colla son insigne sous le nez de l'agent, au contrôle de sécurité, et désigna Connally d'un mouvement de la tête.

— Il m'accompagne. Task Force en collaboration avec le FBI.

— J'ai besoin de vérifier ça, dit l'employé.

— C'est une affaire extrêmement urgente, précisa Terry en tâchant de rester calme. La vie de quatre enfants est en jeu.

— J'ai besoin de vérifier, répéta l'agent de sécurité. Puis-je savoir qui est votre supérieur ?

Terry lui tendit sa radio.

— Mon supérieur est sur les lieux d'une prise d'otage. Parlez-lui, je vous en prie.

— Ça pourrait être n'importe qui. Qui puis-je contacter au FBI ?

Pas de chance, bon sang ! songea Terry. Pourquoi fallait-il qu'ils tombent sur cet abruti qui faisait de l'excès de zèle ?

— Clam Deux à Lèvres Deux, dit-il en portant le talkie-walkie à sa bouche. J'ai un problème, agent Anson.

— Nous n'avons tout simplement pas de SUV disponible, expliqua le gérant de l'agence de location. Je suis désolé, madame. Si vous aviez fait une réservation, les choses seraient différentes. Mais les SUV sont des véhicules très demandés, voyez-vous. Encore une fois, je suis désolé. Néanmoins, comme vous l'a dit notre agent, nous pouvons vous proposer un mini-van.

Grant serra les dents. « Prends ce mini-van, bon sang ! pensa-t-il. Prends une Traban. Prends un skate-board. *Mais décide-toi !* »

— La cible est en mouvement, Clam, annonça Miri. On est plutôt occupés, ici.

— Quel est le numéro de votre patron ? demanda Terry. Croyez-le ou non, je ne parviens pas à franchir le contrôle de sécurité de l'aéroport.

Miri lui communiqua le nom et le numéro qu'il demandait, et Terry les répéta au garde, qui composa aussitôt le numéro.

— Lèvres, terminé, dit Miri.

Le téléphone collé contre son oreille, le garde resta sans rien dire, à écouter, puis il raccrocha.

— Je suis désolé, mais ça ne répond pas. C'est une boîte vocale. Maintenant, si vous voulez bien laisser vos armes et vos radios ici, je pourrai examiner votre cas.

Pour Jerry, c'en était assez. Son bras partit et son poing droit s'écrasa sur la mâchoire du garde. Une décharge de douleur irradia depuis sa main, vite supplantée par la satisfaction de voir le garde s'écrouler. Derrière lui, des applaudissements s'élevèrent.

— Des tyrans à la petite semaine ! dit-il en s'élançant à la suite de Terry, qui s'éloignait déjà, alors que d'autres gardes déclenchaient l'alarme, derrière eux.

— Vous allez avoir des problèmes, fit remarquer Terry.

— Ça en valait la peine.

— Pas si sûr. L'endroit va être complètement bouclé, maintenant.

Jetant un coup d'œil par-dessus son épaule, il ajouta :

— Cela dit, vous m'avez précédé d'au moins trois secondes, sur ce coup-là. Maintenant, trouvons Grant.

— La cible s'éloigne à bord de sa voiture.

— Bien reçu, Cinq. Nous nous mettons en mouvement.

Karen s'élança à travers la clairière, ignorant les douleurs qui se répercutaient au niveau de ses chevilles, alors qu'elle trébuchait sur le sol irrégulier. Elle se soucierait de cela plus tard. Dans l'immédiat, seules lui importaient les filles. Miri la suivait, tout en donnant des ordres aux autres membres de l'équipe, afin de coordonner le coup de filet autour de la voiture de Wallace. Ils le tenaient. Aussitôt que les filles seraient en sécurité, ils se chargeraient de lui.

— Est-ce que vous auriez l'une de ces nouvelles Volkswagen ? demanda soudain la femme. Je les adore !

A voir l'expression de l'employé de l'agence et du gérant, on aurait pu croire qu'une manne providentielle venait de tomber du ciel.

— Il se trouve que oui, madame. Voulez-vous une assurance complémentaire, couvrant les…

Grant s'agita impatiemment, d'un pied sur l'autre, tandis qu'ils en terminaient enfin.

— Qu'est-ce que je peux faire pour vous, monsieur ? lui demanda l'agent de location en souriant, visiblement soulagé d'en avoir fini avec la cliente précédente.

— On m'a réservé un véhicule. Au nom de Grant Lawrence.

L'employé pianota sur le clavier de son ordinateur, attendit, et releva les yeux vers lui.

— En effet, monsieur Lawrence. La voici. Une Taurus. Tout est déjà réglé.

Il inscrivit sur une étiquette faisant office de porte-clés le numéro de la place de parking, et tendit le tout à Grant. Puis il dit d'un ton mécanique, sans doute pour la énième fois de la journée :

— J'espère que votre séjour dans la capitale se passera bien.

Mais Grant était déjà loin.

Terry ralentit en arrivant devant le guichet de la zone d'embarquement.

— Police criminelle, dit-il en montrant son insigne à l'hôtesse.

La jeune femme hocha la tête.

— Je peux vous aider ?

— Je cherche M. Grant Lawrence. Il a réservé une place sur le vol pour La Nouvelle-Orléans.

Jerry parcourut du regard la zone d'embarquement. Grant n'était visible nulle part.

— Il a déjà embarqué ? demanda-t-il.

— L'embarquement ne commencera que dans quarante minutes, expliqua l'hôtesse. En fait, il est parti.

— Parti ? répéta Terry.

— Quelqu'un lui avait laissé un message. Il est parti aussitôt après l'avoir lu.

— Vous savez ce que contenait le message ?

— Il était dans une enveloppe.

— Merde ! fit Jerry.

— En tout cas, il m'a paru assez bouleversé, souligna la jeune femme. Il a marmonné un juron et il a jeté le message en s'en allant. Avec son téléphone portable, assez curieusement.

Les yeux de Terry se rallumèrent d'un coup.

— Où ça ?

— Dans cette poubelle, là, indiqua l'hôtesse en tendant le bras.

Jerry s'était déjà avancé vers la poubelle, et il se mit à fouiller. Elle n'avait pas dû être vidée depuis quelques heures : elle était pleine de papiers et de détritus divers.

— On n'a pas le temps de jouer, lui dit Terry.

Il souleva la poubelle de son support et renversa le contenu par terre.

— Vérifiez que la porte n'est pas piégée, dit Miri, alors qu'elles faisaient le tour de la cabane.

— Il ignore que nous sommes là, lui rappela Karen. Et il ne risquerait pas la vie de ses filles.

— Vérifiez quand même.

Elles n'en eurent même pas le temps.

Cathy Suzanne ouvrit la porte et demanda :

— Vous êtes venues pour nous ramener chez notre papa ?

Karen s'agenouilla et prit la fillette dans ses bras.

— Oui, Cathy. C'est exactement ce que nous sommes venues faire.

— Lèvres Cinq, Lèvres Deux, dit Miri dans sa radio. On les a. Appréhendez-le.

— Bien reçu. Lèvres Cinq, terminé.

Grant monta à bord de sa voiture. Il regarda derrière les pare-soleil, puis ouvrit la boîte à gants. C'était là que se trouvait l'enveloppe. Il l'ouvrit.

« Prenez l'Interstate 66 ouest jusqu'au centre commercial de Tysons Corner. D'autres instructions vous y attendront, fixées au couvercle d'une poubelle — sur la gauche, devant l'entrée nord de chez Sears. Vous avez vingt minutes. Cette voiture est équipée d'un système GPS. Vous êtes surveillé. Suivez précisément les instructions. »

Grant sortit du parking et roula vers le nord, en direction d'Arlington.

— Je l'ai ! s'écria Terry en agitant un bout de papier chiffonné.

— Alors, qu'est-ce qu'il dit ? demanda Jerry.

— Lèvres Quatre, interceptez la cible. Je répète, interceptez la cible. Lèvres Trois, vous restez en soutien.

— Bien reçu, répondirent plusieurs voix.

Karen s'efforçait d'écouter les messages qui passaient sur la radio, alors que les filles la bombardaient de questions. A quatre cents mètres de là, dans la forêt, l'un des hommes du HRT avait Art Wallace dans la lunette de visée de son fusil. Les filles étaient en sécurité. Tout était terminé.

Brusquement, la voix de Terry se fit entendre.

— Merde, et merde, et merde, et merde !

— Un instant, Lèvres Trois et Lèvres Quatre, dit aussitôt Miri. Que se passe-t-il, Clam Deux ? Nous avons récupéré les filles et nous sommes prêts à passer à l'action.

— J'ai perdu Clam Un. Il a quitté l'aéroport dans une voiture de location. Je n'ai pas la moindre idée de sa destination. Il a été obligé de se débarrasser de son micro avant de franchir le contrôle de sécurité, et ils l'ont collé dans une autre voiture que celle qu'on avait prévue pour lui. Il est parti. Merde !

— Annulez l'interception ! cria Miri dans son micro. Je répète : annulez l'interception !

— Lèvres Deux, ici Lèvres Cinq. Que se passe-t-il ?

— On a les petits colis, mais on a perdu Clam Un. Je répète : nous avons perdu Clam Un. Tout porte à croire qu'il se dirige droit dans une embuscade.

— C'est aussi ce que je pense.

Karen se tourna vers Miriam.

— Art va essayer de tuer Grant…

— Vous aviez raison, déclara Miri. Ce n'était pas une question d'argent.

— Qui va tuer papa ? demanda Cathy.

— Personne, lui répondit Karen d'un ton ferme.

Elle croisa le regard de la fillette, jusqu'à ce que celle-ci hoche la tête.

— Quoi ? fit Terry, d'une voix brouillée par les parasites. Qu'y a-t-il ?

Karen inspira lentement. Tout le monde était à cran. La situation pouvait déraper à tout instant. S'ils arrêtaient Art Wallace maintenant, il se pouvait très bien que Michaels se trouve, lui aussi, sur le lieu de l'embuscade, en train d'attendre. Deux tireurs valaient mieux qu'un. Et ils n'avaient pas la moindre idée de l'endroit qui avait été choisi pour tendre un piège à Grant. A moins que…

— Laissez-le filer, dit-elle. Et suivez-le.

Il y eut un moment de silence.

— Vous m'avez bien reçue, Lèvres Trois, Quatre et Cinq ? Vous laissez la cible filer et vous la suivez. Nous devons savoir où il comptait se rendre.

— Compris, lui répondit la voix d'Harrelson. Vous êtes sûre de vous ?

D'un ton tranchant, Miri coupa court aux questions et aux hésitations.

— Faites-le, un point c'est tout.

Plus qu'une heure, songea Art, au volant de sa voiture. Soixante minutes, et c'en serait fini de Grant Lawrence. Ce ne serait l'affaire que de quelques secondes. Quelques secondes pour inspirer, laisser échapper un peu d'air de ses poumons et viser le torse de Grant. Ou peut-être sa tête. Puis un quart de seconde pour presser la détente. Et une fraction de seconde pour que la balle du puissant fusil atteigne sa cible…

*
* *

Grant s'engagea sur le parking et s'arrêta au bord du trottoir. Puis, sous les regards interloqués, il jaillit de la voiture — sans couper le moteur ni fermer sa portière —, et se précipita vers la poubelle, juste à l'entrée du magasin Sears. L'enveloppe était bien là.

« Prenez le périphérique nord, et l'Interstate 95 en direction du nord et de Baltimore. Prenez la rocade et rejoignez le port d'Inner Harbor. Laissez la rançon à l'entrée de l'aquarium. Vous avez quarante minutes. Vous êtes surveillé. »

Quarante minutes pour rejoindre Baltimore ? Ce serait juste.

Il s'engouffra dans la voiture. Dans un rugissement de moteur et un hurlement de pneus, il quitta le parking et roula vers la rampe d'accès au périphérique.

« Pas d'embouteillages, je vous en supplie ! implora-t-il en silence. Pas d'embouteillages. Je veux récupérer mes filles… »

Karen avait fait rentrer les quatre fillettes dans l'hélicoptère sanitaire de l'armée, qui avait atterri dans la clairière, à l'arrière de la cabane.

— On va vous emmener au Bethesda Hospital, leur expliqua-t-elle. C'est un magnifique hôpital — c'est là qu'on soigne le président.

Les fillettes étaient visiblement effrayées, et Karen serait volontiers restée avec elles. Mais elle devait coordonner la chasse qui s'était engagée. Si, à la suite d'une gaffe ou d'une imprudence quelconque, Art Wallace s'apercevait qu'il avait été suivi, il prendrait la fuite. Et Michaels tuerait Grant.

— Ça va aller, déclara Cathy Suzanne d'un ton posé. Allez chercher papa. Moi, je m'occupe d'elles.

Karen parvint à contenir une larme. Les yeux de la fillette étaient fascinants. Elle semblait voir tant de choses. Savoir tant de choses.

— Allez chercher papa, répéta-t-elle. Ramenez-le à la maison.

Karen déposa un baiser sur sa joue.

— Un peu que je vais le ramener !

Elle ferma la portière de la cabine, et cogna contre la vitre pour signaler au pilote qu'il pouvait décoller. Puis elle rejoignit en courant l'autre hélicoptère. Miriam l'y attendait, écoutant les messages radio des hommes qui traquaient Wallace.

— Je pouvais me charger de toute cette partie, dit-elle à Karen. Vous auriez dû rester avec les fillettes.

— Il fallait que je sois sûre, lui répondit Karen.

En cet instant, elle avait le plus grand mal à lutter contre les émotions qui menaçaient de la submerger, chaque fois qu'elle songeait aux paroles de Cathy Suzanne. Elle ne la laisserait pas tomber.

— Il fallait que je sois sûre, répéta-t-elle.

— Je comprends, dit Miri, avant de faire basculer son casque micro sur le circuit de communication interne. C'est bon, pilote. Allons retrouver ce type.

— On y va ! répondit le pilote.

Et l'hélicoptère s'éleva dans le crépuscule de plus en plus sombre.

*
* *

— Wallace se dirige vers Baltimore, dit Karen à Terry, par l'intermédiaire de la radio. L'une de nos unités le précède d'environ huit cents mètres, et un autre le suit à plus d'un kilomètre cinq. Je le vois.

— Il va aller dans le centre, dit Terry. C'est le meilleur endroit pour une embuscade. Et aucun problème pour fuir, ensuite, sans être inquiété.

— Je sais. Miri est, en ce moment même, en communication avec la police de Baltimore, pour négocier leur aide. Du nouveau concernant la voiture de Grant ?

— L'agence de location nous a donné quelques infos, et une bonne nouvelle : le véhicule est équipé d'un système de GPS. On est en train de paramétrer nos appareils pour récupérer son signal… Un instant, Lèvres Un.

— Je reste à l'écoute.

Karen se tourna vers Miri.

— Je pense qu'ils ont trouvé Grant.

— Si seulement on pouvait aussi retrouver la trace de Michaels ! C'est la dernière pièce qu'on ne contrôle plus.

Karen hocha la tête. Puis elle plaqua une main sur son oreille.

— Qu'y a-t-il, Terry ?

— Ça y est, on a la voiture de Clam Un sur notre écran. Il roule sur l'Interstate 95 ; il arrive dans Baltimore.

— Où est-il ? demanda Miri.

Karen lui répéta les indications de Terry, et l'agent du FBI resta un instant silencieuse et songeuse.

— Je ne connais pas trop cette ville, déclara-t-elle. Où est-ce que vous tendriez une embuscade ?

— Je n'y suis jamais allée, dit Karen.

— Non, non, je parlais à vos collègues de Baltimore.

— Ah ! désolée…

— Alors ? lui demanda Terry.

— Rien pour l'instant. Je vous contacterai aussitôt que nous aurons du nouveau.

La voix de Jerry se fit alors entendre.

— L'hélicoptère sanitaire vient de m'appeler. Les filles sont arrivées à Bethesda.

Il ne restait donc plus qu'à ramener Grant, songea Karen. Pour ses filles. Et pour elle-même.

Art tournait dans les rues de Baltimore, suivant le trajet repéré par Michaels. La circulation était assez fluide, ce qui n'avait rien de très surprenant, étant donné qu'il passait par les pires quartiers de la ville. Il finit par se retrouver dans la zone portuaire, et trouva sans trop de peine le parking. Il offrait un excellent point de vue sur l'aquarium, à deux cents mètres de là. Le tir était facile, même dans la nuit tombante. Et Grant serait éclairé par la lumière de l'entrée.

Parfait.

Au loin, il entendit le battement sourd des pales d'un hélicoptère. Probablement un de ces appareils qui surveillaient la circulation pour les radios et télévisions locales, pensa-t-il.

Il sortit le fusil de sa housse, et ôta les capuchons de la lunette de visée. Un mur bas faisait tout le tour du parking. Il lui offrirait un support idéal pour tirer.

Derrière lui, le bruit de l'hélicoptère se stabilisa un instant, avant de s'éloigner. La nuit s'installait. Calme et silencieuse, hormis le clapotis lointain de l'eau contre la digue du port. Une nuit paisible. Sereine.

Art s'installa derrière le muret, et leva son fusil.

Grant s'engagea sur le parking de l'Inner Harbor Aquarium. Il était déjà venu ici une fois, avec les filles. Cathy Suzanne avait adoré l'exposition sur les requins. Belle avait préféré les phoques. Ce souvenir heureux détonnait étrangement avec la tension du moment. Quelqu'un savait-il seulement où les ravisseurs des filles l'avaient fait venir ? Il récupéra le sac sur la banquette arrière, maudissant celui qui avait eu l'idée de mettre du papier journal à la place de vrais billets. Si Michaels ou quelqu'un d'autre ouvrait le sac, ici, et découvrait le subterfuge, qu'arriverait-il à ses filles ?

« Accordez-moi le bonheur de revenir ici, un jour, avec elles ! » implora-t-il à voix haute, en rejoignant à pied l'entrée de l'aquarium.

L'autre salaud parlait tout seul, constata Art en suivant ce qui se passait dans la lunette. Grant avait même levé les yeux vers le ciel, comme s'il s'adressait à Dieu. Très bien. Il allait pouvoir lui parler face à face dans une vingtaine de secondes, dès qu'Art se serait occupé de lui.

Vingt, dix-neuf…

Miri pointa le doigt vers la silhouette agenouillée derrière le muret qui ceinturait le parking. Karen hocha la tête. Elle le tenait déjà dans le guidon de visée et le cran de mire de son arme. Mais, d'abord, ils devaient trouver Michaels.

Grant passa entre deux camionnettes qui portaient le logo de l'aquarium sur leurs portières. Probablement des expositions miniatures itinérantes qui faisaient le tour des écoles. Une bonne idée.

Il était presque à découvert. L'index d'Art s'enroula autour de la détente.

Treize, douze…

Les dieux étaient avec lui. D'ailleurs, il avait toujours eu cette certitude, profondément ancrée en lui. Même quand sa mère le rouait de coups. Même quand Georgie lui mentait et le trompait. Il avait toujours su que les dieux finiraient par se ranger à ses côtés.

Neuf, huit…

Michaels entendit un bruit de pas derrière lui, sur le goudron, une fraction de seconde avant de sentir la morsure glacée de l'acier derrière son oreille. Il expira lentement, posa le fusil et leva les mains en l'air.

— On a Michaels ! annonça Harrelson. Vous pouvez y aller !

Grant hésita au moment de franchir la clôture pour sortir du parking. L'entrée de l'aquarium était déserte. Pas même un gardien. Evidemment : c'était la raison pour laquelle les autres avaient choisi cet endroit. Et cette heure. Le panonceau fixé au grillage de la clôture, à côté de lui, donnait les horaires d'ouverture, de fermeture, ainsi que les tarifs d'entrée.

Il se dirigea vers la porte.

Deux, un…

— Pas un geste ! cria Karen en braquant sa lampe électrique sur le visage de Wallace. Posez ce fusil, Wallace !

— Mais qu'est-ce que… ?

Art jeta un coup d'œil par-dessus son épaule. A moitié aveuglé par la torche électrique, il avait reconnu la voix. La flic de Tampa ! Qu'est-ce qu'elle foutait ici, bon sang ?

— Posez cette arme ! cria-t-elle encore. *Maintenant* !

Non. Les dieux n'allaient pas le trahir comme ça. Il avait toujours été maltraité et trompé par les femmes. Il était impensable que cela continue. Pas cette fois.

Il se retourna, et tenta de positionner le réticule de sa lunette sur Grant, attendant que l'éblouissement dû à la lampe se dissipe.

Voilà. Il apercevait Grant, maintenant. Grant qui s'arrêtait. Qui lui faisait face.

Parfait.

Karen le vit se tourner et viser de nouveau dans la lunette de son fusil. A côté d'elle, Miri se figea. Karen ne sentit même pas son index presser la détente du pistolet. Le recul du Glock la surprit. Presque en même temps, la détonation de l'arme de Miri fit tinter son oreille gauche.

Art entendit les détonations une fraction de seconde avant que les balles 9 mm subsoniques lui perforent le dos. Le monde tournoya, s'évanouit un instant. Mais il ne capitulerait pas aussi facilement. Dans sa lunette, il vit Grant s'accroupir. Il avait dû entendre les coups de feu. Art tenta de stabiliser son fusil qui tanguait. Il pouvait encore gagner. Son doigt s'enroula de nouveau autour de la détente.

Il était si concentré qu'il n'entendit pas les deux autres détonations, presque simultanées ; il sentit seulement le violent recul de la crosse contre son épaule quand il pressa la détente.

Puis le monde fut englouti dans les ténèbres.

Karen vit l'éclair jaillir du canon du fusil, juste avant que la tête d'Art parte vers l'avant, dans une bruine rosée. Son second tir, ou celui de Miri, avait fait mouche. Mais Art avait eu le temps de tirer.

Elle s'élança à travers le parking.

— Grant ! Grant !

— Nous avons abattu la cible ! cria Miri, tandis que des silhouettes noires cagoulées et armées faisaient irruption sur le parking.

Mais Karen les remarqua à peine.

— Grant !

Il était là. A genoux. Le sac en toile serré contre lui.

Immobile. Il ne s'effondrait pas. Il ne se redressait pas. Il ne bougeait pas.

— Grant !

Il se laissa alors tomber sur le côté, le visage déformé par une grimace. Karen courut encore plus vite.

— Des secours ! hurla-t-elle. Le sénateur a été touché !

Elle arriva enfin à sa hauteur et s'agenouilla.

— Grant ? Vous êtes touché ?

Il ouvrit les yeux, et leurs regards se croisèrent.

— Les filles ?

— Nous les avons retrouvées. Elles vont bien. Vous êtes touché ?

— Saloperie de genou ! dit-il. Saloperie de genou !

Elle baissa les yeux sur sa jambe. Son pantalon était déchiré et souillé de sang.

— Les secours, bon sang ! cria-t-elle de nouveau. Il est blessé !

— Ça va, lui assura-t-il en grimaçant, le souffle court. J'ai… j'ai entendu les coups de feu. Je me suis baissé. Mon… mon genou n'a pas tenu, et je suis tombé. La balle est passée juste au-dessus de ma tête.

Il gémit et ajouta :

— Foutu genou !

— Arrêtez un peu de jurer, lui dit Karen, submergée par le soulagement. Il vous a sauvé la vie, ce genou. Si vous n'étiez pas tombé, la balle ne vous serait pas passée au-dessus de la tête.

Il parvint à esquisser un sourire.

— D'accord, d'accord. Alors, merci… foutu genou !

Souriant aussi, Karen posa la main sur sa joue.

— C'est ça. Merci, foutu genou !

Épilogue

La voix enrouée emplit toute la salle du club, tandis que la chanteuse entamait le dernier couplet et les paroles qui donnaient son titre à la chanson : *He really makes it hard for me to sing the blues* — Pas facile de chanter le blues avec un homme pareil…

Grant lâcha la main de Karen et se mit à applaudir.

— C'est mignon tout plein ! lança-t-il.

— Je comprends tout à fait ce qu'elle veut dire, répondit-elle en croisant son regard.

Ils avaient trouvé une table au Blues Alley, cette fois. Une table pour quatre.

— Moi aussi, glissa Miri en pressant la main de Terry.

Il eut un grand sourire qui parut illuminer sa peau noire.

— Il va quand même falloir que je prenne ma retraite, dit-il.

— Tu parles ! D'autant que Karen va avoir besoin d'un partenaire sur qui compter.

— Ah bon ?

Grant se tourna vers elle.

— C'est vrai ? demanda-t-il.

Karen inclina la tête sur le côté. Les deux derniers mois

semblaient se fondre dans une espèce de brouillard indistinct. Elle était retournée à Tampa pour aider Previn à effectuer tout le travail de paperasserie. Mais Simpson l'avait mise en congé administratif, en attendant les conclusions de l'enquête sur la mort d'Art Wallace. Si nul ne doutait qu'elle ait utilisé son arme de façon justifiée, les règles de procédure étaient les règles de procédure. Previn s'en était très bien sorti sans elle. La paperasserie était son élément. Son moral avait remonté depuis qu'il avait consulté un avocat. Il n'était plus la victime impuissante des manigances en tous genres de Linda. Et si le naufrage de son mariage venait le tourmenter, par moments, il entrevoyait de la lumière au bout du tunnel qu'il traversait depuis des années.

Le laboratoire avait réalisé des analyses comparatives entre la salive d'Art Wallace et celle que l'on avait trouvée autour des empreintes de morsures sur le corps de Stacy. Identiques. Selon le rapport officiel, Wallace avait tué Abby et Stacy, puis déplacé le cadavre de Stacy, de crainte qu'on l'ait vu rôder autour d'elle et que l'on fasse le rapprochement. Michaels ne se trouvait pas sur les lieux, au moment du meurtre, et il ne pouvait donc pas contredire cette version des faits. Laquelle, fondamentalement, était très proche de la vérité. Les coupables restaient Art Wallace et Bill Michaels, qui avaient mis à exécution ce plan épouvantable pour servir leurs intérêts. Quant à Jerry Connally, quoi qu'il ait fait, il l'avait fait avec de bonnes intentions. Il n'y avait aucune raison de laisser Wallace et Michaels ruiner une existence de plus.

Une perquisition approfondie de la maison de Wallace avait permis de découvrir un journal. Wallace était persuadé d'être le père de Belle et de Catherine Suzanne. Grant avait refusé d'effectuer un test de paternité, arguant que la réalité biologique ne changerait rien à celle des sentiments.

Les fillettes se remettaient de cette épreuve. Lentement. Il arrivait encore à Cathy de faire des cauchemars. Elle gardait ses sentiments pour elle, à l'exception de rares moments, fugaces, où elle se blottissait contre Grant, avec force, et laissait échapper un sanglot… Un jour, peut-être, elle parlerait à quelqu'un de ce qu'elle avait sans doute vu dans ses toutes premières années, quand Georgie l'emmenait avec elle dans la cabane du Maryland. A moins qu'elle se débarrasse seule de ce fardeau.

Une fois, juste une fois, elle avait embrassé Karen sur la joue et lui avait murmuré :

— Merci.

Le contact n'avait duré qu'un instant, mais Karen savait qu'elle garderait pour toujours ce moment dans le fond de son cœur. Toutes les louanges que Miri et Terry avaient pu transmettre à Simpson à son sujet n'étaient rien en comparaison de ce simple mot.

Karen avait passé ces deux dernières semaines à Washington, avec Miri. Elle voyait un peu Grant, quand elle parvenait à l'arracher aux dernières discussions sur la RS 52. Randall Youngblood s'était personnellement déplacé chez Grant pour lui expliquer combien il regrettait tout ce que Michaels et Wallace avaient pu faire. Sur le plan public et professionnel, il restait opposé au projet de loi de Grant. Mais, en privé, il avait annoncé qu'il était prêt à se retirer si Grant se montrait plus sensible aux revendications et préoccupations des producteurs de sucre. D'une poignée de main, Grant avait accepté sa proposition.

Les médias accordaient encore une large place à l'enlèvement. Lors d'une conférence de presse, au lendemain du dénouement heureux, Miri avait tenu à préciser que Grant s'était aventuré seul sur le parking de l'aquarium, en sachant que ses assassins devaient le suivre dans leur lunette de visée, et qu'il était donc prêt à se sacrifier pour sauver ses filles. Rien n'était plus vrai. Karen avait un gilet pare-balles et un pistolet quand elle s'était avancée sur ce même parking ; lui n'avait que son courage et sa foi. Si le peuple américain voyait en lui un héros… eh bien, il le méritait.

Tout cela, avec le soutien tacite de Youngblood, avait fait la différence. La RS 52 avait été votée cet après-midi même.

Et, ce soir, ils célébraient la victoire.

— Alors ? demanda Grant.

— Alors, quoi ?

Il sourit.

— Tu penses venir t'installer ici et te joindre aux forces de police de Washington ?

Karen se dit qu'elle était prête à tout pour pouvoir contempler ce sourire à jamais.

— J'y pense, oui.

Grant se pencha pour l'embrasser, tandis que le saxophone égrenait les premières notes de *What A Wonderful World* — Quel monde merveilleux !

DANS LA MÊME COLLECTION
Par ordre alphabétique d'auteur

OLGA BICOS	*Nuit d'orage*
LAURIE BRETON	*Ne vois-tu pas la mort venir ?*
BARBARA BRETTON	*Le lien brisé*
JAN COFFEY	*La dernière victime*
JASMINE CRESSWELL	*La Manipulatrice*
JASMINE CRESSWELL	*Le secret brisé*
JASMINE CRESSWELL	*La mort pour héritage*
JASMINE CRESSWELL	*Soupçons mortels*
JASMINE CRESSWELL	*Je saurai te retrouver*
MARGOT DALTON	*Amnésie*
MARGOT DALTON	*Kidnapping*
MARGOT DALTON	*Le sceau du mal*
MARGOT DALTON	*Crimes inavoués*
WINSLOW ELIOT	*L'innocence du mal*
LYNN ERICKSON	*Le Prédateur*
TESS GERRITSEN	*Présumée coupable*
TESS GERRITSEN	*Crimes masqués*
HEATHER GRAHAM	*L'invitation*
HEATHER GRAHAM	*L'ennemi sans visage*
HEATHER GRAHAM	*Le complot*
HEATHER GRAHAM	*Soupçons*
HEATHER GRAHAM	*La griffe de l'assassin*
HEATHER GRAHAM	*Prémonition*
HEATHER GRAHAM	*L'ombre de la mort*
GINNA GRAY	*Le voile du secret*
GINNA GRAY	*La cavale*
KAREN HARPER	*Testament mortel*
KAREN HARPER	*Le saut du diable*
KAREN HARPER	*L'œuvre du mal*
KATHRYN HARVEY	*La clé du passé*
BONNIE HEARN HILL	*La disparue de Sacramento*
BONNIE HEARN HILL	*Mortelle perfection*
CHRISTIANE HEGGAN	*Miami Confidential*
CHRISTIANE HEGGAN	*L'Alibi*
CHRISTIANE HEGGAN	*Intime conviction*
CHRISTIANE HEGGAN	*Labyrinthe meurtrier*
CHRISTIANE HEGGAN	*Troublantes révélations*

.../...

DANS LA MÊME COLLECTION

Par ordre alphabétique d'auteur

CHRISTIANE HEGGAN	*Intention de tuer*
CHRISTIANE HEGGAN	*Meurtre à New York*
METSY HINGLE	*Le masque de la mort*
GWEN HUNTER	*Faux diagnostic*
GWEN HUNTER	*Virus*
GWEN HUNTER	*Les mains du diable*
GWEN HUNTER	*Le triangle du mal*
GWEN HUNTER	*La piste du mal*
CHRIS JORDAN	*L'étau*
PENNY JORDAN	*De mémoire de femme*
PENNY JORDAN	*La femme bafouée*
R.J. KAISER	*Qui a tué Jane Doe ?*
ALEX KAVA	*Sang Froid*
ALEX KAVA	*Le collectionneur*
ALEX KAVA	*Les âmes piégées*
ALEX KAVA	*Obsession meurtrière*
ALEX KAVA	*Le Pacte*
RACHEL LEE	*Neige de sang*
RACHEL LEE	*Le lien du mal*
RACHEL LEE	*Secret meurtrier*
HELEN R. MYERS	*Mortelle impasse*
HELEN R. MYERS	*Les ombres du doute*
HELEN R. MYERS	*Mort suspecte*
CARLA NEGGERS	*L'énigme de Cold Spring*
CARLA NEGGERS	*Piège invisible*
BRENDA NOVAK	*L'étrangleur de Sandpoint*
MEG O'BRIEN	*Le piège*
MEG O'BRIEN	*En lettres de sang*
MEG O'BRIEN	*Pluie de sang*
MEG O'BRIEN	*La déchirure*
MEG O'BRIEN	*Spirale meurtrière*
SHIRLEY PALMER	*Zone d'ombre*
SHIRLEY PALMER	*Le bûcher des innocents*
EMILIE RICHARDS	*Le refuge irlandais*
EMILIE RICHARDS	*Mémoires de Louisiane*

…/…

DANS LA MÊME COLLECTION
Par ordre alphabétique d'auteur

EMILIE RICHARDS	*Le testament des Gerritsen*
EMILIE RICHARDS	*L'héritage des Robeson*
EMILIE RICHARDS	*L'écho de la rivière*
EMILIE RICHARDS	*Promesse d'Irlande*
EMILIE RICHARDS	*Du côté de Georgetown*
NORA ROBERTS	*Possession*
NORA ROBERTS	*Le cercle brisé*
NORA ROBERTS	*Et vos péchés seront pardonnés*
NORA ROBERTS	*Tabous*
NORA ROBERTS	*Coupable innocence*
NORA ROBERTS	*Maléfice*
NORA ROBERTS	*Enquêtes à Denver*
NORA ROBERTS	*Crimes à Denver*
NORA ROBERTS	*L'ultime refuge*
NORA ROBERTS	*Une femme dans la tourmente*
FRANCIS ROE	*L'engrenage*
FRANCIS ROE	*Soins intensifs*
M. J. ROSE	*Rédemption*
M. J. ROSE	*Le cercle écarlate*
JOANN ROSS	*La femme de l'ombre*
SHARON SALA	*Sang de glace*
SHARON SALA	*Le soupir des roses*
SHARON SALA	*Meurtre en eaux troubles*
SHARON SALA	*L'œil du témoin*
MAGGIE SHAYNE	*Noir paradis*
MAGGIE SHAYNE	*Un parfait coupable*
TAYLOR SMITH	*Le carnet noir*
TAYLOR SMITH	*La mémoire assassinée*
ERICA SPINDLER	*Rapt*
ERICA SPINDLER	*Black Rose*
ERICA SPINDLER	*Le venin*
ERICA SPINDLER	*La griffe du mal*
ERICA SPINDLER	*Trahison*
ERICA SPINDLER	*Cauchemar*
ERICA SPINDLER	*Pulsion meurtrière*
ERICA SPINDLER	*Le silence du mal*
ERICA SPINDLER	*Jeux macabres*
ERICA SPINDLER	*Le tueur d'anges*

.../...

DANS LA MÊME COLLECTION
Par ordre alphabétique d'auteur

TARA TAYLOR QUINN	*Enlèvement*
ELISE TITLE	*Obsession*
CHARLOTTE VALE ALLEN	*L'enfance volée*
LAURA VAN WORMER	*La proie du tueur*

7 TITRES À PARAÎTRE EN NOVEMBRE 2007

Composé et édité par les
éditions Harlequin
Achevé d'imprimer en août 2007

par

LIBERDÚPLEX

Dépôt légal : septembre 2007
N° d'éditeur : 13025

Imprimé en Espagne